Werner Bräunig
Gewöhnliche Leute

Werner Bräunig wurde 1934 in Chemnitz geboren. Nach umtriebigen Jugendjahren, u.a. als Gelegenheitsarbeiter in Westdeutschland, arbeitete er in Bergwerken und Fabriken, darunter im Uranbergbau der Wismut-AG. Als schreibender Arbeiter trug er auf der Bitterfelder Konferenz den Aufruf »Greif zur Feder, Kumpel« vor. Nach dem Studium am Literaturinstitut »Johannes R. Becher« war er dort Oberassistent. 1965 wurde auf dem berüchtigten 11. Plenum der SED ein Vorabdruck aus dem Roman »Rummelplatz« so heftig angegriffen, dass der Roman nicht mehr erscheinen konnte. 1976 starb Werner Bräunig in Halle mit 42 Jahren.

Wichtigste Veröffentlichungen: *Prosa schreiben* (Essays, 1968); *Gewöhnliche Leute* (Erzählungen, 1969, erw. 1971, Titelgeschichte verfilmt); *Ein Kranich am Himmel. Unbekanntes und Bekanntes* (1981), *Rummelplatz* (Roman, 2007).

Man hatte Werner Bräunig missverstanden, verdächtigt, diffamiert, als man Ende 1965 einen Vorabdruck seines Romans »Rummelplatz« in einer öffentlichen Kampagne kritisierte. Nun wollte er beweisen, dass er sich an den großen Erzählern seiner Zeit messen konnte. Es wurden sensible Geschichten über das Ungewöhnliche im Alltäglichen, in denen er seinem Milieu treu blieb – Bauarbeiter, Fernfahrer, Kneipengänger, »gewöhnliche Leute« eben, die zupacken können und ihre Träume bewahrt haben. Erzählt wird von Liebe, die in Verlässlichkeit mündet, aber nicht in Gleichgültigkeit, von Selbstfindung in schwierigen, aber unheroischen Lagen und von »jener freundlichen Sorte Alltag, die selten vorkommt«. Oft blitzt es jedoch merklich auf: Sehnsüchte und Unruhe werden mühsam im Zaum gehalten, Außenseiter müssen sich behaupten, und die »Helden der Arbeit« sind fast zufrieden, wenn Schwierigkeiten sie von Routine erlösen. Ganz eindeutig ist die Sympathie auf Seiten derer, die sich nicht bescheiden wollen mit dem, was ist.

Werner Bräunig

Gewöhnliche Leute

Erzählungen

Herausgegeben und mit einem Nachwort von Angela Drescher

aufbau taschenbuch

ISBN 978-3-7466-2534-8

Aufbau Taschenbuch ist eine Marke der
Aufbau Verlag GmbH & Co. KG

1. Auflage 2009

Umschlaggestaltung capa, Anke Fesel
unter Verwendung eines Fotos von Harald Hauswald, Ostkreuz
Druck und Binden Druckerei C. H. Beck, Nördlingen
Printed in Germany

www.aufbau-verlag.de

I

Gewöhnliche Leute

Die Straße

Der Mensch, sagt Hebenstreit, braucht seine Straße. Wer die nicht hat, nicht einmal in der Erinnerung, ist schlimm dran. Nämlich irgendwo ist jeder groß geworden, da hat er seine Leute, darum geht es, ob da nun Salzmanns Eiskonditorei stand oder was immer – der Mensch, sagt Hebenstreit, kommt ohne manches aus, aber ganz ohne kommt er nicht.

Übrigens muß man sich mal seine Straße vorstellen ohne Kinder. Das ist dasselbe. Es ist eben alles Schwindel ohne Kindheit, sagt Hebenstreit, trinkt sein Normalbier, es ist nieselig draußen, davon wird das Bier nicht besser, aber es kommt einem so vor. Zu sagen ist: Die Kneipe heißt »Wartburg«. Man weiß nicht, warum, aber man weiß manches nicht. Unsere Straße heißt Liebknechtstraße, das wenigstens weiß man, und sie hat früher Ritterstraße geheißen, weil der Mann so hieß, der die ersten Häuser gebaut hat, das weiß man auch. Es ist eine Vorstadtstraße. Auch wenn das die Stadtväter nicht gern hören. Eine Kleinstadt, an die Großstadt geklebt, bleibt auch dann Vorstadt, wenn man ihr Selbständigkeit bescheinigt nebst Stadtrecht und Rathaus und Bürgermeister.

Etwas anderes, sagt Riecke, sind die Steine.

Früher fuhren die Planwagen in die Stadt, die brachten allerhand Dreck mit aus Deutschland und anderswoher, da haben die Stadtväter also diese Schüttelstraßen bauen lassen. Grimmaischer Steinweg, Frankfurter Steinweg, warum nicht Ritterstraße; der Dreck blieb vor der Stadt. Und Schorsch, unser Stubenmaler, Alkoven-Picasso, Schorsch sagt: Zweiundzwanzig, das muß man außerdem wissen, da waren die großen Demonstrationen. Und die berittene Polizei kam überhaupt nicht zurecht mit diesem Holperpflaster, das war mal ein Glück. Davon weiß Hebenstreit natürlich nichts.

Hebenstreit ist aus Schlesien gekommen vor zwanzig Jahren oder so, darum geht es nicht, nur: Dergleichen kann er eben nicht wissen. Geht es ihm wie mir, ich bin auch noch nicht lange hier. Aber ich weiß nicht, mir leuchtet das ein. Schöne Erfindung, so spitzige Steinchen.

Der Lange bringt die Runde. Kein Betrieb weiter, kann er also eins mittrinken. Die Kneipe ist übrigens eine Konsum-Gaststätte. Übrigens bin ich in dieser Konsum-Gaststätte Konsum-Gaststätten-Beirat. Manch einer ahnt gar nicht, was es alles gibt.

Aber nun kommt der Lehrer, der unter mir wohnt. Der Lehrer, sagen die Kinder, ist ein guter Lehrer; Kinder gehen sparsam um mit solchen Sprüchen, da weiß man also Bescheid. Auch die Frau des Lehrers ist Lehrerin, man kann kommen, wann man will, über irgendwelchen Schulheften sitzen sie immer. Da weiß man also alles. Eines schönen Vormittags in unserer Straße hat der Lehrer gesagt: Schreiber müßte man sein, kann man spazierengehen, wann man will. Und da hat er ja recht. Und das ist vielleicht überhaupt der einzige Unterschied zwischen Schreibern und Lehrern.

Aber nun liegt das Thema eins an, das kann eine Weile dauern, das Thema eins lautet: Müller Frieda war eine geborene Sachsenweger. Muß Max schließlich wissen, schließlich ist er mit ihr zur Schule gegangen. Und das mit ihrem Hund, der den Pfarrer gebissen hat morgens nach der Predigt, das war vierunddreißig. Sagt also Riecke, und Schorsch sagt: Nein, vierunddreißig gar nicht. Und nun sagt der Lange: Es war auch gar nicht Frieda ihr Hund, es war die Töle von ihrem Bruder, der bei der Bahn war, der den Amtsleiter verdroschen hat ungefähr neununddreißig. Kann man allerhand erfahren über die Geschichten meiner Straße und der umliegenden vor meiner Zeit. Nur kann man leider nicht mitreden.

Also kommen wir noch einmal auf das Pflaster zurück. Nämlich: Die Straße, in der ich aufgewachsen bin in einer anderen Stadt, hatte auch so ein Pflaster. Wenigstens bis zu jener Bombennacht, und danach war sowieso nicht mehr viel übrig von ihr. Und die Straße, in der ich dann wohnte, in wieder einer anderen Stadt, hatte wieder so ein Pflaster. Und dann kam ich in den Norden der Stadt, an deren Südrand ich jetzt wohne, und wieder war dieses Pflaster da und wieder die sogenannten Gründerhäuser, was soll man da sagen.

Also weder Newskiprospekt noch Karl-Marx-Allee, und Via Cassia schon gar nicht. Immerhin wissen wir nun, daß die Töle ein Dackel war, und den Amtsleiter hat nicht Sachsenweger verdroschen, sondern es war Seidel-Paul. Das ist öfter so. Erinnerungen sind eine unsichere Sache. Genauso wie die Sache mit der neuen Schule, sagt der Lehrer. Es ist nicht so, daß eine Schwimmhalle angebaut wird, sondern so, daß keine gebaut wird. Da muß einer nicht richtig zugehört haben. Das gibt es. Inzwischen ist auch Gustel gekommen, unser Gewandhausgeiger, der trinkt hier immer sein Stehbier, wenn der Tag danach war. Na, sagt er, waren Sie gestern im Konzert?

Ja, sage ich.

Und? sagt er.

Na ja, sage ich.

Stimmt, sagt er, das sage ich auch.

Und das mag nun auch genügen. Es ist ohnehin nur eine Gelegenheit. Nämlich: Was synchron vorgeht, besagt noch gar nichts.

Draußen ist die Luft klar, der Nieselregen hat aufgehört, die Straßenbahnschienen haben diesen eigenartigen Glanz. Drüben, wo sie die neuen Häuser bauen hinter der Endhaltestelle, sind die Lichter gesetzt. Den Montagemeister kenne ich, wir sind bei der Wismut im gleichen Objekt gewesen vor etlichen Jahren, welche von dort trifft man überall wieder. Oben sehe ich den Krebs und den Orion, und dann sehe ich auch den Fuhrmann. Daran sieht man, daß der November zu Ende geht. Manchmal denke ich, daß neue Straßen bauen eine gute Arbeit wäre. Neue Straßen, in denen die alten aufgehoben sind.

Solche Leute und solche Leute, Zweieinhalb- und Drei-Zimmer-Wohnungen, Trockenklosetts oder Plumpsklos, wie Ebbie sagt, der gerade Urlaub hat von der Armee: Die Gegend ist so um die Jahrhundertwende gemacht, das sieht man. Früher hat sie Gautzsch geheißen, und hinter dem Bahnhof hieß sie Oetzsch, aber das war den Nazis nicht markig genug, da haben sie uns umgetauft in Markkleeberg. Das ist so ziemlich das einzige, was geblieben ist von damals. Anderswo ist das anders. Das wollen wir wenigstens erwähnen.

Bei Kilian ist noch Licht. Einmal hat der junge Kilian gesagt: Ich sehe die Dinge, wie sie sind. Der alte Kilian hat geantwortet: Das mal nicht, du siehst sie mal bloß, wie du sie siehst. Dergleichen merkt man sich, meine Leute sagen nicht die dümmsten Sachen. Licht ist bei dem Klempner gegenüber und bei dem rothaarigen Ingenieur. Dort wohnt einer, der heißt Willi, der war Nazi, aber Zeißig nebenan war schon immer rot. Auch Schmidtmann, der zwanzig Mark gespendet hat, als wir für Vietnam sammelten. Auch bei Schmidtmann ist noch Licht, aber der Friseur, der sich einen Bart wachsen läßt, seit er verheiratet ist, schläft schon. Wer genau hinsieht, sieht an vielen Häusern die kleine Blechmarke, die besagt, daß da ein Mitglied der Grubenwehr wohnt aus dem nahen Braunkohlenkombinat, das tagsüber unsere Häuser erschüttert mit ganzen Serien von Sprengungen; manchmal kann man sie auch nachts sehen, denn es stehen zwei beträchtliche Peitschenlampen in unserer Straße, die ein beträchtliches Licht werfen, manchmal. Aber das ist wohl überall so.

Also hat Hebenstreit recht. Auch wenn wir eines Tages umziehen, wir alle, in Neubauwohnungen mit Bad und Fernheizungen und mit Grünflächen davor; wenn unsere Kinder nicht mehr die Hinterhöfe bevölkern und wir vielleicht sogar Telefone haben werden, was wir hier nicht haben, denn auf mehr als drei Anschlüsse für dreihundert Einwohner ist unsere Gegend nicht eingerichtet, sagt die Deutsche Post.

Also hat Hebenstreit recht. Und es ist also gleich, wo unsere Möbel stehen und unsere Fernsehantennen: Die Straßen machen uns, das schon, aber hauptsächlich ist es umgekehrt.

Da hat also Hebenstreit recht.

Gewöhnliche Leute

Stütz stand neben der Tür, obwohl noch genügend Sitzplätze frei waren; er konnte sie aber von hier aus besser beobachten: Sie hatte sich wieder neben diesen Kerl gesetzt, dessen Mütze aussah wie die Reliquie eines sagenhaften Rückzugs, und sie las in ihrem Buch, als ob tatsächlich einer lesen könnte hier drin. Das ging den zweiten Tag so, und Stütz wußte, daß es ein Trick war. Er hatte es ausprobiert, und er wußte, daß man bestenfalls Zeitungsüberschriften entziffern konnte, für mehr war die Gegend nicht eingerichtet und der Ikarus schon gar nicht. Aber sie las überzeugend. Obendrein Furmanows Statik. Das sagte alles.

Wenn sie umblätterte, konnte er ihr Gesicht sehen: Sie hob den Kopf, sah herüber, sah ihn aber nicht an. Der Kerl neben ihr schielte auf das Buch oder auf ihre Knie – sie saß den zweiten Tag neben ihm, und vermutlich dachte er sich etwas dabei –, aber er sah dann doch wieder weg. Er trug das idiotische Silberkettchen mit dem idiotischen Talisman, das die ganze Gilde der Dumperfahrer am Hals hängen hatte. Er sah jetzt aus dem Fenster. Auch Stütz sah hinaus. Von der Baustelle war nichts mehr zu sehen. Die Baustelle hieß »das Gelände«, und außer dem Gelände gab es vorläufig bloß Brachland mit spärlichen Bäumen; es gab die Bahnlinie und den Fluß und diese bemerkenswerte Straße; ferner gab es allerhand Sehenswertes in der weiteren und nichts davon in der näheren Umgebung; es gab eine ziemliche Trockenheit in diesem Sommer und einen Himmel, der tiefblau gewesen wäre ohne den Staub überm Land; wie immer in solchen Zeiten gab es zuwenig Getränkefabriken, wenn man absah von den Brauereien; das Hoch reichte von den Azoren bis zur Ukraine.

Das Getriebe knirschte vernichtend, der Bus schlingerte. In der Kurve wurde sie gegen den Dumperfahrer geworfen, das Buch fiel herunter; als sie sich wieder aufrichtete, sah sie Stütz zum erstenmal an. Aber nun sah er weg, betrachtete die Landschaft draußen, er war ganz abwesend. Natürlich spiegelte die Scheibe: Er sah, wie sie ein Stück abrückte von ihrem Nachbarn, irgend etwas zurechtzupfte, immer noch zu ihm herübersah und dann, als sie sicher war, unbeobachtet zu sein, ihr Buch wieder aufschlug und sich dahinter verschanzte. Das Spiel lief nun umgekehrt; jetzt beobachtete sie ihn.

Übrigens wußte Stütz, daß sie Adele hieß, hatte es beiläufig gehört, wie man eben von jemandem hört, der neu ins Gelände kommt: Neu war sie vor vier Wochen gekommen mit einer Absolventengruppe von der Hochschule; aufgefallen war sie ihm erst drei Wochen später. Adele kann man nicht heißen. Adele heißen Großtanten, Frachtkähne und Zirkuspferde. Solche Mädchen dagegen heißen Elke oder Anke oder Kerstin. Ramona Schmidt und Enrico Lehmann geben ihre Verlobung bekannt. Er sah sie sitzen, und er dachte: Es gibt Leute, die sind erst auf den zweiten Blick interessant, aber dafür sind sie es dauerhaft. Sie war also ins Gelände gekommen mit der spöttischen Selbstverständlichkeit dieser Sorte Mädchen, die bloß noch auffällt, wenn man darüber nachdenkt, und er hatte sie drei Wochen lang nicht bemerkt. Als ob sie einer hier versteckt hätte. Allerdings war das Gelände zweieinhalb Kilometer breit und vier Kilometer tief, Leute aus einundzwanzig Betrieben kletterten umher, da verlief sich manches. Da verlief sich sogar, was Siegel und Adresse hatte, und nicht bloß das.

Der Bus hielt, das war die Umspannstation halbwegs zur Stadt; fünfzehn Meter oben summten vierhundert Kilovolt. Hier stieg selten einer aus. Indessen stieg Trockenschleifer zu. Er gab Stütz die Hand, er sah sich im Wagen um, er grinste. Trockenschleifer, Hochfrequenztechniker, Kumpel magna cum laude, wußte, was los war. Er blieb neben Stütz stehen und sagte: »Der reinste Backofen.« Der Wagen hatte eine Innentemperatur von gut und gerne vierzig Grad.

Dann fuhren sie über die Brücke, die Stütz' Freund Moßmann gebaut hatte, und wie fast jedesmal, wenn er darüberfuhr, dachte er, daß Brücken bauen doch eine gute Arbeit wäre. Die einzige vielleicht, die ihn noch interessieren könnte außer der, die er selber tat. Die ersten Häuser der Stadt. Klein, alt, anachronistische Wohnhöhlen. Er sah hinaus, sah das graue Gras an den Grundmauern und in winzigen Vorgärten, sah den verrosteten Kandelaber einer gußeisernen Straßenlaterne, sah den Verfall im Putz und im Rinnstein und überall, und er dachte: Es ist billiger, neue Häuser zu bauen, als hundertjährige zu erhalten, aber das Problem liegt woanders. Meistens liegt das Problem woanders. Das Problem besteht nicht darin, Probleme zu lösen, sondern darin, lösbare Probleme zu finden, hatte Steenbeck gesagt; der sagte andauernd solche gescheiten Sachen. Die Häuser wurden trauriger von Querstraße zu Querstraße. Da war seit zwanzig Jahren nichts gestrichen worden und seit hundertzwanzig Jahren nichts gebaut. Wer wollte, konnte sehen, wie die Leute von Anfang an klein gehalten wurden in kleinen Verhältnissen.

Der Bus bog zum Altmarkt ein, bremste scharf, hielt. Adele erhob sich. Es war schon der richtige Ausdruck. »Na?« sagte Trockenschleifer. Sie stiegen hier alle aus. Stütz sagte nichts, stand auf dem Marktplatz, suchte nach Zigaretten. Nach der Bruthitze des Wagens war die pralle Sonne über dem Platz fast kühl. Auf einmal stand Trockenschleifer vor Adele und sagte: »Entschuldigen Sie, haben Sie einen Augenblick Zeit?« Sie sah ihn an – wenn sie nicht tatsächlich überrascht war, machte sie es zumindest gut. »Nichts weiter, eine Wette«, sagte Trockenschleifer.

Sie hatte Zeit. »Schön«, sagte er, »dann stellen Sie sich doch bitte mal hierher.« Er zeigte es ihr, winkte dann Stütz heran, er stellte sie Rücken an Rücken auf und ging ein paar Schritte zurück, angestrengt nahm er Maß. Der Kerl mit dem Silberkettchen war schon weg, ein paar Leute sahen herüber, nichts weiter. »Pech«, sagte er. »Ich hätte gewettet, daß Sie größer sind als er.«

Sie sagte noch immer nichts, es war bloß ihr Gesicht. Stütz hätte Trockenschleifer gern ein paar passende Takte gesagt, aber der fand sich gut. »Ich verliere immer«, sagte er. »Wie ist es, eigentlich müßten wir jetzt etwas trinken. Ich weiß da ganz in der Nähe ...«

»... ein entzückendes kleines Café«, sagte sie. Sie machte das hervorragend. Aber sie ging mit.

Das Café hieß »Nußbaum«, es lag gleich am Markt, und es war steinalt. Sie bestellten Eiskaffee. Der kam mit flotten Schritten, Trockenschleifer kannte die Serviererin. Das Fenster war geöffnet, Stütz saß Adele gegenüber, hinter ihm hing ein alter Stich oder wenigstens eine Kopie davon: Planwagen vor einem Wirtshaus, ein Türke, der ein Säckchen Kaffee geöffnet hatte, jemand, der daran roch. Stütz stocherte mit dem Strohhalm im Eis, er sagte nichts. Es war nicht seine Veranstaltung. Sie sah auf den Marktplatz hinaus. Sie war einfach da, und es machte ihr gar nichts. Der »Nußbaum« war mäßig bevölkert: Ein Mann mit Rennzeitung, ersichtliche Rentnerinnen, das abwaschbare Lächeln des Büfettfräuleins, diverse Jugend, dazu ein afrikanischer Student, der aus einem Buch konspektierte und Kaffee trank. Patina, leicht gelüftet durch Gegenwart. Die Kirche draußen war sechshundert Jahre alt, der »Nußbaum« zweihundert Jahre, die Renovierung ein Jahr. Der Eiskaffee war übrigens gut.

Aber plötzlich stand Trockenschleifer auf. Hatte es auf einmal sehr eilig. Mußte dringend noch etwas erledigen. Stütz sah ihm nach, und als er dann damit fertig war, sah er, daß sie lächelte. Sie lächelte ohne Spott, und sie zog einen Strich unter das Vorspiel. »Bißchen anstrengend, nicht?«

»Na ja«, sagte er.

»Außerdem«, sagte sie, »ich heiße Adele.«

»Stütz«, sagte er und verbesserte sich sofort: »Hannes.«

Dann sagten sie eine Weile nichts. Er sah ihre Hände auf der Tischdecke, sie waren schmal, aber nicht zerbrechlich, ihre Haut war sehr braun und glatt, und sie hatte feste Arme und gerade die richtigen Schultern, und natürlich wußte er auch, welche Beine sie hatte und wie sie ging: Sie ging erstaunlich. Da, wo er herkam, nannte man das »eine Wucht«, und er wußte schon, daß er sie so nennen würde. Sie war mit ihrem Eiskaffee fertig und sah ihn an. Er sagte: »Wir könnten ein bißchen die Stadt besichtigen.«

»Ja«, sagte sie.

»Waren Sie schon auf der Burg?«

»Schon zweimal.«

»Dann gehen wir einfach so los. Einverstanden?«

»Einverstanden.«

Er zahlte, und sie gingen hinaus auf den Marktplatz. Es war noch immer sehr heiß, die Gebäude warfen die Hitze zurück. Es waren sehr viel Leute unterwegs um diese Zeit, und der Marktplatz war einer der belebtesten Plätze der Stadt. Jemand grüßte ihn, und er sah sich um: Es war Wenzel. Wenzel, der den Blindgänger gefunden hatte. Die Bombe hing plötzlich in seiner Baggerschaufel, und er hatte sie butterweich abgesetzt und die Kipperfahrer zurückgehalten und alles getan, was nötig war, als fände er jeden Tag so eine Höllenmaschine. Als die Feuerwerker schließlich kamen und die Bombe entschärft war, hatte er bloß gesagt: »Mein lieber Mann.« Von all dem wußte Adele nichts. Sie wußte verschiedene Dinge nicht, die vor ihrer Zeit geschehen waren und wichtig waren für die Leute vom Gelände, aber sie gehörte nun dazu, und sie war selber wichtig genug. Sie ging neben ihm, und sie waren nun alte Bekannte. So, wie es war, war es gut.

Er dachte: Eigentlich habe ich ein verdammtes Glück. Ein ganz mordsmäßiges Schwein habe ich eigentlich. Ich muß mich mal erkundigen, vielleicht bin ich an einem Sonntag geboren.

Die Sonne schlug herab mit glühenden Äxten. Der Staub bedeckte das graue Land und einen Teil des grünen Landes, und es war ein empfindliches Stechen in der Luft, das den Gaumen dörrte und in den Lungen brannte; die Kräne ragten aus der Landschaft wie aus einer Wüste. Aber sie bewegten sich. Leute waren wenig zu sehen. Es war knapper Mittag.

Stütz stand auf der Deckenlage des siebenten Stockwerkes. Er konnte so ziemlich das ganze Gelände überblicken, Stadt für siebzigtausend Leute, wenn sie einmal fertig wäre, aber sie war vorläufig erst für dreißigtausend fertig, und die hatten in diesem Sommer wenig Freude an der neuen Stadt mitten auf der Baustelle. Der Kran schwenkte die letzte Platte ein. Stütz beobachtete das Manöver, es war eine saubere Arbeit, die Leute waren aufeinander eingespielt. Unten zog die Palette davon. Sie würden jetzt mindestens eine Stunde trockensitzen. Das Plattenwerk kam seit Wochen nicht nach. Das war eins von seinen dreihundert Problemen, und es kostete ihn täglich drei Dutzend seiner bedeutendsten Flüche. Schaffrek kam herüber und sagte: »Sense, Chef.« Springer saß noch am Schweißgerät, und Bobach goß Fugen aus, das war aber auch alles. »Los«, sagte Stütz, »gehen wir eine rauchen.«

Sie setzten sich auf der Schattenseite in den Treppenschacht, der den Aufzugsschacht umgab, das war eine Oase. Unten tauchte Müller II mit dem Sprechfunkgerät ebenfalls in den Schatten. Er hatte das Hemd über der Brust verknotet wie einen vorsintflutlichen BH. »Könnte mal regnen«, sagte Schaffrek. Er saß auf der obersten Stufe und kratzte den Dreck aus den Fingernägeln. »Es muß ungefähr so um die Völkerschlacht gewesen sein, als es hier das letztemal geregnet hat.«

»Spinner«, sagte Stütz. »Uns schwimmen die Felle weg, ich weiß nicht wie. Morgen früh wird mal wieder in der Zeitung stehen, wie gut wir sind. Wir sind so gut, daß wir jeden Tag vier Stunden dasitzen und auf Platten warten. Was nützt mir das ganze Netzwerk, wenn diese Pfeifen nicht einmal die projektierte Kapazität schaffen?«

»Laß sie doch blechen«, sagte Schaffrek. Das war sein Hausmittel. Er war seit vier Jahren Montagemeister bei Stütz, und er wußte, daß sein Bauleiter mit der segensreichen Erfindung der Vertragsstrafe schon manchen säumigen Zulieferbetrieb zur Einhaltung der Termine gezwungen hatte. Was er nicht wußte, war, daß das Mittel diesmal nicht anschlug. Stütz kannte jede Tür im Vertragsgericht; er hatte Pauli, den Leiter des Plattenwerkes, aus dem Jackett geschüttelt, daß es weh tat. Aber der Anstoß blieb gleich. Es war, als ob man das Geld aus der einen Tasche in die andere steckte, gewonnen war nichts. Und Pauli hatte ein halbes Dutzend guter Gründe: Das Plattenwerk war neu, die Leute waren neu, die Wasserzufuhr war zu niedrig und die Ausschußquote demzufolge zu hoch; die Produktion wäre selbst dann noch zu niedrig, wenn die geplante Kapazität endlich erreicht würde, denn mit dem Tempo, das die Montage jetzt hinlegte, hatte vorher keiner gerechnet. Zu all dem wußte Stütz eines genau: Was Pauli vor allem fehlte, waren ein paar handfeste Betonfachleute, die sich in der Anlage auskannten und außerdem wußten, wie die Platten hinterher beansprucht und in welchem Rhythmus sie gebraucht wurden. Solche Leute waren rar, soviel war sicher, aber genauso sicher war, daß er welche hatte und daß er ihnen täglich Überbrückungsstunden schrieb für Sandschippen und Holzauflesen und ähnliche Kunststücke.

»Ich werde dir mal was Lustiges erzählen«, sagte Stütz. »Du wirst ab Montag verpumpt. Wir geben vier Mann ans Plattenwerk ab und der Schulblock auch vier. Für drei Wochen. Vierzehn Tage arbeiten wir bloß in zwei Schichten. Das kommt genau hin.«

Schaffrek saß da und sah aus.

Stütz sagte: »Hast du damals in Rostock Platten gemacht oder nicht?«

»Das war ganz was anderes.«

»Eben. Dort hat's geklappt, und hier klappt's nicht.«

»Na weißt du«, sagte Schaffrek. »Scheißfeuerwehr.«

»Also«, sagte Stütz, »dann geh ich jetzt essen. Und sag deinen Leuten Bescheid.«

Er klopfte sich den Staub von der Hose und trat die Zigarette aus. Nachträglich war immer alles ganz einfach. Vierzehn Tage früher wäre das ein sehr guter Einfall gewesen, jetzt war es bloß noch ein Einfall. Wenn er die Augen aufgemacht hätte, hätte er schon damals sehen müssen, daß es nicht bloß an Pauli lag und daß der allein nicht weiterkam. Stütz ärgerte sich nicht über die Strafe, die er Pauli abgeknöpft hatte, die war verdient; aber er ärgerte sich, weil er seine Monteure zwei Wochen eher zurückbekommen hätte, hätte er sie zwei Wochen eher losgeschickt. Und dann noch das lange Palaver mit Pauli, bis der eingewilligt hatte. Vermutlich war ihm die Geschichte bis heute nicht geheuer.

Stütz trat aus dem Haus und überquerte die Kranbahn; jeder Schritt wirbelte Staub auf. Er sah Henschel kommen, den Putzerbrigadier, einen dicken Jüngling, von dicken Brillengläsern eingerahmt: Niemand hatte ihm je in die Augen gesehen. Er kam an, wie er immer ankam, Hahn inmitten eines Rudels Witwen; es war seine normale Gangart, auch wenn die Witwen fehlten. Er nickte huldvoll und zog vorbei. Es war unwahrscheinlich, daß einer, der so aussah, auf jeder Großbaustelle seines Lebens wenigstens ein Kind hinterließ, aber es stimmte. Da er allerhand Alimente zu zahlen hatte, mußte er allerhand verdienen – das hatte ihn zu einem guten Brigadier gemacht. Man wird ein Kindergeld für Väter einführen müssen, dachte Stütz, sonst bricht der noch jede Norm.

Er überquerte die Magistrale und besah sich den Schulblock. Es war das gleiche wie am Hochhaus: Der Kran lud Deckenplatten ab und stapelte sie, die Außenelemente fehlten. Bauleiter des Schulblocks war Sandmann, Stütz' einziger ernsthafter Konkurrent im Gelände; er hatte geschworen, den Block in fünf Monaten hochzuziehen, das war für Bauten dieses Typs eine international noch nicht erreichte Zeit. Stütz ging um den Block herum; der C-Flügel saß noch auf den Fundamenten, aber in der Schwimmhalle waren schon die Fliesenleger. Sandmann war nicht zu sehen. Der zog umher, stritt sich herum, organisierte, disponierte um, das ging den Menschen wie den Leuten. Mitten im Schulhof, wo kein Kran mehr hin konnte und kein Tieflader, lagen vergessene Betonsegmente von ungefähr zweieinhalb Tonnen pro Stück. Der Junge mußte ein Geheimverfahren kennen, wenn er die noch herausholen wollte. Allerdings wußte man das bei Sandmann nie genau. Der hatte eine unwahrscheinliche Truppe aufgebaut, jeder ein Torschütze, und Sandmann war Mannschaftskapitän, sie hatten Fuhren gedeichselt, für die keiner mehr eine Mark gegeben hätte.

Überhaupt, dachte Stütz, es hat sich da eine Sorte von Problemen angefunden, an die vor sechs, acht Jahren keiner auch nur gedacht hätte. Damals hatten sie nach dem Ausland geschielt, jetzt schielte das Ausland nach ihnen. Sie hatten angefangen mit dem Möglichen, dann hatten sie das scheinbar Unmögliche möglich gemacht. Sie hatten allerhand Lehrgeld gezahlt, aber sie stellten nun Baulichkeiten in die Landschaft, die konnten sich in jeder Gegend der Welt sehen lassen. Und sie hatten Methoden entwickelt, um die sie von nicht wenigen Gegenden beneidet wurden. Die Probleme liegen nicht mehr so sehr zwischen den Leuten, dachte Stütz, als zwischen den Leuten und den Dingen: Sie bewegen sich immer weiter hinaus in die Umgebung. Wer wollte, konnte es den Leuten ansehen: Sie stiefelten mit einer Selbstbewußtheit durchs Gelände, wie früher nicht einmal durch die neuangeschaffte Zwei-, Dreizimmerwohnung; und etliche von ihnen wollten schon nicht mehr wahrhaben, daß sie einmal ziemlich anders angefangen hatten: dumpf, unentschieden, eigenbrötlerisch, zweifelnd. Es ist gut so, dachte Stütz, aber es ist nicht alles gut. Ignoranz ist nicht gut. Es ist nicht immer gut, zu vergessen.

Er war nun am Gastronom angelangt, er sah nach der Uhr. Wenn er es einrichten konnte, ging er immer um die gleiche Zeit essen. Er war ein bedeutender Esser, nicht nur, weil es Zeiten gegeben hatte, wo er mit weniger als dem Nötigsten hatte auskommen müssen. Er betrat den Gastronom, und er fühlte sich glänzend in Form.

Adele sah er schon von weitem: Sie winkte ihm zu. Adele unter all ihren Haaren. Adele in ihrer kupfernen Haut. Sie saß am Ecktisch an der Fensterreihe, die aber Schattenseite war, und sie saß da wie im Urlaub und nicht etwa wie auf Arbeit. Ein paar Monteure grinsten, als er sich zu ihr setzte, und der Tisch mit den Tiefbauleuten seufzte. Sie war mit irgendeiner Kaltschale beschäftigt und sagte: »Na?«

»Frau«, sagte er, »ich habe Hunger wie ein Bär.«

Er nahm die Karte, die auf ihn eingerichtet war, entdeckte Adeles Kaltschale, die ein Aprikosenauflauf war, aber es gab noch Hühnersuppe und Champignonsuppe und Soljanka, und natürlich gab es Ochsenschwanzsuppe nebst Brühe mit und ohne Ei. Die Kellnerin begrüßte ihn, und er bestellte einen Salat und einen Fisch; Rotbarsch zum Beispiel.»Herr Moßmann hat einen gehabt«, sagte die Kellnerin, »und er hat sich jedenfalls nicht beschwert.« Da nahm er also auch einen. Und dann bestellte er noch eine kalte Selters, die es aber nicht gab, dafür gab es lauwarme Brambacher mit einem Lanchid dazu.

»Sag mal«, sagte Adele, »war dein Motorrad vergangene Woche in Reparatur?«

»Nein«, sagte er.

»Wenn es also nicht in Reparatur war, warum bist du da eigentlich immer mit dem Bus gefahren, und seitdem fährst du bloß noch mit diesem Dings?«

»Tja«, sagte er, »du bist doch klug – oder?«

»Hm«, sagte sie.

Und dann kam der Salat, und die Brambacher kam; er begann zu essen, und das beanspruchte ihn ganz. Es dauerte auch nicht lange, bis der Fisch kam. Er beträufelte ihn mit Zitrone und probierte. Es war ein mittelprächtiger Fisch, aber es war möglich, daß es ihm bloß so vorkam: Bei diesen mörderischen Temperaturen war nichts so, wie es sonst war. Er gab noch etwas Salz zu und fragte: »Was machst du eigentlich übers Wochenende?«

»Hm«, sagte sie, »du bist doch klug oder?«

»Natürlich«, sagte er. »Ich wollte auch bloß wissen, ob es dir zu früh ist, wenn wir um sechs losfahren.«

»Laß mich mal kosten«, sagte sie. Sie nahm ein Stück Fisch von seiner Gabel und probierte, und dann sagte sie zu der Kellnerin, die am Nebentisch zu tun hatte, aber andauernd herübersah: »Ich möchte bitte auch so einen Fisch.« Und als die Kellnerin endlich weg war, wollte sie wissen: »Wohin willst du mich denn verschleppen?«

»Das weißt du ja noch gar nicht«, sagte er und wunderte sich wirklich. »Also: Es waren einmal drei Brüder. Der erste fuhr über alle Meere und an alle Küsten, und überall, wo er auch hinkam, kaufte er eine Ansichtskarte, und er brachte auch sonst allerhand mit: einen Hut aus Kambodscha, eine Wunderlampe aus Tansania und einen Säbel, den ein Beduinenscheich besessen hatte, welcher dreiundsiebzig Frauen besaß. Der zweite Sohn war ein berühmter Baumeister, der zog im Land umher, und überall, wo er eine Weile blieb, baute er gar prächtige Bauwerke, die waren wie Kirchtürme so hoch und obendrein nützlich, worüber sich alle freuten. Schließlich der dritte Sohn ...«

»Der blieb zu Hause und hütete die Ziegen und Schafe«, sagte sie, »und er war seines armen alten Vaters Trost.«

»Fast«, sagte er. »Der dritte spielt Handball in der Oberliga, und nebenbei studiert er noch ein bißchen. Die drei kauften sich also eine Hütte an so einem See, und weil die Hütte morsch, die drei aber fleißig waren, ruhten und rasteten sie nicht, bis daß sie das schönste Häuschen weit und breit daraus gefertigt hatten, und eine Zierde war's der ganzen Umgegend. Elektrisches Licht gibt's da natürlich nicht, und Trinkwasser muß aus dem nächsten Dorf geholt werden, aber dafür ist auch schon dreimal eingebrochen worden, von den heiratsfähigen Söhnen und Töchtern der Nachbarschaft vermutlich, denn gefehlt hat nichts. Außerdem kommt der Seefahrer am Sonnabend auf Urlaub. Er kommt aber erst abends, und wir könnten ja schon vormittags hinfahren.«

»Ja«, sagte sie. »Das könnten wir wohl.«

»Um sechs?«

»Um sechs. Falls sich einer findet, der mich weckt.«

»Es wird sich schon einer finden«, sagte er.

Die Tiefbauleute zahlten und gingen, und dort, wo die Monteure gesessen hatten, saßen jetzt welche vom Straßenbau mit den Baggerfahrern der Frühschicht, woraus zu entnehmen war, daß es nach vierzehn Uhr sein mußte. Um vierzehn Uhr gab es an den unteren Wohnblocks die roten Treffs, und anschließend trafen sich diejenigen, denen etwas ein- oder aufgefallen war, bei Wiczorek zur Auswertung. Stütz ging jeden Tag hin. »Also«, sagte er, »ich hole dich dann ab.« Aber Adele wollte auch zu Wiczorek, und außerdem hatte sie erfahren, daß es erst Viertel vor drei anfing. »Es ist wieder mal der Plastputz«, sagte sie.

Das kannte er schon. Es war seit einer ganzen Weile der Plastputz. Sobald er trocken war, zeigte er Risse. Es hing mit dem Wasser zusammen, hieß es, und Adele war mit der Analyse betraut worden. Das hing wiederum mit Adeles Diplomarbeit zusammen, welche von einem neuen Material für Innenwände handelte, hergestellt aus Chemierückständen, aber vorerst noch auf dem Papier; solange sie keine Erfolge am Plastputz vorweisen konnte, solange würde sich auch niemand halbwegs ernsthaft auf ihr Projekt einlassen. Stütz hatte sich die Proben aus dem Institut angesehen, das Projekt leuchtete ihm ein; es gab im Innenbau Beanspruchungen, für die Beton weiß Gott nicht das ideale Material war. Aber er hielt sich heraus. Er wußte, daß sie da durch mußte. Es war ihre erste große Arbeit, und sie durfte nicht das Gefühl haben, geschoben zu werden – schon gar nicht von ihm. Es war auch wichtig für die anderen: Neue Leute werden weniger nach ihren Ideen beurteilt als nach ihrer Fähigkeit, in der Praxis etwas damit anzufangen. Und noch ein Drittes spielte mit für Stütz, wenn auch weniger bewußt: der Wunsch nämlich, bestätigt zu sehen, was er sah in ihr und spürte – es gab dafür noch keinen Namen.

Das war also das Ihre und das Seine auch: Hier mußten sie sich treffen. Er war dreiunddreißig, sie war zehn Jahre jünger, sie hatte manches, was er nicht mehr hatte, einiges davon hatte er nie gehabt. Umgekehrt gab es manches, was sie nicht hatte, und es hatte keinen Sinn, so zu tun, als ob sich das nebenher erledigen würde – jedenfalls dann nicht, wenn es einem ernst war um etwas oder jemanden. Vor drei Jahren hatte er gelacht über derlei Anwandlungen und keinen Gedanken daran verschwendet – und eine Liebe war mißglückt auch deshalb. Zeit ist etwas Wirkliches, das wußte er nun. Wer nicht lernt, mit ihr umzugehen, mit dem geht sie um.

Und dann dachte er: Diesmal ist es richtig. Er hätte das keinem erklären können, aber er war ganz und gar sicher. Diesmal ist es das Richtige. Auch er war diesmal der Richtige. Er hatte eine Tür gefunden. Denn auch das gehört dazu. Daß einer weiß, wer er ist. Daß er weiß, wer er sein kann. Daß er unterwegs bleibt zu sich und den anderen.

»Lieber Himmel«, sagte Adele. »Die Lampe!« Stütz war noch mit den Fensterläden beschäftigt. Sie hatten die MZ draußen abgestellt, waren hereingekommen aus der grellen Sonne, sie war genau mit dem Kopf gegen die Lampe gelaufen und sah nun: Es war tatsächlich dieses Monstrum, das er beschrieben hatte. Es war überhaupt alles so. Irgendwelches Angelzeug, gebeiztes Holz, allerhand Kram. Sie sah sich um, während

Stütz das zweite Fenster öffnete und den Sonnenschirm auf die Terrasse transportierte, und sie entdeckte den Nebenraum und die Kochecke: Zwiebeln an einer Schnur, Schneidbretter und Pfannen und Töpfe, ein Propangaskocher und ein Wasserkanister, unglaubliche Büchsen und Behältnisse auf dem Wandbrett, dazwischen eine Kaffeemühle aus der Steinzeit; in lederner Scheide ein sagenhafter Krummdolch. Stütz kam mit dem zweiten Wasserkanister herein, den sie im Dorf aufgefüllt hatten, und sie fragte ihn, ob das der Säbel sei von diesem Kerl mit den siebenunddreißig Frauen. »Dreiundsiebzig Frauen«, sagte Stütz. »Den nehmen wir zum Kartoffelschälen.«

»Und das da?« sagte sie und zeigte auf die ramponierte Gitarre über dem Klappbett. »Spielst du auf dem Ding?«

»Der Seefahrer«, sagte Stütz. »Aber auch bloß, wenn er einen gehoben hat.«

Sie half ihm den Klapptisch draußen aufstellen und die Stühle, und als er noch nach irgendeinem Holz suchte für das zu kurze Tischbein, war sie schon im Badeanzug und rannte ins Wasser. Sie gewann rasch einen Vorsprung. Sie schwamm auf die Tonne zu, die den Weg der Fahrgastschiffe markierte, und es war nichts und niemand zu sehen. Sie kam an eine kalte Stelle und dann wieder an eine wärmere; für einen See war es ein sehr klares Wasser, ein bißchen grün und sehr hell, die Sonne reichte weit hinab. Sie sah den Schatten eines Fisches, sie ließ sich treiben und wechselte in die Rükkenlage, sie war nun ganz leicht. Der Himmel wurde höher, je länger man in ihn hineinsah; man schwebte auf glückliche Weise in einem Raum, der einen nicht fallen ließ. Dann kam Stütz auf. Sie wendete und tauchte und bespritzte ihn, und als er unter Wasser mußte, schwamm sie schnell weg. Er begann noch ein Wettschwimmen, aber er erreichte sie nicht mehr. Sie lief ans Land und warf sich ins Gras.

Der Geruch des Sommers. Der Geruch mürben Holzes und der Wassergeruch. Der See war da und der Steg und das

Haus und überhaupt alles: Sie hatten zwei Tage und eine Nacht, und wenn sie wollten, hatten sie noch viel mehr; das lag bei ihnen. Es war schön hier, und es war schön neben ihm.

Er ging dann ins Haus und kam mit einer Decke zurück, darauf legten sie sich in die Sonne. Zu sagen war da nichts. Noch nie war ihr jemand begegnet, der so selbstverständlich da war und so vollkommen anwesend wie er. »Mann«, sagte sie, »woran denkst du?«

»Keine Ahnung«, sagte er. Und dann: »Also – hier bin ich Stütz, hier darf ich's sein. Gut?«

»Es geht«, sagte sie. Und dann war sie wohl ein bißchen eingeschlafen. Als sie von irgend etwas erwachte, lag ihr Gesicht an seiner Brust; sie sah, daß er ruhig atmete und schlief. Die Sonne war in die Baumkrone gerückt, es mußte eine ganze Weile vergangen sein. Sie stand leise auf und sah, wie er sich im Schlaf bewegte. Dann ging sie ins Haus. Sie machte Feuer auf dem Gasherd und holte die Steaks, die sie mitgebracht hatten.

Aber er mußte wohl bemerkt haben, daß sie nicht mehr da war. Er kam herein und stellte sich hinter sie. Er nahm sie bei den Schultern und zog sie zu sich heran. »Frau«, sagte er, »ich habe Hunger.«

»Ist gleich fertig«, sagte sie.

Aber das meinte er nicht. Er hielt sie fest, hob sie hoch, trug sie durchs Zimmer.

Beine angezogen, Knie unterm Kinn, saß sie auf den Stufen der Veranda. Sie konnte weit auf den See hinaus sehen. Er saß am Geländer, hatte die Arme aufgestützt, hörte ihr zu. Also sie erzählte ein bißchen. Er wußte eine Menge von ihr, und eine Menge wußte er nicht; solche kleinen Striche, die eine Linie ergeben, eine Kontur, an diesem Abend und an jenem Mittag, immer deutlicher, immer deutbarer. Und keine Korrektur bislang. Und keine Überraschung. Aber dann, auf einmal, jetzt, ein entscheidender Strich, der in Bewegung setzte zu einer Geschichte, was Bild gewesen war, transparenter Entwurf: Plötzlich war Entsprechung da, unvermutet, unverhofft. Das Wort hieß Kossin. Das Wort fügte allerhand.

Kleines Städtchen im Sächsischen also, Weberei, Wirkerei, klassisches Textilterritorium, und eine Zahnradfabrik eingesprenkelt, hundert Leute vielleicht, vormals Seiferth & Söhne. Er kannte jeden Winkel dieser Gegend, jeden Stein, und einige Dutzend Geschichten. Die Söhne Seiferth beispielsweise, welche irgendwo, aber nicht in Kossin lebten, wurden enteignet neunzehnhundertsechsundvierzig. Abgesetzt ferner wurde dort ein Ingenieur Noth, welcher den Betrieb für sie geleitet hatte: Kleiner bis mittlerer Nazi ehemals, wurde er entnazifiziert, putzte noch Ziegel auf einer Trümmerstätte, starb aber neunundvierzig – woran noch? Leberzirrhose, wußte man nun. Die Noths aber, soweit erinnerlich, zogen weg in eine andere Gegend. Wer heißt nicht alles Noth. Und es war lange her, nebensächlich, auch wenn einer, der immer Schlosser gewesen war bei besagten Seiferths und damals, na, knapper Vierziger, plötzlich und über Nacht und gegen seinen Widerstand anstelle des Noth zum Betriebsleiter gemacht wurde – was ihm manch schlaflose Nacht bereitet hatte, obschon es mit der Zeit immer besser ging: Er sprach noch heute davon. Damals kam das täglich vor, Geschichten aus der Frühzeit, wer denkt noch daran. Wenn er ein Mädchen findet, das Adele heißt, Adele Noth? Es war umwerfend. Adele aus Kossin. Kleines Städtchen, an das sie sich nicht erinnern konnte, weil sie gerade vier Jahre alt war neunundvierzig, als sie mit ihrer Mutter nach Leipzig zog. »Frau«, sagte er, »das haut mich um.« Und sie verstand natürlich kein Wort. Und sah ihn an, als ob er vielleicht nicht zugehört hätte – denn was sollte schon Umwerfendes sein an ihrer halbvergessenen Kleinmädchenzeit?

»Weil«, sagte er, »weil ich nämlich in diesem Kossin groß geworden bin. Und weil mein Vater ... also weil der Mann, der anstelle deines Vaters damals Betriebsleiter wurde, mein Vater war.«

Das stand nun da.

Und was sagt uns das also?

»Ach«, sagte sie.

Und fand es vorwiegend komisch. Und als sie das eine Weile getan hatte, fand sie es großartig, weil sie doch nun Nachbarskinder wären, uralte Bekannte, die sich wiedergefunden hatten wie im Märchen. Und dann fand sie noch, daß es nirgendwo so ulkig zugehe wie auf der Welt.

Oder hatte er sich das anders gedacht? Kleiner Monolog über stattgehabten Klassenkampf, oder womöglich die Aha-Effekte: Romeo und Julia, Ferdinand und Luise, was es aber nicht mehr gibt bei uns, und dieses zeigt uns? Da war kein Wasser, schon gar kein zu tiefes. Und sie wußte natürlich, was es damit auf sich hat, schließlich lernt man das in der Schule. »Es waren eben solche Zeiten«, sagte sie. Und daß es die Leute sind, welche die Zeiten machen, und welche Leute zum Beispiel, das mußte nicht extra hinzugesagt werden.

Das war also alles. Oder höchstens, daß genau in diesem Augenblick der Düsenjäger durch die Schallmauer brach, und zwar, wie üblich, genau über ihnen. Sie erschraken beide. Obwohl man es weiß, ist man immer nicht vorbereitet. Dieser jähe, trockene, nachhallende Knall: wer jung ist, faßt sich schneller, denkt vielleicht an Gagarin und an Mondsonden – die Älteren unter uns denken an etwas ziemlich anderes. Die Älteren unter uns haben ihre Erfahrungen mit solchen Detonationen, auch wenn es für diesmal, merkt man dann und wird ruhiger, keine sind. Das Makabre an der Sache, dachte Stütz, ist, daß derjenige, der den Knall erzeugt, selber nichts davon hört. Der Schall bleibt ja hinter ihm. Und das ist zumindest nicht gerade beruhigend. Und es ist leider nicht auf diese Angelegenheit beschränkt.

Er ging aber dann ins Haus, kam mit dem Angelzeug zurück, er sagte, daß er nun doch einmal nachsehen müsse, ob sie beißen. Mitkommen wollte sie nicht, sie wollte lieber ein bißchen lesen. So ging er zum Steg hinunter mit der gleichen ruhigen Bewegung, die er wochentags über die Baustelle trug, ging über den Steg und balancierte dann weiter auf dem schmalen Brett, das weiter hinausreichte, das hinreichte zu dem Platz, den er als den günstigsten ermittelt hatte für ungefähr diese Tageszeit. So einfach war das alles. So beinahe glatt. Er blinzelte geblendet in die Sonne, warf den Haken weit hinaus, er dachte: Es ist also gar nicht so weit her mit unseren komplizierten Vergangenheiten. Da möbeln wir also bloß unnötig hoch auf den einzelnen, was alle vollbracht haben, dachte er ein bißchen schläfrig; und später erst, und viel später, erfuhr er, daß denn doch nicht alles so ganz glatt gegangen war. Aber da wußte er schon beinahe alles über sie, soweit man beinahe alles wissen kann über jemand. Da hatten sie schon mehr miteinander, als sie ohneeinander gehabt hatten. Das braucht also noch ein bißchen Zeit.

Er sah wie ein Admiral aus oder wenigstens wie ein Kapitän, war aber 1. Offizier, wenngleich Inhaber des Patentes A6, Steuermann auf großer Fahrt: Stütz, Manfred, kam übern Rasen, kam auf sie zu, und sie war tatsächlich ein bißchen befangen. Er sagte guten Tag – das sagte sie auch. Und dann fiel ihr wirklich nichts mehr ein. Aber Hannes brüllte plötzlich vom Steg herauf: »Sie heißt Adele.« – »So«, sagte der Seefahrer. »Aha.«

Er gefiel ihr also gleich. Er trug seine Sachen ins Haus, kam dann wieder, ohne den Kulani diesmal, oder wie das heißt; er war unverschämt braun. Und tätowiert war er beispielsweise nicht. Und spuckte auch keinen Priem in die Gegend. Er hatte nicht einmal einen Bart. Aber er setzte sich neben sie und tat, als gehöre sie seit dreißig Jahren zur Familie. Bier hatte er mitgebracht und fragte, ob sie auch eine Flasche möchte. Er sagte Prost, und sie tranken aus der Flasche, die wischte er mit der Hand ab. Es waren einfach solche Leute, wissen Sie. Hannes brachte seinen Blecheimer vom See heraufgetragen, er hielt einen ziemlichen Fisch hoch und sagte: »Eine Wucht, was?« Und der Seefahrer sagte nicht etwa: Fangen wir jeden Tag, oder dergleichen. Er sagte: »Na, Alter?«

Und Hannes sagte: »Ihr kennt euch ja nun schon.«

»Längst«, sagte der Seefahrer.

Später saßen sie auf der Veranda. Die Sonne stand tief, die Mücken gleichfalls, aber sie vertrugen den Rauch schlecht von den Zigaretten, die der Seefahrer mitgebracht hatte. Er hatte auch eine kolossale Flasche mitgebracht, darauf stand Père Magloire und ferner Appellation Calvados Règlementée, das war also ein Apfelschnaps. Den hatte er in irgendeinem Hafen gekauft, er behauptete, die Leute dort hielten das für eine ganz billige Angelegenheit. Jenen Calvados tranken sie nun, und der Seefahrer erzählte, was in der Welt so geschah. Und wie es sich ausnahm, wenn man es aus der Nähe sehen konnte.

»Suez«, sagte der Seefahrer.

Und es standen vierzig Grad an der Quecksilbersäule, im Schatten, falls man welchen fand: Die Hitze schlug aus Saudi-Arabien herüber, das ganze Rote Meer herauf, kam nun aus der Wüste Sinai oder aus dem Mantequat el-Bahr el Ahmar, Ofen zweier Kontinente und deren Salzlecke. Auf jenem Berg empfing Moses von Gott dem Herrn die Zehn Gebote, heißt es. Und er soll ferner die Kinder Israel, 600000 Mann zu Fuß an der Zahl, trocken durch das Rote Meer gerettet haben, welches nachher Ramses II. nebst Rossen, Wagen und Reitern verschlang; 600000 also, und zwar gerettet, und zwar nach Sinai, und das kann man sich schwer vorstellen, wenn man sieht, was es dort gibt: Wüste. Nichts sonst. Sonst nichts. Jedenfalls heute. Und das Salz brennt auf der Haut, die Sonne dröhnt im Schädel, man hat das annähernd ein dutzendmal erlebt, aber es haut einen jedesmal wieder um. »Soviel Wasser«, sagte der Seefahrer, »wie man da verliert, kann man einfach nicht zusetzen.«

Nacht von Suez. Wenn die Sonne jäh wegtaucht und die Lichter gesetzt werden in den wartenden großen, den aufgeregten kleinen Schiffen, den Erdölraffinerien und den unbekannten Fenstern. Es gibt die übliche Wartezeit, aber es gibt keinen Landgang. Natürlich hatten sie Radio gehört, waren mit Nachrichten versorgt, das Mittelmeer lag zwanzig Stunden entfernt, und falls etwas geschah, würde es dort geschehen, sagten die meisten – aber die Spannung war da. In allen Gesprächen. In den Funksprüchen und der besonderen Bewegung an Land. Drüben in Port Ibrahim und drüben in Port Tewfik. Im Geschrei der Chinger. In den Gesichtern des Arztes, watch-men, Maklers und all dieser Leute von der Kanalbehörde. Der Doc konnte ein bißchen Arabisch, er erfuhr vom Hafenarzt, der es englisch wohl nicht sagen wollte, daß dennoch kein Grund zur Beunruhigung bestünde, denn: Sie werden es nicht wagen. Je nun, sagte der Doc. Und wenn doch?

Achtzehn Schiffe, die auf den Morgenkonvoi warteten, und zwölf kamen noch hinzu, aber vier davon blieben liegen bis zum Abend. So fuhren sie in den Kanal ein. Hinter einem französischen Frachter, vor einem dänischen.

Die Wüste, vom Peildeck aus, im Morgennebel. Kanalentlang der schattenlose Streifen Ufer: Bretterhütten, Zelte, Wasserfässer unter grauem Staub; kein Grashalm, kein Strauch.

Ein paar Menschen. Die arabische Wüste. Die Wüste et Tîh. Und dann kamen sie; kündigten sich an im plötzlich hochflackernden Funkverkehr, es wird geschossen, sagt der Funker, es ist Krieg, sagt der Chief, na, sagt der Doc, da habt ihr's. Weiter, in den kleinen Bittersee, den großen, einander widersprechende Meldungen, einander ausschließende und: aus heiterem Himmel eine Kette Jagdbomber, die über den Konvoi hinwegbraust, keiner schießt, nichts auszumachen, aber der Chief will den Stern Israels erkannt haben. Hier doch nicht, sagt der Kapitän, es werden wohl ägyptische gewesen sein. Der Gegenkonvoi aus Port Said. Am linken Ufer ein Strich Häuser, Palmen, Zisternen. Der Kanal nach Kairo. Angriff auf Damaskus, weiß der Funker. Luftkämpfe über Sinai. Straßenkämpfe in Jerusalem. Der Franzose vor ihnen hat einen französischen Sender empfangen und gibt herüber: Port Said soll bombardiert worden sein. Jedenfalls, das weiß jeder, wird der Kanal gesperrt werden. Vielleicht sind sie die letzten, die durchkommen.

»Wir haben dann eine Parteiversammlung gemacht«, sagte der Seefahrer. »Unserer Order nach liefen wir ins Mittelmeer, da lagen die Amerikaner. Aber vorher haben wir noch einiges erlebt. Wir haben welche gesehen, die mit Napalm bombardiert worden waren, und wir haben einen Luftangriff erlebt. In Port Said haben wir Blut gespendet, mehr war ja nicht zu machen. Aber wer das gesehen hat ... Wir sind zweimal in Haiphong gewesen, wir haben ja gewußt, was von denen zu erwarten ist. Und trotzdem ...«

Sie hatten dann den Funker belagert, die Radiogeräte, jene 4000 Seemeilen zwischen Alexandria und Warnemünde, jene zwei knappen Wochen, in denen wir alle die Empfangsgeräte belagerten, das wißt ihr ja selber, diese Zeit, in der zum wievielten Male die Welt beschäftigte, was wenige ausgebrütet hatten, das ist ja nun kein Geheimnis mehr, das sieht ja nun jeder, der sieht. Er hatte nichts mehr hinzuzufügen, der Seefahrer. Höchstens, daß er damals, als er noch bei der Fahne war, manchmal die Nase voll gehabt hatte wie viele: die Disziplin, der harte Dienst – aber wenn man das dann sieht, weiß man, wozu es gut war. Und höchstens, daß Hannes jenen Abend erinnerte vor dem Fernsehapparat bei Moßmann: das manipulierte schlechte Gewissen jener Leute: Gedächtniskirche, Wiedergutmachungsoper mit Artilleriebegleitung, eine alleindeutsche Farce in sieben Bildern. Und der Führungskräfteschweiß vor den Kameras, die Sonntagsreden hinter den Mikrofonen eines anderen Landstrichs. Dann die Gespräche auf der Baustelle, diese Fragen und jene Antworten, der hiesige Alltag. Eine Gegend, in der sich keiner auf die Schenkel schlug angesichts anderer Leute Unglück. Fast keiner. Kaum einer in diesem Land und von denen, die fertig zu werden hatten mit nicht den besten Nachrichten. Von unseren Leuten.

Die Sonne war untergegangen, aber sie saßen noch lange. An diesem Abend. In dieser Runde.

Und nachts noch, als der Seefahrer schlief nebenan, lagen sie lange wach, schweigend. Es war ein besonderer Tag. Alles war wichtig. Adele spürte Hannes' Arm an ihrer Schulter; sie war ganz ruhig. Manchmal, vor vielen Jahren, war sie allein gewesen. Später waren die anderen da, zu denen sie gehörte, mit denen sie in den Hörsälen dieses Landes saß, die Bücher dieses Landes las, mit denen sie sich stritt und manchmal böse war, mit denen sie lernte. Es war nicht immer leicht gewesen, manchmal schwer, manchmal unnötig schwer. Aber es war gut. Es war das Mögliche. Und allein gewesen war sie von da an nicht mehr. Und nun war sie auf eine neue Art nicht allein, nicht zu trennen von jener, aber doch anders. Vielleicht, daß man solche Tage braucht, um es zu verstehen. Vielleicht, daß man sie braucht, es nicht zu vergessen.

Am anderen Morgen fuhr Hannes ins Dorf. Er fuhr gleich nach dem Frühstück, in schnellem Entschluß, allein. Das hatte nichts weiter auf sich, ohnehin mußte Wasser geholt werden, nur, daß der Seefahrer sich eigentlich schon vorher angeboten hatte. Der Seefahrer hatte lange nicht mehr auf solch einem Vehikel gesessen. Er sah Hannes nach und dachte: Er hat das also immer noch. Schon als Kind hatte Hannes manchmal einen Entschluß von einer Minute auf die andere geändert, ohne daß ein Grund zu erkennen gewesen wäre.

Er setzte sich neben Adele in die Sonne. Er fragte sie ein bißchen aus und erkundigte sich nach dem, was sie so erlebten in ihrem Gelände. Er sah auf den See hinaus, Knie an die Brust gezogen, es war nicht mehr so heiß wie am Vortag, aber es war noch heiß genug. Drüben zog das erste Schiff vorbei, weiß gestrichen und mit rotem Ring am Schornstein, der keinen Rauch abgab, weil das Schiff ein Motorschiff war. Was da um die Aufbauten flatterte, waren keine Möwen, aber was es war, konnte er nicht ausmachen. Er konnte aber, ohne den Kopf zu drehen, das Profil dieses Mädchens sehen. Kann sein, er war ein bißchen neidisch. Immer war Hannes ein Glücksmensch gewesen, immer fiel ihm alles zu. Und daß er diesmal wieder ein unanständiges Glück gehabt hatte, das hatte der Seefahrer lange heraus.

Er sagte auf einmal: »Weißt du, du bist in den letzten vier Jahren die dritte, die ich hier getroffen habe, und es wäre schön, wenn du die letzte wärst.«

»Ja«, sagte sie.

Ganz einfach. Als wäre das irgendein Wort. Auch, wenn ihr irgend etwas in die Kehle stieg.

»Es wird nicht leicht sein«, sagte der Seefahrer. »Wir haben nun mal so unseren Rappel.« Sagte er und sagte es nicht ganz ohne Stolz. Jedenfalls: sie würde ihn schon kleinkriegen. Sie wäre da gerade die richtige. Das kam nun auf sie zu, und sie wollte eher das Gegenteil: Kleinkriegen, dachte sie, das nun mal nicht. Er hatte ihr nichts verheimlicht, sie hatte es gewußt oder fast gewußt – und dennoch. Wenn man es so gesagt bekam. In fünf Jahren die vierte vielleicht, nun sieh mal zu. Sie biß sich auf die Unterlippe, sie spürte, wie ihr das Blut erneut in den Kopf stieg. Das werfen sie dir hin mitten in einer Liebeserklärung. Gleich unter der Politur sitzt noch immer der Stammesvater. Sie wußte, daß er es ganz anders gemeint hatte und daß er gar nicht auf den Gedanken kam, es könnte sie verletzen. Oder wußte sie es nicht? Vielleicht, dachte sie, hat er uns in der Nacht gehört. Vielleicht, dachte sie, denkt er sich sonstwas.

»Und du«, sagte sie, »warum heiratest du nicht?«

Da sagte er lange nichts, starrte auf den See hinaus, als ob es dort eine Antwort gäbe. Als ob das einfach abpralle von ihm. Und dann sagte er: »Ich war verheiratet.« Mitten in die Stille hinein. Hannes hatte ihr nichts davon erzählt. »Sie ist in Köln«, sagte er. »Das Kind hat sie mitgenommen. Es war da manches, aber ich habe das alles nicht so ernst genommen. Vielleicht war das mein Fehler. Ich hab ja gewußt, wie schwer es ihr fällt, wenn ich immer auf See bin. Da ist dann einer gekommen, mit dem ist sie fort.«

Er sah sie nicht an, und sie hätte ihre Frage am liebsten ungesagt gemacht, wenn das gegangen wäre. »Es ist lange her«, sagte er, »ich habe längst einen Strich drunter gezogen, einundsechzig. Damals wäre ich ihr fast nachgefahren, aber es ging ja nicht mehr. Sie hätten mich beinahe vom Kahn genommen deshalb. Ich hab keinem mehr übern Weg getraut. Wie das eben so ist. Dann hab ich mir gedacht: Vielleicht ist es besser so. Man sieht so manches in diesem Beruf.«

Es war nicht der Ton, in dem man Vergangenes erzählt als ein Kapitel, in das nichts mehr nachzutragen ist. Sie war längst wieder verheiratet. Das Leben war weitergegangen, wie es immer weitergeht. Und doch blieb etwas, was nicht aufging, nicht mehr korrigierbar war, aber auch nicht zu tilgen.

Dann hörten sie das Motorrad und sahen die Staubfahne von weitem; sie stand zwischen den Kirschbäumen, unter denen der Sandweg von der alten Asphaltstraße abzweigte. »Na ja«, sagte der Seefahrer. »Gehn wir bißchen schwimmen?«

Vom Wasser aus sahen sie Hannes mit dem Kanister ins Haus gehen, er winkte herüber, rief irgend etwas, verschwand. Sie schwammen weit hinaus, schwammen sich müde, kehrten um. Als sie an Land gingen, machten sie schon wieder ihre Witze. Hannes merkte ihnen nichts an. Nur am Nachmittag, als sie die Regenrinne reparierten, Adele saß unten am See, sagte Manfred: »Der Arsch gehört dir blau gehauen, wenn du es mit ihr machst wie mit den anderen.« Er nahm den Hammer, knallte einen Nagel in die Dachsparren, als ob er einen Zehnzöller vor sich habe, und schlug das bißchen Draht natürlich krumm. Hannes grinste bloß. Den hat es also auch, dachte er. Das kann ja nun heiter werden.

Das war also ein Stück Alltag: fast eine Idylle. Allerdings war es jene Sorte Alltag, die selten vorkommt. Es war schwer genug gewesen, dieses Wochenende frei zu machen, für Hannes besonders, aber für Adele auch. Den Satz, der gesagt werden mußte, zögerte er dennoch hinaus bis zuletzt.

Er fuhr den Seefahrer zum Zug, und Adele wollte zum Abschied wissen, ob der restliche Bruder auch von dieser Bauart wäre, sie wüßten schon. »Hat er dir das nicht gesagt?« sagte der Seefahrer. »Also, der ist ganz aus der Art geschlagen, der studiert Germanistik. Der kann zwar fast alles erklären, aber machen kann er fast nichts.« Er freute sich selber am meisten über seinen Witz. Er winkte noch lange und turnte auf dem Sozius herum, daß Hannes Mühe hatte, die Maschine in der Gewalt zu behalten.

Adele packte ihre und Hannes' Sachen ein, auch sie mußten noch diesen Abend zurück. Es war nicht viel, sie war längst fertig, als er vom Bahnhof zurückkam. Sie gingen, bevor sie fuhren, noch einmal zum See hinunter. Dort saßen sie lange, ließen die Beine im Wasser baumeln, sie wußten beide: Solch ein Wochenende würde sich so schnell nicht wieder finden. Da endlich fragte er sie. Beiläufig. Und weil sie nicht gleich antwortete, sagte er noch, sie könnten auch ein andermal darüber reden, es sei ja wohl alles ein bißchen plötzlich gekommen. Sie sah ihn an, lächelte und sagte: »Ach, Mann.« Und später sagte sie ihm: »Ich wäre gar nicht mitgefahren, wenn ich es nicht gewußt hätte ...«

Der Scheinwerfer noch vor ihnen über der Straße; Lichter, die zurückblieben in der Erinnerung; der Fahrtwind. Irgendwann wieder die Stadt. Er brachte sie bis vors Haus, sie sah das Rücklicht verschwinden an der Ecke vor Gressmanns Eiskonditorei, sie stand dann allein in der dunklen Straße und ging in ihr Zimmer hinauf, wie er in das seine ging. Etwas war zu Ende gegangen, etwas anderes fing an.

Sie kehrten zurück in den Rhythmus der Baustelle, der nahm sie auf, als wäre nichts geschehen. Der übliche Montagmorgen, die üblichen Dinge. Alles fing dort wieder an, wo es aufgehört hatte. Die Leute hatten ihre Wochenanfangsgesichter, der Putzerbrigadier renommierte ein bißchen, und Bobach erzählte von einer Kneipe, in der es Aal gegeben hatte, aber als er endlich drankam, war er alle – schließlich ging alles seinen gewohnten Gang. Diesen Tag und den nächsten. Und die anderen Tage auch.

Aber da war da noch die Sache mit dem Wettbewerb, der mußte sich nun entscheiden. Einmal, vor einem halben Jahr, war der Minister auf die Baustelle gekommen mit dem Bezirkssekretär, fünf große Autos voll und lauter wichtige Leute, sie hatten sich alles angesehen, alles erklären lassen und eine Menge aufgeschrieben in ihre Notizbücher. Beispielsweise wie Hannes die 120 Tage einsparen wollte von der geplanten Bauzeit und überhaupt – fast alle waren skeptisch geblieben. Netzwerk hin, Netzwerk her, Erfahrungen sind Erfahrungen. Einer, den Hannes kannte vom Studium her – er war jetzt so eine Art Berater von irgend jemand oder für irgend etwas –, hatte sogar freundlich mit den Augen gezwinkert, aber nicht gesagt, was er sicher gedacht hatte: Bist ein kleiner Hochstapler, mein Lieber, ein ganz gewöhnlicher Sensationsbauleiter. Hannes hatte sich nichts anmerken lassen, er hatte zurückgezwinkert: Erfahrungen sind Erfahrungen. Denn er war den Mathematikern schon vorher auf die Bude gerückt, im Rechenzentrum hatten sie ein knappes Dutzend Varianten durchgerechnet, er hatte sich nach bewährtem Muster an alle gewandt, die die Sache anging. Sie kannten die kritischen Wege und konnten voraussagen, was geschehen mußte, wenn etwas erreicht wurde oder nicht erreicht. Ein Hochhaus mit dreihundertsechzig Wohnungen und einem Dienstleistungsbetrieb – es war aufregend genug.

Die Panne mit dem Plattenwerk war ausgebügelt, das Dachgeschoß montiert, es lag jetzt an sieben Betrieben, den Termin zu halten. Der Vorsprung betrug achtzig Tage. Hannes betete immer das gleiche Vaterunser: »Unser täglich Brot ist unser täglich Netzwerk.« Hatte er sich früher am meisten hinter das Vertragsgericht geklemmt, so klemmte er sich jetzt hinter die Parteigruppen der beteiligten Betriebe. Ferner hatte er sich mit dem Schulblock abgestimmt: Er schickte seine besten Monteure, Sandmann schickte Ausbauspezialisten. Denn auch Sandmann wollte vorfristig übergeben, und sie wußten: Es ging nicht gut ohneeinander, gegeneinander ging es manchmal besser, am besten jedoch ging es miteinander. Die Amerikaner hatten die Netzwerkmethode erfunden, aber nutzen konnten sie sie nur bis zu ihrem neuralgischen Punkt, dem Privateigentum; dem Konkurrenzkampf. Sandmann sagte: »Wir hatten mal diese Geschichte ›Vom Ich zum Wir‹, da war Ich der Schulze und Wir die Brigade. Heute ist Ich der Betrieb und Wir die Gesellschaft.« So hatten sie sich hingesetzt, Sandmann, Stütz, ein Dutzend Ingenieure, Mathematiker, Ökonomen, Leute vom Kombinat und von außerhalb, und hatten das Netzwerk dreimal aktualisiert. Für diesen einen Bauabschnitt an der Magistrale. Das förderte ganz neue Gesichtspunkte zutage für die künftigen Abschnitte. Das alles war ein Exempel, aber noch bevor es statuiert war, sahen sie: Das Höchste war schon wieder ein Stück weiter gerückt. Es gab welche, die kamen da nicht mehr mit, aber es gab hauptsächlich andere, die jetzt erst richtig zum Zug kamen.

An einem dieser Tage stritten sie sich nach dem Rapport über den sechsten Bauabschnitt herum, der in zwei Jahren anlaufen sollte und noch gar nicht projektiert war; es gab nur den Generalplan. Die Arbeitsgruppe hatte eine Variante vorgelegt, die von den bisherigen Vorstellungen beträchtlich abwich. Adele, die wußte, daß Hannes und Sandmann für die neue Variante waren, hatte erwartet, daß sie ihren Standpunkt durchsetzen oder zumindest nachdrücklich darlegen würden. Aber Sandmann sagte gar nichts, und Hannes sagte nur: »Es ist ganz klar, daß das eine brauchbare Lösung ist, aber es kann sein, wir haben in einem Vierteljahr eine bessere.« Die Gegner der Variante blieben in der Überzahl, ihnen war diese Lösung schon abenteuerlich genug, eine noch weiter greifende konnte nur noch abenteuerlicher sein. Adele war enttäuscht, sie hatte sich das ganz anders vorgestellt. Hannes sah ihr die Enttäuschung an. »Frau«, sagte er, »die Sache ist zur Sprache gebracht, was willst du mehr? Entschieden wird erst in einem halben Jahr. Und nicht nur in diesem Kreis. Vorläufig ist es bloß Gerede, der Kampf kommt noch. Man muß sich aus dem Gezänk heraushalten, wenn man kämpfen will. Sonst verplempert man sich. Du wirst schon sehen: Die beste Variante wird durchgesetzt.«

Sie hatte wenig Vertrauen in diese Theorie. Sie hatte endlich Erfolg gehabt im Plastputz, die Risse waren verschwunden, aber ihre Diplomarbeit lag noch immer brach. Hannes kannte ihre Sorgen, er wußte, daß sie gegen eine Wand aus Gummi anlief, aber er konnte ihr nicht helfen, jetzt nicht, das Hochhaus beanspruchte ihn ganz. Der Termin mußte gehalten werden, nicht so sehr, damit er recht behielt, sondern vor allem des günstigen Ausgangspunktes wegen für den VI. Abschnitt. Und auch, aber das sagte er ihr nicht, für ihre Innenwände. Beweise mußten geliefert werden und Positionen geschaffen. Die Gelegenheit der Abnahme mit dem voraussichtlichen Hosianna war der günstigste Moment, die neuen Projekte vorzutragen. Es war nicht die einzige Methode, es war auch nicht die beste, aber sie war effektiv. Der Bezirkssekretär hatte ihm gesagt: »Es steht viel mehr auf dem Spiel, als du jetzt siehst. Ein Haus, das dasteht, kann nicht wegdiskutiert werden.« Bei dieser Gelegenheit hatte er auch Adele zum erstenmal gesehen und hatte gesagt: »Das ist also Frau Stütz.«

Adele hatte einigermaßen gelächelt. Dann hatte sie gesagt: »Demnächst.«

Es gab manches Demnächst in diesen Wochen, auch das war Alltag. Sie arbeiteten beide besessen, das Gelände ließ ihnen kaum eine Atempause, und doch gab er sich mehr aus als sie, und doch lebte er das Leben der Baustelle intensiver. Nachts noch gab es einen Stütz, der im Schlaf Koordinaten überprüfte und von kritischen Wegen phantasierte. Adele begriff, daß es noch manches geben würde in ihrem Leben, wovon sie nichts geahnt hatte. Es gab seltene Abende, an denen er sie überschüttete mit seiner Zärtlichkeit, und es gab andere, an denen er sie kaum wahrnahm. Die jähen Umbrüche erschreckten sie – sie wußte nicht, ob es etwas Gutes war oder etwas Schlechtes. Er hatte kluge Verfahren entwickelt und rationelle Gangarten für alles mögliche – für sich selber aber hatte er nur eine einzige Gangart. Manchmal schien es, als ob er eine ganze Baustelle sinnvoll einrichten könne und eine ganze Stadt, aber nicht sein eigenes Leben. Eins aber wußte sie genau: So einer kann umgeworfen werden, aber nicht verbogen. Er kann einen Weg verfehlen, aber nicht die Richtung. Er steht immer wieder auf. So einer bezahlt seine Rechnungen immer aus der eigenen Substanz.

Einmal dachte sie: Vielleicht leben wir einfach davon, daß wir nicht alles wissen können voneinander und nicht alles verstehen. Auch von uns selbst wissen wir nicht alles, und es wäre nicht auszudenken, wenn wir es wüßten. Aber eigentlich hatte sie längst begriffen, daß ein für allemal sie die Stunden würde ordnen müssen und die persönlichen Dinge, sie mußte die Beständigere sein, aufmerksam und behutsam. Es wäre ihr vor kurzem noch undenkbar vorgekommen – jetzt lächelte sie, wenn sie daran dachte. Er gab sich alle Mühe, rebellierte gegen seine eigene Haut, aber sie sah, daß der andere Hannes Stütz der stärkere bleiben würde, der, den ein ungelöstes technisches Problem wochen- und monatelang begeistern konnte, niederschlagen und wieder begeistern – aber ein ungelöstes persönliches nur ganz vorübergehend.

»Frau«, sagte er, »wenn das Haus abgenommen ist, wird geheiratet.« Das war ganz Stütz: Wenn sie sich einig waren, würde sich das übrige schon finden. Sie waren bei Moßmann gewesen, abends, auch Trockenschleifer war da, er grinste und sagte: »Haben Sie einen Augenblick Zeit – es handelt sich um eine Wette. Also wenn ich euch so sehe, dann ist mir der Dank des Vaterlandes gewiß.« – Mit Eva Moßmann verstand sich Adele sofort. Der Brückenbauer und seine Frau lebten mit den beiden Kindern in einer Zweieinhalb-Zimmer-Wohnung, alles war ein bißchen eng, Altbau ohne Bad; es ist bloß vorläufig, sagte Eva Moßmann; aber sie lebten schon seit sechs Jahren so. Sie arbeitete in der Wirtschaftsredaktion der Bezirkszeitung, Moßmann war die Woche über unterwegs, es war wie überall, es blieb wenig Zeit. Adele half ihr, belegte Brote anzurichten, und Eva kündigte an: »Nächste Woche komme ich mal zu euch 'raus. Wir wollen so 'ne kleine Artikelserie machen.« Und später erzählte sie, wie sie damals geheiratet hatten.

Eva war im siebenten Monat gewesen, Moßmann kam übers Wochenende von seiner Baustelle bei Berlin, sie gingen aufs Standesamt, ohne Trauzeugen, Eva im Umstandskleid, und als die Zeremonie vorüber war, holte Moßmann eine Flasche und drei Gläser aus seiner alten Aktentasche und stellte sie auf den Tisch. Der Standesbeamte hatte dergleichen noch nie erlebt und fragte, ob das eine spezielle Brükkenbauersitte sei. Ach wo, sagte Moßmann, das ist unsere Privatsitte. Dann gingen sie, und der Standesbeamte stürzte hinterher, weil sie die Unterschriften vergessen hatten. Sie fuhren in das Zimmer, in dem sie damals hausten; Eva in ihrem Zustand war erschöpft, legte sich ein bißchen hin, Moßmann wischte inzwischen die Treppe. Abends kamen ein paar Freunde, Moßmanns Schwester kam um Mitternacht, sie hatte einen Anschlußzug verpaßt. Und am anderen Tag fuhr Eva mit Moßmann zu ihren Eltern und sagte: So, das ist mein Mann.

»Jedenfalls«, sagte Eva, »das war die schönste Hochzeit meines Lebens.«

Hannes, als sie heimgingen, erklärte, für ihn wäre das nichts. Man heirate normalerweise nur ein einziges Mal – das müsse dann auch was Handfestes sein. Sagte er und malte ihr aus, wie sie ihre Hochzeit steigen lassen würden, ein Ereignis erster Güte – aber er kam nicht dazu, irgend etwas vorzubereiten. Der Abnahmetermin rückte immer näher. Hannes kam tagelang nicht von der Baustelle. Je deutlicher sich abzeichnete, daß sie den Termin schaffen würden, um so nervöser wurde er. Dabei lief alles ausgezeichnet, Schwierigkeiten gab es nur im Wirtschaftstrakt der unteren Etage. Die Kombinatsleitung war von Anfang an dafür gewesen, diesen Trakt gesondert zu terminieren, das war das übliche Verfahren – sie ließ sich auch jetzt keine sonderliche Anstrengung anmerken. Hannes zog fluchend übers Gelände, er kreuzte durch alle Leitungsebenen.

In dieser Woche tauchte auch Eva Moßmann auf. Sie kam nachts, kam drei Nächte hintereinander, und sie tat etwas Umwerfendes: zählte die Kräne, die stillstanden. Allen Unterlagen nach arbeitete die Baustelle durchgehend in drei Schichten, die Technik war ausgelastet; nun aber kam zutage, was alle gewußt, aber keiner mehr recht wahrgenommen hatte: Fast die Hälfte der Kräne war nachts nicht besetzt. Eva kam zu Adele, sie war hinreißend wütend. »Ihr Egoisten! Blockiert die Technik! Und so was haben wir als Vorbild hingestellt, dreispaltig mit Bild, es ist zum Auswachsen!«

Der Artikel erschien zwei Tage später, er löste einen Riesenwirbel aus. Der Rat des Bezirkes kam auf die Baustelle und sogar der Staatsanwalt: Das Kombinat mußte ab Monatsende zwei Kräne abgeben für andere Baustellen. Die Kombinatsleitung schäumte aus allen Fugen: Niemand traute der Zeitung zu, von selber hinter die Sache gekommen zu sein. Man wußte, daß Eva Moßmann bei Adele gewesen war. Der Technische Direktor ließ verlauten: »In drei Monaten kriegen wir neue Montagebrigaden. Dann fehlt uns die Technik. Und warum? Weil es Leute gibt, die ihren eigenen Betrieb verpfeifen!« Aber es war etwas in Bewegung geraten. In der Zeitung meldeten sich Monteure, Brigadiere und Meister zu Wort, es hagelte Parteiversammlungen und Gewerkschaftssitzungen, sichtbar wurde: Im Schatten der Renommierobjekte Hochhaus und Schulblock hatte sich allerhand Schlamperei versteckt. Hannes sagte: »Na bitte: Kann sich so was halten? Kann es nicht!«

So standen die Dinge, als der Tag der Abnahme endgültig feststand. Es war die letzte Nacht. Überall wurde letzte Hand angelegt, Handwerksbrigaden halfen sich gegenseitig, viele hatten schon nichts mehr zu tun. Das nächste Haus dieses Typs würde anders übergeben werden, in diese Etage würden schon Familien einziehen, während in jener noch gearbeitet wurde, aber diesmal war es noch ein Großereignis. Hannes blieb die ganze Nacht draußen. Die Stimmung war bemerkenswert. An der Vorderfront legte der Straßenbau die letzten Platten, an der Schlußreihe des Fußsteigs hielten sie sich seit zwei Stunden fest, setzten einen Stein, tranken zwei Bier, boten Hannes auch eins an, der sagte nicht nein und spendierte Zigaretten. Wiczorek tauchte auf, parkte seine Jawa am allerletzten Kalkbottich, sagte: »Ich weiß nicht, was das ist; ich kann nicht schlafen.« Sie gingen durchs Haus, taten sachlich, der Bauleiter und sein Parteisekretär, fanden hier einen Kratzer und da einen Rostfleck, dabei glänzte alles beträchtlich; es war eine großartige Nacht. Hannes sagte schließlich: »Na ja, es geht.«

Das war aber Wiczorek wohl doch zuviel. Er boxte um sich, schnappte nach Luft, schlug sich die Knöchel auf an einer Türkante und flüsterte: »Du gottverdammter blöder Hund!«

Gegen vier schlich Hannes davon. Ging hinüber zur Taktstraße, suchte Adele und fand sie in der Meisterbude, sie kletterten auf einen Rüststapel, rauchten, schwiegen. Die Nacht war klar. Die Sterne fehlten schon, und der Himmel wurde hell. Dann ging die Sonne auf. Da stand das Hochhaus: die HP-Schalen der Dachkonstruktion, die enormen Fensterreihen, die Balkone und Plastreliefs und die Verstrebungen der Antennenanlage, die nun in die Sonne tauchten und reflektierten. Die Stadt lag da mit dem Grün der Anlagen und den Farben der Gebäude, mit der weißen Silhouette nach Osten zu, mit den Kränen und Baggern und Bauplätzen nach Westen. Ein Kran klingelte irgendwo, ein ferner Warnruf, sonst war es still. Das war die Stunde des Aufatmens. Der Morgen war auf der Haut zu spüren und zu schmecken wie nach einem kühlen Regen.

So saßen sie und schwiegen. Was aber denken die Erbauer vor den gelungenen Werken? Dieser hat zu tun, nicht sichtbar werden zu lassen, wie ihm der Kamm schwillt. Dann fällt ihm eine Geschichte ein. Das ist lange her; zweites Studienjahr oder drittes, Dozent Fröbe bei seinen beliebten antiken Exkursen: Die alten Griechen, meine Damen und Herren, hatten den Plan ins Auge gefaßt, einen Felsen, am Meer gelegen, umzugestalten in eine Statue Alexanders des Großen. Es war dies aber ein Berg in den Ausmaßen eines mittleren Mittelgebirgsgipfels, und es war vorgesehen, in seiner Mitte eine echte Stadt zu errichten, hingebaut auf Alexanders linke Hand: ein Symbol der Größe des Städtegründers und Makedoniers. Nun, es kam nicht dazu, wie wir wissen. Heute indes ... Und allen war klar, wer der neue Alexander sein sollte, auf den das Gleichnis abzielte, der größte seiner Zeit und aller Zeiten bei seinen Lebzeiten. Das lag nun hinter ihnen. Sie waren zur Tagesordnung übergegangen. Hatten die Zustände verändert und waren dabei, auch alles andere wohnlich einzurichten. Hier stand nichts da und sah aus. Die Denkmale ihrer Zeit dienten ihren maßvollen Zwecken.

Da stand das Haus, Hochhaus mit dreihundertsechzig Wohnungen, vierzehngeschossig, das erste und noch lange nicht letzte seiner Art, einhundertachtundzwanzig Tage vorfristig fertiggestellt: Ein Fest würde steigen; Reden, Prämien, Auszeichnungen. Auch das Bier würde fließen. Viele Leute würden kommen. Ein Problem war gelöst, hundert andere blieben, auch solche, von denen man weiß und dennoch nicht spricht; Arbeit jedenfalls war genug da.

»Frau«, sagte Hannes, »jetzt möchte ich Urlaub machen.«

»Ja«, sagte sie. »Ich auch.«

Sie gingen durch die Straßen, die erkannten sie nicht – aber dann, als Hannes ihr das Haus zeigte, war ihr, als ob doch eine Erinnerung geblieben sei: das rote Ziegeldach, die Obstbäume, der Kirchturm, die steinerne Treppe. Sie waren den dritten Tag in Kossin, den dritten Urlaubstag, alles kam ihnen klein und spielzeughaft vor, sie lebten in anderen Dimensionen. Am letzten Tag hatten die Brigaden noch ein Fest gegeben aus wenigstens zwei Anlässen, der erste stand sichtbar im Gelände, der zweite würde sich begeben hier. Am Ende waren alle blau – Adele hatte Hannes noch nie so gesehen, sie war erschrocken, hatte sich nicht zu helfen gewußt unter den lärmenden, rotgesichtigen Männern, aber dann war auch ihr diese umwerfende Mischung aus Bier und zweistöckigen Schnäpsen zu Kopf gestiegen, und sie hatte den gleichen Unsinn geredet wie die anderen. »Ich weiß nicht«, sagte Hannes am Morgen, »mir fehlt ein Stück Film.« Aber sie wußte auch nicht mehr alles.

Es war das Ende eines schönen Sommers. Die winkligen Straßen lagen in einem milden Licht; sie waren draußen in den Hügeln gewesen, vor der Stadt, er hatte ihr den Teich gezeigt, in dem er als Kind gebadet hatte, der Teich war beleidigend klein. Dann hatten sie im Garten jener Gaststätte gesessen, die früher »Ritternest« geheißen haben sollte, hatten mit Strohhalmen Limonade getrunken aus altmodischen Gläsern. Das Gasthaus lag an einem Abhang, vom Geländer aus konnte man die Dächer der Stadt sehen. Er hatte neben ihr gestanden, den Arm um ihre Schultern, und sie hatte irgend etwas Verrücktes sagen wollen. Da hatte er gesagt: »Adele Noth, du riechst nach Kosmetik.«

Also wußte er, wie ihr zumute war. Fast alles war gekommen, wie sie es sich vorgestellt hatte, und doch war sie aufgeregt, wurde mit einer seltsamen Rührung nicht fertig, sie war glücklich und doch ein bißchen wehmütig. Von Hannes' Eltern war sie aufgenommen worden mit jener freundlichen Selbstverständlichkeit, die alles leicht macht. Vor allem sein Vater gefiel ihr sofort: Er sagte Schwiegertochter zu ihr, zwinkerte ihr zu und machte seine Späße; sie spürte, daß er sich freute. Die Mutter war eine stille Frau, sie machte sich den ganzen Tag zu schaffen, und wenn sich beim besten Willen keine Arbeit mehr fand, erfand sie eine – heute buk und briet und kochte sie, als ob sie die halbe Stadt verköstigen wolle. Adele spürte, daß sie sie manchmal beobachtete – aber wer wollte ihr das verübeln.

Sie gingen über den Marktplatz, Hannes zeigte ihr das Rathaus und den alten Brunnen davor; die Leute sahen sich um nach ihnen. Hannes sagte: »Ich gebe zu, sie haben auch allen Grund.« Jemand kam vorbei, grüßte und sagte: »Wieder mal im Lande?« Adele hatte schon bemerkt, daß Hannes fast alle Leute kannte. Er hatte ihr erzählt, welche Namen ihnen die Leute gegeben hatten: Hannes war der große Stütz-Bub, sein Vater der alte Stütz, dann gab es noch den kleinen Stütz und den Stütz-Matrosen, und nur die Mutter war die Seeliger-Anna geblieben seit ihrer Mädchenzeit. Überhaupt hatte sie vieles erfahren in diesen drei Tagen, auch, daß die erwachsenen Söhne immer noch und ganz selbstverständlich zur Familie gehörten; die Eltern wußten, was es gab in ihrem Leben, vor welcher Küste der Seefahrer kreuzte und wieviel Tore der Kleine geschossen hatte im letzten Oberliga-Punktspiel – hierher kam man immer nach Hause. Das alles hatte Adele nicht gekannt. Sie hatte Freundinnen gehabt und deren Familien kennengelernt – diese Art Familie erlebte sie zum erstenmal. Selbst das Häuschen war unverwechselbar mit den Farben der Gegenstände und der Atmosphäre der Dinge; es war nach und nach neu eingerichtet worden, aber überall hatte sich ein altes Stück gehalten – in Hannes' Dachkammer gab es ein ganzes Arsenal von abgenutzten Gegenständen, dann die alte Porzellanuhr in der Küche, das verschnörkelte Vertiko im Flur, der alte Stütz auf einem alten Foto im Dreß des Arbeiter-Turnvereins – überall die Spuren gelebten Lebens. Jedes Ding hier hatte seine Geschichte und seinen dauerhaften Platz.

Da verstand sie auch, woher Hannes die Sicherheit nahm, mit der er einherging und die Dinge, die einfach da waren, abhorchte, ob sich daraus nicht Dinge für uns machen ließen. Es war gerade keine andere Welt, aber sie hatte doch mehr an ihrer Peripherie gelebt. Ihr Zuhause war eintönig gewesen: ein bißchen Hausarbeit, die Gespräche mit der Mutter, die einen genau abgesteckten Kreis nicht überschritten, die Bücher, die ihr gehörten. Das Leben war draußen und die Zimmerwände ließen nur schwache Reflexe herein. Die Wohnung ein Ort, an dem man seine Sachen aufbewahrt und sich schlafen legt, wenn nichts anderes bleibt. Höchstens das Radio war ein kleines Fenster zur Welt. Sie hatte ihre Mutter gern und hatte früh schon begriffen, daß das Leben nicht leicht war für sie, aber sie wußte doch genau, wie sie, Adele, damals aufgeatmet hatte, als sie ins Internat zog. Nun waren auch die Freunde aus der Studienzeit übers ganze Land verstreut, sie traf selten einen, es blieben ein paar Erinnerungen. Sie hatte neue Freunde gefunden. Das Leben, das sie jetzt lebte, unterschied sich um einiges von dem, das sie gelebt hatte damals. Sie war ins Wasser gesprungen und siehe: Sie schwamm. Der morgige Tag würde nicht viel ändern daran, und doch war er das endgültige Ende von etwas: Die Kindheit, die Schulzeit und das Studium, und daß alles, was zu entscheiden war, von ihr allein entschieden wurde und für sie allein – das war vorbei. Es war sicher nur das, was alle Leute eines Tages erleben, so oder so. Und doch war ihr, als finge jetzt alles erst richtig an. Man schreibt seinen Namen auf ein Papier und hat von da an einen andern – das war weiß Gott nicht gerade umwerfend. Es blieb dennoch umwerfend genug.

Am Morgen war sie auf dem Friedhof gewesen, allein, hatte das Grab gesucht – dann stand sie vor dem schwarzen Stein: Alles blieb taub und ohne Entsprechung. Hatte sie erwartet, daß die unerlebte und versunkene Vergangenheit doch noch etwas bewirken würde? Ein dumpfes Gefühl, ein vager Gedanke. Sie stellte die Blumen in einen Tonkrug, dann ging sie. Es war nichts anderes möglich, sie hatte sich das selbst gesagt – das war es also, was ihre Mutter gemeint hatte. Es geht einfach weiter, es bleibt nichts. Sie wußte, das war nicht die ganze Wahrheit, aber es war ein Teil davon. Dann dachte sie daran, daß ihre Mutter am Abend ankommen würde, sie würde sie vom Bahnhof abholen, sie fragte sich: Und wenn doch etwas geblieben ist von damals? Das war denkbar, es war zu verstehen, aber es blieb vergangen. Sie konnte das einfach denken, ohne Erschrecken: Das Leben wird heute gelebt und morgen, nicht gestern. Es waren diese einfachen Wahrheiten, mit denen man sich einrichten mußte. Der alte Stütz hatte eine seiner Geschichten erzählt, dann hatte er gesagt: »Erst haben immer die Alten recht, aber nach und nach haben die Kinder recht, das muß man sich merken, das ist so. Eines Tages wird's euch genauso gehen.«

Das hat also Bestand.

Drüben schlug die Rathausuhr, die Schläge hallten nach in dem stillen Nachmittag, dann folgte die Kirchturmuhr, die ging ein bißchen nach. Hannes blieb auf einmal stehen und sagte: »Frau, das sind alles solche Sachen – kannst du mir folgen?«

»Selbstredend«, sagte sie.

»Also«, sagte er, »dann gehn wir mal da drüben ein Bier trinken. Da hat mir mal jemand die Tonne einhauen wollen, das ist lange her. Da gehn wir jetzt mal hin und trinken ein Bier; in Ordnung?«

»Allemal«, sagte sie.

Und sie rannten über die Straße, weil gerade ein Lieferwagen kam, den hatten sie zu spät gesehen, der hupte beträchtlich. Der Fahrer drohte noch herüber, ein paar Leute blieben stehen, die gingen nun auch weiter. Das war also die ganze Geschichte. Das ist alles.

Die einfachste Sache der Welt

Der See war fünfzehn Kilometer lang und vier Kilometer breit und voll von Fischen jeder Art. Am Südufer stand der Wald bis ans Schilf heran, aber am Nordufer gab es Weideland und Hügel, die wie Moränen aussahen, und es gab auf beiden Ufern eine Menge Bäche, die alle in den See mündeten und klar waren und kalt. Am Nordufer gab es diese Dörfer, die berühmt waren durch ihre Molkereien und ihren Käse, und am Südufer gab es nur ein einziges Dorf, das der Schwedenkönig Gustav Adolf hinterlassen haben sollte, als er hier durchkam, aber das glaubte Stefan nicht. Feldherren gründen keine Dörfer.

Er saß auf dem Bootssteg und zog eine neue Perlonschnur auf. Der Bootssteg gehörte Rosso, auch das Boot gehörte ihm, Stefan hatte Boot und Steg und Hütte gemietet. Rosso war Rinderzüchter in der Genossenschaft und hatte für Fische wenig Zeit. Stefan fand, daß die Leute des Dorfes überhaupt wenig übrig hatten für den See: Er kam seit drei Jahren jeden Spätsommer oder Herbst nach Finnerow, und er hatte außer den Kindern und dem Tierarzt und ein paar jungen Leuten nie jemand schwimmen sehen und außer dem Melker und dem alten Vorsitzenden nie jemanden angeln. Der Vorsitzende allerdings war ein beträchtlicher Angler, er warf faustgroße Hechtköpfe weg, als ob es Barschschwänze wären. Er wußte, welcher Fisch um welche Zeit an welchem Ort zu erwarten war, und er hatte Stefan eingeweiht bei ungefähr anderthalb Dutzend Dreiviertelliterflaschen, die sie auf dem Wasser zur Strecke gebracht hatten. Der alte Vorsitzende hatte einen alten Hund, der stundenlang still im Boot liegen konnte, und er hatte eine Vorliebe für Himbeergeist, trank aber nie allein. Der neue Vorsitzende hatte weder einen Hund noch eine Vorliebe, aber er war, sagte der alte Vorsitzende, in diesen gebildeten Zeiten genau der richtige Mann für die Genossenschaft, und das war es, was Stefan an dem alten Vorsitzenden drittens gefiel.

Er brachte die Angel in die Hütte und sah nach der Fischsuppe. Er hatte einigermaßen Glück gehabt und drei Barsche gefangen und eine magere Rotfeder und einen unvermuteten Karpfen. Es gab fünfzig Meter vor dem Schilf einen Barschhang, man konnte da ganze Schwärme von ihnen herausholen, und es gab eine Viertelstunde östlich davon einen guten Aalplatz, und dann gab es noch eine Stelle, da war Stefan ein Zweikilohecht an den Haken gegangen, und zwar ganz ohne Blinker, und er hatte dort noch manchen Abend gesessen, aber gefangen hatte er nie wieder etwas. Ansonsten hatte er so ziemlich alles gefangen, was in diesem See vorkam. Nur von den großen Zandern, denen der alte Vorsitzende nachstellte, hatte er nie einen zu Gesicht bekommen, und er glaubte auch nicht mehr an sie.

Also die Suppe war gut. Er deckte sie zu und drehte den Kocher auf die kleinste Flamme. Dann setzte er sich vor die Hütte. Es war nicht sicher, ob sie kommen würde, aber er rechnete fest damit.

Das gegenüberliegende Ufer war nun in einen leichten Nebel getaucht, und das Motorboot, das man sehr weit über das Wasser hörte, mußte auch in diesem Nebel sein, aber in der Nähe und in der Mitte des Sees und hinüber bis zur Klosterruine und zum Großen Holk war alles klar. Stefan hörte den Sprosser, der jeden Abend kam, er hörte die Krickenten und sah die bronzegrünen Spießenten und die Wasserhühner und natürlich die Möwen; es war ziemlicher Betrieb im Schilf. Der Sprosser sang strahlend und kehlig wie eine Nachtigall. Stefan hatte weiter im Süden nie einen Sprosser gesehen, und er hatte gehört, daß es sie nur hier gab und weiter östlich von hier und weiter nördlich. Das Boot aus Uckerow mit den beiden Blinker-Anglern lag noch immer draußen am Holk, und

Stefan dachte, daß sie wohl kein Glück hätten. Es war die Stunde, in der die Sonne hinter die Hügel taucht und die Fische zu springen anfangen.

Auf einmal hörte er das Geräusch, das der Kies unter einem Fahrradreifen abgibt. Das hielt eine Weile an, und als es ausblieb, sah er sie die gewesene Pferdeschwemme herunterkommen, sah sie absteigen und sah, wie sie das Rad über den schmalen Streifen Sand zwischen Schilf und Hang schob, am Steg vorbei, der bis über die Schilfgrenze hinausreichte. Sie winkte herüber und verschwand hinterm Hang. Stefan wartete, bis sie im Badeanzug wieder hervorkam und ins Wasser rannte. Da ging er langsam hinunter. Sie schwamm sehr weit hinaus mit kräftigen Zügen, mühelos. Stefan saß auf dem Steg und sah ihr nach. Seit er geschieden war, war sie die erste Frau, die ihn nicht an etwas erinnerte, woran er nicht erinnert werden wollte. Sie war die erste, die einfach da war. Er hatte sie am zweiten Tag seines Urlaubs kennengelernt und heute war der vorletzte Tag. Er hatte sich gewundert, daß er sie vorher nie gesehen hatte in diesen drei Jahren, und er hatte sie danach gefragt. Sie waren mit dem Boot hinausgefahren zu jener Stelle, wo es das wärmste Wasser des ganzen Sees gab und die er allein wahrscheinlich nie entdeckt hätte, und sie waren nach den seltsamen Steinen getaucht, die es dort gab und die Hühnergötter hießen. Sie hatten im Holzfeuer Kartoffeln geschmort und Fischsuppe gekocht. Und es war also die Klinik gewesen und das zweite Kind, und im Jahr darauf war es diese andere Geschichte mit ihrem Mann. Am Wochenende hatte Stefan dem fünfjährigen Mischa beigebracht, wie man nach Würmern gräbt und wie man einen Fisch vom Haken nimmt. Und dann waren sie noch an den Pilzplätzen gewesen, die sie kannte, und auf jenen Hügeln, von denen aus man den ganzen See überschauen konnte, und in der sagenhaften Klosterruine und in der sterbenslangweiligen Schwedenbucht.

Er saß auf dem Steg, und er dachte, daß dies ein guter Herbst war. Er hatte einen guten Sommer gehabt, und es waren überhaupt drei gute Jahre gewesen alles in allem, wenn einer nicht zuviel verlangt. Er war jetzt fünfunddreißig. Er hatte seine gute Arbeit, es gab eine Menge zu tun. Kroll würde sagen: Man ist eben wer. Man hat die Probleme einer erfolgreichen Gesellschaft, würde er ungefähr sagen, und man hat ein Trumm von Kraftwerk, das man in die Landschaft pflanzt und das sich gerade so amortisieren wird in der Zeit, in der es noch Braunkohle gibt, aber für diese Zeit braucht man es eben. Das geht anderen Leuten auch so, würde Kroll sagen, aber wir sehen diesen Dingen eben ins Auge, das ist das Schöne an uns. Eine Arbeit, die sich lohnt. Eine Sache, die sich sehen lassen kann. Ja, dachte Stefan, das schon. Das und einiges andere.

Aber sonst?

Er hatte oft darüber nachgedacht seit damals, aber es war eine Frage gewesen etwa von der Kategorie: Soll man rauchen oder soll man nicht? Eine ganz einfache Sache. Da ist ein Mann, und er ist also einer von denen, die nachts nicht einschlafen können und Licht brauchen und möglichst Leute dazu, egal welche, sie müssen nur dasein. Einer von denen, die lange aufbleiben und die Kneipen dieses Landes bevölkern, nicht etwa, weil sie Säufer sind, obschon sie es meistens werden. So einer und weiter nichts. Und merkwürdig war höchstens, daß es in jeder anderen Umgebung als der ihm gewohnten wie weggeblasen war.

Sie kam angeschwommen, und er stand auf, ging zum Fahrrad, holte ihren Bademantel. Er dachte, daß sie weder wie neunundzwanzig aussah, noch daß man ihr zwei Kinder zugetraut hätte. Viel eher sah sie nach Tennis oder Segeln oder sonstwelchem Wassersport aus. Und wahrscheinlich, dachte er, würde auch keiner, der sie jetzt sah, darauf kommen, daß sie als Landmaschinenschlosser arbeitet und mit allerhand handfesten Sachen umgehen kann. Etwas anderes waren da schon die Kupferarbeiten, die sie anfertigte, und die Teppiche, die sie knüpfte, und das tat sie also nebenbei.

Wahrhaftig, dachte er, das ist schon ’ne Menge erstaunlicher Sachen.

Er setzte sich auf den Steg, während sie sich umzog. Sie fragte hinter den Büschen hervor: »Was schwimmt denn heute in der Pfanne?«

»Fischsuppe gari baldi«, sagte er.

»Aha«, sagte sie. »Mit ganz wenigen Löffeln Pfeffer.«

»Nebst Knoblauch«, sagte er. »Nebst Zwiebeln und Karotten und einem halben Pfifferling.«

Und später, als sie aß, wie er selten jemand hatte essen sehen, sagte er noch: »Und der Wodka ist zwar nicht kalt, aber dafür ist ’ne Menge da.«

Sie hatten nun eine Weile zu tun, und sie erzählte ihm die Geschichte von dem neuen Mähdrescher, welcher eine kolossale Maschine war mit nur einem halben Prozent Körnerverlust, und das war Weltrekord, aber das Getreide war feucht, und in die feuchten Schläge gejagt, brachte der Kasten fünf bis sechs Prozent Verlust, worüber sich alle sehr freuten. Siehste, sagte sie, und die Senkung der Körnerverluste war ja nun eigentlich der Haupt- und Staatsgrund, weswegen dieses Ding entwickelt wurde. Da hatte sie also ihre Probleme. Und dann wusch sie die Teller ab und sagte: »Das war mal ’n großes Essen.«

»Größer als Eisbein mit Sauerkraut?« fragte er.

»Viel größer.«

»Größer als …«

»Sicher«, sagte sie. »Gar kein Vergleich.«

»Größer als dein Schlesisches Himmelreich?«

»Hm«, sagte sie, »so groß nun wieder nicht.«

Es war Abend, und Mecklenburg war eine schöne Gegend. Vor zwanzig Jahren wäre kein Mensch auf den Gedanken gekommen, Mecklenburg eine schöne Gegend zu nennen, dachte Stefan, auch vor fünfzehn Jahren nicht, das konnte er beurteilen. Er war damals während der Sommerferien der ABF zur Erntehilfe in der Gegend gewesen, alles in allem ungefähr ein halbes Jahr, und das war wahrhaftig ausreichend. Er sah hinaus in die Dunkelheit über dem See: Er hatte die Laterne aus der Hütte geholt, und sie tranken Wodka mit Wasser, rauchten bulgarische Zigaretten, und dann saßen sie einfach da, und die Stille war annähernd vollkommen. Höchstens ein paar Geräusche im Schilf. Höchstens der Aufprall irgendwelcher Insekten, die die Lampe anflogen.

Stefan sagte: »Morgen fahre ich also.«

»Ja«, sagte sie.

Morgen und noch manchen Tag.

Und was wäre vor zwanzig und einigen Jahren aus solcher Mädchenfrau geworden? Darauf hat man Antworten. Rings eine Weltkonferenz unglaublicher Einöden, und im Schweiße deines Angesichts sollst du deinem Brotherrn dienen und nicht begehren den Blick über die Kirchturmspitze, da hätte uns Gott wohl nach und nach verlassen. Vor zwanzig und einigen Jahren, in neunzig von hundert Fällen – in diesem wohl nicht: damals nicht und heute schon gar nicht. Und nun hätte Stefan doch gern gewußt, was für eine Sorte Mann das war, und ferner, welche Sorte Blindheit, mit der er geschlagen war.

Oder: Warum waren zwei Ehen auseinandergegangen? Bei ihm war es das Wanderleben von Baustelle zu Baustelle, wenigstens hauptsächlich, da hatte sich also ein Stellvertreter angefunden. Und bei ihr? Besagter Ehemann wurde zum Studium delegiert im klassischen Alter von dreißig Jahren, da tun sich Welten auf und womöglich gewisse Bedürfnisse: die einfachste Sache der Welt. Vielleicht ist, was sich nicht in jeder Lebenslage bewährt, ohnehin nicht das richtige? Vielleicht passen gewisse Leute einfach besser zueinander als gewisse andere? Wie auch immer: Jedenfalls lagen die Dinge annähernd großartig.

»Weißt du was?« sagte sie. »In eurer Gegend war ich noch nie.«

»Da hast du vermutlich nichts verpaßt«, sagte er. »Hinterstes Kaffee-Sachsen, bekannt durch Funk und Fernsehen.

Aber wir haben 'ne kolossale Truppe auf der Baustelle und 'ne Menge sowjetische Spezialisten, da kann man's aushalten.«

»Ich war mal in Thüringen«, sagte sie. »Und an der Küste so ziemlich überall und in Berlin natürlich, und in Warna war ich auch mal. Aber in der Sowjetunion, da war ich nämlich noch nicht.«

»Das muß allerdings geändert werden«, sagte er.

Und dachte, daß er schon immer mal hingewollt hatte, aber es hatte sich nie ergeben, und das waren nun mindestens zwei Gründe. Er hatte ein halbes Dutzend Männer in seiner Truppe, die auf Auslandsmontage gewesen waren, und er dachte an die Geschichten, die sie erzählt hatten. Einer zum Beispiel war in Ägypten gewesen, und die Leute dort hatten ihn andauernd gefragt, ob er aus Demokratie-Deutschland käme oder etwa nicht. Und zwei andere waren in Ulan-Bator gewesen und zwei weitere in Kuba, die waren als ganz harmlose Strippenzieher hingefahren, und zurückgekommen waren sie als beträchtliche Revolutionäre, mit einigen etwas hemdsärmligen Theorien zwar und mit bemerkenswerten Bärten, aber immerhin. Es war allerhand los in der Welt, und Stefan war noch nie auf Auslandsmontage gewesen, das war sein geheimer Kummer. Na, dachte er, wenn's so nicht geht, dann geht's eben anders. Der Mensch hat ja drei Wochen Urlaub, und angeln kann er mit siebzig auch noch. Und bei nun diesen Aussichten war das allemal das Beste.

Die Lampe war heruntergebrannt, und es gab einen sehr intensiven Sternenhimmel, könnte man sagen, wenn man nicht seit einiger Zeit oder spätestens seit Gagarin wüßte, daß eben dieser Himmel zur Erde gehört wie Kamtschatka oder Feuerland, wie Plasmaphysik oder Klassenkampf, wie alles, was je ein Mensch gesehen, gefühlt oder gedacht hat. Vielleicht gab es irgendwo dort irgendwelche Wesen mit, sagen wir, zehn hoch zehn Gehirnzellen. Vielleicht gab es sie nicht, das blieb offen. Aber die Dinge waren da, so oder so, die Erde war da und auf ihr die vorläufig einzige Sorte halbwegs vernunftbegabter Wesen, die bezogen die Welt auf sich und erwarteten von nirgend etwas als von sich selbst. Und das war immerhin das Beste, was sie tun konnten.

»Es wird Zeit«, sagte sie.

»Ja«, sagte er.

»Du wolltest mir noch das Buch geben.«

Er stand auf und ging in die Hütte und stieß mit dem Schienbein an den Propangaskocher, daß er alle Sterne der Welt aufblitzen und nur langsam wieder verlöschen sah. Dann hatte er das Buch. Es war das Tagebuch der Armut von unserer Schwester Carolina Maria de Jesus, das jeder lesen muß, der noch nicht weiß, welche Farbe der Hunger hat und welche Gestalt die Bitternis; das brachte er ihr. Und dann sagte er: »Ich gehe noch ein Stück mit.«

Die Nacht war warm, sobald man ein Stück vom Wasser weg war, und das Heidekraut knisterte unter ihren Füßen, wenn sie vom Weg abkamen, und die Endmoränenhügel gingen neben dem Weg her wie eine Kamelkarawane. Hier konnte man leben. Sie gingen zum Dorf, ließen die Hügel zurück, die sich sanft und seltsam wölbten, ließen die Verstecke der Kinder zurück und die vergangenen Abende und die schönen Sonnenuntergänge. In der Gärtnerei begann ein Hund zu kläffen, und ein ganzer Horizont von Hunden fiel ein. Stefan dachte: Ihr werdet mich schon noch kennenlernen. Hierher konnte man heimkommen von allen Bauplätzen, die einen noch erwarteten, und er dachte: Ihr werdet schon sehen. Wahrhaftig, da wird sich noch mancher wundern.

Der Hafen der Hände

Es war ein ungewöhnlich heißer Sommer. Die Sonne hing drückend im Staub der langen Trockenheit. Das Getreide lag am Boden, und die Kartoffelstauden waren grau und verbrannt. Auf den dürren Weideplätzen brüllte das Vieh nach der Tränke. Träge hielten sich ein paar Boote auf dem Wasser. Der See lag da wie gelähmt.

Jakob saß vor dem »Heidekrug« und sah über die Anlegestelle auf den See hinaus. Er bemerkte die dunklen Streifen auf dem Wasser, die von der Unterströmung an den Untiefen herrührten und sich zum Großen Holk hin fächerförmig öffneten. Er war den dritten Tag im Dorf, aber alles kam ihm unwirklich nah vor und seltsam vertraut: die sanfte Hügellandschaft und die roten Dächer der Häuser, die Reusen und Schilfbuchten vor dem Wald, der Ginster und das Heidekraut an den sandigen Sommerwegen. Gewiß: Habermaas hatte ihn mit allem vertraut gemacht – mit den Belangen des Dorfes, der Genossenschaft, der Schule und mit den Klatschgeschichten natürlich auch. Aber das erklärte die Heiterkeit nicht und den festlichen Glanz dieses hitzetollen Nachmittags. Endlich war Jakob angekommen, wo er immer hingewollt hatte – in eben dieses Dorf, an eben diesen See. Er konnte schon den Aal riechen, wenn sie ihn räuchern würden. Er konnte schon die Kinder ins Wasser rennen sehen und das Boot besteigen, das er in der Bezirksstadt kaufen würde. Er konnte den Motor tuckern hören und den Fahrtwind spüren. Er war angekommen, unwiderruflich.

Finnerow – was war daran Besonderes? Ein Dorf wie hundert andere in diesem Land. Höchstens, daß die meisten Leute nach dem Krieg zugewandert waren aus Pommern oder Schlesien oder Ostpreußen – vor dem Krieg war Finnerow eine Domäne gewesen mit Saisonarbeitern und Tagelöhnern und ein paar kleinen Pächtern. Aber Jakob saß da und dachte: Anne wird sich hier wohl fühlen. Das war durch nichts beweisbar, aber er war fest davon überzeugt; sie war nie ganz heimisch geworden auf den Stationen ihres Weges, weder in Anslaaken noch in Schwerin, und in Weidanz schon gar nicht, diesem Musterdorf mit der Devise: Der Spatz in der Hand ist besser als die Taube auf dem Dach. Anne hatte gesagt: Die haben ihre Zukunft schon hinter sich. Sie hatte es damit nicht bewenden lassen, hatte gekämpft, war unbequem geblieben bis zum letzten Tag: vergebens. Hier in Finnerow wurde sie gebraucht, und sie würde gefordert werden. Das Dorf steckte voller ungenutzter Möglichkeiten, und es hatte noch keine Prämien dafür bekommen, daß es so war, wie es war. Es hatte noch keinen Speck angesetzt und keine Patina.

Jakob stand auf: Es war achtzehn Uhr, der Wirt öffnete den Schankraum. Der Wirt fuhr tagsüber mit dem Lieferwagen über die Felder, brachte Getränke und Eis hinaus zu den Brigaden, die sich mit der Hitze herumschlugen. Jakob bestellte ein Bier und eine Bockwurst. Der Wirt sagte: »Bockwurst ist nicht. Kann ich wissen, daß acht Tische an zwei Tagen dreihundert Bockwürste essen?«

Da stockte Jakob also auf zum Goldbroiler und nahm noch einen Korn dazu. Er war der einzige Gast, und er hatte den guten Tisch am Fenster mit dem Blick auf den See hinaus. Er betrachtete die Grafiken an den Wänden, die einer gemacht haben mußte, der sich auskannte in der Gegend. Jakob dachte: Die hat es damals sicher nicht gegeben. Es hat sicher manches nicht gegeben damals, und manches gibt es auch jetzt noch nicht: Es ist genau das, was wir brauchen. Er bemerkte den Ventilator, der schräg über ihm in die Wand eingelassen war und einschläfernd summte. Hinter der Theke spielte ein Radio leise Schlagermusik, unterbrochen von Störgeräuschen. Es mußte ein Gewitter in der Nähe sein: Jakob sah aus dem Fenster, konnte aber nichts entdecken.

Die Luft lag bleischwer über der Bucht. Kein Hälmchen regte sich.

»Noch ein Bier?« fragte der Wirt.

»Sicher«, sagte Jakob.

Er wischte das Bratfett mit einem Brotrest vom Teller und beobachtete den Wirt, der an der Theke hantierte. Der Wirt arbeitete scheinbar langsam, mit jenen sparsamen Bewegungen, die jeden überflüssigen Handgriff längst ausgeschlossen hatten. Er hatte den Druck auf seinen Bierfässern gut einreguliert, es gab nicht zuviel Schaum und nicht zuwenig. Er kam mit dem Bier herüber, und Jakob sagte: »Sind Sie schon lange in der Gegend?«

»Wie man's nimmt«, sagte der Wirt. Und nach einer Weile fügte er hinzu: »Drei Jahre.«

»Nun ja«, sagte Jakob. Und dann: »Kurz und gut, ich bin hier der neue Schulleiter.«

Der Wirt stand da, wischte mit den Händen über die Kellnerjacke, zog dann einen Stuhl heran und setzte sich. Er wirkte plötzlich unbeholfen und schwer. Er sagte: »Ich nehme an, es ist wegen der Kinder?«

»Wegen der Kinder?« fragte Jakob.

»Sie erfahren es ja doch. Aber für mich ist eins wie das andere, das können Sie mir glauben.«

»Aber gewiß doch«, sagte Jakob. Er verstand kein Wort.

Der Wirt ging zur Theke und kam mit der Kornflasche und zwei Gläsern zurück. Er schenkte ein und sagte: »Auf den Einstand.« Sie tranken den klaren Weizenkorn, und Jakob bot Zigaretten an. Der Wirt sagte: »Mich nennen hier alle Schorsch.«

»Jakob«, sagte Jakob. »Außerdem Müller. Aber ich kann nichts dafür.«

Der Wirt lächelte und sagte: »Sie haben auch Kinder?«

»Zwei Jungen«, sagte Jakob. »Meine Frau kommt nach, ich muß erst bißchen Quartier machen.«

»Und Ihre Frau arbeitet auch?«

»Sicher«, sagte Jakob. »Zootechnikerin. Sie geht zur Genossenschaft.«

Der Wirt nickte. Aber nun ging die Tür auf, und herein kamen drei Männer mit einem leeren Bierkasten, da bekam der Wirt Arbeit. Die drei brachten ein Gespräch mit, das ließ sich nun am Stammtisch nieder. Die Männer schütteten eine Menge Bier in sich hinein und wurden sich lange nicht darüber einig, ob man unbedingt Portlandzement nehmen müsse für den Fußboden des neuen Rinderstalles oder ob es Vierhunderter Zement auch täte oder gar Dreihundertfünfziger, und sie waren trotz allem sehr lustig. Dann kamen weitere Gäste, der ehemalige Vorsitzende und sein Sohn und der Schäfer auch. Dann kam diese Paula. Kam an und sagte: »Na, Genosse Heidepauker?« – und hatte ihre zwei Zentner auch schon zu Stuhle gebracht. Jakob hatte sie gleich am ersten Tag kennengelernt: Sie war Fachmethodikerin beim Bezirkskabinett und leitete hier ein Sommerlager für Laienmaler und Grafiker, Schüler und Lehrlinge zumeist. Ferner war sie Bezirkstagsabgeordnete, und man sagte ihr nach, sie sei imstande, die verfahrensten Karren aus dem Dreck zu ziehen. Außerdem hatte sie eine Stimme, die bequem bis ins Nachbardorf reichte.

Jakob fragte: »Trinkst du'n Kleinen mit?«

»Allemal«, sagte sie.

Dann sah Jakob wieder auf den See hinaus, aber von dem Gewitter war noch immer nichts zu sehen. Dafür veranstalteten sie drüben am anderen Ufer, wo das Studentenlager war, ein kleines Feuerwerk. Die Pappraketen stiegen hoch und platzten fast immer dicht hinter dem Gipfelpunkt und versprühten und verlöschten. Der See war an dieser Stelle gute drei Kilometer breit, und der Schall brauchte an die zehn Sekunden über das Wasser. Manchmal sah man das Lagerfeuer aufflackern, aber zu erkennen war natürlich nichts auf diese Entfernung.

»Sag mal«, sagte Jakob, »kannst du mir vielleicht sagen, was mit diesem Wirt los ist und mit seinen Kindern?«

»Tja«, sagte Paula. »Das ist so eine Geschichte.«

Nämlich: Dieser Schorsch war vor drei Jahren aus Friesland oder Holstein gekommen, hatte zuerst in der Genossenschaft gearbeitet, dann hatte er den heruntergewirtschafteten »Heidekrug« vom Konsum übernommen und in kurzer Zeit wieder hochgebracht. Er hatte ein Abkommen mit der Schiffahrtsgesellschaft geschlossen, und an den Wochenenden brachten sie ihm Ausflügler aus der Stadt, Schulklassen und ganze Betriebsbelegschaften, die bei ihm zu Mittag aßen und dann weiterfuhren nach Wolzow oder Nonnenhagen am oberen Ende des Sees. Und schließlich hatte er diese Hertha geheiratet, die drei Kinder hatte, jedes von einem anderen Mann. Sie hatten dann zusammen ein viertes Kind, und soweit war alles in Ordnung. Schorsch war ein angesehener Mann im Dorf, er hatte seinen Platz gefunden. Nur: In diesem Frühjahr war das fünfte Kind gekommen, und das war wieder nicht von Schorsch, und da lag also der Hund begraben. Die Leute begannen zu reden, die einen mehr über Schorsch, die anderen mehr über diese Hertha, und Schorsch fing an zu trinken, oder man muß schon sagen: zu saufen.

»Tja«, sagte Jakob. »Dieses Finnerow.«

Paula aber sah vor sich hin und sagte: »Na, weißt du, übernimm dich bloß nicht.«

»Ich kann mir seine Lage schon vorstellen«, sagte Jakob. »Aber wo ist da ein Ausweg?«

»Ein Weg«, sagte Paula. Aber mehr sagte sie nicht.

Jakob sah zur Theke hinüber, wo hin und wieder diese Hertha auftauchte, wenn jemand einen Broiler bestellt hatte oder Spiegeleier, aber das war selten. Die Frau hatte es in sich, und sie mußte sehr schön gewesen sein, und aufregend war sie noch immer. Jemand muß diese Kinder erziehen. Jemand muß den Leuten Bier und Bockwurst verkaufen oder Limonade aufs Feld bringen. Jemand muß der Mann dieser Frau sein, und es war klar, daß sie einem Mann allerhand bedeuten konnte. Jakob dachte: Man weiß eine ganze Menge. Man weiß, wie man zu einem Tbc-freien Rinderbestand kommt und wie man Sozialismus macht oder beispielsweise zeitgemäße Lehrpläne, und man weiß auch, wie der Mensch in den Himmel kommt und wieder zurück auf die Erde. Und eine ganze Menge weiß man eben nicht.

Drüben trank der Schäfer seinen dritten oder vierten Boonekamp und sagte zum Sohn des alten Vorsitzenden: »Da denken manche Leute, wenn sie auf ihrem Trecker vorbeituckern: Der Schäfer steht sich 'n Stock in' Hintern und strickt Strümpfe, aber was weiß so einer schon? Von die Schafe und all dies? Auf so 'nem Dieselstinker?«

Das war vermutlich auch ein Problem: Jakob sah, wie die Männer lächelten und dem Schäfer zutranken, auch Schorsch lächelte, auch diese Hertha, und wie sie die Biergläser in den Händen hielten und fest und sicher dasaßen – er dachte auch jetzt wieder, daß es gut war, hier zu sein, unter diesen Leuten, und daß er seine Wahl richtig getroffen hatte. Finnerow am See. Ein Dorf in diesem Land.

»Weißt du«, sagte Paula, »ich habe das gemalt: wie sie dasitzen und die Hände auf dem Tisch haben und in den Händen die Gläser und wie sie reden über sich und die Welt. Drei Bilder habe ich der Bezirksausstellung angeboten, aber sie haben nur die beiden anderen genommen. Sie haben gesagt, es sei nicht typisch.«

»So«, sagte Jakob.

»Ja«, sagte sie.

Fern zuckte ein Blitz über den Himmel, sprang blauweiß und blaßrosa über die schwarze Silhouette der Bäume und kehrte matt wieder auf der weiten Fläche des Sees. Der Schäfer stand auf und sagte, er wolle sich auf die Beine machen, bevor das Gewitter käme. Auch der alte Vorsitzende und sein Sohn brachen auf. Schorsch kassierte ab und brachte sie zur Tür. Dann kam er an den Tisch. Er brachte die Kornflasche mit und frisches Bier für alle drei.

Jakob sagte: »Vielleicht zieht es vorüber.«

»Mach keine Witze«, sagte Paula.

»In Weidanz«, sagte Jakob, »hat der Blitz bei so einem Augustgewitter in die Kirche eingeschlagen.«

»Das nehmen wir in Kauf«, sagte Paula, »Hauptsache, es gibt Regen.«

Die Blitze kamen jetzt näher, und der Donner war zu hören, und ein Windstoß fuhr in die Bäume, aber der Regen kam noch immer nicht. Die Blitze erhellten das gegenüberliegende Ufer und die nun leicht gekräuselte Oberfläche des Sees, auf der kein Boot mehr zu sehen war. Nach dem Gewitter, hatte Jakob gehört, beißen die Fische besonders gut – nur: Er hielt das für eine Legende. Jedes Lebewesen und jeder Organismus haben ihren bestimmten Rhythmus und ihre Gesetze; warum soll das ausgerechnet bei Barschen und Plötzen und Rotfedern anders sein? In seinem Aquarium ließen sich die Fische auch auf nichts mehr ein, wenn es einmal dunkel war.

Und plötzlich dachte er: Wenn mir das passiert wäre, was diesem Schorsch passiert ist, was würde ich tun? Zwar: Bei Anne waren solche Dinge nicht denkbar. Und dennoch: Ganz sicher ist nichts auf der Welt. Da war ein Mann zehn Jahre lang auf der Suche nach einem Platz für seine Familie und glaubte ihn gefunden zu haben, nur weil Anne 1945 nach der Flucht ein paar Wochen in diesem Dorf gelebt hatte und manchmal davon sprach wie von einem Gelobten Land. Damals war Finnerow eine erste Zufluchtsstätte gewesen, eine Insel in der Flut, ein bißchen Heimat nun in der Erinnerung. Aber jetzt, mehr als zwanzig Jahre später? Und Anne, die einfach nicht seßhaft werden konnte, warum eigentlich sollte sie es ausgerechnet hier?

Nun, dachte Jakob, wir werden sehen. Wir werden unsere Arbeit haben, Anne in dieser LPG »Eintracht« und ich beispielsweise mit den Kindern von diesem Schorsch und dieser Hertha, wir werden Probleme haben und Freude auch, und das ist schließlich die Hauptsache. Wir werden hierbleiben oder vielleicht auch nicht, das ist nicht so wichtig.

Die ersten Regentropfen klatschten an die Fensterscheibe, und dann riß der Himmel auf, das Gewitter entlud sich über dem Dorf, der Regen rauschte, und die Blitze fuhren unerhört grell nieder. Die Schläge waren enorm, und zwischen zwei Donnerschlägen sagte Schorsch: »Wissen Sie, manchmal wird der Mensch einfach nicht so schnell mit seinen Gewohnheiten fertig. Man muß ihm ein bißchen Zeit lassen. Das ist nun mal so.«

Jakob wartete. Er dachte: Auf irgendwen oder über irgend etwas wird er schon noch zu schimpfen anfangen. Die Macht der Gewohnheit, das kann doch nicht sein Ernst sein. Aber der Wirt schenkte Korn nach, und er war nun offensichtlich doch ein bißchen angetrunken, er fing an, Geschichten zu erzählen und plattdeutsche Witze, auch diese Paula gab einen Witz von sich, und wenn sie lachte, hatte es der Donner schwer. Sie muß so um die fünfzig sein, dachte Jakob, und wie viele Frauen ihrer Generation lebt sie allein, und wie viele ihrer Generation hat sie etwas gemacht aus ihrem Leben und etwas ausgerichtet in unserer Welt, aber für diesen Schorsch weiß auch sie keinen Weg. Und manchmal wird auch sie ihre Sorgen haben und ihre Probleme und ihre Nöte. Und zwar nicht wegen irgendwelcher Gewohnheiten, das bestimmt nicht, dann schon eher gewisser Bedürfnisse wegen oder ganz einfach: weil der Mensch ein Mensch ist. Er war Frauen ihrer Art sehr oft begegnet, es gab viele von ihnen in diesem Land. Und vor den meisten hatte er eine große Achtung empfunden. Weil sie das Leben nahmen, wie es sich anbot, und weil sie versuchten, das Beste daraus zu machen, ohne sich groß in Szene zu setzen dabei und ohne auf anderer Leute Kosten zu leben. Weil sie zurechtkamen mit sich und der Welt. Und das war gewiß nicht immer leicht.

Es ging nun auf Mitternacht, und Jakob stand auf. Er sagte: »Morgen ist auch wieder ein Tag.« Der Regen hatte genauso plötzlich aufgehört, wie er begonnen hatte: Es war ein intensives, aber kurzes Gewitter.

Paula sagte: »Ja, es wird Zeit.«

Jakob zahlte, und Schorsch wollte ihm den Korn nicht anrechnen, er bestand darauf, daß es heute auf seine Rechnung gehe. Schorsch brachte sie zur Tür und schloß hinter ihnen ab. Er öffnete die Fenster; Jakob und Paula standen noch ein paar Minuten vor dem »Krug« und hörten, wie Hertha sagte: »Kommst du?«

»Ja«, sagte Schorsch. »Gleich.«

Da verabschiedeten auch sie sich; Paula ging nach rechts hinüber zu ihrem Sommerlager, und Jakob nahm links den Weg ins Dorf. Die Luft war angenehm kühl, und es roch nach Regen und nach frischem Gras, dann kam auch der Geruch des Sees herüber und das leise Rauschen der Brandung. Zwischen den eiligen Wolken kam der Mond auf und die ersten Sterne. Die Nacht war klar und frisch wie seit langem keine. Das Dorf lag still im fahlen Licht.

Der schöne Monat August

Trumpeter oder Peter Trumm: Kam so daher, ging so dahin, nahm die Parade der separaten Vorgärten ab, der separaten Blumenrabatten und der Einfamilienhäuser beiderseits – es war Sonnabend, also arbeitsfrei, die Leute polierten zärtlich ihre Autos. Aus einem Autoradio kam etwas, das Hanna vermutlich als Bach definiert hätte. Aus einem Vorgarten rief jemand nach einer Beate. Ein Pausenzeichen verkündete: Ja wenn Reserve Ruhe hat, dann hat Reserve Ruh.

Trumpeter ging durch die Siedlung, da nahm er sich Zeit, das kam ihm sehenswert vor. Da er vom Fußball kam, hätte er natürlich mit dem Bus fahren können, der ließ die Siedlung links liegen, aber Trumpeter ging, weil der Mensch gelegentlich gehen muß, durch die Thälmannstraße, durch das Rahnstätter Tor, durch besagten Rosenhof. Anschließend über den Fluß und in die Wälder, über die Taiga und in die Neustadt. Der Weg hinter der Siedlung war ein guter Weg. Die roten Ziegeldächer blieben zurück, die Gärten öffneten sich. Über den Uferwiesen lag der Geruch der Schafgarbe und des Thymians, dessen Samen von den Quendelstöcken in den Vorgärten gekommen waren.

Der Löwenzahn färbte die Wiese gelb. Die Weiden seufzten.

Kam so daher, ging so dahin: Die Platane auf dem Hügel war eine alte Bewohnerin seiner Phantasie. Trumpeter wußte das Kraftwerk hinter der Flußbiegung, aber hier sah alles aus wie der Eingang zu irgendeinem gelobten Land, die Brücke stand da als ein schöner Bogen, die Gerüche versammelten sich über den Brombeerhecken zu einer Orgie. Wirkliches Grün, wirkliche wahrhaftige Bäume: Das alles kannte die Neustadt nicht. Es gab einen Augenblick des Friedens und der Stille, in dem man die Grillen zirpen hörte und betäubend den Geruch spürte und den leisen Wind, der vom Fluß kam und von den fernen Quellen. Trumpeter sah über den Fluß, über die sanft bewegte Fläche, auf der die Sonne silberne Facetten schliff: Das war ein Tanz phantastischer Reflexe, ein geheimnisvolles Fest des Lichtes und der Erinnerung – es war lange her, sie hatte das Haar lang und offen getragen damals, der Sommer war zu Ende gegangen wie ein Abenteuer. Ein Zufall, wenn es Zufälle gibt. Aber es war ihr erstes Jahr, sie hatten die Zeit ausgegeben, wie man sie nur sehr jung ausgibt oder vielleicht sehr viel später wieder. Hannas Haar überm Grün der Uferwiesen. Die vollkommene Stille und das unglaubliche Licht. Der schöne Monat August, in dem ihnen die finstere Enge ihres möblierten Zimmers nichts anhaben konnte, auch die Siedlung nicht und die Gelassenheit derer, die nie in einem Dreieinhalbmeterkäfig gehaust hatten: Untermiete, Nordseite, Erdgeschoß.

Er ging über die Brücke, querte den Uferweg, ging in den Wald. Die Luft wurde kühl, sie roch nach Laub und nach Fäulnis – das war immer so hinter dem Fluß. Eben war noch alles voll von Erwartung und von tollen Versprechen, einen Augenblick später war alles anders. Das Gelände war uneben und der Wald sumpfig vom Flußwasser. Der Weg war schmal, aber er führte auf überraschende Waldwiesen, überwuchert von nie gehauenen Gräsern und kniehohem Wildgetreide, und wer wußte schon, daß es Rehe gab so nahe der Stadt – von hier aus, wenn man Zeit hatte, konnte man sie sehen. Sie hatten Rehe gesehen, Hasen, Rebhühner, natürlich Eichhörnchen, seltsame Käfer auch und filigrane Libellen, Waldmäuse und Igel, und einmal hatten sie eine Biberkolonie entdeckt, das war, als der Sohn sieben Jahre alt war und die Tochter fünf. Diesen Wald hatte der Sohn von ihnen geerbt. Und Hanna war nie böse geworden, wenn er mit diesen verschmierten Schuhen ankam, das war das Besondere. Damals hatten sie die Zweieinhalb-Zimmer-Wohnung in Rohla, auf der anderen Seite der

Stadt, aber sie waren immer noch hier hinausgefahren, seltener zwar, aber immerhin. Und dann war die Neustadt gebaut worden. Trumpeter hatte seine Drehbank zum letztenmal abgeschmiert und war auf den Bagger umgestiegen. Nun lagen Siedlung und Wald zwischen ihnen und der Stadt, die Rehe waren ausgeblieben, aber sie würden vielleicht wiederkommen, wenn die Neustadt fertig wäre, hatte Salzmann gesagt. Sie würden vielleicht wieder Besitz ergreifen von ihrem Wald, wenn die Stille wieder Besitz ergriffe. Trumpeter hatte damals schon gesagt: die Kinder werden schneller sein.

Das war also der Wald, und dies war der Streifen Brachland, der geblieben war. Brachland oder Taiga. Bauplatz oder Gelände. Weiß, ocker, hellgrau, ziegelrot stand die Neustadt. Ragte zwölfgeschossig, breitete sich achtgeschossig, spiegelte sich in breiten Fensterfronten: Stadt mit vorerst zwei Schulen, Hochhaus, Klub, Kino, vier Kindergärten und keiner Kirche. Eines Tages wird die Friedhofsfrage geregelt werden müssen. Aber Kirche ist nicht. Sondern eine bessere Bibliothek. Und einen Sportplatz zur Schwimmhalle, die schon da ist, und Bäume, Bäume, wenn's geht. Die wachsen nun mal nicht wie Häuser. Da muß man also was erfinden. Denn Spielplatz ist gut – aber wo spielen wir Erwachsenen?

Das sagte Trumpeter auch. Ließ die Kaufhalle links liegen, Poliklinik rechts, da stand sein Haus im mageren englischen Rasen, den sie im Frühjahr angelegt hatten. Fehlinvestition über beiden Portalen oder aber Kunst; der Lift hingegen schnurrte einwandfrei. Ein angenehmes Gefühl, in seine Wohnung zu fahren per Druckknopf. Überhaupt ein Ort angenehmer Gefühle, dieser Block neunzehn, Abschnitt eins, dessen Baugrube man selber ausgehoben hat, einschließlich Kollektorschacht. Die zwölfte Etage, die man immer hatte haben wollen, weil einem das zustand als Tiefbaumann. Der Sohn also war schwimmen. Die Tochter bei besagter Freundin. Hanna saß auf dem Balkon, hatte irgendwelche Schulhefte auf dem Tisch, Kaffeeduft erklomm die Schwelle. Trumpeter ging ins Bad, ließ kaltes Wasser über Nacken und Handgelenke laufen, tauschte Straßensandalen gegen Haussandalen. Das Wasser seufzte im Abflußrohr.

Und nun: Hanna. Hatte schon eine Tasse bereitgestellt, Kanne auf dem Fußboden, Zuckerdose auf dem Geländer – Hanna stellte die Frage, die sie jeden zweiten Sonnabend stellte, ganz ohne Arg oder doch nicht ganz, Trumpeter sagte: »Zwei zu null.«

»Für unsere?«

»Für die anderen.«

Und für wen auch sonst! Man ging ja nicht deshalb hin. Oder lächelte sie etwa doch? Lenin hatte gesagt: Wenn die deutschen Revolutionäre einen Bahnhof stürmen, lösen sie vorher eine Bahnsteigkarte. Trumpeter hatte gesagt: Wenn unsere Fußballer das gegnerische Tor stürmen, melden sie sich vorher telefonisch an. Diesmal sagte er lieber nichts. Man muß auch mal verlieren können. Man muß auch dreimal verlieren können. Obschon man das eigentlich nicht kann, das ist allerdings wahr. Die besten Verlierer sind immer die anderen, das ist ein brauchbarer Satz.

Also die Hefte auf dem Tisch und neben den Heften Kinderzeichnungen, postkartengroß, alle trugen die gleiche Anschrift. Staatsgefängnis Athen, Griechenland. Blumen für Theodorakis. Das machte Hanna mit ihren Kindern in der Schule, viele malten auch zu Hause, manche hatten ein halbes Dutzend Karten gemalt. Die Schule ein halbes Tausend. Ganz gleich, was dieser Pattakos oder sonstwer mit den Blumen anfing, wichtig war, daß sie gemalt wurden und daß sie dort ankamen. Jeden Tag neue. Sehr schöne und ein bißchen unbeholfene. Blumen gegen Gitterstäbe. Anderen als denen hätte das zu denken gegeben. Hanna hatte also noch zu tun.

Aber es saß sich gut hier. So ging Trumpeter ins Wohnzimmer, an die Bücherwand, suchte nach einem Buch, das er noch nicht gelesen hatte, da hatte er eine Weile zu tun. Fand schließlich eins. Das mußte Hanna gerade erst gekauft haben, und es fing gut an. Manda-Ghau. Der Himmel war fast weiß. Einige stolz aufgereckte Sträucher verteidigten trotzig den Schweiß der Erde. Er legte den Finger zwischen die Seiten und ging hinaus.

Bettina kam gegen sieben, aber Thomas kam nicht. Natürlich hatte das Freibad bis zwanzig Uhr geöffnet. Natürlich hatte ein Sechzehnjähriger allerhand auszustehen, wenn er, obendrein am Sonnabend, heimradelt, bevor der Abend noch eigentlich angefangen hat. Wenn man genau hinsah, war die Welt voller Gründe.

Hanna brachte den Tee, und Bettina deckte den Tisch. Der Käse, die Butter, der Büchsenfisch. Tomaten und Paprika nebst Zwiebeln und Knoblauch – also hatte Bettina, wenn nicht alle Anzeichen trogen, auch den Salat angerichtet. Nur gehörte ordentlich Wurst zu einem ordentlichen Abendbrot, welche es immer dann nicht gab, wenn Bettina Einkaufstag hatte. Aber Trumpeter hatte sich schon mit ganz anderen Neuerungen abgefunden. Sogar mit der Morgensuppe und der warmen Milch.

»Wißt ihr schon?« sagte die Tochter. Demzufolge hatte sich der Herr Sohn eine Freundin zugelegt in seinem Fallschirmklub. Sieh mal, da oben schwebt meine Brumme. Beträchtliche Zeiten, muß man schon sagen.

Zweitens: Fernsehen beim Essen war eine Todsünde. Trumpeter beging sie: null zu eins auf eigenem Platz, dieser ASK, das war immerhin tröstlich. Auch wenn Hanna wissen wollte, ob er die Schuhe vom Schuhmacher geholt hatte. Die Götter sind aus Stein. Der Ganges ist aus Wasser. Gescheite Leute, diese Inder. Der Schiedsrichter hingegen ist aus Luft, wie man sieht. Der Sprecher sprach von Auswärtssiegen. Bettina sprach von einem Kleid, das im Fenster der Kaufhalle hing, Blaudruck, Import, sechsundfünfzig achtzig. Nun sagte Hanna: »Habt ihr mit Lehnert gesprochen?«

»Haben wir.«

»Und?«

Und.

Denn schließlich war die Sache nicht so einfach. Da ist also einer, den kennt man seit zwei Jahren, in der Arbeit ist ihm nichts nachzusagen, höchstens daß er bißchen ein Einzelgänger ist. Und auf einmal klauen seine Kinder in der Schule. Und ferner hört man, daß der Mann in aller Stille säuft. Gut, seine Frau war ein Kreuz, das wußte man, aber das war schließlich seine Sache. Man hatte ohnehin genügend Ärger als Brigadier. Trumpeter hatte also mit Lehnert gesprochen, aber der hatte die Zähne nicht auseinanderbekommen. Hinterher hatte Salzmann gesagt: Mein lieber Mann, das ist nämlich so. Also dieser Lehnert war das, was man unter Brüdern einen halben Hahn nennt. Da hatte er folglich gewisse Probleme mit seinem Kreuz. Dergleichen gibt es, aber was soll da die Brigade? Salzmann hatte gesagt: Ich hab ihm paar Tips gegeben, aber das nützt nichts bei ihm, und nun weiß ich auch nicht mehr. Und jetzt die Sache in der Schule. Und nun stell dir mal vor, wie der sich vorkommt in seiner Haut.

Das konnte Trumpeter bestenfalls annähernd. Seine Truppe auf Touren bringen, das konnte er, und er konnte mit dreißig Grad Hitze wie mit dreißig Grad Kälte fertig werden und mit sogenannten Schwierigkeiten jeder Art. Aber wer ist schon auf so was eingerichtet? Um die Kinder wird sich die Schule kümmern, um den Mann die Brigade – aber was denn nun noch alles? »Ich will mal sagen«, sagte Trumpeter, »man darf den Spaß auch nicht übertreiben.« Irgend etwas muß schließlich bleiben, was die Leute gefälligst mit sich selber abmachen. Das war sein letztes Wort.

Bettina hatte wohl nichts mitbekommen, obschon man da nie sicher war – in dem Alter hört man das Gras wachsen. Hanna hatte auch schon ein anderes Thema. Solche Gespräche und solche Gespräche. Ihm war eigentlich mehr nach einer anderen Sorte Abend, aber ihm fiel einfach nichts ein. Irgend etwas, dachte er, mache ich vermutlich falsch. Oder wir machen beide was falsch. Bei anderen Leuten wackeln die Wände, bei uns wackeln sie nicht, das ist ja ganz schön. Aber wenn sie kein bißchen wackeln, das ist auch wieder nicht das richtige. Diese Geschichte mit der stets gleichbleibenden Durchschnittstemperatur. Da hatte der Nervendoktor womöglich recht.

Der Nervendoktor hatte das auf einem Vortrag vom Kulturbund erzählt, und er hatte ferner behauptet, die Liebe sei mehr was fürs Individuum, die Ehe mehr was für die Gesellschaft. Der Nervendoktor war eine der siebenunddreißig hiesigen Berühmtheiten, bei ihm wußte man nie so genau: Fuhr bei Rot über die Kreuzung, der Polizist brüllte: »Sie Idiot!«, der Nervendoktor kam zurück und sagte: »Lieber Freund, wer hier ein Idiot ist, bestimme immer noch ich.« Das waren sozusagen die Pflichten des Berühmtseins, die Leute verlangen das. Also ein Sakrament, hatte er gesagt, ist die Ehe nicht, sondern eine Gesellschaftsfunktion; wohingegen die Liebe vor allem eine Gattungsfunktion ist. Das sehen Sie sofort, wenn Sie sich die Geschichte ansehen und die verschiedenen Gesellschaftsformationen. Die gegenwärtig auf der Welt vorherrschende Form der Partnerbeziehung ist die Monogamie, ergänzt durch Ehebruch und Prostitution. Das wird vermutlich nicht so bleiben. Aber was danach kommt, kann ich von meinem Fachgebiet aus nicht mit Sicherheit sagen. Und als die Ingenieurin, die den Hochhaus-Stütz geheiratet hatte, wissen wollte, was denn dann zum Beispiel Romeo und Julia wäre, oder sagen wir mal, Fidelio, hatte er gesagt: Das, mein Fräulein, ist Literatur.

Das war also der Dr. Niebergall, aber ob es eine Antwort war, blieb fraglich. Hanna hatte es auch nicht geschmeckt – sie hatte hinterher gesagt: Soll ich das vielleicht meiner 10a erzählen? Biologie und Moral, das war so ein Problem. Man könnte ja sagen, dachte Trumpeter, daß es vorläufig noch ein paar wichtigere Probleme zu lösen gibt auf der Welt, aber eine Antwort ist das auch nicht. Unsere Eltern jedenfalls hatten solche Probleme nicht. Oder wann ist früher schon mal eine Arbeiterehe geschieden worden? Die hatten andere Sorgen, das ist mal sicher. Da könnte nun einer sagen: Fortschritt ist, wenn der Arbeiter sich Eheprobleme leisten kann. Und dann dachte er: Salzmann würde jetzt sagen: Siehste, das ist eben Dialektik.

Er stand auf, er sagte: »Ich gehe noch ein bißchen die Gegend besichtigen.«

Hanna sagte: »Ich gehe ein bißchen mit.«

Die Luft war noch immer warm, der Abend kam mit verhaltenen Geräuschen: Ein Lokomotivenpfiff, ein klappernder Ventilator am »Gastronom«, ein kleines Hundekläffen. Aber die Straßen waren leer. In fast allen Häusern waren fast immer die gleichen Fenster erleuchtet vom gleichen schwächlichen Fernsehlicht, die Straßenbeleuchtung verlor sich, die Stadt wirkte unbewohnt und kulissenhaft. Es ging Trumpeter wie oft an solchen Abenden: Er spürte bedrückend die Verlassenheit der leeren Straßen und Plätze zwischen den Hochhäusern, er spürte ihre Dunkelheit und Vorläufigkeit. Ein bißchen Park mit Bänken und Wegen und einem Brunnen vielleicht, ein kleines Eckcafé, Eisdielchen, Lichtinselchen mit Leuten, und es wäre schon ganz anders. Aber das war es nicht allein. Er liebte diese Stadt, er war besessen vom Bau, und dennoch wußte er: Städte ohne Vergangenheit sind wie Menschen ohne Geschichte. Wir sind in Straßen groß geworden, die lange vor uns da waren, in engen Wohnungen und lichtlosen Hinterhöfen, im Ruß und in der Patina der Jahrhunderte – endlich haben wir menschliche Behausungen, haben Raum und Farben und Helligkeit, aber wir sind darauf nicht vorbereitet. Wir sind noch nicht ganz fertig mit dem Alten, das uns immer umgab und durchdrang und das uns gewohnt war. Wir sind mit der Stadt noch nicht fertig und noch nicht mit uns, das sind wir nie; aber wir wissen es plötzlich und leben intensiver, oder wir spüren die Unruhe und wissen nur ihren Namen nicht. Dachte er und ging durch die

Straßen, die ebenfalls noch keine Namen hatten, über die unbenannten Plätze dorthin, wo die Kräne aufragten über den dunklen Silhouetten der Rohbaublöcke.

Ganz allein, dachte er, ist man nie. Man hat zumindest die Gesellschaft dessen, der man gewesen ist. Auch wenn das nicht reicht. Auch wenn es gut ist, daß es nicht reicht, weil man sonst vielleicht nichts tun würde.

Und dann lächelte er und dachte: Das sind womöglich auch Probleme, die unsere Eltern noch nicht hatten.

Das war das Ende der Stadt, der letzte vermessene Punkt, Fluchtpunkt genannt – vor ihnen lag das offene Gelände, rechts bis hinüber zum Wald, links bis zu dem verschwommenen Schatten der Altstadt und dem schwachen Licht über ihren Dächern. Schnurgerade die Fernstraße mit ihren Bäumen und Telegrafenmasten, entfernter schon die Schlinge der Schnellbahnstrecke, die Überführung, die Getreidefelder, das seltsame Gras und die Spuren des schwärzlichen Tuffs, des rötlichen Porphyrs. Das war ein guter Platz, den behielten sie eine Weile. Setzten sich auf die Böschung, rauchten zusammen eine Zigarette, weil nur noch eine in der Schachtel war, und Hanna sagte: »Verstehe ich nicht, daß man hier nie jemanden trifft.«

»Ja«, sagte er, »weiß der Teufel.«

Dann legte er den Arm um ihre Schultern. Sie gingen den Weg zurück, den sie gekommen waren.

Salzmann sagte zu Hanslick: »Das verstehst du nicht, wir machen nun mal gerne was fertig, das war immer so auf dem Bau.« Uralter Bauarbeiteradel: Er war schon Tiefbaumann gewesen, als der Ingenieur noch die Schulbank drückte, und Trumpeter wußte, daß er recht hatte. Aber der Ingenieur hatte auch recht. Von zwei Übeln das kleinere wählen war zuwenig, das wußte er außerdem – dennoch mußte entschieden werden. Er entschied: Salzmann arbeitet bis Schichtwechsel an der alten Fundamentgrube, dann wird umgesetzt. Er sah, daß weder der Ingenieur noch der Baggerführer zufrieden war, der eine wollte gleich umsetzen, der andere gar nicht. Man stellt selten alle Seiten zufrieden, wenn man die effektivste Lösung wählt. Es war das alte Lied, aber es war ihm gleich.

Übrigens war es zu allem anderen die hinreichend berühmte Rivalität zwischen Tiefbau und Hochbau, davon konnte Trumpeter mehrere Lieder singen. Salzmann sagte in solchen Fällen: Wenn einer von denen vor der Schicht bloß mal hustet, hat er schon fünf Mark mehr Grundlohn verdient als wir. Trumpeter war der gleichen Meinung: Die Differenz der Lohngruppen war durch nichts gerechtfertigt. Manch einer hatte sich die Zähne daran ausgebissen – aber es gab Probleme, die erwiesen sich als zu zäh für die bekannten Lösungsmethoden, und es kamen immer wieder neue hinzu. Das war überall so, und eigentlich war es gut. Nur ist man nicht immer in der richtigen Stimmung für die Welt, wie sie gerade ist. Und auch das ist gut. Gar nicht auszudenken, wenn es anders wäre.

Er sah Hanslick in Richtung der Rapids und Mostestals davonziehen; fünfundvierzig Grad nach rechts zog Salzmann ab. Trumpeter trat die Zigarette aus, er beobachtete Lehnert, der legte sich ins Zeug, aber er war heute nicht in Form. Kein Rhythmus, kein Gefühl für die Maschine und für das Gelände – in dieser Verfassung war das ein gerade noch tauglicher zweiter Mann. Zwei Baggermaschinisten hatten Urlaub, einer war krank, also fuhr Trumpeter in dieser Woche den dritten UB-80, und er hatte sich Lehnert dazugeholt, weil er gedacht hatte, es wäre eine Möglichkeit. Es war keine, zumindest heute nicht. Er winkte ihm zu, Lehnert kam herunter, wischte sich das verklebte Haar aus der Stirn, er sah alt aus. Trumpeter spürte eine merkwürdige Sympathie, aber er dachte: Davon hat er nichts. Er schwang sich in die Kabine, ließ den Motor auflaufen: Zwei Kipper warteten, und er stand ungünstig, das sah er sofort. Er fuhr zurück, korrigierte den Winkel, hievte den Ausleger. Er spürte die Hitze, spürte die Kraft des Motors: Trumpeter stemmte sich in den Sitz.

Der Bagger fraß sich in die Tonerde, biß krachend zu, das Kühlwasser kochte. Es war genau wie in diesem Buch. Auch wenn es keine Wüste gab und keinen Dschungel, aber das mit dem Himmel war die reine Wahrheit: weiß, grell und eine Sonne darin wie ein glühendes Mühlrad. Die Sonne schlug auf den Bagger herab, auf das verbrannte Gras und die trokkene Erde, sie schmolz Dreck und Staub und Schweiß und Diesel in eine ätzende Brühe, die brannte auf der Haut, lief in die Augenbrauen, lief über Nacken und Rücken und Bauch unter den scheuernden Hosenbund. Trumpeter sah: Drüben rutschte Kalweits SIS an der Böschung ab und verlor einen halben Kubik. Er trat das Pedal durch, wischte den Schweiß aus den Augen, schwenkte und setzte genau zwischen Kabine und Hinterachse ab. Der Kipper ging in die Knie. Es war immer das gleiche exakte Manöver: Schwenk, Signal, der nächste.

Er hatte jetzt seinen Rhythmus, arbeitete ruhig und gleichmäßig, er hätte drei oder vier LKW mehr schaffen können, das machte ihm gar nichts, aber der Kraftverkehr stand nun mal so unter Vertrag, und die Bauleitung ging kein Risiko ein – denen war die geringere Leistung lieber, weil sie leichter konstant zu halten war und man dafür weniger Kritik abbekam, als wenn ab und an ein Wagen zuwenig Tonnen gebracht hätte. Die Fahrer holten das Letzte aus ihren Kisten heraus, ihr Geld stimmte. Dafür hatte der Reparaturanteil Weltniveau. Die Kipper schleppten haushohe Staubfahnen hinter sich her, Raupen furchten das Gelände, die Silhouette der Stadt versank im Dunst.

Lehnert streckte sechs Finger herauf und trug die Nummer des gerade ankommenden Kippers in seine Kladde ein. Sechshundert Kubik – in dieser Hinsicht war er zuverlässig. Verzählte sich nie, bekam nie Streit, ließ sich auf nichts ein. Trumpeter wußte auf einmal, woher die merkwürdige Sympathie gekommen war – einen wie den hatte er schon einmal gekannt, das war noch in der Maschinenfabrik gewesen vor sechs, acht Jahren. Auch einer, der nie aufgefallen war und sich nie in den Vordergrund gespielt hatte. Lebte so neben uns, war ein guter Kamerad, war ein bißchen still und mehr für sich, war aber doch da, wenn man ihn brauchte. Bis er eines Tages nicht mehr da war. Keiner hatte gewußt, daß er krank war, unheilbar – nur er selbst. Schmidtchen: ein kleiner, stiller, tapferer Mann. Einer von denen, um die sich keiner kümmert, weil sie nie Hilfe verlangen. Vielleicht macht das den Menschen stärker, wenn er seine Aussichten kennt. Sicher macht es ihn anders. Und vielleicht war es mit Lehnert genauso.

Denn es war genauso mit jenem Tardinois, zumindest in dieser Hinsicht, auch wenn der ein Hüne war und ein Kerl wie eine Stahlfeder: Es war merkwürdig, daß dieser Mann einen nicht losließ und das Buch nicht und die Leute dort. Ging nach Afrika, baute ein Kupferbergwerk mitten in den Busch, in die Dürre und die sintfluthaften Regengüsse, schwitzte sich das Blut aus dem Leib für irgendein französisches Kupfermonopol, für die Trikolore und ein bißchen auch für sich – aber für sich in einer selbstzerstörerischen Weise, so daß es schien, als ginge er an sich selbst zugrunde, während er die Macht der anderen befestigte, was er nicht wollte, und während er mitschuldig wurde am Blut und an den Niederlagen der Bewohner dieses afrikanischen Landes, was er am allerwenigsten wollte – an all dem starb er. Tardinois, der Ingenieur, mit seinen Zweifeln.

Und Kalimbo, der gerade angefangen hatte, der Befreiung Stimme zu verleihen. So blieb Manda-Ghau, und es blieb das Kupfermonopol, und Laurent blieb, der Arzt mit seiner Gewißheit, die er gegen Tardinois' Zweifel gesetzt hatte, und war doch zu spät gekommen.

»Jedenfalls, Doktor, gebe ich für die Menschen Ihrer idealen Gesellschaft keinen Pfifferling. Eine Aktiengesellschaft aller! Keine großen Kapitäne mehr, die das Unmögliche meistern, keine riesigen Zahlen mehr! Eine Kolonne kleiner Summen im Kontobuch des Krämers. Und sehen Sie: Mir ist es sogar egal, ob der Krämer dabei verdient, ob sein Einkommen steigt. Was ich verteidige, ist das Recht des Menschen, gänzlich er und nur er zu sein. Sogar das Recht, zu irren – bis in den Tod, in dem er erst aufgibt, was vielleicht das Größte an ihm war. Das, das ist Freiheit! Ich verteidige den Menschen, den ich frei nenne, der das ›Schicksal‹ ablehnt, der nicht bereit ist, den anderen ähnlich zu sein, der allein anders als die anderen schöpferisch sein kann, in der Musik, der Malerei, in der Baukunst – und in allem übrigen.«

Er riß im Weitergehen ein Streichholz an. Aber er starrte in die Flamme, ohne sie seiner Pfeife zu nähern.

»Sehen Sie, Doktor, was ich bei euch nicht gutheißen kann, ist diese Ameisenwelt, die ihr uns vorbereitet. Bald werden wir leben wie die Ameisen, wir stellen nach Wunsch Kindermädchen oder Militärs in der Retorte her; die Liebe und das, was wir einmal gewesen sind, wird vergessen. Lauter satte Krämer. Wir würden in einem schwerelosen Zustand leben, in dem die Anstrengung keine Bedeutung mehr hat, in dem man zehn Tonnen mit dem kleinen Finger heben kann. Es gibt keinen Champion ohne das Hindernis. Es gibt kein Genie ohne den Zweifel. Sie werden mir entgegenhalten, man könne ohne Champions und ohne Genies leben – aber was wird dann aus dem Menschen, was fangen Sie, der Sie dieses Wort unausgesetzt im Munde führen, mit ihm an?«

Mit einer Handbewegung hielt er Laurent, der sprechen wollte, zurück. Jetzt würde er sagen, was er zu sagen hatte. Er wiederholte: »Was machen Sie aus ihm? Wahrhaftig, das ist ein schöner Gewinn, wenn Sie, um das Elend zu töten, den töten, der es trägt! Von den Verbrechen und Irrtümern ganz zu schweigen! Und dann Selbstkritik, wie bei der Heilsarmee, vor aller Welt! Und danach?«

Er hatte sein Herz ausgeschüttet. Er wartete auf die Antwort. Wegen dieses Zweifels, der ihm vom Bois Maudit bis Manda-Ghau im Nacken saß.

Laurent schnitt ihm den Weg ab: »Ich möchte Ihnen nur eine Frage stellen.«

»Stellen Sie, stellen Sie …«

»Wenn der Fahnenträger schwach wird, wenn er sogar Verrat übt, klagen Sie dann die Fahne an?« Der Arzt machte eine Pause. »Und verurteilen Sie die Menschen- und Bürgerrechte, weil Lavoisier unter der Guillotine gefallen ist? Antworten Sie nicht, denken Sie erst darüber nach … In einem Museum Dupuytren die Irrtümer oder Greueltaten einer Revolution zur Schau zu stellen, bedeutet noch keine ehrliche Schilderung. Der Fötus mit zwei Köpfen und das Kalb mit fünf Beinen machen nicht die Natur aus.«

Tardinois hatte sich seine Pfeife angezündet. Er hörte zu, den Blick ins Leere gerichtet.

»Was die Nachteile einer allzu großen Sicherheit von morgen betrifft«, fuhr Laurent fort, »diese Erstarrung, die Sie befürchten, so lassen Sie mich Ihnen sagen, daß die Notleidenden von gestern ruhigen Gemüts für ihre Kinder und ihre alten Tage ganz offen ein stabiles Gleichgewicht erhoffen, ein Gleichgewicht, das, wie ein Wassertropfen dem anderen, der Gesundheit ähnelt. Die Krankheit ist nicht nur Sache der Medizin oder der Laboratorien … Und sie gehen auch auf das zu, was hier noch Genie genannt wird, jawohl! In der Absicht, nach ihrem Bauch auch ihren Kopf zu füllen. Das Gesetz der großen Zahl …! Je mehr Menschen suchen, desto rascher kreist man die Zufälle ein, ist es nicht so? Und wenn anstelle einer Handvoll Menschen Tausende, Millionen in den Besitz des Wissens gelangen? Meinen Sie, die Riesen von heute würden auch weiterhin die Galerie in Erstaunen setzen?« – Das also war es: Manda-Ghau, die Riesen, die nicht mehr staunen machten hier in seinem Land, seinem Archipel, auf seiner Seite der Barrikade, obschon es gut wäre, wenn man einige Dutzend mehr von ihnen hätte, zum Beispiel hier in der Neustadt: Die gehen auf die Schwierigkeiten los, wie mit Dynamit geladen. Trumpeter war ganz auf der Seite

Laurents – aber er war auch auf der Seite Tardinois', der nur er selber sein konnte, wenn er anders war als die anderen und dabei übersah, daß er mit seinem ganzen Anderssein den Tod des Andersseins herbeischaufelte in seiner Welt, die aus aller Schöpferkraft Kapital schlug und nichts als das. Die Krankheit ist nicht nur Sache der Medizin – das war es, was Tardinois nicht begriffen hatte. Einer, der die Phrasen haßte und die lebendigen Werke liebte – er sah nicht, daß er die Freiheit der Gefangenen verteidigte, das Recht, Mensch zu sein in der Isolierzelle. Mit seiner Phantasie, seiner Kraft, seiner wütenden Begeisterung befestigte er Zellenwände, seine eigenen und die der anderen.

Dort stand Lehnert: schwarz wie die Nacht, glänzend wie Schuhwichse, Ölkanne in der Hand, Zigarette im Mundwinkel – nein, ein Tardinois war er nicht. Aber er konnte einer werden, jeder konnte das, weil die Wände gefallen waren, und darum ging es.

Trumpeter trat das Pedal durch, der Bagger heulte auf, der Ausleger zitterte, raste über die Kipperkabine, Trumpeter bekam gerade noch den Hebel herum, bevor er an die Bewehrung schlug. Der Tankwagen tauchte auf; Trumpeter schwenkte ihn aus dem Sichtbereich. Lehnert streckte grinsend sieben Finger herauf. Trumpeter gab Signal, drosselte den Motor, er sprang aus der Kabine und ging steifbeinig auf die Teekanne zu – die Kanne war leer. Er ging zu Lehnert und nahm die Zigarette, die der ihm hinhielt. »Na«, sagte Lehnert und grinste noch immer. Trumpeter wußte, er meinte die hundertdreißig Prozent. Er sagte: »Wenn wir schon das Pech haben, arbeiten zu müssen ...«, und wollte sagen: dann wollen wir das wenigstens anständig tun. Aber da war er schon verstanden worden.

Rittlings auf dem Tankwagen saßen Pietzsch und Teichmann, die beiden Ablöser. Trumpeter nickte Lehnert zu und zwinkerte, wie er es immer tat, wenn ihm irgend etwas Spaß machte. »So«, sagte er, »da wollen wir mal.« Dann zogen sie übers Gelände. Der Brigadier spielte Fußball mit einem Splittstein.

Die Halle war angenehm kühl bei sechsundzwanzig Grad Lufttemperatur, zweiundzwanzig Grad Wassertemperatur, die Geräusche waren verhaltener als sonst; ungefähr zwölf, dreizehn Leute waren da, das war alles. Es war der übliche Trainingstag, aber es waren Schulferien. Die meisten waren im Ferienlager, im Ernteeinsatz, an der Ostsee oder sonstwo. Bettina beispielsweise war im Zeltlager. Der Sportlehrer, der die Wasserballjungen trainierte, war am Plattensee. Die halbe 10a war im Roggen oder Weizen oder in der Gerste, wenn sie nicht im Hafer war, und Hanna war als Betreuerin mitgefahren.Thomas hingegen war im Plattenwerk, war also dageblieben, und Trumpeter wußte noch immer nicht sicher, ob ihn tatsächlich interessierte, wie dieser Laden funktioniert, oder ob es ihm bloß um das Geld ging. Von wegen Motorrad und so. Wahrscheinlich ging es um beides. Aber dagegen war schließlich nichts einzuwenden.

Also Strohwitwer Trumpeter sah vom Beckenrand aus zu, wie die Jungen in die vierte Bahn gingen. Das hatte er Kleinhans zu verdanken, dem rührigen Sportfunktionär, und natürlich Bettina, dem Lagen-As. Kleinhans hatte damals gesagt: Also deine Tochter ist ein Naturtalent, und sie hat uns gesagt, daß du ihr das Schwimmen beigebracht hast, und da haben wir uns gedacht … Seitdem war Trumpeter nun jeden Donnerstag hier, war Zeitnehmer, Wasserballschiedsrichter, Trillerpfeifenmann, ließ sich mit »Herr Trumm« anreden oder mit »Sportfreund«, die Rolle lag ihm. Hanna hatte gesagt: Du setzt sowieso langsam Speck an. Das war zwar purer Unsinn, aber was soll man machen. Wenn man Kinder hat und obendrein mit einer Lehrerin verheiratet ist, bleibt einem ja doch nichts anderes übrig.

Beck schlug als erster an, bei neunundfünfzig glatt, der Übungsleiter notierte die Zeit in seinem berühmten blauen

Buch. Da gingen schon die Mädchen ins Wasser, die kleine Hennig zuerst, die hatte ihn nach dem letzten Wettkampf, den sie mit über einer Länge Vorsprung gewonnen hatte, geküßt; die war überhaupt freigebig in solchen Sachen mit ihren siebzehn Lenzen oder so. Trumpeter dachte: Die wird mal richtig. Der Beck und die kleine Hennig, die wußten schon, was sie wert waren. Bei Licht besehen, wurde der Trainingsbetrieb während der Ferien hauptsächlich ihretwegen aufrechterhalten – sie trainierten jeden zweiten Tag. Da kraulte sie also ihre sechzehn Bahnen herunter in ihrem leuchtend blauen Badeanzug, tauchte ein wie ein Uhrwerk, atmete durch nach jedem zweiten Zug, das konnte sich sehen lassen.

Die Halle stand nun das zweite Jahr, die Fundamente hatte Trumpeter selber mit ausgehoben, sein Sohn hatte damals unbedingt wissen wollen, wie man mit einem Bagger umgeht, also hatte er ihm das gelegentlich ein bißchen beigebracht, obschon es natürlich verboten war. Hellgrüne Kacheln, hellgrüne Fliesen mit vier schwarz abgesetzten Markierungslinien, Unterwasserbeleuchtung und schräg verglaste Dachkonstruktion in Höhe des Sprungturmes, mattgelbe Kokosläufer, Kunststoffmatten auf den Federbrettern, Grün überwog insgesamt, dazu die Hallenuhr ohne alle Schnörkel – ein zweckmäßiger Bau inmitten zweckmäßiger Bauten. Oder so: rechtwinkliges Bassin unter zwiefach trikliner Kuppel ohne Symmetrieebene; aus Temperaturglas und beschichtetem Stahl gefaltete Oberlichtschleuse über simslos gekachelten Senkrechten. Davon abzweigend die Duschräume, davon abzweigend die Umkleideräume und Sonstiges. Der Bademeister bearbeitete mit einer Bambusstange den großen Zeiger der Hallenuhr. Die kleine Hennig absolvierte die soundsovielte Bahn. Die Bahn galt als schnell, aber Fünfundzwanzig-Meter-Becken haben andere Nachteile.

Trumpeter ging in den Duschraum. Er duschte sich, klärte den eben angekommenen Gernhöfer über den flauen Betrieb auf, ließ die Haut rot prickeln unter der kalten Strahlbrause, frottierte sich ab. Er zog sich an, rauchte eine Zigarette, trank ein Bier am Kiosk. Er ging in die Kaufhalle, kaufte die beiden größten Koteletts, die auffindbar waren, dazu weißen Pfeffer, den es ausnahmsweise gab und obschon er ihn nicht mochte, weil ihm das Aroma fehlte. Er querte die Magistrale, ging am »Gastronom« vorbei, grüßte den Kulturbund-Stein, der mußte mal zum Friseur. Er nahm die Zeitung aus dem Briefkasten, von Hanna war eine Karte da, die las er im Lift. Er hängte sein Handtuch nebst Badehose ins Bad, wickelte die Koteletts aus, stellte nebenher den Fernseher an, der zapfte am falschen Kanal, den mußte Thomas eingestellt haben – durch die verglaste Durchreiche der Küche sah Trumpeter eine Ansagerin, die fleißig das Gebiß bewegte, ohne daß ein Ton zu hören war. Er panierte die Koteletts und schnitt Brot. Thomas kam nicht, obschon er längst hätte dasein müssen. Er trug das Kotelett ins Wohnzimmer, das zweite ließ er in der Pfanne. Er wechselte den Kanal und sah ein Stück von einem Film über ein sibirisches Wasserkraftwerk. Er aß, trank ein Bier, es war alles in Ordnung, aber irgend etwas fehlte. Er lehnte die Zeitung an die Bierflasche, las mit einem Auge, sah mit dem anderen irgendwelche Kipper irgendwelche Felsbrocken in irgendeinen Fluß kippen, aber das half auch nichts. Sibirien blendete ab, Kambodscha blendete auf, der kleine Sihanouk lächelte von einer Tribüne. In irgendeinem Hafen wurden Frachter gelöscht. Vor dem Weißen Haus demonstrierten Studenten gegen den Vietnam-Krieg. Über Hanoi wurde der 2700. amerikanische Bomber abgeschossen. Präsident de Gaulle hielt eine Rede. Trumpeter räumte das Geschirr ab und ging auf den Balkon. Unten steckten zwei Leutchen irgendwelches Gelände ab, vermutlich für den morgigen NAW-Einsatz. Die Entfernung betrug vielleicht vierzig Meter in der Senkrechten, aber die beiden Männer erschienen viel kleiner, als wenn es vierzig Meter in der Waagerechten gewesen wären. Das war Trumpeter schon aufgefallen, als er hier einzog: Unser Auge ist mehr für die Horizontale eingerichtet als für die Vertikale, vielleicht, weil wir horizontale Entfernungen leichter überwinden können und gewohnt sind, auf platter Erde zu leben. Vielleicht, dachte er, geht es den Vögeln gerade umgekehrt. Man müßte herausbekommen, wie sie sehen. Vielleicht erscheint ihnen das größer und näher, was unter ihnen ist, als das, was sie vor sich haben. Das wäre durchaus denkbar, dachte er. Er rauchte schon wieder eine Zigarette. Er rauchte sonst nie soviel. Er ging vom Balkon ins Zimmer, vom Zimmer auf den Balkon zurück, als wüßte er nicht, wohin mit sich.

Überhaupt, dachte er, ist es merkwürdig, daß wir uns an das Gegebene gewöhnen und daß wir die Gewöhnung nicht wahrnehmen. Früher zum Beispiel, wann immer wir in ein anderes Haus zogen und in eine andere Gegend, gab es immer irgendeine Distanz, ein Gefälle von den Alteingesessenen zu den Neuen, das aus kleinen Vorrechten und stillschweigenden Übereinkünften bestand oder aus Sympathien und Antipathien, die jahrelang auf sich angewiesen waren und sich zu Fronten verhärtet hatten und nun einander belauerten und die Neuen belauerten, die gar nicht wußten, daß man von ihnen erwartete, sich auf die eine oder andere Seite zu schlagen. Hier hingegen waren alle zur gleichen Zeit eingezogen, in jedem Haus, und jene Rangordnung gab es nicht. Niemand wunderte das. Alle fanden es normal. Vielleicht, weil hier das Neue so sehr überwog, daß man gar keine Zeit fand und keine Gelegenheit, über das Alte nachzudenken und über seine eigenen Gewohnheiten. Vielleicht würde die Hierarchie sich wieder einstellen mit den ersten Umzügen – aber wahrscheinlicher war, daß sie zu jenen Gegenden gehörte, wo man dem Nachbarn auf den Tisch und ins Schlafzimmer sehen konnte, und daß sie dort zurückblieb. Wahrscheinlich war hier einfach alles zu groß in diesen Häusern, in denen man nach zwei Jahren noch nicht recht wußte, mit wem man alles unter einem Dach wohnte. Aber dann mußte es statt der alten Gewohnheiten neue geben. Die würden sich genauso unmerklich und zäh entwickeln wie sonst auch und hatten es vielleicht schon und waren nur noch nicht bemerkt worden. Sicher, dachte Trumpeter, denn sonst würden wir merken, daß uns irgend etwas fehlt. Er nahm sich vor, in Zukunft darauf zu achten.

Und dann dachte er: Es wäre schon gut, wenn Hanna wieder da wäre. Es wäre gut, wenn der Ernteeinsatz vorbei wäre und einen die Wohnung nicht mehr angähnte und überhaupt. Aber leider dauerte das noch eine Weile. Da kann man nichts machen. Weiß Gott, dachte er, das ist schon eine seltsame Welt.

Thomas sagte: »Jedenfalls so, wie sie es uns in der Schule erzählt haben, ist es nicht. Die machen da über dreihundert verschiedene Elemente in minimalen Serien, und wenn man genau hinsieht, könnte man mit einhundert auskommen und die Serien verdreifachen, weil die meisten Elemente sowieso bloß paar Zentimeter voneinander abweichen. Aber natürlich läßt keiner mit sich reden. Die sehen einen an, wenn man den Mund aufmacht, als hätte man nicht alle Tassen im Spind.«

»Nanana«, sagte Trumpeter. »Gerade mal zehn Tage hineingerochen, und schon ist das Ei klüger als die Henne.«

»Genau«, sagte Thomas. »Genau dasselbe haben die auch gesagt.« Er biß von seinem Brötchen ab und sah Trumpeter aufmunternd an. »Hübsche Häuser, die wir da in die Gegend setzen – bloß nach den Kosten darf keiner fragen.«

Natürlich wußte Trumpeter, daß daran etwas Wahres war – aber so einfach war es sicher nicht, zumindest konnte er sich das nicht vorstellen. Wäre ja großartig, wenn man überall bloß so ein paar schlaue Jünglinge hinzuschicken brauchte, die durchschauen alles auf Anhieb. Und beinahe ohne Vorkenntnisse. Und noch nicht mal ganz trocken hinter den Ohren. Dies teilte er also seinem Sohn auf eine freundliche Weise mit.

Der sagte: »Tja, das ist so. Da steigt nämlich so ein Mensch von der Bauakademie durchs Gelände, der macht da eine Analyse. Der hat einen Bart wie Jesus, und dem haben sie mich also zugeteilt, weil ich doch mit so Rechensachen bestimmt besser umgehen könne als mit Betonklamotten. Und der hat mir also gesagt, wie man das sehen muß. Und nach drei Tagen hab ich's tatsächlich selber gesehen. Bloß die vom Plattenwerk, die sehen das noch nicht, und das ist also typisch, hat der von der Akademie gesagt.«

»Aha«, sagte Trumpeter.

»Ja«, sagte Thomas.

Und nahm sich das vierte Brötchen, strich Butter auf die eine Hälfte, Braunschweiger auf die andere. Draußen knallte die Sonne wie immer auf die Stadt. Aber glücklicherweise hatten sie beide zweite Schicht, bis dahin war es schon nicht mehr so schlimm, und dann wurde es ohnehin unaufhörlich immer besser, wie Trumpeter manchmal sagte, wenn er die Zeitung las.

Trumpeter sagte: »Na, dann bleib mal dran an deinem Jesus.«

»Sowieso«, sagte Thomas. »Über den schreibe ich, wenn wir mit dem Aufsatz ›Unsere neue Stadt‹ dran sind. Das wird entweder eine glatte Eins oder eine glatte Fünf; kannste dich immer drauf gefaßt machen.«

Da wußte Trumpeter also Bescheid. Geschieht ihm ganz recht, wenn er sich ein paar Beulen holt, dachte er. Der Mensch braucht das, sonst taugt er sowieso zu nichts. Der Junge ist schon richtig, und von irgendwem muß er das ja haben. Dann stand er auf und räumte den Frühstückstisch ab. Kann allerdings sein, dachte er, daß sie ihm das in seinem Fallschirmklub beibringen. Wer große Sprünge gewohnt ist, hat natürlich keine Angst mehr vor so kleinen. Mut gehört natürlich dazu von Anfang an, aber man traut sich dann eben immer mehr zu und wird tatsächlich anders, und die Angst hat immer weniger Chancen.

Das erinnerte ihn an etwas, und er dachte: Irgend etwas stimmt nicht an diesem Gesetz der großen Zahl. Irgend etwas stimmt nicht an dieser Freiheit, anders zu sein als die anderen. Bei Licht besehen, ist sowieso jeder anders als der andere, darum geht es also nicht. Schon eher geht es darum, daß einer nur ganz bei sich selber sein kann, wenn er zugleich ganz bei seinen Leuten ist. Ja, aber wie macht man das? Und wie kann man das machen, daß man alle dorthin bringt, wo vorher die Besten waren, und nicht die Besten dorthin, wo alle sind? Überhaupt: Wie fängt man es an, daß am Ende nicht bloß so gescheite Kerlchen herauskommen, sondern überhaupt richtige Kerle, die wissen, wo der Hammer hängt, und die nicht bei jedem Donner gleich Schiß kriegen?

Ja, dachte er, wie ist das? Ist es so, daß wir alle etwas wollen, aber heraus kommt, was keiner gewollt hat? Machen wir mehr die Umstände, oder machen die Umstände eher uns? Sicher, dachte er, daß ich damals zum Beispiel Hanna getroffen habe und nicht, sagen wir mal, die kleine Gäbler aus der Goethestraße geheiratet habe, obschon wir uns auch nicht ganz unsympathisch waren, ist Zufall. Aber daß wir uns sofort verstanden haben, Hanna und ich, und nach drei Monaten verheiratet waren und uns heute noch verstehen, wenn auch ein bißchen anders als damals und wohl doch ein bißchen besser – das ist kein Zufall. Jemand anderes als sie hätte ich schließlich nicht postwendend aufs Standesamt geschleppt oder sie mich oder wer wen. Nein, dachte er, Zufall oder nicht: Hauptsächlich liegt es an uns. Vielleicht geht es überhaupt immer bloß um die Spanne zwischen dem, was ist, und dem, was möglich ist, wenn wir ernsthaft etwas tun. Dann läge nämlich das, was aus uns wird, zwar an den Möglichkeiten – aber der ganze Rest liegt an uns. Das würde Hanna vermutlich gefallen, dachte er. Und es würde Lehnert vermutlich nicht gefallen, weil er denkt, es läge immer an der einen oder an der anderen Seite, aber daran liegt es nie. Ja, dachte er, das ist das ganze Problem: Wir haben immer verschiedene Möglichkeiten, also müssen wir uns entscheiden, sonst kommt nichts dabei heraus, und wir müssen nach Möglichkeit richtig entscheiden oder wenigstens so gut als möglich, sonst kommt auch nichts heraus. Also geht es überhaupt nicht darum, anders zu sein als die anderen, sondern darum, für alle mehr Möglichkeiten zu schaffen. Mehr Möglichkeiten, vernünftig zu leben; mehr Möglichkeiten, vernünftig zu entscheiden. Und mehr Möglichkeiten, unvernünftige Entscheidungen zu korrigieren.

Ja, dachte er, das ist dann also alles. Je weiter wir in dieser Richtung vorankommen, um so eher kommen wir zu uns. Das ist dann also das ganze Problem. Auch wenn ich dasitze nach der Schicht bis Mitternacht und starre Löcher in die Gegend und blase Rauchringe hindurch – das ist dasselbe. Da kann einer sagen, was er will.

Der Regen begann an einem Sonntag, und am Mittwoch darauf kam Hanna mit einer großangelegten Erkältung aus dem Ernteeinsatz zurück und ferner mit jener Munterkeit, die man oft hat, wenn man genügend Temperatur hat. Trumpeter packte Hanna sofort in die Badewanne und danach in Dekken und Tücher und brühte Tee und schickte Thomas in die Apotheke nach Metapyrin, welches nur ohne Chinin erhältlich war, weil Chinin aus China kommt und demzufolge neuerdings nicht kommt. Natürlich machte sich Hanna Sorgen um Bettina, bei dieser Sorte Wetter in dieser Art Zelt, aber Trumpeter sagte: »Sportlern passiert nichts, das siehst du an mir.« Und weil man ohnehin nichts weiter tun konnte, sagte er noch: »Sie werden sich schon zu helfen wissen.«

Drei Tage später kam dann auch eine Karte. »Es ist ziemlich langweilig hier«, schrieb Bettina, »und es regnet Bindfäden, aber wir sind alle wohlauf. Noch hoffen wir, daß das Wetter umschlägt. Wir sind in eine riesige Scheune emigriert und können drin bleiben, solange es regnet und sie sowieso nicht arbeiten können, und sie sind auch alle riesig nett zu uns. Aber Sonne wäre uns lieber, naja.« – Das war an dem Tag, an welchem Hanna zum erstenmal aufgestanden war; das Fieber hatte den Rückzug angetreten, zurückgeblieben war etwas, das Thomas eine erstaunliche Freßsucht nannte. Er war überhaupt aufgekratzt wie selten, vielleicht, weil er nur noch zwei Tage Plattenwerk vor sich hatte und seelenruhig auf sonnigere Tage wartete. »So lange«, sagte er, »kann es doch gar nicht regnen.« Und nebenher klärte er Trumpeter, der in der Küche vergeblich versuchte, dem Wasserhahn das Tropfen abzugewöhnen, darüber auf, daß es sich bei diesem Apparat nicht um Polyvinylchlorid handelt oder zu deutsch PVC, welches ein Polymerisationsprodukt ist, sondern vielmehr um Polyamid, und dieses ist ein Polykondensationsprodukt, klar? Trumpeter ließ das alles geduldig über sich ergehen. Der Wasserhahn tropfte weiter.

Das war also das eine – das andere war die Baustelle. Die Stadt war auch in ihren vorläufig besten Gegenden ohne Gummistiefel kaum passierbar, aber auf dem Gelände des Tiefbaus brauchte man mindestens ein Schlauchboot. Sie hatten das alles schon einmal erlebt, vor anderthalb Jahren ungefähr, damals war ihnen bei einem dreiwöchigen Dauerregen fast die ganze Baustelle abgesoffen. Sie hatten also ihre Erfahrungen und wußten, was zu tun war. Schon in der Nacht vor jenem Mittwoch, an welchem Hanna mit ihrer Spätsommergrippe angekommen war, hatte Trumpeter begonnen, Pumpen aufzustellen. Das Problem war einfach: Unter dem Mutterboden lag eine neun Meter mächtige Tonschicht, also konnte das Wasser in den Fundamentgruben dieser verdammten Senke nur immerfort steigen. Die Kipper kamen nicht mehr durch den Schlamm. Der Tiefbau war nun mehr eine Filiale der Wasserwirtschaft und die Bauleute mit ihren Südwestern, oder wie immer man diese Dinger nennen sollte, waren Matrosen vorm Mast in irgendeinem dieser abendländischen Gruselfilme, die Progress ohne Scheu auf seine Kappe nimmt. Alle zwei, drei Stunden streikten die Pumpen und mußten auseinandermontiert werden, und es zeigte sich, daß es beinahe immer an den Membranen lag, und das brachte sie in eine kalte Wut, bis Trumpeter sagte: Na was denn, die Leute, die das Ding konstruiert haben, werden sich doch sicher was gedacht haben dabei.

Das Wasser stieg also, und sie standen da und konnten wenig tun – das wenige allerdings, was sie tun konnten, forderte ihnen an einem einzigen Tag mehr ab als sonst eine ganze Woche. Ganz zu schweigen von den zwei oder drei Tagen Planvorsprung, die ihnen jeder Regentag wegfraß. Immer neue Wolkenwände wälzten sich über den Horizont, als ob sich die Unwetter der halben Hemisphäre auf diesen paar Quadratkilometern Land verabredet hätten. Das Gelände versank unter einer zähen gelben Schlammschicht, in der Senke stand das Wasser schon bis zur Baubaracke und zum Zementsilo. Regen und Sturm peitschten das Stauwasser und warfen es immer weiter an die Rohbaublöcke heran und an die bereits bewohnten Häuser. Die Stadt verschwand hinter einer bleigrauen Regenwand; die Tage waren fahlgrau, die Nächte pechschwarz.

Jeder konnte sich ausrechnen, was geschehen würde, wenn das Wasser und der Schlamm in die Stadt kämen. Trumpeter und die anderen hatten angefangen, nach der Ödlandseite hin abzubaggern, sie arbeiteten zwölf Stunden am Tag, die Männer hatten keinen trockenen Faden am Leib. Der Boden wurde von Schicht zu Schicht morastiger, Lehnert und Teichmann schleppten Holzbohlen heran, stundenlang, dann kamen sie in die Baggerkabine gekrochen, die einzige halbwegs trockene Oase, wo sie ihre Zigaretten liegen hatten, rauchten ein paar Züge, gingen wieder hinaus. Salzmanns Bagger heulte wütend auf, knatterte ein paar Fehlzündungen in die Gegend und schwieg. Es war das übliche: Grasnicks Maschine stand schon seit zwei Stunden, jetzt noch Salzmann, nun waren sie nur noch zu dritt. Aber wie zum Trotz fuhr plötzlich der Ausleger von Grasnicks Bagger in die Höhe, schwenkte, und nun hörte Trumpeter auch das tiefe Grollen des schweren Diesels.

An solchen Tagen stellt sich heraus, was einer wert ist. An solchen Tagen weiß man plötzlich, ob man sich in einer Mannschaft befindet oder bloß in einem Haufen einzelner. Trumpeter verfluchte den Himmel und das Wetter und diesen sogenannten Universalbagger, der besser Schönwetterbagger geheißen hätte, Trumpeter schwitzte und fauchte und triefte – und dennoch war er in einer glänzenden Stimmung und beinahe froh, daß endlich wieder etwas los war. Es müßte einem was einfallen, dachte er, wie man in normalen Zeiten und unter normalen Bedingungen solchen Schwung in den Laden bringen könnte. Wahrhaftig, dachte er, das wäre schon eine mittlere Sintflut wert.

Nach der anderthalben Schicht ging er auf ein Bier in den Gastronom. Er sah gleich: Der Wundermensch war wieder im Lande. Diese Kerle von der Dumperbrigade saßen um ihn herum und waren toll aufgelegt. Nämlich: Der Wundermensch war einer, der sechsstellige Zahlen im Kopf multiplizieren und dividieren konnte, das stimmte immer, aber siebzehn minus neun konnte er beispielsweise nicht rechnen und seinen eigenen Geburtstag wußte er auch nicht. Für so simple Sachen war der Wundermensch nicht eingerichtet. An Intelligenz, hatte der Nervendoktor einmal gesagt, steckt der euch alle in die Tasche. Bloß mit dem Relais stimmt irgend etwas nicht, und man weiß noch nicht, was man da machen kann. Jedenfalls konnte der Wundermensch großartig mit großen Zahlen rechnen, er konnte Radios reparieren und Klaviere stimmen, er konnte eine ganze Menge höchst unterschiedlicher Sachen, aber sein eigentliches Hobby hieß Korrespondenz. Der Wundermensch schrieb Briefe an den Papst und an Albert Schweitzer, an Fidel Castro und Valentina Tereschkowa, und manchmal bekam er sogar Antwort. Und weil er ansonsten ziemlich zuverlässig war, hatte man ihn auf dem Bau als Boten eingestellt.

Also: Der Wundermensch hatte auch diesmal einen Brief dabei. Der war an den gewissen Johnson gerichtet, welchem der Wundermensch das Jüngste Gericht nebst Fegefeuer und einem gewaltigen Erdbeben ankündigte, falls er nicht unverzüglich seine Soldaten aus Südostasien und Gottes übriger Welt zurückholte. Natürlich regte das die Dumperkerle zu immer neuen blöden Witzen an, was den Wundermenschen wiederum zu einer seiner Predigten anregte, in welcher von Sodom und Gomorrha und den apokalyptischen Reitern die Rede war, welche bereits weich auf dem Mond gelandet wären – die Kneipe barst in einem ungeheuren Radau. Bis Trumpeter mit der Faust auf den Tisch knallte. Er fände es jedenfalls normaler, sagte er, wenn einer, was diesen Krieg angeht, sein Nein in alle Welt posaunt, als wenn gewisse andere Leute immer schön die Schnauze hielten und nichts im Kopf hätten als ihre idiotischen Witze. Und wollte noch weiter, und wollte noch mehr sagen, aber die Kerle standen da, wie vom Donner gerührt, rissen Aug' und Münder auf, was ihnen ein ungemein sympathisches Aussehen verlieh, bis schließlich einer vortrat und sagte: Aber Mann, was ist denn los mit dir, also laß mal gut sein, wir haben's ja schon kapiert. Und sie schoben dem Wundermenschen ein Bier hin, was auch ihn beruhigte, setzten ihre kapitalen Hüte auf, schlugen die Kragen hoch und gingen.

Das war der neunte Regentag, aber es war noch nicht alles. Gegen 20.30 Uhr nämlich hatte Trumpeter eine Idee. Erst dachte er: Na ja, wenn das möglich wäre, hätte sicher schon einer daran gedacht. Aber die Idee war nun einmal da und nicht mehr wegzukriegen, er drehte sie und wendete sie, wog die Chancen ab und behielt seine Zweifel, und da war er auch schon auf der Suche.

Durch den Regen zog er und durch den Schlamm, quer über die Baustelle, traf den Bauleiter nicht mehr an in der Baubude, wohl aber den Parteisekretär. Krüger hörte ihn an und sagte: »Die werden uns eins husten.« Aber dann sagte er: »Immerhin, man könnte sagen, wenn uns das Wasser in die Stadt kommt, ist das eine Katastrophe, und das wäre jedenfalls ein Grund.«

Sie gingen in das öde Zimmer des Parteisekretärs, und Krüger begann wild in die Gegend zu telefonieren. Er holte den Bauleiter und den Kombinatsdirektor aus einer Besprechung, den technischen Direktor aus dem Bett, schließlich holte er noch von irgendwoher den Bürgermeister. Zu Trumpeter sagte er zwischendurch: »Du legst dich jetzt aufs Ohr, morgen früh ist die Nacht weg.«

Er hatte schon wieder den Hörer in der Hand, nickte Trumpeter zu und begann maßvoll in die Sprechmuschel zu fluchen.

Trumpeter ging nach Hause, er war plötzlich wie ausgelaugt. Hanna war noch wach, sie hatte das Essen warmgehalten, er aß ohne Appetit. Er zog sich aus, legte sich hin und war sofort über alle Berge.

Aber gegen vier erwachte er und konnte nicht wieder einschlafen. Die Gelenke schmerzten, die Glieder waren bleischwer, er stand schwerfällig auf und ging ins Bad. Dann schlug er Eier in die Pfanne und brühte Kaffee. Hanna kam in ihrem alten Bademantel und füllte ihm die Thermosflasche und machte Brote zurecht. Er zog sich an – das Gummizeug war steif und knochentrocken, aber die Stiefel waren noch feucht. Hanna brachte ihm das andere Paar und sagte: »Also dann.«

Der Regen hatte etwas nachgelassen, aber es war empfindlich kühl und stockdunkel. Trumpeter ging zur Tiefbaubaracke – als er eintrat, fuhr Krüger vom Feldbett hoch. Trumpeter stellte die Thermosflasche auf den Tisch und wartete. Krüger goß sich einen Becher ein und brummte anerkennend: »Das war die zweite brauchbare Idee.« Da wußte Trumpeter jedenfalls Bescheid.

Sie rauchten mäßige ägyptische Zigaretten und warteten, bis es dämmerte, und sahen, daß das Barometer erneut gefallen war – es stand jetzt bei phantastischen 975 Millibar oder 731 Torr, falls einem das lieber war. Dann kamen die ersten Männer der Frühschicht, und sie gingen hinaus zu den anderen. Auch der Kombinatsdirektor kam und sogar der berühmte Angermüller von der Betriebszeitung. »Hübsch, nicht?« sagte Krüger. Der Kombinatsdirektor gab Trumpeter die Hand und sagte: » Na, hoffentlich klappt's.«

Als erste kam die Feuerwehr von Bittstädt mit einer Motorpumpe. Dann kam ein Wagen der altstädtischen Feuerwehr und protzte ebenfalls eine Pumpe ab. Sie waren noch beim Auslegen der Schläuche, da kam der Wagen aus Zimst. Gegen sieben Uhr hatten sich fünfzehn Züge aus neun umliegenden Ortschaften versammelt und eine Armee von Pumpen aufgebaut und die Schläuche bis hinüber ins Ödland ausgelegt und obendrein C-Rohre angeschlossen, die beförderten das Wasser ein weiteres Stück taigawärts. Um acht ließ der Bürgermeister den Lautsprecherwagen durch die Neustadt kurven und halb neun kamen die ersten Einwohner, bewaffneten sich mit NAW-Hacken und Spaten, stocherten Gräben in die Gegend, das war sehr schön anzusehen. Zwar setzte der Regen wieder beträchtlich ein, aber das Wasser in der Senke verlief sich mehr und mehr. Schließlich kam Salzmann, der in der Altstadt wohnte und von allem keine Ahnung hatte, stand bloß da und riß die Augen auf und sagte kein einziges Wort.

Trumpeter hatte sich allerhand ausgerechnet, aber eine solche Wirkung hätte auch er nicht für möglich gehalten. Der ganze Tiefbau war von einem wilden Arbeitsfieber erfaßt, niemand wartete auf Anweisungen, alle taten genau das Richtige im richtigen Moment und in einem Tempo, das noch keiner erlebt hatte. Die Sache war oberligareif, mindestens, wenn man mal vom ortseigenen Klub absah – der hätte hier noch etwas lernen können. Die Senke war annähernd wasserfrei, und die Pumpen saugten das Wasser aus den Fundamentgruben – am Nulltrakt arbeiteten bereits wieder die Monteure.

Das Gelände sah verheerend aus, aber die Schlacht war gewonnen. Was blieb, war der Planverlust, aber niemand zweifelte daran, daß ihnen auch in dieser Hinsicht etwas einfallen würde.

Krüger kam mit dem Kombinatsdirektor quer übers Gelände, der winkte Trumpeter zu und schrie irgend etwas und schwenkte den Hut und ging weiter. Der Kombinatsdirektor war ein seriöser Mensch – wenn der schon den Hut schwenkte!

Der Regen versuchte sich noch zwei Tage lang in lustlosen Attacken, dann gab er es auf. Die Feuerwehraktion erregte Aufsehen in der näheren und weiteren Umgebung auf Wochen hinaus. Der Fernsehfunk erschien auf der Baustelle, als alles vorbei war.

Der letzte Tag im August. Sonntag, und die Sonne schien wirklich, ein angenehmer Wind ging übers Gelände. Bettina, unversehrt aus dem Zeltlager zurückgekehrt, putzte die Fenster. Hanna bügelte eine angeblich bügelfreie Bluse, und Trumpeter schmorte panierten Blumenkohl in einer Pfanne. Thomas war zum Training, und Bettina behauptete vom Fenster her, sie sähe eine GST-Maschine, aber dann war es doch nur ein Linien-Flugzeug, das sich schließlich als Armee-Mig entpuppte.

Nach dem Essen gingen Hanna und Trumpeter durch die Stadt. Gingen über die Taiga, die noch unter Wasser stand, den knapp passierbaren Weg in die Wälder. Gingen, wie sie immer gegangen waren am letzten Sonntag im August. Atmeten eine noch feuchte, freie, schon durchwärmte Luft, in der sich ein milder Herbst anzukündigen schien mit sanften Abenden und schönen Sonnenuntergängen.

Im Wald war der Weg morastig und mit schwarzen Wassertümpeln übersät. Die Luft war feucht und kühl, sie roch nach fauligem Holz und nach Sumpfwasser und gelegentlich nach Pilzen. Zwischen den Baumwurzeln stand das Wasser bis an den Weg heran, glucksende Blasen stiegen auf, erst hinter der Lichtung wurde der Boden trockener. Manchmal sahen sie große schwarzglänzende Pferdeschnecken, die langsam über den Weg krochen, und sie hörten einen unsichtbaren Specht und irgendeinen anderen Vogel. Aber sonst war der Wald sehr still. Der kleine Wind konnte nicht herein; nur in den Kronen der alten Buchen und der mattgescheckten Bäume, deren Namen sie nicht kannten, konnte man ihn wahrnehmen.

Den Fluß hörten sie, bevor sie ihn sahen, das war neu. Er führte schmutziggelbes Hochwasser, das an den Brückenpfeilern schäumte und die Grasböschung verschlammte; Baumstücke und alte Benzinkanister und allerhand Unrat trieben vorbei. Trumpeter dachte: Für Erinnerungen ist das gerade nichts. Er holte Zigaretten aus der Hosentasche und sagte: »Manchmal möchte ich wissen, wo eigentlich die sechzehn Jahre hin sind oder wie viele es immer waren.«

»Ja«, sagte Hanna. Sie brach einen Ast, der angeknickt von einer Birke hing, und warf ihn in den Fluß. Der Ast ging unter und tauchte wieder auf und schoß davon. Hanna sagte: »Aber die Platane ist noch genauso wie damals.«

»Ja«, sagte Trumpeter, »die ist noch genauso.«

Sie standen auf der Brücke und spuckten in den Fluß, das hatten sie auch damals immer getan, das war alles. Sie sahen zur Siedlung hinüber, die unter ihren roten Dächern lag wie je, es war auch niemand zu sehen wie je, und nicht einmal die Kinder der Siedlung hatten sie irgendwann in all der Zeit am Fluß spielen sehen, die gehörten offenbar einer besonderen Sorte an, oder wie soll man das sonst nennen?

Natürlich führte der Fluß Industrieabwässer. Natürlich konnte man nicht baden in ihm; es war eigentlich gar kein richtiger Fluß, und man mußte den guten Willen mitbringen, ihn als Fluß zu verstehen, das alles war richtig. Ganz ohne alle Ursache geschah nichts auf der Welt. Aber es war leichter, den Fluß zu verstehen, als ihn zu ignorieren. Es war immer leichter, den Dingen etwas abzugewinnen. Der Ansicht waren sie nach wie vor oder nun erst recht. Er kam jedenfalls von den Quellen und führte richtiges, wenn auch schmutziges Wasser unter dieser tatsächlichen Brücke hindurch, er vereinigte sich mit anderen Flüssen und mündete irgendwo, das heißt, sie wußten natürlich, wo er mündete: Er verhielt sich wie alle Flüsse dieser Welt.

»Gehen wir noch ein Stück?« fragte Hanna.

»Ja«, sagte Trumpeter.

Und sie hatten nun den Uferweg und die Weiden rechts und links, und dann hatten sie die Schnellbahnschneise und die Felder mit dem von den vergangenen Wettern niedergedrückten Getreide, das den Bauern viel Mühe bereiten würde, und dann hatten sie noch die ganze Ebene und das grüne Land. Es war ein stiller, heller Tag, auch wenn die Waldniederungen sich in zarten Dunst hüllten und der Herbst nicht anfing wie ein gewöhnlicher Herbst. Auch wenn die Flüsse lange nicht in ihre Ufer zurückfinden würden, wie sonst nur im Frühjahr. Und wenn es noch kein wirklich trockenes Stück Erde gab, auf dem man ausruhen konnte. Auch dann.

Das Zitat auf den Seiten 80 bis 82 ist dem Roman »Gewitter über Manda-Ghau« von Paul Silva-Coronel entnommen, der 1967 in deutscher Übersetzung von Karl Heinrich im Verlag Volk und Welt, Berlin, erschienen ist. Wir danken der Verlagsgruppe Random House für die freundliche Genehmigung zum Abdruck.

Unterwegs

Jedenfalls: Wir fahren. Da sind die Transportpapierchen, da ist die Thermosflasche, dies ist die Autobahn. Es ist zehn Uhr, sie hören den Wetterbericht. Dichtung und Wahrheit und so weiter.

Nämlich: es regnet. Es regnet seit Zwickau, hat etwas nachgelassen vor Leipzig, hat zugenommen am Schkeuditzer Kreuz und prasselt nun über die Elbe hin. Das einschläfernde Geräusch des Scheibenwischers. Die Monotonie der Straße. Eben noch hatte Karl gedacht: Einen Beifahrer, wenn man hätte. Teure, allzu teure Kollegen. Und nun – stand etwas an der Autobahn, ein Köfferchen neben sich, stand da und hatte ein Kopftuch um und ein Mäntelchen gegen den Regen, der über die Kiefern pfiff, und das war mitten im Fläming. Ringsum nichts als Wald und Heide. Nichts als Kiefern und Regen und Sand und Wind. Karl hatte schon den Fuß auf der Kupplung. Nie im Leben hatte er in dieser Gegend einen Anhalter gesehen.

Sie schob das Köfferchen herauf und kletterte herein. Karl sagte: »Na, da wringen Sie sich erst mal aus.« Er ließ den Wagen anrollen. Der Anhänger schob, die Strecke war leicht abschüssig.

Saß nun da in einem von diesen Pullis, kämmte sich das Haar, nun ja. Wie kommt ein Mensch in diese Gegend? Man steigt aus, oder man wird ausgestiegen. Man wird seine Gründe haben, gewiß. Der Fläming ist ein flach gewölbter, eiszeitlich geformter Teil des südlichen Landrückens, relativ dünn besiedelt, Kiefernwaldgebiet. Das hat man noch im Gedächtnis. Man hat allerhand so Sachen im Gedächtnis. Und sie wird schon noch den Mund aufmachen. Wie wäre es angesichts der Wetterlage beispielsweise mit einem Kaffee?

Sie schraubte den Becher von der Flasche, trank in kleinen Schlucken und sagte: »Nicht übel.«

Weiter sagte sie vorläufig nichts. Sie sah ihn nur manchmal von der Seite an. Das ging so bis in die Gegend von Niemegk. Da fragte Karl: »Und wo wollen Sie nun eigentlich hin?«

»Immer nach Norden«, das war natürlich auch eine Antwort. Rostock oder Helsinki, wer weiß. Außerdem schien sie irgendeinen Kummer zu haben. Vielleicht auch Ärger, wer kennt sich da aus? Eine kleine Aufmunterung, wenn man wüßte, wie. Zum Beispiel singen, wenn man könnte. Die brachte einen aber auch auf Ideen.

Oder so: Es war mal einer, den schickten seine Leute zum Studium, und er seinerseits kam in den Sommerferien für drei Wochen in den Betrieb, damit seine Leute auch mal Sommerurlaub hätten. Nun war dieser Betrieb aber eine Spedition, und es begab sich, daß unser Mann auf seiner ersten Fahrt zwei Transformatoren von Zwickau nach Magdeburg zu bringen hatte, und zwar ohne Rückfracht, aber dafür brandeilig. Fährt also los, und in Magdeburg erfährt er zu seiner großen Freude, daß die Leute da nur einen von seinen Transformatoren brauchen. Anruf in Zwickau: Ein kleines Mißverständnis. Der zweite Trafo muß nach Rostock. Unser Mann also ab an die Waterkant. Als er da ankommt, ist es fast Nacht, und in jener Firma weiß kein Mensch Bescheid, aber nach drei Stunden findet sich immerhin ein freies Bett. Anderntags ist es dann so, daß sie tatsächlich händeringend auf einen Trafo warten, aber auf einen anderen Typ. Nun tritt also wieder die Erfindung des Herrn Philipp Reis in Aktion. Lange weiß sich keiner einen Rat, von Rückfahrt ist die Rede und auch wieder nicht, weil nämlich beispielsweise Eisenhüttenstadt auf einen Trafo wartet, und das wäre ja nun auch kein so großer Umweg mehr. Der Rest ist unglaubwürdig, aber solide überliefert. In Eisenhüttenstadt brauchen sie diesen Trafo in der Tat, nur, daß sie ihn schon seit drei Wochen haben. Sparen wir die Szene, die unser Mann tags darauf in seinem Betrieb aufführte. Sagen wir nur: Von da an hatte er natürlich seinen Spitznamen weg. Odysseus. Odysseus Meyer. Obschon er eigentlich Karl hieß. Und ist das nun etwa nicht hübsch?

Immerhin: Sie lächelte. Und sagte, falls die Geschichte nicht wahr sei, sei sie zumindest gut erfunden. Und wollte wissen, welche Fakultät der Kollege Odysseus belegt habe. Und sie ihrerseits studiere also Architektur.

Regen, Schwefelregen, verschmierte Fahrbahn. Nein: Nach Penelope hat sie nicht gefragt. Der Anhänger hängt ziemlich seltsam im Rückspiegel. Es zieht ein Wartburg vorbei, und irgendein Hutmann gibt irgendwelche sicher sehr einleuchtend gemeinte Winksignale. Fahrt aufmerksam und rücksichtsvoll – ich bin dabei: 'ran an den Waldrand, 'raus in den Regen. Da haben wir die Bescherung.

Sie sah aus der Kabine und fragte, ob sie helfen könne.

»Nicht, daß ich wüßte«, sagte Karl. Stellte das Warnschild auf, holte das Werkzeug. Sie kam aber doch herausgeklettert. Hatte das Kopftuch wieder umgetan, hatte sich Karls alte Drillichjacke angezogen und die Ärmel aufgerollt: ein erstaunlicher Anblick. Und während Karl das Reserverad vom Wagen holte, setzte sie schon den Wagenheber an. An der richtigen Stelle. Karl lockerte die Muttern, sie schraubte sie herunter. Nebenbei sagte sie, sie hieße Sabine. Arbeit, heißt es, bringt die Menschen einander näher: Das ist wahr. Und sie hatte nun den obligaten Ölfleck im Gesicht und half das alte Rad herunterheben und das neue hinauf. Das ging ihr alles von der Hand. Natürlich fragte Karl, ob sie dergleichen schon einmal gemacht habe, an einem PKW vielleicht. Sie lächelte und sagte: »Nicht, daß ich wüßte.«

Das war in der Nähe von Beelitz, und naß waren sie beide bis auf die Haut. Irgendwo brachten sie sich ein bißchen in Ordnung und wärmten sich ein bißchen auf. Dann ließen sie Potsdam rechts liegen, passierten Nauen, in Oranienburg aßen sie zu Mittag. Obschon Sabine sagte, die Gegend sei ihr nicht geheuer. »Ich weiß, es ist Unsinn. Aber immer, wenn ich beispielsweise in Weimar Leute über Vierzig sehe, frage ich mich: Sie hatten das KZ vor der Nase und können nicht sagen, sie hätten nichts gewußt. Aber was mag damals in ihnen vorgegangen sein, und was geht überhaupt in ihnen vor?«

Doch: Es gibt Dinge, die man weiß und dennoch nicht begreift – vielleicht auch nicht begreifen will. Es gibt Dinge, die man sehen und prüfen und dennoch nicht einsehen kann. Es gibt dieses Mädchen Sabine, und es hat folgende Bewandtnis mit ihr:

Ich war klein und spielte am Wasser. Es gehörte mir und hieß Rhein …

Das war die Kindheit. Dann kam der Umzug in eine andere Stadt, in der alles fremd war, in ein anderes Land, wie sich später zeigte, eine andere Welt. Als sie zehn Jahre alt war, erfuhr Sabine, was es auf sich hat mit diesem Wort »Lager«. Als sie dreizehn war, besichtigte sie mit ihrer Schulklasse Buchenwald. Und wußte nun, was ihrem Vater widerfahren war drei Monate vor ihrer Geburt in jenem März des Jahres fünfundvierzig. Später gab es eine Zeit, in der sie als beschämend empfand, daß sie, die nichts getan und nichts verhindert hatte – sie war ja noch gar nicht auf der Welt –, daß sie seinem Tod jene Vergünstigungen verdankte, die ihr zukamen in diesem Land. Von da an wahrscheinlich verlief ihr Leben anders. Sie wurde ernster, strenger, manchmal auch, das weiß sie heute, ungerecht. Ihren Staatsbürgerkunde-Lehrer, als er über das »neue, friedliche Deutschland« sprach, brachte sie in Verlegenheit mit der Bemerkung: Es ist noch nicht Frieden, wenn nicht mehr geschossen wird. Sie verehrte Fidel Castro und Ernesto Che Guevara. Sie attackierte die Lauen, das brachte ihr Freunde; aber sie griff noch schärfer die Umsichtigen an, das isolierte sie von den meisten. Wenige Wochen vor dem Abitur verbreitete sie an ihrer Schule selbstgefertigte Flugblätter, mit, wie es später hieß, »sektiererischen und revisionistischen Forderungen«. In der Untersuchung, die daraufhin stattfand, beschuldigte sie mehrere Lehrer: »Sie reden andauernd vom Kampf, um besser verbergen zu können, daß sie nichts tun.« Sie hatte sich um ein Studium der Architektur beworben, weil ihr Vater Architekt gewesen war – sie bestand das Abitur mit »sehr gut«, erhielt aber den Bescheid, ihr Antrag habe »aus Kapazitätsgründen zurückgestellt« werden müssen. Sie wurde mißtrauisch und verbittert.

Damals tauchte ein Mann auf, der ihren Vater aus dem Lager kannte. Sie hatte schon lange versucht, Leute zu finden, die Auskunft geben konnten und das Bild vervollkommnen, denn sie wollte werden wie er: »Einer, der sich nicht duckt; einer, mit dem man in den Schützengraben ziehen kann, ohne befürchten zu müssen, daß er davonläuft oder überläuft oder einem ins Genick schießt.« Genau dieses Bild zeichnete auch Ernst Runge von ihrem Vater – und es war doch anders als das, das sie bisher gehabt hatte: weniger draufgängerisch, weniger heroisch, größer. »Er war ein hilfsbereiter und zutiefst fröhlicher Mensch bis zuletzt«, sagte Runge – das war eine Tönung, die ihr nicht ins Bild des antifaschistischen Kampfes zu passen schien. Zu ihrer, wie er es nannte, Partisanenaktion an der Schule sagte Runge: »Nur, Mädchen, wir sind hier nicht im Wilden Westen.«

Da erwachte ihr Mißtrauen erneut.

Dennoch ging sie auf seinen Rat für ein Jahr ins Chemiekombinat; Runge war dort Meister in der Elektrolyse. Anfangs war sie verschlossen und abweisend. Aber nach einigen Monaten begann sie zu begreifen, daß es hier eine Welt gab, zu der sie bisher keinerlei wirklichen Zugang gehabt hatte. Sie begriff plötzlich, was es bedeutet, wenn einer ein Leben lang seine Arbeit tut, oft sogar in einem Beruf, der ihn nicht ausfüllt. Sie fand Einlaß in eine Welt, in der tagtäglich in oft harter Anstrengung Chlor, Karbid oder irgendein Aluminium produziert wird und manch einer mehr tut als das Nötigste, sich um Produktionsziffern kümmert, um politische Arbeit,

Gewerkschaftsfragen, Qualifikation, Kultur sogar – fünfzig Jahre lang und mehr, frühmorgens steht er auf, abends kommt er heim, Familie, Kinder, Verpflichtungen, drei Wochen Urlaub im Jahr und die Wochenenden: Das ist das Salz der Erde, davon leben wir. Sie sprach darüber mit Runge. Zum erstenmal hatte sie das Gefühl, irgendwo wirklich dazuzugehören und nützlich zu sein. Aber sie fand bald auch hier Widersprüche: Ihr Anlagenfahrer, ein Mann, der hart arbeiten konnte und mit seiner Truppe im Wettbewerb immer ganz vorn lag, sagte ihr unverhohlen, sie hätten hier schon »manchen wildgewordenen Revoluzzer zur Räson« gebracht: »Bei mir zählt Arbeit, sonst nichts, alles andere ist Kokolores.« Sie gerieten oft aneinander. Als er ihre Entwicklung in der Brigade einschätzen sollte, schilderte er sie als unverträglich und überheblich. Sabine hatte das fast erwartet – aber sie verstand nicht, wieso niemand aus der Brigade gegen die Beurteilung sprach. Sie verfiel in eine lähmende Gleichgültigkeit. Sie erneuerte nicht einmal ihre Studienbewerbung. Als er es erfuhr, wurde der immer besonnene Ernst Runge zornig: »Wer hat euch beigebracht, die Flinte ins Korn zu werfen? Außerdem: Der Mann hat fünf Kinder und eine kranke Frau, du beurteilst ihn genauso oberflächlich, wie er dich beurteilt hat. Und daß die Brigade nicht für dich gesprochen hat, liegt daran, daß sie wissen, wie schwer er es hat und wie leichtfertig du darüber hinweggegangen bist.« Sabine konnte nur sagen: Das hab ich nicht gewußt. Eben, sagte Runge. Und er zeigte ihr die schriftliche Beurteilung, in der von jenem »unverträglich und überheblich« lediglich ein »sie urteilt manchmal vorschnell« übriggeblieben war. Runge fuhr auch mit ihr zur Aufnahmeprüfung. So kam sie zum Studium ...

»Ja«, sagte Karl, »ich verstehe schon.«

»Odysseus«, sagte sie, »ich weiß nicht, ich verstehe es selbst nicht mehr ganz.«

Und wieder die Straße, Transitstraße zwischen Nord und Süd, wieder der Regen. Wer hat euch Bescheidenheit gelehrt?

Doch, Karl verstand vieles. Als er nach dem ersten Studienjahr in den Betrieb gekommen war, hatten seine Kumpel wissen wollen, wie er abgeschnitten habe. Dreimal Eins, fünfmal Zwei, eine Drei, für mich reicht's. »So«, hatte Merten gesagt, der ihn weiland in die Geheimnisse des Kfz-Schlosser-Handwerks eingeweiht hatte, »so, eine Drei reicht dir. Wer zum Teufel hat euch Bescheidenheit gelehrt?« Doch, es gab allerhand Parallelen. Auch wenn einer einen ganz anderen Weg gegangen war. Die Verhältnisse sind so.

Jedenfalls: Architektur. Und beinahe folgerichtig hatte sie an dieser Hochschule also einen kennengelernt, der endlich aus einem Guß zu sein schien. Der nahm nichts zurück. Der hielt, was er versprach. Der gab zu, was er nicht wußte, und das als Oberassistent. Der fing nicht zu stottern an angesichts heikler Fragen. Der setzte durch, was als durchsetzenswert erkannt war. Der hatte die richtigen Leute hinter sich, und das waren viele, und die richtigen gegen sich, das waren wenige.

So einer namens David Kroll, und er erreichte, was er wollte. Und die Liebe höret nicht mehr auf. David Kroll und Sabine Bach geben nicht etwa ihre Verlobung bekannt, Verlobung ist kleinbürgerlich, sie sagen nur: Sehet Freunde, so und so steht es mit uns. Es war ein unerhörter Herbst, ein toller Winter, und nur das Frühjahr war schon nicht mehr ganz so. Denn er hüllte sie in Samt und Seide – dagegen wäre nichts zu sagen. Ich liebe dich. Ich brauche dich. Und nur eins hat er leider nie gefragt, nämlich was sie denn braucht, was sie denn erwartet von diesem Leben, wohin sie denn will mit sich in unserer Welt. Unmerklich, aber unaufhaltsam sah sie dies: Er forderte sie nicht, er nahm sie. Er richtete ihr Leben ein, er behütete sie, sie stand daneben mit hängenden Armen. Nichts war ihm gut genug für sie, und sie sah manches an seinem steilen, geraden Weg anders, als sie bemerkte, über welche schier unerschöpflichen Quellen sein Vater, der Nationalpreisträger und Städtebauer, verfügte. Ein kühler Sommer. Er überhäufte sie mit Aufmerksamkeiten, Zärtlichkeiten, er wollte sie ganz für sich und verlor sie.

Seit Monaten war geplant, die Sommerferien zu nutzen, um die Küste abzutingeln, eigenhändig zu untersuchen und zu erkunden, was einem in den Büchern des vergangenen Winters als unbedingt sehenswert auferstanden war: die norddeutsche Architektur, die Backsteingotik. Sie saßen schon in seinem Wartburg. Sie waren schon auf der Autobahn. Mädchen, es wird womöglich ein schlimmes Ende nehmen. Es ist einfach nicht das richtige Wetter. Wahrscheinlich wird es sehr schwer sein, irgendwo Zimmer zu bekommen. (Hatten sie nicht ein Zelt im Kofferraum?) Und siehe, er hatte den Schlüssel zu seines Vaters, des Nationalpreisträgers, erstaunlichem Sommerhaus in der Tasche – wir hätten endlich mal richtig Zeit für uns, wir wären endlich allein, wir hätten Ruhe und überhaupt alles, was wir brauchen. Da bat sie ihn anzuhalten. Da stieg sie aus. Er stand lange im Regen, redete auf sie ein, begriff nichts, wurde auch nicht wütend, nicht einmal das, und fuhr schließlich weiter. Was hätte er auch sonst tun können? Was sonst könnte einer da tun?

Und dies ist nun Neubrandenburg, die Wege trennen sich. Das Stargarder Tor und weitere Tore. Die alte Stadtmauer. Allerhand Neues auch, allerhand Sehenswertes für eine, die auszog, just diese Gegend kennenzulernen und ihre Baulichkeiten und wer weiß was noch.

»Tja«, sagte sie. »Da sind wir nun.«

»Ja«, sagte er.

»Dann mach's mal gut.« Sie zögerte noch. »Und schönen Dank fürs Mitnehmen.«

»Nee«, sagte er. »Umgekehrt wird ein Schuh draus.«

Sah sie noch stehen in ihrem Mäntelchen, so ein Mädchen auf der Landstraße, winkte noch einmal, gab Gas. Dies ist die F 96, es ist fünfzehn Uhr, wir fahren. Ein Punkt am Straßenrand, der sich jetzt entfernt im Rückspiegel. Sabine Bach, Weimar, Hochschule, dachte er. Ob das ankommt?

Stillegung

Die Erde fiel auf den Sarg: zwei Meter lang, einen Meter breit, das war nun alles. Einer nach dem anderen traten sie an die Grube: die Töchter, Schwiegertöchter, Schwiegersöhne. Die Enkel so, als wüßten sie nicht, wohin mit sich. Er hatte nicht gerade viele Verwandte, aber es waren dennoch fast fünfzig Leute da, aus der Straße, dem ehemaligen Betrieb und der Gewerkschaft, lauter Gesichter, die Urban kannte; nur vier oder fünf kannte er nicht. Die Hälfte davon, dachte Urban, hat sich bestimmt in den letzten fünf Jahren nicht bei ihm sehen lassen. Als ob dieser Tod nun wichtiger wäre als fünf Jahre Leben. Oder als ob das Leben normal und gewöhnlich wäre und der Tod außergewöhnlich. Er ließ einen der Angehörigen vorbei, der theatralisch kostümiert wirkte in seinem schwarzen Anzug, und er dachte: Als ob es das eine überhaupt geben könnte ohne das andere.

Immerhin, dachte er, ist siebzig kein Alter. Auch wenn unsereins nicht viel Chancen hatte, siebzig zu werden. Siebzig war kein Alter für einen Mann, der noch so beisammen war wie Paul Schramm. Urban dachte an die dreißig Jahre, die sie nebeneinander in der Grube gearbeitet hatten, aber es fielen ihm nur zusammenhanglose Einzelheiten ein, die ihm belanglos vorkamen. Er wußte schon lange, daß es immer nur die Augenblicke sind, an die wir uns erinnern, nicht etwa die Tage oder gar die Jahre. Aber es kam ihm jetzt wie Verrat vor, daß sein Gedächtnis nur lauter Nebensächlichkeiten hergab. Wir sind in die gleiche Schule gegangen, dachte er, und haben mit dem gleichen Rohrstock eins übergekriegt. Wir sind hinter dem gleichen Mädchen hergelaufen, und gekriegt hat sie keiner, das heißt, irgend so ein Fleischerladensohn hat sie gekriegt. Wir waren im ersten Weltkrieg in der gleichen Kompanie und hatten das gleiche verdammte Glück, und wir haben gegen Kapp ganz schön mitgemischt, auch wenn es hinterher für die Katz war. Und dann haben wir fast jede Arbeit gemacht, die auf der Phönix vorkam, dreißig Jahre lang und meist irgendwie gegenseitig in Reichweite – aber das kann doch nicht alles sein. Und dann dachte er: Da wird man siebzig, kommt sich krumm und ramponiert vor, aber man hat sich noch immer nicht darauf eingerichtet. Weiß Gott, dachte er, was für eine grimmige Ausdauer.

Oder Teichgräber, wie er vor der Grube stand. Paul Schramm hatte immer gesagt: Wenn es soweit ist – bloß keinen Pfaffen! Also hatte Teichgräber gesprochen, der damals mit auf der Phönix war, und jetzt war er in der Kreisleitung. Er hatte das anständig verrichtet, ohne große Worte: Paul Schramm ist tot, begraben wir ihn ehrlich. Und nur diese eine Frage: Was bleibt, wenn ein Arbeiter stirbt? Seine Arbeit – das, was er geschaffen hat. Ja, dachte Urban, das schon. Aber was hat er denn geschaffen? Wenn es noch Brücken, Orgeln oder wenigstens Nähmaschinen wären. Aber ein Bergarbeiter kann das, was er geschaffen hat, nirgendwo besichtigen. Die Grube ist stillgelegt seit einem halben Jahr, da haben wir also ein Loch in der Landschaft, das ist nicht gerade viel, wenn man dreißig Jahre dagegensetzt. Allerdings hat der Schornstein immer geraucht. Die Räder haben sich gedreht, wenn wir mal davon absehen, für wen sie sich die meiste Zeit gedreht haben. Das ist immerhin etwas, dachte Urban. Und dann dachte er: Mit sechzig sagt man siebzig, höchstens fünfundsiebzig, dann macht's keinen Spaß mehr. Mit siebzig sagt man ganz was anderes. Es war das dritte Begräbnis in diesem Jahr. Einer von seinen Leuten. Einer in seinem Alter. Und die wurden immer weniger.

Er konnte nun nicht länger stehenbleiben, er trat an die Grube und warf seine Nelken hinab und eine Handvoll Erde. Dann drückte er Mutter Schramm die Hand, Lina Schramm, die er sich noch gut vorstellen konnte mit ihren langen Zöpfen in ihrem bunten Kleidchen, schmal, wie sie immer gewesen war; sie stand da, auf den Arm ihres Schwiegersohnes gestützt, tränenlos. Sagen konnte er nichts, aber da war auch nichts zu sagen. Teichgräber stand etwas abseits, und Urban ging zu ihm hin. Sie warteten, bis sich die Prozession der Trauergäste in Bewegung setzte. Dann gingen sie hinter dem Zug her über den Friedhof. Der Wind hing matt in den leblosen Taxushecken, die Schritte auf dem Kiesweg waren unwirklich laut. Urban hätte jetzt gern seinen dreißiger Stumpen hervorgeholt, aber das ging wohl nicht. Teichgräber fragte: »Gehst du noch mit rauf?«

»Ich?« sagte Urban. »Nein.«

»Ich muß wohl«, sagte Teichgräber. »Ich kann solchen Leichenschmaus nicht ausstehen, aber was soll man machen.«

»Ja«, sagte Urban, »du mußt wohl.«

Er sah Teichgräber nach, der mit hängenden Schultern hinter dem Zug herging, und er dachte: Der ist auch alt geworden. Dann ging er in die entgegengesetzte Richtung an der Friedhofsmauer entlang, unter der die ersten Blätter raschelten. Die dunkle Allee ließ nur eine spärliche Herbstsonne eindringen, er ging wie am Grunde einer Schlucht. Er kam an dem künstlichen Teich vorbei; die Enten lächelten wie immer. Die Platanen waren sehr groß und sehr still; Urban wußte, daß sie mehr als tausend Jahre alt werden konnten, aber so alt waren diese hier noch nicht. Immerhin, dachte er, wenn man alt werden könnte wie ein alter Baum – Karl den Großen hätte man dann auch nicht mehr erlebt, aber so ziemlich alles andere, und das, dachte er, hält eben doch kein Mensch aus. Da waren die zwei Dutzend Kriege, von denen er gehört oder gelesen hatte, und dann waren da noch die drei- oder fünftausend, von denen er nicht wußte. Er hatte genug an den beiden, die zu seinen Lebzeiten stattgefunden hatten. Höchstens, dachte er, man nimmt tausend Jahre von heute aus. Oder es ist am Ende doch das beste, man nimmt, was da ist, weil man sowieso nichts anderes kriegt. Daran denkt mit dreißig auch keiner. Irgendwie hat schon alles seine Richtigkeit.

Er war an der Kreuzung angelangt: Die Platanenallee endete jäh vor den alten Mietshäusern der Südvorstadt; rechts lag das Straßenbahndepot, links die Kleingartenkolonie der Eisenbahner. Er nahm den Weg zwischen den Gärten zum Schreberheim, er wußte, daß um diese Zeit dort kein Betrieb war. Er setzte sich an einen der vier Tische auf dem Kiesgrund vor der Kantine. Bottke kam angeschlurft, und Urban bestellte zwei Korn und ein Bier. Er zündete seinen Stumpen an mit dem großen Feuerzeug, das Paul Schramm ihm geschenkt hatte, als er aufhörte zu rauchen. Bottke kam zurück, sah zu, wie Urban nacheinander die beiden Korn trank, und wartete, bis er sie zurückgestellt hatte auf das Tablett. Dann fragte er: »Na, wie war die Beerdigung?«

»Wie Beerdigungen nun mal sind«, sagte Urban.

Da ließ Bottke ihn in Ruhe. Drei Begräbnisse hat er gebraucht, bis er was begriffen hat, dachte Urban. Erst Unger, dann Räpke und jetzt Schramm. Sie hatten oft an diesem Tisch gesessen, früher noch Seidel Max, aber der war dann zu seiner Schwiegertochter und den Enkeln gezogen, und manchmal Christiansen, aber der kam höchstens zwei-, dreimal im Jahr. Und nun war er also der letzte. Höchstens daß Teichgräber mal vorbeikam, aber er kam wohl dort so schnell nicht fort. Außerdem war er acht oder neun Jahre jünger. Christiansen war der älteste unter ihnen mit seinen sechsundsiebzig, und er schwor, daß er die achtzig erreichen würde, zuzutrauen war ihm das schon. Bloß manchmal geht es verdammt schnell, dachte Urban. Das haben wir ja diesmal wieder gesehen.

Wir werden noch einen Klaren zusammen trinken, sagte er sich, schließlich haben wir uns besser gekannt als alle anderen. Damals in der Entwässerung, als sie oben ihre Bomben warfen und der Abraum brach nach. Und dann, als sie die große Förderbrücke montierten und überall ihre Werkpolizisten aufpflanzten. Dabei hatte das Ding einen kapitalen Volltreffer, an dem haben wir uns festgehalten bis April fünfundvierzig. Und dann wollten sie uns in den letzten vierzehn Tagen noch zum Volkssturm kassieren. Aber so schnell, wie wir weg waren, konnten die gar nicht schalten.

Weiß Gott, dachte er, wir haben schon allerhand mitgemacht. Er klopfte auf den Tisch und sagte: »Bottke, noch zwei Korn.«

Also wie war das? Nämlich dreißig Jahre, das stimmt schon nicht. Vierzehn bis sechzehn, bevor sie uns einzogen, das macht drei Jahre. Das war auf der alten Concordia, und die hatte es in sich. Pubertät im Kohlenstaub. Alle Horizonte endeten am Rand des Tagebaus. Beinahe nichts war mechanisiert, das Abbaugebiet hatte sich der Concordia-Gesellschaft bei Flußregulierungsarbeiten angeboten, hundertzwanzig Leute hackten wild drauflos. Ja, und dann sagte Schramm, Mensch, sagte er, wir sind schön dußlig. Jetzt, wo sie keine Leute haben, kriegen wir bestimmt irgendwo 'ne Lehrstelle. Sein Alter hatte das auch geschrieben aus Frankreich. Urban sagte: Bei dir ist das einfach, deine Schwester verdient mit. O ja, es war dafür gesorgt, daß es einem nicht zu wohl wurde. Der Kaiser ist ein guter Mann, und der wohnt in Berlin. Aber Mutter Urban hatte gesagt: Und wenn ich Steine klopfen muß! So waren sie Schlosserlehrlinge geworden in der mechanischen Werkstatt der Concordia. Und Mutter Urban war zu Kampmann Granaten drehen gegangen. Und als sie anderthalb Jahre Lehrzeit hinter sich hatten, wurden Schramm und Urban zur Artillerie eingezogen. Und am Tag der Einberufung kam die Nachricht, daß Wilhelm Urban gefallen war. Der Krieg nimmt den Frauen die Männer, den Müttern die Söhne, den Söhnen die Väter. Kein Gott fragt danach, kein Kaiser, kein Granatenfabrikant. Keiner von denen, die Kriege machen oder in deren Namen Kriege gemacht werden.

Das lernt man schnell, wenn man lernen will. Sie kamen nach der Ausbildung in die Siegfriedstellung, als die Frühjahrsoffensive der Entente bereits zusammengebrochen war. Sie hockten in den Unterständen, der Juni war auszuhalten. Kleine Schrapnellgeplänkel. Die Gespräche der anderen. Man lernt sehr schnell, wenn man Zuhören gelernt hat. Dann die Gegenoffensive, Gasangriffe, Schlachtfelder und Leichenfelder. Der Mensch kann nicht viel wert sein, wenn er nach dem Tode so aussieht. Bei Sant Quentin kam keine Kugel geflogen, sondern ein Granatsplitter, riß den Oberschenkel auf, das ist das Beste, was einem passieren kann, denn es heilt langsam, aber man bleibt intakt. Lazarett im Schwarzwald. In Berlin hatten die Munitionsarbeiter gestreikt. In Cattaro standen die Matrosen auf. Als Urban aus dem Lazarett zum Ersatzbataillon in Marsch gesetzt wurde, begann der Aufstand der Hochseeflotte in Kiel. Urban kam nie beim Ersatzbataillon an. Er tauchte unter, er erfuhr, was ein Arbeiter- und Soldatenrat ist und mit wem man rechnen kann und mit wem nicht. Als er in seiner Stadt wieder auftauchte, wußte er Bescheid. Der Kaiser war fort, die Republik war da. Dennoch wußte die Concordia mit einem halbgelernten Schlosser nichts anzufangen. Im Sommer neunzehn kam Schramm zurück. Schramm und Urban wieder in der Grube. Schramm und Urban in der SPD.

Besagter Kapp wurde geschlagen im März zwanzig. Jetzt wird alles anders, das sagten alle. Das zog sich so hin über den Sommer, den Herbst, den Winter, und dann kam der große Schlamassel vom März einundzwanzig. Mit ein paar alten Karabinern ist schwer siegen gegen vierzig Polizeihundertschaften und gegen Artillerie. Schramm wurde verwundet, verhaftet, zu vier Jahren verurteilt. Urban tauchte wieder unter. Pferde beschlagen bei einem Hufschmied im Thüringischen. Kartoffelernte im Geiseltal. Und Anna: drittes von vier Kindern seines Vorarbeiters in Mansfeld. Die Abende auf den Wiesen hinter der Halde. Die langen feuchten Straßen im Herbst. Wenn man ein Zimmer hätte, einen Schrank, einen Herd, einen Tisch, ein Bett. Annas Atem an seiner Brust. Ihre

Zuversicht, ihre Zärtlichkeit und ihr Mut: Wenn du gehst, gehe ich mit. Urban kehrte heim im Sommer zweiundzwanzig, im Herbst heirateten sie. Dann kam Schramm aus dem Gefängnis. Schramm ging in die KPD, aber Urban blieb, wo er war, er hatte das Umherziehen satt, er hatte jetzt andere Sorgen.

Es gehörte viel Mut dazu, mitten in der Inflation zu heiraten, und ein Kind war unterwegs, und die Kraft eines Mannes ist bemessen, und seine Zuversicht ist es auch. Arbeitslosigkeit, Hoffnungslosigkeit hinter allen Kaminen. Die Krise schüttelte die Menschen in Krankheit, in Hunger und Verzweiflung. Damals starb Mutter Urban, und sie war gerade erst fünfundvierzig Jahre alt. Und ein zweites Kind war unterwegs. Weißt du noch, Urban, wie die Gerichtsvollzieher Kukkucks klebten auf Mutter Urbans Vitrine, Nähmaschine, Standuhr? Wie Anna im siebten Monat umfiel auf der Treppe, ausgezehrt von all der Not und der Brennesselsuppe und der Kälte? Wie du den Milchmann über den Tresen zerrtest, den Butter-und-Käse-Klunker, und wie seine Söhne dich windelweich schlugen, aber sie ließen wenigstens die Polizei aus dem Spiel? Weißt du noch, wie du stundenlang vor der Stempelstelle standest – und wie ihr atemlos vor Glück durch die Straßen lieft, als du die Arbeit beim Straßenbau bekommen hattest, zu der du täglich auf deinem Abzahlungsfahrrad zehn Kilometer hin und zehn Kilometer zurück strampeln mußtest? Vor vier Jahren, als Anna starb, still, wie sie gelebt hatte, ohne Klagen, deine Hand hielt in jenem grauen Februar vierundsechzig und starb – vor vier Jahren wußtest du plötzlich: Damals war eure glücklichste Zeit. Das Glück des Menschen ist eine seltsame Sache, eine Aufgabe ein Leben lang, ein Wunder in dieser schrecklichen Zeit – weißt du noch, Urban, wie hoch der Himmel war und wie schön die Welt, als euer Sohn Heiner, den der Arzt schon aufgegeben hatte, doch noch gesund wurde und ihr hattet weder Milch noch Brot, aber die Nachbarn, die selbst nichts hatten, halfen euch? Auch von dorther nahmst du die Kraft, die dir die düsteren tausend Jahre bestehen half, wenigstens so bestehen, daß du den Menschen in die Augen sehen konntest ohne Scham. In Anna war diese Kraft, in Schramm, in vielen, die du kanntest. In keinem einzelnen war sie, obschon es Millionen einzelne gab, in denen sie nicht war – sie war in denen, die zusammenhielten.

Und eine kurze glückliche Zeit brach an, als achtundzwanzig die Grube Phönix aufgefahren wurde und sie das Kraftwerk bauten und die Stickstoffabrik. Ein kurzes, glückliches Leben. Arbeit und Brot, wo so viele auf der Straße lagen, schon wieder auf der Straße lagen, neunzehnhundertdreißig, zweiunddreißig – bei euch kamen die Nazis nicht durch, ihr wähltet Rot, wieder wart ihr voller Zuversicht. Und das schreckliche Erwachen, als man euch wieder verriet. 1933 wurde Schramm verhaftet, 1934 kam er wieder, monatelang sprach er mit keinem. 1939 wurde Urban zu den Pionieren gemustert, aber die Grube ließ ihn freistellen. Die Jahre vergingen, jeder Tag war ein kleiner Tod, die Menschen verstummten und versteinten, und doch war jeder durchgestandene Tag auch ein Sieg, ein winziger Sieg in diesem lautlosen, zermürbenden, unerbittlichen Kampf. Es war gewiß nichts Großartiges. Aber bisweilen gab es Dinge, die man vollbringen konnte. Das Stück Brot und die Zigarette für den zwangsverpflichteten Franzosen, Tschechen, Ukrainer. Die Nachrichten und die kleinen Kassiber. Schließlich das Versteck für den geflohenen Polen, den sie dann doch noch schnappten, weil er es nicht mehr aushielt unter der Wellblechgarage und auf eigene Faust losging – der aber keinen von ihnen verriet. Und Schramm, der ihnen immer wieder Mut machte, der sie zur Disziplin zwang – er bewahrte sie vor ihren ärgsten Feinden: der Gewöhnung, der Lähmung, der Unachtsamkeit. Es war nicht viel, es änderte wenig, aber es half ihnen doch, den Glauben an sich selbst aufrechtzuerhalten und jene kleinen Wegzeichen auszulegen, die auch anderen Mut machten, wenigen vielleicht, aber immerhin. Wir hätten manches besser machen müssen, dachte Urban, es hat Leute gegeben, die mehr getan haben als wir. Es war ein verdammt kleinkarierter Widerstand, das ist die Wahrheit. Aber er hätte auch jetzt noch nicht sagen können, was sie mehr hätten tun können und wie es zu bewerkstelligen gewesen wäre.

Außerdem wuchsen die Kinder heran. Wer von denen, die es nicht erlebt haben, weiß schon, was es bedeutet, Kinder zu erziehen in solcher Zeit. Kinder zu erziehen für unsere Sache.

Da waren die Schule, die HJ, das Radio, das Kino, die Uniformen auf allen Straßen, die sogenannten Heldentaten, das große Abenteuer, tausend Stricke, die nach der anderen Seite zogen, tausend Gefahren. Als Heiner 1941 eingezogen wurde, war Urban durchaus nicht sicher, ob er ihm die richtige Sorte Erinnerungen geschaffen hatte und ob der Junge bereit war für die richtigen Entscheidungen im richtigen Augenblick. Das wußte er erst, als Anfang sechsundvierzig die ersten Briefe kamen aus sowjetischer Kriegsgefangenschaft. Bei Ilse dagegen wußte er es schon, als sie vierundvierzig aus dem Landjahr zurückkam, und hatte es eigentlich immer gewußt. Aus irgendeinem Grunde war er damals mit seiner Tochter besser ausgekommen als mit seinem Sohn. Oder sagen wir lieber: Sie unternahm weniger Ungewöhnliches, sie war ruhiger, sie wollte beispielsweise nicht nacheinander Jagdflieger, Tiefseetaucher, Mount-Everest-Bezwinger, Funkmechaniker und Tierarzt werden. Folglich war sie Krankenschwester geworden. Das war sie noch heute: Oberschwester Ilse. Heiner hingegen kam aus der Gefangenschaft, wurde Neulehrer, fing dann noch einmal von vorn an in einem Alter, wo andere Leute sich Kanarienvögel oder Kakteen zulegen, und wurde Chemieingenieur. Und plötzlich dachte Urban: Natürlich, das ist es, das ist es auch. Das hat Teichgräber vergessen, und es ist vielleicht das Wichtigste. Was bleibt, wenn ein Arbeiter stirbt? Seine Arbeit, das, was er geschaffen hat. Und die Kinder, die er aufgezogen und behütet hat –

und zwar nicht nur die leiblichen. Und ferner dieses Land und der Zustand, in dem er es hinterläßt.

Ja, dachte Urban, das ist es. Schramm, sagte er, es wird womöglich die Welt nicht in Erstaunen setzen, und sie werden uns gerade kein Denkmal errichten, aber es bleibt schon was. Auch ohne Brücken und Orgeln und solche Sachen. Du hast immer das schlimmere Ende abbekommen, Schramm, du hast immer eins mehr übergekriegt. Zweimal Gefängnis und die Verschüttung, und dann sind dir auch noch beide Söhne gefallen in diesem Scheißkrieg. Weiß Gott, Alter, dachte Urban, du hast immer den Schädel hingehalten und hast immer eins drauf gekriegt. Und einmal haben wir beide versagt. Fünfzig, als du Tagebauleiter warst und mir den Bagger gabst, obschon du wußtest, daß andere besser waren an diesem Ding, und ich habe angenommen, obschon ich es auch wußte. Und dann habe ich die Kiste prompt zur Minna gefahren. Sechs Wochen hat die Reparatur gedauert, und wir wußten beide, daß es unsere sechs Wochen waren. Das bleibt ungedeckt, das müssen wir uns eingestehen. Aber alles andere war in Ordnung. Davon bleibt schon was, wahrhaftig.

Er fühlte sich erleichtert, und er dachte: Man könnte noch einen Kleinen zur Brust nehmen, aber es ist wohl besser, wenn ich es lasse, obschon es nichts zu besagen hat. Sein Großvater war sechsundachzig geworden, er hatte täglich seine Zigarre geraucht und seinen Korn getrunken – die Ärzte, die ihm davon abgeraten hatten, hatte er alle überlebt. Trotzdem, dachte er, Gründe hat man immer, oder man borgt sich welche, also lassen wir das. Er sah Bottke mit Biergläsern ankommen und zu den anderen Tischen gehen, an denen sich inzwischen allerhand Leute niedergelassen hatten. Die Dämmerung kam rasch, wenn die Sonne einmal hinter die Platanen getaucht war. Der Neumond würde über dem Straßenbahndepot aufgehen, das wußte Urban. Die Sterne der Heimat und sonstige Sterne. Alsdann würde Bottke das Licht einschalten. Bottke, der Giftzwerg, halbseidener Nazi von ehedem, er hat uns immer ungefähr so nahe gestanden wie Hindenburg. Bottke, was wußte der schon.

Urban stand auf und zahlte. »Bottke«, sagte er, »ich will dir mal was sagen.« Aber er hatte schon wieder vergessen, was er sagen wollte. »Dann mach's mal gut, Bottke«, sagte er. Sagte er noch und ging.

Anderntags stand Urban beizeiten auf, trank ein großes Glas Wasser, es war wohl gestern doch ein bißchen viel gewesen. Er besah den Nagel seiner großen Zehe, der immer stärker nach unten wuchs, und dachte: Kann ich mir schon vorstellen, daß unter meinen Vorfahren irgend so ein Saurier war. Dann brühte er Kaffee und zog sich an.

Nach dem Frühstück stieg er auf den Boden und säuberte den Taubenschlag. Früher hatte er Kaninchen gehalten, hatte im Laufe der Jahre Belgische Riesen, Widder, Schecken und Blaue Wiener durchprobiert und war schließlich zu den Belgiern zurückgekehrt, aber Weihnachten sechzig hatte er damit aufgehört. Tauben bringen nichts ein, aber sie sind interessanter. Beispielsweise der Mensch, wenn er zweiundvierzigfünf Temperatur hat, kann von Glück reden, wenn er das übersteht. Bei den Tauben hingegen ist das völlig normal. Tauben brauchen ungefähr sechzig Atemzüge in der Minute, der Mensch braucht zwanzig. Außerdem war es eine Frage des Aufwands: Irgendwas Lebendiges muß sein, aber Kaninchen, so dankbar sie sind, fressen ganz schön was weg, vom Grünfutter gar nicht zu reden. Und es gab immer weniger Leute, die einem die Jungen abnahmen, und davon gab es ja weiß Gott genug. Und es machte auch keinen Spaß, wenn man sie nicht zuließ. Nein, mit Tauben war das alles einfacher. Er hatte Kropftauben und Trommeltauben gehabt, letztere waren ihm eingegangen, und nun hatte er Strasser, die firmierten im Züchterkalender unter Wirtschaftstauben, aber das war ihm gleich. Er kannte seine Strasser unter allen Tauben der Gegend heraus, darauf war er stolz, und sie kannten ihn, oder wenigstens hoffte er das von ihnen. Er scheuchte den alten Täuberich aus seiner Ecke und begann die Bretter abzukratzen. Es roch scharf nach Taubenmist, und er hatte eine gute Stunde zu tun. Aber als er fertig war, hatte er den verdammt anständigsten Taubenschlag der ganzen Südvorstadt, und das gehörte sich schließlich so.

Er stieg in seine Küche hinab und wusch sich. Na, dachte er, das reicht wieder eine Weile. Er nahm sich eine Flasche Bier, die trank er in Ruhe aus, dann zog er die andere Hose an und ging.

Er ging die Kleine Steinstraße hinab, die Fenster standen weit offen, bei Kilian roch es nach Kohl. Der Tag war warm und wolkenlos. Urban sah seine Strasser auf dem Dach von Körners Bäckerei, sie saßen oft da oben. Dem Rauch nach, der nahezu senkrecht aufstieg, hatte Körner die zweiten Brötchen im Backofen. Im Schaufenster hing noch immer das Schild: Bäckergeselle gesucht bei guter Bezahlung. Der alte Körner lag im Krankenhaus, und sein Schwiegersohn schaffte es nicht allein. Na ja, dachte Urban, es ist überall die gleiche Geschichte. Körner kränkelte schon lange, und nun war es also ernst geworden. Wahrhaftig, dachte Urban, wenn das Schiff leck ist, ist jeder Wind gefährlich. Er grüßte die Briefträgerin und dachte: Für mich wäre das ja nichts, immer die Treppen rauf und runter. Dann fiel ihm ein, daß sie jetzt diese Hauskästen hatten unten im Flur, und er dachte: Dann geht's schon eher. Wollancks Kater saß auf dem Fenstersims und schnurrte, als er ihn streichelte. Es war wenig Betrieb in der Straße, die Kinder waren in der Schule, die Leute auf Arbeit, wie das so ist an solchen Vormittagen. Urban hatte dreißig Jahre Schichtarbeit hinter sich – als er älter wurde, hatte er am liebsten Nachtschicht gefahren, zumindest im Sommer. Vormittags war er dann ein bißchen die Straßen entlang gegangen oder hatte sich in seinem Garten umgetan: Es war die ruhigste Zeit. Nach seinem fünfundsechzigsten hatte er noch drei Jahre als Nachtwächter gearbeitet auf der Phönix.

Aber dann war die Grube ausgekohlt, es gab nichts mehr zu bewachen, der Rhythmus eines ganzen Lebens war plötzlich abgebrochen. Was fängt man an mit sich in diesen langen Tagen, Nächten, Wochen, Monaten?

Er querte die Lindenstraße und bog in den Südring. Das war die Hauptstraße der Südvorstadt, und sie war natürlich belebter, aber viel war auch hier nicht los. Hausfrauen mit Einkaufsnetzen, ein paar Männer, das klapprige Auto vom Doktor Irmscher kam vorbei. Urban sah sich um: Auf den hinteren Bänken der kleinen Grünanlage saß niemand, aber vorn saß Kalinke, und drei Bänke weiter, wie sich das gehörte, saß das Badergassengespenst. Urban steuerte die Bank an, auf der Kalinke saß und sich an seinem Stock festhielt.

»Na?« sagte Kalinke. »Bist spät dran heute.«

»Der Taubenschlag«, sagte Urban.

»Tja«, sagte Kalinke, »das muß auch mal sein.«

Urban nickte.

Er holte den Stumpen aus der Schachtel und rekelte sich zurecht. Drüben saß das Badergassengespenst reglos auf seiner Stammbank. Der saß dort jeden Tag seit Ewigkeiten oder seit zwanzig Jahren mindestens, demnächst wurde er neunzig. Es war nicht sicher, ob er noch alles mitbekam, was um ihn vorging – mit diesen jungen Leuten von siebzig jedenfalls hatte er sich nie eingelassen. Überhaupt, dachte Urban, ich möchte wissen, wievielmal der in den letzten zehn Jahren den Mund aufgemacht hat. Ist schon was Kolossales, so ein pensionierter Postrat. Das ist auch ein Grund, dachte Urban, und sein Entschluß stand wieder einmal nahezu fest.

Eine Straßenbahn kreischte in der Kurve, irgendwo plärrte ein Radio. Kalinke malte mit seinem Stock Figuren in den Sand. »Hast du gelesen?« fragte er. »Die Renten werden erst nächstes Jahr erhöht. Die Fünftagewoche haben sie eingeführt, als es für uns schon Essig war, aber dafür halten sie uns mit der Rente noch bißchen hin.«

»Hab's gehört«, sagte Urban.

Er hatte zwar ungefähr dasselbe gedacht, als er die Zeitung las, aber Kalinke hatte immer was zu meckern, deshalb sagte er lieber nichts. Der redet, wie er's versteht, dachte er. War schon früher so'n oller Quasselkopp. Als das Hochwasser war zum Beispiel, vierundfünfzig oder so, da saß der auf dem Tisch seiner abgesoffenen Parterrewohnung und jammerte, und wir haben ihm die Sachen rausgeschleppt und uns das Rheuma an den Hals geholt. Es war noch nie viel Staat zu machen gewesen mit Kalinke. Auf der Grube hatte er auch gerade keine Bäume ausgerissen, aber wenn's an die Prämie ging, war er da. Wahrhaftig, dachte Urban, der soll mal lieber schön stille sein.

Aber jetzt kam einer den Ring herauf, bog in die Anlage ein, der sah aus wie Kalle Horn. Und tatsächlich war er es auch: lang wie Laban, Ohren wie Rhabarberblätter, der konnte aus der Dachrinne saufen, wenn er wollte. »Na, ihr jungen Spunde«, sagte Kalle Horn. »Bei uns werden noch paar Betriebsleiter gebraucht, wie wärs's denn so mit euch?«

»Tja«, sagte Urban, »wir sind leider gerade nicht abkömmlich.«

»Und bei unserem Einkommen«, sagte Kalinke.

»Hab mir's schon gedacht«, sagte Kalle Horn. »Es wird immer schwerer, ein paar anständige Generaldirektoren zu finden aus der nichtarbeitenden Bevölkerung.«

Er setzte sich, holte seine Sechziger-Zigarren heraus und bot ihnen an. Urban nahm sich eine auf Reserve. »Was macht denn die Schraubenbude?« fragte er.

Kalle Horn war Meister der mechanischen Werkstatt gewesen auf der Phönix, und jetzt war er Meister in der Schraubenfabrik, die sie hingebaut hatten, als die Phönix schloß. Die Hälfte der alten Phönix-Belegschaft war in der Schraubenfabrik, die andere Hälfte in der Bauindustrie. Und Urban wußte natürlich, daß es Horn in der Schraubenfabrik besser ging, als es auf der Phönix je hätte gehen können. Beinahe allen ging es besser, wenn sie nicht gerade hoffnungslos dämlich waren oder zwei linke Hände hatten. Kalle Horn sagte also: »Na ja, man kann's aushalten. Und wie geht's dir?«

»Gott«, sagte Urban, »gestern ging's noch.«

Und dann erzählte Kalle Horn ein bißchen, was so los war in seiner Bude und mit den alten Phönix-Leuten, die nicht hier im Viertel wohnten und die sie also aus den Augen verloren hatten. Es war das übliche: Jemand war krank, jemand war Vater geworden, jemand war mit dem Fernstudium fertig, der kleine Buttgereit war aus der Armee zurück. Außer den Leuten an der Drahtstraße, die sich noch immer nicht an den Lärm gewöhnt hatten, ging es allen zeitgemäß. Brot wird überall gebacken, sagte Kalle Horn, das war sein Lieblingswort. Und dann gab er noch bekannt: »Übermorgen ziehe ich um, Neubau, mal sehen, ob der Nachbar schnarcht.«

Also er mußte dann weiter, hatte noch eine Menge zu tun: Wenn man Zeit braucht, hat man keine, wenn man sie hat, braucht man sie nicht. Sie sahen ihm nach, und Urban beneidete ihn ein bißchen. Es liegt an mir, sagte er sich, und ich sollte zugreifen. Aber es ist ein Abschied von allem, und das ist nicht leicht. Andererseits: Das, wovon Abschied zu nehmen wäre, wird ohnehin immer weniger. Meinen Korn kriege ich überall; überall wird Brot gebacken, wie Kalle sagt. Ich bin ein verdammt altes Eisen, sagte er sich, wenn ich nicht zugreife.

Er sagte: »Sag mal, Kalinke, was ich dich fragen wollte: Hast du nicht 'ne Ahnung, wem ich meine Tauben vermachen könnte?«

»Deine Tauben?« sagte Kalinke.

»Na ja«, sagte Urban, »ich meine bloß.«

Kalinke überlegte eine Weile oder tat wenigstens so, dann sagte er: »Der kleine Dengler, der ist doch sowieso ganz verrückt nach den Viechern.«

Daran hatte Urban auch schon gedacht. Es war nur – so ein dreizehnjähriger Bengel, bei dem entpuppte sich das womöglich als Strohfeuer, und was war dann? Andererseits hatten die Denglers immer irgendwelches Viehzeug gehabt, das lag in der Familie. Urban erinnerte sich: Denglers Urgroßvater hatte eine Ziege, die stank drei Meilen gegen den Wind. Einen Hund hatten sie gehabt, und dann hatten sie es auch mal mit Hühnern versucht, Weiße Leghorn, wenn er sich recht erinnerte. Und Paule Dengler war angeln gegangen so vor dreißig Jahren, als es noch Fische gab im Fluß. Muß ich dem Kleinen wohl mal ein bißchen auf den Zahn fühlen, dachte Urban. Aber vorher rufe ich erst noch mal an.

Er suchte in seinen Taschen und sagte: »Sag mal, Kalinke, hast du vielleicht einen Groschen? Ich muß mal telefonieren.«

»Telefonieren«, sagte Kalinke, »was denn nun noch alles.«

Er rückte aber den Groschen heraus.

Urban ging den Ring hinab zur Telefonzelle. Die Nummer hatte er vergessen, er hatte nie Telefonnummern behalten können. Universitätsklinik, Unthan Paul, Urban Adolf, Urban Heinrich. Es gab auch einen Karl und einen Manfred nebst einer Margarethe: eine ganze Menge Urbans, von denen man keine Ahnung hatte. Er hörte die Stimme seiner Schwiegertochter und meldete sich viel zu laut. Also, hörte er sich sagen, wie geht's denn so? Blöde Erfindung, dieser Quasselkasten. Wollte ich doch mal nachfragen, ob sie da diese Stelle noch frei haben. Ja oder nein – also: Ja.

Als er wieder auf der Straße stand, war er selber überrascht: Vorgestern wollte ich um keinen Preis der Welt, und nun will ich doch. Er hätte ziemlich genau sagen können, was jetzt alles zu seinem Entschluß beigetragen hatte, aber das war nun gleich. Das ist überhaupt fast immer so: Die Beweggründe vergißt man – was zählt, sind die Ergebnisse. Davon wuchs er gleich ein Stück: ging den Ring hinauf, bog in die Anlage, hielt vor Kalinke und sagte: »Weißt du was? Ich werde wieder Nachtwächter!«

»Ach nee«, sagte Kalinke.

»Tatsache«, sagte Urban. »Draußen in der Neustadt, auf der Baustelle, mit Diensthund.«

Und nun brauchten sie nur noch eine passende Kneipe.

Das war das eine, und es war der einfachere Teil. Als aber der Wagen vorfuhr von dieser Ein- und Verkaufsfirma, war Urban doch der Niederlage näher als allem anderen. Er hatte bis jetzt alles mit Anstand hinter sich gebracht: die Einstellungsuntersuchung, die Wohnungskündigung, den Abtransport der wenigen Habseligkeiten, von denen er sich nicht trennen konnte. Auch als der kleine Dengler die aufgeregten Strasser geholt hatte, war er gefaßt geblieben: Die Viecher kamen in gute Hände, die Sache war klar; er vernagelte den Taubenschlag und Schluß. Aber dies nun war etwas anderes. Es war das Ende von etwas, das immer dagewesen war. In diesem Haus war er aufgewachsen, er kannte hier jeden Stein und jeden Nagel, in den morschen Mauern und den sorgsam gehüteten Gegenständen steckte ein Teil seines Lebens.

Er sagte sich: Es muß sein, es geht nicht anders. Sein Sohn hatte ihm das Zimmer abgelassen, das frei geworden war, als die Enkeltochter heiratete – die Stelle annehmen und in der Südvorstadt bleiben ging nicht, es waren mehr als fünfzehn Kilometer bis in die Neustadt, täglich hin und zurück, dreimal umsteigen, auf die Dauer hätte er das nicht durchgehalten. Dort konnte er sich nützlich machen, Platz war genug vorhanden, seine Kinder waren da, das alles war richtig. Es muß sein, sagte er sich, es muß. Aber irgend etwas in ihm protestierte, er verstand sich nicht mehr, er sah all der Auflösung mit hängenden Armen zu und begriff nicht, wieso diese Männer Stück für Stück hinausschleppten, seine Sachen durcheinanderwarfen, Dinge aussonderten und ihre Ordnung zerstörten ohne Achtsamkeit, ohne Anteilnahme, ohne Sinn.

Dies war der Lehnstuhl, in dem Anna immer am Fenster gesessen hatte, wenn er von der Schicht kam. Diesen Stuhl wollten sie nicht. Schon seine Mutter hatte in diesem Stuhl gesessen, er war immer dagewesen und hatte die Generationen überdauert, und Urban empfand dunkel, weshalb sie den Stuhl achtlos beiseite schoben und die Bilder an den Wänden ließen und auch das Nähschränkchen nicht anrührten, aber er begriff das alles nicht als Wirklichkeit, die er selber in Gang gesetzt hatte. Er saß wie gelähmt da, nickte, wenn er etwas gefragt wurde, aber er konnte sich an nichts erinnern. Nein – er erinnert sich an alles, er sah die Möbel noch an ihrem Platz, als sie schon lange hinausgetragen worden waren, und nur den Grund für diese Zerstörung wußte er nicht mehr. Die Küche hatten sie vor dem Kriege gekauft, achtundreißig, das wußte er noch genau, Schleiflack, sie war nicht billig gewesen. Anna hatte zwei Tage gebraucht, bis sie alles geordnet hatte, die Töpfe und Pfannen, die Büchsen und Behältnisse, und an dieser Ordnung war nie gerüttelt worden bis auf den heutigen Tag. Sie hatten Linoleum gelegt, sie hatten Türen und Fenster gestrichen und alle drei Jahre geweißt, aber hernach war immer alles an seinem alten Platz zu finden gewesen, und wenn etwas zerbrochen war, hatten sie es ersetzt in der alten Ausführung oder wenigstens nicht allzuweit entfernt davon. Jetzt schoben sie das Büfett unten auf den Wagen. Ein Kasten rutschte heraus und schlug gegen die Seitenwand. Sie trugen die Standuhr hinaus und den Wäscheschrank und das Vertiko. Die gedrechselten Stühle stellten sie paarweise übereinander. Auch die große Truhe nahmen sie mit, die immer am Fußende des Doppelbetts gestanden hatte – jetzt stand in Kreide eine Zahl darauf geschrieben. Dann schlugen sie die Bordwand hoch. Einer der Männer kam noch einmal zu Urban herein, drückte ihm irgendein Papier in die Hand, stand da und ging schließlich – Urban begriff erst viel später, daß er auf ein Trinkgeld gewartet hatte.

Er saß auf seinem Stuhl, er starrte vor sich hin. An den Wänden, vor denen die Möbel gestanden hatten, hingen Spinnweben. Der Fußboden bewahrte die Abdrücke des Küchenschranks und des Gasherds; der Anschlußstutzen des Gasrohres ragte in die Luft. Über dem Waschbecken hing noch der Spiegel, der an den Rändern blind geworden war; der Tontopf mit der Aloe stand auf dem Fenstersims; auch der Herd, der Kohlenkasten, der Schürhaken waren noch da. Urban stand auf und trug den Stuhl, das Nähschränkchen, und was sonst geblieben war, in den Schuppen. Er nahm die Axt und schlug die hölzernen Gegenstände auf handliche Länge. Er stapelte alles ordentlich an der Schuppenwand, dann schloß er ab. Er klingelte bei seinem Nachbarn, gab ihm die Schlüssel und sagte, es wären da noch ein paar Zentner Briketts und Brennholz. Der Nachbar wollte, daß Urban auf eine Tasse Kaffee hereinkäme zum Abschied, aber Urban sagte: »Ein andermal, ich komme schon mal wieder vorbei.«

Nun war also alles getan. Er ging die Straße hinab und sah sich noch einmal um: Da standen die Häuser wie immer, taten, als ob nichts geschehen wäre, standen da und sahen aus. Eine Weile noch würden die Strasser den alten Schlag anfliegen, dann würde ihnen aufgehen, daß dort nichts mehr zu holen war. Die Leute würden noch hin und wieder nach ihm fragen oder ihn in ihren Gesprächen erwähnen, dann war auch das vorbei. Natürlich, dachte er, was denn auch sonst.

Plötzlich fiel ihm ein, was er vergessen hatte. Er machte halt vor dem kleinen HO-Laden und sah sich an, was sie zu bieten hatten – er kaufte Astern. Er ging die Magazinstraße entlang, bog in die Platanenallee ein, er sah die Enten lächeln und war allein hinter den Taxushecken. Irgendwo rechts war Schramms frisches Grab, aber er ging nach links, an vielen Grabsteinen vorbei, von denen er wußte, wen sie bedeckten. Am Wasserbottich nahm er eine Kanne mit und trug sie zu Annas Grab. Er nahm die verwelkten Blumen aus dem Tonkrug, stellte die Astern hinein und gab ihnen Wasser. Dann holte er die kleine Harke hinter dem Grabstein hervor, harkte das Unkraut aus und sprengte Wasser über die immergrüne

Einfriedung. Er dachte: Du weißt schon, daß es so besser ist, und nächste Woche komme ich ja auch wieder her. Oder in vierzehn Tagen, dachte er, wenn es nicht anders geht. Dann brachte er die verwelkten Blumen und das Unkraut auf den Komposthaufen, er trug die Kanne zum Bottich zurück und ging. An der Friedhofspforte begegnete ihm eine junge Frau, die ihm bekannt vorkam, aber er konnte sich nicht erinnern, woher. Er ging weiter, ging den Weg zurück, den er gekommen war, ging den Ring hinab zur Straßenbahnhaltestelle, an der ein paar Leute standen, zu denen stellte er sich. Sie warteten eine Weile, dann kam die Sieben, die ihm nichts nutzte, aber die meisten Leute stiegen ein. Von der Dreizehn war noch nichts zu sehen. Urban ging ein bißchen auf und ab, dann entdeckte er das Taxi gegenüber an der Taxihaltestelle. Das blieb sich nun auch gleich, also ging er hinüber und stieg ein. Er sagte dem Fahrer die Adresse und lehnte sich zurück. Er war lange nicht in einem Auto gefahren, er dachte: Urban zieht um. Urban fährt mit dem Auto vor. Na, ihr werdet schon sehen.

Der krumme Hengstmann fiel ihm jetzt ein, den er getroffen hatte nach der Einstellungsuntersuchung, und er dachte: Der ist also auch dort. Da kennen wir ja schon einen, wenn auch keinen von den Angenehmsten. Es sollten ja noch mehr ehemalige Phönix-Leute dort sein, wenigstens hatte das dieser SVK-Mensch gesagt, vorläufig war es eben Hengstmann. Sicher hat er schon wieder irgendeinen Druckposten, dachte Urban. Darauf hat der sich immer verstanden, das ist die Wahrheit. Und warum war Hengstmann so, wie er war? Oh, darauf hat man Antworten. Weil der Teufel ihn sich auserwählt hat, weil er von Geburt an so war, weil die einzige Frau, die er jemals geliebt hatte, ihn betrog. Urban, sechzehn- oder höchstens siebzehnjährig, haut dem kleinen Hengstmann, damals vielleicht sieben oder acht, eins hinter die Löffel, weil er die Mädchen an den Zöpfen zog und ihnen die Puppen kaputtmachte. Zum Teufel, dachte Urban, was geht mich Hengstmann an! Er wußte aber schon, daß es ihm nie gleichgültig sein würde, das war so seit jeher.

Da waren sie schon aus der Stadt hinaus und ratterten über die Landstraße, und dann bog der Fahrer ein. »So«, sagte der Fahrer, »und wie nun weiter?«

»Hm«, sagte Urban. »Es ist da irgendwo rechts von der Sporthalle, wenn Sie das kennen.«

»Klar«, sagte der Fahrer. Und kurvte wild durch diese Gegend ohne Baum und Strauch und Schornsteinfeger – fand aber das Haus. »Wohnen Sie da?« wollte er wissen.

»Sicher«, sagte Urban.

»Und wie wohnt sich's in diesen Dingern?«

»Tja«, sagte Urban. »Kommen Sie doch mal in vier Wochen vorbei, dann sage ich Ihnen Bescheid.«

Er zahlte und legte einen Fünfziger zu und stieg aus. Da stand die Wohnfabrik, in der es ein Zimmer gab, das ab heute sein Zimmer war. Irgendwo dort war sein Fenster, aber er konnte nicht mit Sicherheit sagen, welches es war. Und fand es schließlich doch, weil er den Balkon entdeckte, über dem sich der giftgrüne Sonnenschirm seiner Schwiegertochter auftat – ein solches Monstrum gab es nur ein einziges Mal im ganzen sozialistischen Lager.

Er stand vor dem Haus, verstaute sein Portemonnaie, sah sich um. Das da war die Sporthalle, links davon begann die Baustelle, ab sofort gehörte er dazu. So, dachte er, dann kann's also losgehen. Mal sehen, was das für eine Sorte Hund ist und so weiter. Er schob ein paar Schottersteine mit dem Fuß an den Rinnstein und sagte sich: Nachtwächter, das ist gerade nichts Umwerfendes, aber das ist nicht das Problem. Es gibt eben Dinge, die man noch vollbringen kann. Und das ist die Hauptsache.

II

Aus dem Nachlass

Rundschreiben an die Vereinigten Spannbetonwerke

Und werden Sie aufgefordert, diesbezügliche Richtlinien umgehend zur Durchführung bringende Infinitive zu ergreifen, andernfalls wir den Karnickel 6 der Verfassung, Kontrollratslokomotive 38 betreffs Briketthetze in Anwendung bringen. Mit spannbetontem Gruß,

Theo-Prax
(Katerleiter)

Richtlinien für diabetische Materialisten, bezüglich manuellem Einsatzes an der Basis

1. Schaufeln sind am Stiel anzufassen. Sie gelten gemäß Gesetzblatt 19883/58 (Volkskammerbeschluß vom 3.3.59) als Arbeitsinstrumente (Marx, Kapital II, S. 311) und sind unter Vermeidung von Zweckentfremdung unmittelbar am Arbeitsort in Anwendung zu bringen.
2. Hacken (siehe unter Schaufeln)
3. Spaten (siehe unter Hacken)
4. Das Rauchen auf den Toiletten hat zu unterbleiben, es hemmt die geordnete Abführung
5. Es ist darauf zu achten, daß das Frühstück morgens und das Abendbrot abends zu den von der Lagerleitung erarbeiteten Zeiten erfolgt
6. Erkältungen werden vom Seminarsekretär verordnet. Das anarchistische und eigenmächtige Zulegen von Erkältungen ist von der FDJ-Leitung unter besonderer Berücksichtigung der ausfallenden Produktion scharf und konkret zu untersuchen. Geschieht das dennoch, so ist ein halber Liter Wodka unter Zusatz von 20 g Strychnin zu verordnen.

7. Freizeit wird vom Lagerleiter, der dieselbe kollektiv aufschlüsselt, befohlen. Freizeit an sich ist keine solche, wer es dennoch tut, stellt sich außerhalb des Kollektivs.
8. Zur Würdigung des hervorragenden Sieges von Weltmeister Bernhard Eckstein, der Schur und einen weiteren Belgier klar auf ihre Plätze verwies, ist eine Sonderversammlung unter dem Thema »Der Weltmeister und was uns das für unsere Arbeit sagt« einzuberufen
9. Als Anzeichen von Individualismus und demzufolge verwerflich sind zu betrachten: Eigenmächtiges Singen, Schlafen außerhalb der gesetzlich festgesetzten Zeiten, laute Kritik über führende Persönlichkeiten, Lesen von Gedichten außer Mozart und anderen großen Klassikern, Denken beim Arbeiten, Arbeiten beim Denken und Ähnliches. Zuwiderhandlungen werden mit dreimaligem lauten Verlesen des Impressums und Leitartikels aus dem ND geahndet.
10. Witze müssen vom Parteisekretär genehmigt werden.
11. Die Sorge um den Menschen hat im Mittelpunkt zu stehen. Entsprechende Hinweisschilder sind anzubringen.
12. Zu Appellen und ähnlichen Kollektivveranstaltungen hat jeder zahlreich und freudig zu erscheinen.
13. Es ist eine Kommission zu wählen, die sozialistische Tischgebete, Tageslosungen und Wandzeitungsartikel erstellt.
14. Liebesbriefe haben aus hygienischen Gründen zu unterbleiben.
15. Es ist immer daran zu denken, daß der Sozialismus siegt.
16. Zur Garantierung einer erfolgreichen Sichtwerbung sind die Fenster und andere geeignete Flächen mit Losungen zu versehen
17. Verlobte und andere verheiratete Jugendfreunde haben als besondere Verpflichtung Taten für unseren roten Frühling zu vollbringen (siehe dazu auch W. Lindemann, gesammelte Werke, Band 32).

18. In unserem Arbeiter- und Bauerns-Staat gilt dem arbeitenden Menschen die besondere Liebe und Aufmerksamkeit der arbeitenden Menschen. Und so werden wir kühn die großen Höhen der Spannbetonwerke erstürmen. Vorwärts zur Entfaltung aller Kräfte!

Freundschaft!
Unterschrift unleserlich

Stalins Blick*

Für Peter Loose schien dieser Dezemberabend von Anfang an unter einem ungünstigen Stern zu stehen. Nicht, daß er abergläubig gewesen wäre – zumindest hätte er dies energisch bestritten –, aber als er die Ereignisse des Abends rückläufig betrachtete, in umgekehrter Abfolge, schien ihm jedes aus dem vorangegangenen entstanden, und selbst die unscheinbarsten Nichtigkeiten rückten nun in den zwielichtigen Abglanz der Bedeutsamkeit.

Als er Ingrid abholte, war es noch hell. Er stieg hinter der Bahnhofswirtschaft über die Gleise, wich sorgsam dem Stellwerk und den vielerlei Signaldrähten und Mechanismen aus, die sich schwach unter dem Schnee abzeichneten, und doch – vielleicht gerade seiner übergroßen Vorsicht wegen – strauchelte er plötzlich, geriet mit dem Fuß unter einen Stellbügel und stürzte. Daß er sich dabei die Hand zerschrammt und den Ärmel seines Mantels zerrissen hatte, bemerkte er erst später; zunächst benahm ihm der stechende Schmerz im Fußgelenk jeden klaren Gedanken, er rutschte auf den Knien vom Gleiskörper herunter, setzte sich auf einen Holzstapel und tastete das Fußgelenk ab, das bereits anzuschwellen begann.

Als er dann zum Bahnhofsgebäude hinüberhumpelte, fiel ihm ein, daß er dies alles schon einmal erlebt hatte. Damals, im strengen Winter sechsundvierzig. An der großen Kurve vor dem Kohlenbahnhof in Furth, einem Vorort von Chemnitz. Jeden Abend standen sie dort, zwanzig, dreißig junge Burschen, auch ein paar Erwachsene und manchmal einige Mädchen, die sich für eine Tasche voll Briketts in den verwilderten Laubengrundstücken hingaben. Jeden Abend warteten sie auf den Zug, der vor der Kurve sein Tempo vermindert. Sie waren immer in Zweier-Gruppen; der eine sprang auf den fahrenden Waggon, warf Briketts herunter, der andere kroch unten an der Böschung entlang, raffte die Kohlen in einen Sack, immer auf der Lauer vor den Konkurrenten, immer in Gefahr, ein Brikett an den Kopf geworfen zu bekommen. Es war ein ständiger Kampf aller gegen alle, einig waren sie sich nur gegen die Eisenbahner, die hin und wieder mit einem größeren Aufgebot anrückten und Jagd auf sie machten. Manchmal blieb der Zug aus, und auch dann waren sie sich einig in ihrer blindwütigen Enttäuschung und ihrem Haß auf alle und alles. Die Mädchen taten es an solchen Abenden mit den Verwegensten unter ihnen umsonst.

An einem dieser Abende hatte sich Peter beim Absprung vom fahrenden Zug den Fuß verstaucht, die Eisenbahner hatten ihn erwischt, windelweich geprügelt und dann zur Bahnpolizei geschleppt. Dort saß er die ganze Nacht. Sie hatten schließlich seinen Namen herausbekommen und Peter laufenlassen; die Strafanzeige würde folgen. Und zu Hause hatte er gleich noch eine Tracht Prügel bezogen, weil er keine Kohlen brachte und weil er geschnappt worden war. Der Stiefvater bleute ihm mit einem Hosenriemen das elfte Gebot ein: Du sollst dich nicht erwischen lassen. Und es war ein Dezemberabend gewesen wie dieser, wenige Tage vor dem Weihnachtsfest …

Peter humpelte zum Bahnhofsgebäude hinüber, auf das schmutzige Lämpchen zu, das über dem Eingang der Gastwirtschaft baumelte. Ja, dachte er, der Lagerverwalter hat schon recht: Das Leben ist wie ein Kinderhemd – kurz und beschissen. Jeder ist sich selbst der Nächste, und man muß eben sehen, wo man bleibt. Ganz im geheimen aber war er mit der Weisheit dieser Redensarten nicht einverstanden, obschon er sich alle Mühe gab, nach ihnen zu leben.

Als er die Bahnhofswirtschaft betrat, erwartete ihn die nächste Überraschung. Ingrid stand noch hinter der Theke und hantierte am Bierhahn; ihre Ablösung war nicht gekommen. Die Bahnhofswirtschaft war Tag und Nacht geöffnet, und die Bedienung arbeitete in drei Schichten; von morgens zehn Uhr bis abends sechs, von da bis nachts um zwei und dann wieder bis morgens zehn.

»Vielleicht kommt sie noch«, sagte Ingrid. »Willst du etwas trinken?«

Peter bestellte ein Bier. Dann ließ er sich von einer der Küchenfrauen Nadel und Faden geben und begann seinen Mantel zu reparieren. Der Klavierspieler, der an jedem Sonnabend sieben Stunden lang die Tasten traktierte, nickte ihm zu. Hinten, neben der Toilettentür, waren die Tische beiseite gerückt. Einige Paare tanzten.

Von seinem Eckplatz hinter der Theke aus konnte Peter die Tanzenden beobachten. Die meisten Paare tanzten eng aneinandergeschmiegt, in einer offen zur Schau gestellten Sinnlichkeit, die in diesem kahlen und nüchternen Wartesaal einen Anstrich gewerbsmäßiger Obszönität bekam. Peter stichelte am Ärmel seines Mantels, und jedesmal, wenn er aufsah, begegnete er dem Blick einer auffallend schlanken Blondine; sie starrte ihn über den Rücken ihres Partners hinweg unverwandt an. Auch Ingrid schien diesen Blick bemerkt zu haben; sie begann ein Gespräch mit ihm und stellte sich dabei so, daß sie der Blonden die Sicht verdeckte.

Aber Peter gab nur einsilbige Antworten. Er dachte an seinen ersten Tag in Bermsthal, an seinen ersten Auftritt hier in der Bahnhofswirtschaft; die drei mit dem Würfelbecher hatte er bisher noch nicht wieder gesehen. Mit Kleinschmidt war er auch nicht so recht warm geworden. Ein bißchen lag das vielleicht an seinem Verhältnis mit Ingrid. Aber in der Hauptsache lag es an Kleinschmidt selbst; man spürte eben auf Schritt und Tritt, daß er etwas Besseres war, der Herr Professorensohn. Ganz gut, daß sie nicht in der gleichen Schicht arbeiteten. Der Fischer schien ja einen Narren an ihm gefressen zu haben, wie es hieß, wollte er ihn auf einen Radiometristen-Lehrgang schicken. Und mit den anderen beiden war auch nichts anzufangen. Der Mehlhorn, dieser Schnüffler, biederte sich bei denen von der FDJ an, und Müller verschwand an jedem Wochenende spurlos weiß der Teufel wohin. Es stimmt schon: Jeder sieht zu, wo er bleibt. Aber mit dem Kleinschmidt hätte er sich vielleicht doch ein bißchen mehr Mühe geben sollen, alles in allem war er eigentlich ein ganz vernünftiger Kerl. Er putzte sich zwar zweimal am Tag die Zähne und trug nachts einen Schlafanzug, aber auf den Kopf gefallen war er jedenfalls nicht. Vor gebildeten Leuten, die mit ihrer Bildung etwas Handfestes anzufangen wußten und nicht den lieben Tag lang anderen mit frommen Ratschlägen auf die Nerven fielen, hatte Peter einen uneingestandenen Respekt. Ja, dachte er, ich hätte mir ein bißchen mehr Mühe geben müssen ...

Als Ingrid vom Kellner gerufen wurde, sah die Blondine noch immer herüber. Er hielt ihren Blick fest, und sie begann zu lächeln. Dann sagte ihr Tänzer etwas zu ihr und zog sie näher an sich, sie sagte etwas zu ihm und lachte dabei, aber sie ließ Peter die ganze Zeit nicht aus den Augen.

Es ist immer der gleiche Typ, bei dem ich ankomme, dachte Peter. Das ist in Chemnitz so gewesen, so war es bei Gitta und bei Gisela und auch bei Ingrid, es ist immer der gleiche Typ. Meistens waren sie blond, aber manchmal waren sie auch schwarz oder brünett, und er hätte nicht sagen können, was ihnen gemeinsam war; aber irgend etwas war ihnen gemeinsam. Und es war eigentlich auch nicht sein Typ. Er brauchte sich nicht die geringste Mühe zu machen, diese Sorte biß immer an, und meistens ließen sie sogar seinetwillen einen anderen sitzen. Sie hatten alle dieses hungrige und eingefrorene Lächeln in den Mundwinkeln, und alle hatten die gleichen gierigen und spöttischen Augen, graue, blaue, braune, alle Schattierungen. Sie waren sich alle ihrer mehr oder minder guten Figur bewußt, sie wußten, was man beim Tanzen mit den Knien anzufangen hatte und mit den Hüften, ja, sie waren sich ihres Körpers bewußt und ihrer Jugend, von der sie zu wissen schienen, daß sie nicht ewig dauert und daß man sie nutzen mußte, solange man etwas dafür bekam. Bin ich vielleicht für diese Art Erregung besonders empfänglich, fragte er sich? Vielleicht spürt man das? Vielleicht sehen sie es mir an? Er wußte es nicht. Er wußte nur, daß er etwas suchte, was er selbst nicht beim Namen nennen konnte und das ihn jedesmal in eine romantische Gefühligkeit hineintrieb, wenn er daran dachte.

Eines Nachts neben Ingrid hatte er plötzlich begriffen: Es war gar nicht sie, die er umarmte, und vielleicht war es auch nicht er, an den sie dachte. Ja, sie irrten sich beide. Was wußte sie denn von ihm? Daß er braune Augen hatte und ein bißchen Gitarre klimperte und daß man sich mit ihm zur Not ganz lustig unterhalten konnte? Konnte man sich denn mit ihm unterhalten? Ja, *sie* konnte es. Aber er hatte erfahren, daß er bei Menschen, auf deren Meinung er Wert legte und deren Freundschaft er suchte, auf eine Mauer stieß, daß er einfach keine Worte fand für das, was ihn bewegte und was er ihnen sagen wollte, alles kehrte sich ins Gegenteil um; mit *ihnen* konnte er sich nicht unterhalten. Ihnen blieb er gleichgültig – wenn sie ihn nicht gar für einen Einfaltspinsel hielten, einen Trottel. Und dennoch blieb er bei Ingrid – oder vielleicht gerade deshalb? Dennoch gab es eine Gemeinsamkeit zwischen ihnen, irgendeine, dennoch gab es so etwas wie ein Zusammengehörigkeitsgefühl. Und nun dachte er: Sind es denn wirklich erst acht Wochen? Er hatte sich in diese neue Umgebung gefunden, die er nicht gewollt; es ging ihm hier nicht besser und nicht schlechter als anderswo, und er dachte: Sind es wirklich nur acht Wochen?

Der Klavierspieler machte jetzt eine Pause, und die Blondine verschwand mit ihrem Tänzer irgendwo im Hintergrund. Peter betrachtete noch einmal prüfend die Flickstelle an seinem Mantel, hängte ihn schließlich über die Stuhllehne. Was sollte man anfangen mit diesem vertrackten Abend? Es war fast neunzehn Uhr, und die Ablösung würde wohl kaum noch kommen. Peter hatte sich nichts Bestimmtes vorgenommen, er hatte sich darauf verlassen, daß Ingrid schon etwas einfallen würde. Aber nun? Man könnte ein bißchen mit der Blonden schäkern, aber es lohnte den Ärger nicht, den man mit Ingrid bekäme. Also erst einmal einen Doppelten. Für Ingrid auch einen und für den Klavierspieler selbstverständlich ... Als der Klavierspieler die zweite Runde spendierte, ließ Ingrid plötzlich ihr Glas sinken. Sie starrte zur Tür hinüber und stieß Peter an: »Sie kommt ...«

Durch den Mittelgang kam, drall und munter wie immer, die Witwe Veronika Emsig; warf den Stammgästen, die sie mit Witzeleien begrüßten, saftige Scherzworte zu, knuffte den Klavierspieler in den Arm und sagte schließlich zu Peter, er solle ihr nicht böse sein, die Nacht wäre ja noch lang.

Ingrid zog sich rasch um. Sie schlug vor, ins Jugendheim zu gehen, dort lief jeden Sonnabend ein Film, und später war Tanz. Peter hatte nichts dagegen, obwohl im Jugendheim fast ausschließlich sowjetische Filme gezeigt wurden. Er geriet langsam in eine Stimmung, in der ihm alles gleichgültig war.

Sie kamen im Jugendheim an, als die Saaltüren gerade geschlossen wurden. Ein Mädchen in der blauen Bluse des Jugendverbandes winkte ihnen zu, sich zu beeilen. Sie rannten quer über den grauen Zementfußboden des Vorraumes zur Tür und schlüpften hinein; im Saal war es bereits dunkel. Nur vorn auf der Bühne brannten noch einige Rampenlämpchen und erhellten ein Rednerpult, das, mit rotem Stoff bespannt, unmittelbar vor der Filmleinwand stand.

Im Dunkeln tasteten sie sich durch die Stuhlreihen, die auf der Tanzfläche in der Mitte des Saales zusammengestellt waren. Rechts und links standen leer die Tische, auch die Theke im Hintergrund, gegenüber der Bühne, war leer; der Vorführapparat befand sich oben auf der Empore. Peter stieß mit dem Knie gegen einen Stuhl und trat auf einen Fuß; jemand schimpfte: »Paß doch auf!«, dann griff eine Hand nach seinem Ärmel und zog ihn herab. Peter spürte Ingrids Schulter, sie setzten sich.

Als er sich zurechtgeräkelt hatte, erkannte er auf dem Stuhl links neben sich den Reviergeophysiker Jünger. Er also hatte ihn am Ärmel gezogen. Er sah ihn von der Seite an, von unten herauf; sie nickten sich zu. Jüngers großes, argloses Gesicht nickte von einem langen, dünnen Hals herab, der von einem endlos mageren und schmalbrüstigen Körper aufwuchs und eigenartig gekrümmt war. Peter schaute sich unwillkürlich um, und in der Tat waren die Stühle hinter Jünger frei; hinter ihm hätte niemand sehen können, was vorn gespielt wurde.

Am Rednerpult sprach jetzt ein Mann. Er unterstrich seine Worte mit kurzen, eckigen Gesten und schlug manchmal von oben herab mit der Faust auf das Pult, seltsam steif und zögernd, es war, als stützte er sich auf diese Faust, ohne ganz von der Zuverlässigkeit der Stütze überzeugt zu sein; er sprach sehr laut und, obwohl er von einem Blatt ablas, mit falschen Betonungen und Pausen an ungeeigneten Stellen, wie ein Schüler, der seine Lektion schlecht gelernt hat und dies durch Übereifer auszugleichen versucht.

»Liebe Jugendfreunde«, sagte der Redner. »Am 21. Dezember feiert die deutsche Arbeiterklasse den 70. Geburtstag eines Mannes, dessen Name das leuchtende Banner ist, um das sich die Proletarier aller Länder einmütig geschart haben, um den Kriegstreibern die letzte, entscheidende Schlappe beizubringen, Generalissimus Josef Wissarionowitsch Stalin!« Der Redner reckte sich empor, löste den Blick vom Manuskript und sah über den Saal hinweg. »Das Werk Stalins ist die Verwirklichung des jahrtausendealten Traums der unterdrückten Menschheit, in einer Welt ohne Ausbeutung des Menschen durch den Menschen zu leben. Es ist die ruhmreiche Fortsetzung des Werkes von Marx, Engels und Lenin. Seit dem Tode Lenins hält Stalin das Banner des wissenschaftlichen Sozialismus fest in seinen Händen und schreitet kühn und unbeirrbar voran zu den lichten Höhen des Sozialismus-Kommunismus.«

Der Redner flocht eine Pause ein, suchte mit dem Finger im Manuskript und fuhr dann fort: «Unser Gruß an Stalin zu seinem 70. Geburtstag ist unser Dank für die selbstlose Hilfe an das deutsche Volk, welche uns die sowjetischen Befreier in den Stunden der größten Not angedeihen ließen. Wir Sozialisten wissen, daß die Politik der Sowjetmacht unter Führung des großen Stalin von den Grundsätzen des Marxismus-Leninismus bestimmt wird. Als siegreicher Feldherr und Herold des Friedens ist Stalin der beste Freund des deutschen Volkes und aller fortschrittlichen Menschen in der ganzen Welt.«

Es war still im Saal, nur die Köpfe bewegten sich, und weit vorn knarrte ein Stuhl. Der Redner fuhr fort: »Besonders für die Avantgarde der deutschen Jugend, den stolzen Millionenverband der FDJ, sind die weisen, unfehlbaren Ratschläge Stalins die wichtigste Richtschnur ihres Handelns. Immer wieder war es Stalin, der größte Freund der Jugend, der dem ruhmreichen Komsomol und der fortschrittlichen Jugend der ganzen Welt den Weg wies, auf dem sie siegreich ...«

Peter saß geduckt auf seinem Stuhl; die Rede rauschte über die Köpfe der vor ihm Sitzenden heran, er hörte einzelne Sätze und verstand ihren Sinn und Zusammenhang nicht. Dunkel begriff er, daß sie in eine Filmveranstaltung zu Ehren des bevorstehenden Geburtstags hineingeraten waren.

Jünger sagte plötzlich: »Das hat er wieder mal schön säuberlich aus der Zeitung abgeschrieben!« Peter sah auf; er sah in Jüngers Gesicht, und er bemerkte erstaunt, wie sich dieses Gesicht verändern konnte. Die sonst so arglosen Augen waren zornig geworden, und um den harmlos-gutmütigen Mund saßen spöttische Fältchen; diese Mischung von Zorn und Spott aber gab dem Gesicht einen Ausdruck von Zielstrebigkeit und Überlegenheit, den Peter an Jünger noch nie wahrgenommen hatte. Ihm fiel ein Satz ein, den er einmal während einer Arbeitspause von Jünger selbst gehört hatte – sie hatten über den Hauer Tieffurth gesprochen, ehemaliger Jagdflieger und Ritterkreuzträger, jetzt bester Hauer des Schachtes und gleichzeitig ein ganz und gar unzugänglicher Mensch, der sich von allen absonderte –, über ihn also hatte Jünger diesen Satz gesagt: ›Gesichter sind Möglichkeiten. Es kommt darauf an, was einer im Laufe seines Lebens daraus macht.‹ Wer ist eigentlich dieser Jünger, dachte Peter. Und welche Möglichkeiten sind in diesem Gesicht? Er sagte sich: Er kann nicht viel älter sein als ich; zwanzig vielleicht, oder zweiundzwanzig. Und dann frage er sich: Wenn das stimmt, mit den Gesichtern, wie ist denn das dann bei mir ...

»... verpflichtet das deutsche Volk, uns seines Vertrauens würdig zu erweisen«, sagte der Redner, »... für die unverbrüchliche deutsch-sowjetische Freundschaft, für den Sieg des Sozialismus, für die große sozialistische Sowjetunion ... Gesundheit und noch recht langes Leben dem großen Stalin, dem aufrechten Freund der ganzen fortschrittlichen Menschheit!«

Es schien Peter, als sei der Beifall sehr mäßig. Nur ganz vorn wurde laut und anhaltend geklatscht. Peter selbst klatschte zwei, drei Mal mit, weil alle es taten und er nicht in der rechten Stimmung war, seine Uninteressiertheit öffentlich zur Schau zu stellen; aber auch Jünger applaudierte nur kurz und, wie es schien, ohne Begeisterung.

Auf der Bühne stand jetzt ein breitschultriger Bursche und sprach mit dröhnender Stimme ein Gedicht:

»Eh«, wird Stalin sagen
und am Barte drehn,
»guten Weizen bauten wir im letzten Jahr,
als es aber Zeit zu ernten war,
habt ihr uns die Ernte
totgeschlagen.«

Er sprach sehr akzentuiert, mit stark rhythmischer Unterstreichung und einem zweideutig-gefährlichen Unterton, der sich von Strophe zu Strophe steigerte. Die Schlußzeilen der Strophen schlugen wie Peitschenhiebe in den Saal.

»Und«, wird Stalin sagen
und am Barte drehn,
»traurig Rußland seine Lieder sang.
Als das Russenlied schon
hell und fröhlich klang,
habt ihr uns die Sänger
totgeschlagen.«

Der Breitschultrige trat jetzt an die Rampe; er schob die Hände in die Taschen seiner Jacke, die Augen blickten starr und finster; er sah einen Augenblick schweigend auf sie herab und begann dann leise die letzte Strophe. Das Gesicht über dem offenen Hemdkragen war seltsam unbewegt, die Worte schienen von geschlossenen Lippen zu fließen, der Sprecher verharrte reglos. Plötzlich riß er den Arm hoch, streckte ihn geradeaus in den Saal und schleuderte die Schlußworte auf die Reihen der Sitzenden:

Doch Rußlands Qual und Zorn
könnt ihr nun
und nimmermehr begleichen.

Sekundenlang war es atemlos still. Es schien Peter, als sei die Woge der Köpfe vor ihm plötzlich erstarrt, wie ein erregtes Meer in einem unwirklich-jähen Eishauch. Dann sprang der Beifall auf. Er stieg an die Wände des Saales und brach sich, flutete zurück, ebbte ab und stieg erneut empor in schweren, dröhnenden Wellen.

Auch Jünger klatschte laut und heftig, wie in einer freudigen Erlösung; er hatte den Hals weit vorgereckt, die Augen glänzten. Peter bemerkte, daß Ingrid ihn beobachtete. Als Peter zu klatschen begann, hob auch sie die Hände.

Auf die Bühne trat jetzt ein Mädchen und rezitierte ein Gedicht, dessen Sinn Peter nicht finden konnte. Es endete so:

Es folgten ihm die Freunde, Schwestern, Brüder.
Und mancher staunt: welch eine Kraft ich hab!
So folgt ein jeder Stalins Worten nach.

Er sprach ganz nah. Die Worte tönen wider.
Welch eine Kraft er allen, allen gab!
Welch eine Kraft es gab, als Stalin sprach.

Das Mädchen sprach leise und undeutlich; sie stand ein wenig hilflos an der Rampe und verbarg die Hände hinter ihrem Rock. Als sie geendet hatte, war der Beifall spärlich; der Saal murmelte, und hier und da unterhielt man sich unbekümmert. Sie ging hastig und mit gesenktem Kopf von der Bühne.

Inzwischen war ein anderes Mädchen zum Rednerpult gegangen, auch die trug die blaue Bluse mit dem Sonnenemblem am Arm. Sie hatte schwarzes Haar und sah aus einem strengen, aufmerksamen Gesicht zu ihnen herab. Das Gemurmel im Saal verstummte.

Peter hörte eine dunkle Stimme, sie war herb und kräftig und mit selbstverständlicher Sicherheit im Raum, ohne dabei laut zu sein. Zunächst nahm er nur die Stimme wahr, ihre natürliche Ausdruckskraft, ohne zu wissen, was ihn aufhorchen ließ – und auch das Mädchen war sich wohl der Schönheit und Kraft des Klanges, der ihr gegeben war, nicht bewußt. Dann nahm er die Worte auf.

»... hat auch unsere Ortsgruppe zum Erfolg des Max-Reimann-Aufgebotes beigetragen. Während des Aufgebots wurden insgesamt 246 000 neue Mitglieder geworben. Unser Jugendverband umfaßt jetzt 923 000 Freunde.«

Peter kannte diese Zahlen aus dem Lagerfunk – man hörte das täglich ein dutzendmal, und, ob man wollte oder nicht, es prägte sich ein. Es gab darüber auch einen Witz. Weißt du, was ein Volt ist? Ein Watt? Ein Ohm? Meist wußte man das. Schön, weißt du aber auch, was ein »Ent« ist? Ein Ent ist die Zeit, die man benötigt, um aus der Hörweite der Lager-Nachrichten zu entkommen ...

Es war also nicht das Max-Reimann-Aufgebot, was ihn zum Zuhören zwang. Die Stimme sagte: »... bastelten die Freunde aus dem VEB Papierfabrik ein Funkgerät als Geschenk zum 70. Geburtstag des Genossen Stalin. Auch in den anderen Gruppen ...«

In Berlin war heute ein zweiunddreißig Güterwagen langer Geschenkzug nach Moskau abgegangen – auch das wußte Peter vom Lagerfunk. Kleinschmidt hatte gesagt: »Die typische FDJ-Idiotie. Basteln allen möglichen Krimskrams, den sich irgend so ein vom größten Väterchen aller Zeiten abkommandierter Geschenk-Kommissar gelegentlich mal ansehen wird – und der dann auf irgendeinen Schuttabladeplatz der ruhmreichen Sowjetunion wandert.«

Peter betrachtete jetzt aufmerksam das Gesicht des Mädchens. Dann wendete er sich leise an Jünger: »Sag mal, weißt du, wer das ist?«

»Die da vorn?« fragte Jünger. »Das ist die Tochter von Fischer. Ruth heißt sie, glaub ich.«

Peter hatte nicht gewußt, daß Fischer eine Tochter hatte. Er sah wieder zur Bühne, sah ein strenges, selbstbewußtes Gesicht, weder schön noch häßlich; er fand das, was das Mädchen sagte, lächerlich langweilig, er fand ihre Wichtigkeit albern – und dennoch zog ihn dieses Gesicht an. Als er zur Seite blickte, sah er, daß Ingrid ihn noch immer verstohlen beobachtete.

Und wieder fiel ihm Jüngers Satz ein: Gesichter sind Möglichkeiten. Was war das für ein Gesicht? Was in diesem Gesicht beunruhigte ihn? Was suchte und worauf hoffte er?

Der Schluß ihrer Rede entging ihm. Er erwachte aus seinen Gedanken, als auf der Bühne das Licht erlosch. Gleichzeitig war ihm, als sei etwas sehr Schönes, das die ganze Zeit über unsichtbar und ungreifbar um ihn gewesen war, plötzlich verschwunden. Die Geräusche im Saal waren auf einmal fremd und kalt und beklemmend nah.

Der Film begann, und bald vergaß Peter seine Gedanken.

Es war ein turbulenter Film; Verschwörungen, geheime Zusammenkünfte, revolutionäre Matrosen, Kämpfe zwischen Offiziersschülern und aufständischen Soldaten, Massendemonstrationen, Konspiration auf den Schiffen der Baltischen Flotte, ein Meeting, auf dem Lenin sprach, Schüsse, Verfolgungen, tollkühne Husarenstreiche verwegener Bolschewiki, die ängstlichen Gesichter der Kerenski-Minister, feige Emigranten, ein Mädchen, das einen revolutionären Matrosen liebte und mit ihm in den Kampf zog, das Geknatter der Maximkas, Schüsse aus schweren Armeerevolvern, singende Soldaten, grausame Kulaken mit langschwänzigen Nagaikas in den Händen, Dorfarme, die der Roten Armee Brot brachten, weißgardistische Kavallerie in brennenden Dörfern, Plünderer, Verräter, heldenmütige Kommissare, jubelnde Volksmassen – und in den entscheidenden Szenen, allgegenwärtig und unfehlbar, das Lächeln Stalins.

Ohne daß er es wollte und ohne es gewahr zu werden, wurde Peter von der Abenteuerlichkeit des Geschehens erfaßt. Das waren schon Kerle, diese Bolschewiken; der blonde Kommissar zum Beispiel oder der tätowierte Matrose mit dem baumelnden Colt am tief herabgezogenen Waffengurt. Und Stalin war eigentlich gar nicht so ohne! Wie der die Fäden in der Hand hielt! Und wie er immer im letzten Moment an der gefährlichsten Stelle auftauchte, den Plan des Gegners erkannte und den Aktionen der Revolutionäre die entscheidende Wende gab! Wie er die Verräter entlarvte, mit unbezwinglichem Scharfblick die Helden herausfand, in denen Peter bereits die Helden vermutet hatte, und dann bescheiden und jedes Lob mit einer schlagfertig-selbstlosen Antwort ablehnend wieder zum Zentralkomitee zurückkehrte, um die nächste Direktive Lenins entgegenzunehmen, im Gespräch mit Lenin und anderen führenden Funktionären zu Ende zu denken und in neuen Kämpfen in die Tat umzusetzen.

Eine Szene beeindruckte Peter besonders. Stalin fuhr – in seiner einfachen Uniform schwer als außerordentlich bevollmächtigter Kriegskommissar erkennbar – als Kommandant eines Panzerzuges an einen gefährdeten Frontabschnitt. In den letzten Wochen hatten die Weißen einige Operationen der Roten empfindlich gestört, und es war anzunehmen, daß sich im Stab der roten Truppen dieses Abschnitts Verräter befanden. Stalin kam an und beorderte die Kommandeure zu sich in den Panzerzug. Er ließ sich die Lage schildern und sprach selbst nur wenig. Dann stieg er aus und ging – ganz allein – zu den Soldaten. Er aß mit ihnen Grütze aus einer Feldküche und hörte sich ihre Gespräche an – die allgemeine Stimmung, die Meinungen über die Offiziere, die Siegeszuversicht der einfachen Menschen. In der gleichen Nacht noch beraumte er überraschend eine zweite Lagebesprechung mit den Kommandeuren an. Er ließ jeden einzeln seine Vorschläge für den Offensivplan vortragen. Geschickt warf er winzige Zwischenfragen ein. Zwar geriet dabei keiner der Offiziere aus dem Konzept, drei von ihnen aber verrieten sich durch ein winziges Zögern, ein kaum merkliches Zucken in den Augen. Da packte Stalin zu. Er trieb die drei immer weiter in die Enge, bis sie sich schließlich selbst verrieten. Die beiden anderen Kommandeure, die sich bisher gegen die Demagogie der drei Konterrevolutionäre nicht hatten durchsetzen können, durchschauten nun die hinterhältige Taktik ihrer vermeintlichen Genossen. Die drei Konterrevolutionäre wurden verhaftet. Einem von ihnen gelang in der Nacht mit Hilfe bestochener anarchistischer Soldaten die Flucht. Die beiden anderen wurden im Morgengrauen vor der Truppe verurteilt. Anschließend leitete Stalin persönlich die Offensive, die mit einer vernichtenden Niederlage der Truppen des weißgardistischen Atamans Petljura endete.

Ja, dachte Peter, das waren wirkliche Helden und wirkliche Abenteuer. Das war nicht der miese Kleinkram dieser miesen FDJ; Mitgliederwerbung, Parolen an die Wände pinseln, endlose Agitiererei und endloses Organisieren einfältiger Kampagnen.

Als Stalins Gesicht einmal in Großaufnahme auf der Leinwand erschien, fiel ihm erneut der Satz ein: Gesichter sind Möglichkeiten. Er dachte: Und die Gesichter der Konterrevolutionäre? Eigentlich waren die beiden konterrevolutionären Offiziere doch nur an ihren Gesichtern erkannt worden – nur der dritte war durch Argumente überführt. Er sah Stalins lächelndes, immer über den Dingen stehendes Gesicht, und er dachte plötzlich: Wie ist das zu erklären: der Stalin, der mir eben so imponiert hat, ist doch derselbe, den diese langweiligen FDJ-niks anhimmeln ... Er sah in das weise, ein wenig ironisch lächelnde Gesicht auf der Leinwand und spürte eine seltsame Beklemmung. Dann aber zog ihn die Turbulenz der Ereignisse wieder in ihren Bann, er schritt mit einem roten Matrosen, der von den Weißen gefangen war, aufrecht zur Exekution und bangte anschließend um das Leben des Mädchens, das sich, als es vom grausamen Tod des Geliebten erfuhr, verzweifelt in die Schlacht stürzte.

Der Film endete, als abzusehen war, daß die Bolschewiki die Revolution und den Bürgerkrieg siegreich, wenn auch unter großen Opfern, zu Ende führen würden. Die Herzen des Volkes und die Kraft der Wahrheit waren auf ihrer Seite, das machte sie unbesiegbar. Als das Licht aufflammte, befand sich Peter in einer Stimmung merkwürdiger Beklemmung, Gereiztheit und Begeisterung.

Auf der Bühne wurde die Leinwand in die Höhe gezogen, eine Jugend-Tanzkapelle baute ihre Pulte auf, unten räumten die Blauhemden die Stühle vom Parkett. Peter ging mit Ingrid zur Theke, die soeben geöffnet wurde. Am Eingang sah er Ruth Fischer im Gespräch mit zwei Jungen aus dem Dorf; einzelne Worte in erzgebirgischer Mundart drangen bis zu ihm heruber. Ihm fiel plötzlich auf, daß Ingrid nur selten mundartliche Wendungen gebrauchte, wenn sie sich beispielsweise mit jemandem stritt oder aus einem anderen Grunde sehr erregt war.

Sie setzten sich an einen Tisch gleich neben der Theke. Peter trank drei oder vier Bier und einige doppelte Wodka, Ingrid trank Eierlikör, den man seit kurzem bekommen konnte. Später tanzten sie noch ein bißchen, aber es wollte keine rechte Stimmung aufkommen. An den anderen Tischen ringsum kannte man sich, man unterhielt sich lebhaft, alles war heiter, unbeschwert, man war vom ersten Teil des Abends zum zweiten übergegangen, ohne daß vom ersten etwas zurückgeblieben wäre, ohne Flausen und ohne sichtlichen Übergang. Die Mädchen hier kannte Ingrid fast alle und von den Jungen die meisten; sie nickten ihr zu, Fragen flogen herüber, Scherzworte; Peter kam sich ausgeschlossen vor, ein Anhängsel, das man zur Kenntnis nahm, aber nicht um seiner selbst willen. Er hatte das Gefühl, daß Ingrid sich neben ihm zur Schau stellte und, gleichzeitig, sich neben ihm langweilte. Ihm schien, daß sie mit ihren Blicken und ihren Gedanken mehr bei den anderen war als bei ihm und nur neben ihm blieb, weil sie nun einmal mit ihm geschlafen hatte, mit ihm schlief, schlafen würde, ja, was verband sie denn sonst? Er sah wieder zu den Tischen der anderen hinüber, hörte ihr Lachen, ihre Gespräche, sah ihre Gemeinsamkeit, und für einen Augenblick wünschte er sich dazuzugehören. In diesem gegenseitigen Kennen und Von-einander-Wissen, mochte es noch so krämerselig und kindisch sein, war etwas, das ihn plötzlich anzog; eine Art Geborgenheit, ein Sichgeben-Können, das, zusammengenommen, vielleicht ihre Unbeschwertheit ausmachte.

Er sagte Ingrid, er habe keine Lust mehr, und winkte den Kellner heran. Die Zeche betrug reichlich einen Schicht-Lohn.

Draußen war es sehr kalt geworden. Der Schnee knirschte unter ihren Füßen, und die dünne Luft trug von weit her Nachtgeräusche heran. Die Grubenlichter an den Hangausläufern flimmerten in kaltem Glanz.

Das Haus, in dem Ingrid wohnte, lag auf der Höhe nach Wolfsgrün zu; dort, wo die Bermsthaler Straße schon Wolfsgrüner Straße hieß. Sie überquerten den Floßgraben, einen zugefrorenen Bach; von der Brücke aus konnte man das Haus sehen. Im Oberstock war noch Licht, dort wohnte der Schachtschlosser Eduard Linsenschmidt. Die Einheimischen, die in ihrer wunderlichen Mischung von Gesprächigkeit und Mundfaulheit alle Vornamen abkürzten, nannten ihn Edu. Von ihm wußte Peter, daß es im Floßgraben Elritzen gab. Im Spätsommer konnte man sie mit bloßen Händen fangen.

Im Eckzimmer an der Straße schliefen Ingrids Eltern. Ingrids Mutter hatte ihr Bett unmittelbar am Fenster stehen. Sie war seit zehn Jahren an beiden Beinen gelähmt. Die einsamen, hilflos im Bett verbrachten Jahre hatten sie mürrisch und zänkisch gemacht; den ganzen Tag über beobachtete sie die Straße, und auch nachts wußte sie genau, wer wann und mit wem nach Hause kam. Es war, als ob sie nie schliefe, als ob sie nie Ruhe fände. Sie kannte das Leben und die Gewohnheiten der Nachbarn genau und war ihrer scharfen Zunge wegen allgemein gefürchtet. Manchmal öffnete sie das Fenster und keifte auf die Leute ein, und wenn ihr jemand ins Wort fiel, steigerte sie sich in eine kleinliche und blindwütige Gehässigkeit hinein, die selbst den Frömmsten in Rage brachte. Der alte Zellner-Otto, Ingrids Vater – die Nachbarn nannten ihn den ›Herrn Zebaoth‹, was weiter nichts auf sich hatte als eine Namensverdrehung –, hatte sich daran gewöhnt und die Gabe entwickelt, nicht mehr zuzuhören. Ingrid war ein spätgeborenes Kind, die beiden älteren Söhne waren im Krieg geblieben, die Schläge des Schicksals hatten auch den alten Zellner zu einem mürrischen Eigenbrötler gemacht. Er verbrachte seine Tage als Holländer-Müller in der Papierfabrik, hin und wieder betrank er sich, die übrige Zeit schlurfte er, grämlich vor sich hin witzelnd, durch die drei kleinen Zimmer der Wohnung. Im Grunde seines Herzens war er eine gutmütige und hilfsbereite Seele, aber sein freudloses Leben und die Nörgeleien der Mutter hatten die Grenzen seiner Kraft und seiner Hilfsbereitschaft überschritten, er hatte sich in sich selbst verkrochen, resignierte und räsonierte.

Peter und Ingrid gingen leise von hinten an das Haus heran, schlichen dicht an der Wand um die Ecke und unter dem Fenster der Mutter vorbei, es schien, als gelänge es ihnen, unbemerkt ins Haus zu kommen. Dann aber brachte Ingrid mit ihren klammen Händen den Schlüssel nicht geräuschlos ins Schloß, und schon vom Hausflur aus hörten sie, wie sich die Mutter im Bett aufrichtete. Achselzuckend sagte Ingrid: »Es ist auch egal, sie hätte es ja doch gemerkt.«

Sie gingen in Ingrids schmales Zimmer, und sie waren kaum eingetreten, als die Mutter mit ihrem Krückstock vom Bett aus nach der Türklinke stocherte. Sie drückte die Klinke herab, stieß die Tür auf und keifte herüber: »Hast du den Kerl wieder mitgebracht?«

Peter war hinter der Tür stehengeblieben, und Ingrid ging geräuschvoll durchs Zimmer, ohne zu antworten. Sie hängte den Mantel an einen Haken, deckte das Bett auf, von der Straße fiel das schwache, schaukelnde Licht einer Laterne herein.

»Hab ich dich vielleicht großgezogen, damit du dich mit so einem Rotzer herumsielst, so einem Dahergelaufenen? Laß dir nur so ein Dreckbalg aufhängen, dann kannst du sehen, wo du bleibst!«

»Du hast mich überhaupt nicht großgezogen«, sagte Ingrid. »Und zu sagen hast du mir erst recht nichts!«

»So!« keifte es hinter der Tür. »Sososo! Aber du hast mir etwas zu sagen, wie? Ausgerechnet du, du Schlampe, du Kebse! Bei dir kann ja die Mutter im eigenen Dreck verkommen, das kümmert dich nicht, wenn du nur einen im Bett hast! Ich würde mich ekeln vor so einem rittigen Weibsstück. Sag's ihm nur, wie du dich mit sechzehn im Gebüsch herumgesielt hast. Sogar im Waschhaus hast du's getrieben! Zur Arbeit zu faul, aber da kannst du nicht genug kriegen! Immer sag's ihm, damit er weiß,was er an dir hat. Und daß du in der

Tripperburg warst und nicht gewußt hast, wer dich angesteckt hat! Soll er's ruhig wissen. Ekeln würd ich mich. Da hat man sich was großgezogen! Das eigne Nest macht's einem voll. Da möchte man wirklich wissen, was sie an dir haben, an so einem Dürrwanst! Machst ihm die Beine besonders breit, was? Die ganze Nacht hört man euch rankern. Ausspucken würde ich. Pfui Teufel! Pfui Teufel! Ausspukken würde ich vor so einer!«

Drüben holte es hörbar Luft, begann dann von neuem: »Aber du wirst schon sehen, was du davon hast. Du wirst schon sehen!«

Ingrid zog von der gegenüberliegenden Türseite den Schlüssel ab, warf die Tür zu, schloß ab und ließ den Schlüssel im Schloß stecken. Dann verriegelte sie die Tür zum Flur und begann sich auszuziehen.

Peter stand noch immer neben der Tür, zwei Meter vom Fußende des Bettes. »Was soll ich denn machen«, sagte Ingrid. »Als ich siebzehn war, hatten wir einen Untermieter. Die Wismut hatte ihn uns zwangseinquartiert. Er zahlte anständig Miete, und meine Mutter bestand darauf, daß ich bei ihm aufräumen müsse und seine Sachen in Ordnung halten. Dann passierte es eben eines Abends. Er nahm mich einfach mit Gewalt, und ich konnte überhaupt nichts machen. Später hatte ich einen Freund, aber der ist nach dem Westen gegangen. Krank war ich nie. Sie hatten mich einmal bei einer Razzia auf dem Bahnhof, als ich gerade Schichtwechsel hatte, mitgenommen und zwei Tage im Krankenhaus behalten. Wenn man wirklich krank ist, behalten sie einen doch nicht bloß zwei Tage. Das phantasiert sie sich alles zusammen. Und dann hatte ich keinen, bis du kamst. Manchmal ist sie ganz anders, aber weil sie immer allein ist und nichts mehr hat vom Leben, gönnt sie auch keinem anderen etwas. Was soll ich denn machen? Ich kann doch nichts dafür, daß sie so geworden ist …«

Als Peter sich auszog, keifte es drüben noch immer. Dann schimpfte die Stimme des alten Zebaoth: »Jetzt hör aber auf, um fünf ist die Nacht um! … Ich bin ja eine Seele, das weißt du, ich bin wirklich eine Seele, aber jetzt ist's genug. Morgen ist auch noch ein Tag.«

Drüben wurde es langsam still. Ingrid schmiegte sich an ihn, sie schlang ihre Arme um seinen Hals und sagte leise: »Es müßte alles anders werden. Wir müßten heraus hier und irgendwo anders hin, irgendwohin, wo man alles ganz neu anfangen könnte. Aber ich kann sie doch nicht allein lassen …«

Und dann war es wie immer. Ihn überkam plötzlich ein weinerliches Mitleid, mit ihr, mit sich selbst, mit den erbarmungswürdigen Zuständen dieser erbärmlichen Welt; er strich über ihr Haar und preßte seinen Kopf an ihr Gesicht. Sie streichelte mit den Händen seinen Körper, seine Schenkel, sie küßte ihn und tastete mit der Zunge über seine Zähne, und dann umarmte sie ihn mit einer Wildheit, die ihm den Atem benahm. Ihr plötzlicher Gefühlsausbruch, dieser krasse, übergangslose Umschwung erschreckten ihn; gleichzeitig aber erfaßte ihn dieselbe Gier, mit der sie ihn an sich zog.

Später lagen sie, schwer atmend noch, nebeneinander. »Weißt du«, sagte sie, »du könntest auf einen anderen Schacht gehen, oben in Johannstadt oder anderswo. Ich würde schon etwas finden, Kneipen gibt es überall. Vielleicht könnten wir ein Zimmer bekommen …« Das war wieder dieser gräßliche, jähe Gefühlsumschwung. Sie dachte immer an sich und sprach von sich und bezog ihn ein, als sei er ein Möbel, ein Hündchen, ein anhänglicher Zeitvertreib! Er bemerkte, daß sie wieder Hochdeutsch sprach. Die ganze Zeit hatte sie Mundart gesprochen. Jetzt war sie also nicht mehr erregt, so schnell ging das bei ihr! Er hatte gehört, daß die Erregung bei einer Frau langsamer abklingt als bei einem Mann – bei ihr jedenfalls nicht! Er spürte eine dumpfe Wut in sich aufsteigen, er fühlte sich unverstanden, gedemütigt, er versank in einer schummrigen Wolke von Selbstbemitleidung. Dann spürte er wieder ihre streichelnden Finger an seinen Schenkeln, ihren Atem, ihre feingliedrige Üppigkeit, und seine Wut schlug um in eine beinahe perverse Gier. Er fiel über sie her, ihr Stöhnen und ihre nicht zu sättigende Sinnlichkeit versetzten ihn in Raserei.

Nun lag Ingrid ruhig atmend neben ihm, sie war eingeschlafen wie ein Kätzchen, des Spielens müde; ein Bein noch leicht über seinem Knie, einen Arm um seine Hüfte. Sie schlief friedlich und unschuldig wie ein Kind.

Er konnte nicht schlafen. Er betrachtete ihr Gesicht, das im Schlaf lächelte, und er konnte nicht glauben, daß sie eben noch in seine Schulter gebissen hatte, daß sie eben noch wild und besinnungslos beieinander gewesen waren. Grit, dachte er; die anderen nannten sie Grit, mit diesem blöden Abkürzungsfimmel; aber es paßte zu ihr. Ingrid klang zu unschuldig. Drüben war es still. Es war wie zu Hause; die Alte war wie der Stiefvater und dieser Hampelmann Zebaoth war wie die Mutter. Du Luder, du Schlampe, du Kebse ... Und keiner hatte schuld. Es müßte alles ganz anders werden. Aber gibt es etwas anderes? Ein anderer Ort, andere Leute vielleicht, am Ende bleibt alles gleich. Sie schläft wie ein Kind. Ihr macht das nichts. Und die damals in Furth auf dem Kohlenbahnhof? Der Knöchel ist immer noch geschwollen. Dieses lange, fahlblonde Haar. Und die Augen sind schiefergrau, aber jetzt kann man sie nicht sehen. Die Augenbrauen gehen an der Nasenwurzel ineinander über. Wo aber in den Gesichtern sind die Möglichkeiten? Wenn es Möglichkeiten gibt, gibt es auch Hoffnungen. Es gibt keine Möglichkeiten, alles kommt anders, als man gehofft hat, und es ändert nichts, wenn man etwas tut. Wenn es das gibt, diesen Klang, dieses Eingehülltsein, diese Stille, aber es ist nur der Schlaf oder der Alkohol oder die Erschöpfung. Hoffnung ist etwas, das man nicht in der Hand halten kann. Und in der Hand halten kann man alles, was es wirklich gibt. Man hat sie nur an ihren Gesichtern erkannt, an einem Zucken in den Augen, einem winzigen Zögern. Habt ihr uns die Sänger totgeschlagen. Wenn nun die Ablösung nicht gekommen wäre? Nein, man muß heraus hier, man muß weiter, laß dir nur so ein Balg aufhängen, man muß weitersuchen, es muß etwas geben, die Straßenlaterne schaukelt immer noch, es muß etwas geben, ein Fähnleinführer, der einem die rotweiße Schnur abreißt, und in der Kanzel einer Me 109 der beste Hauer und vorn das Leitwerk einer Spitfire das brennt und immer näher kommt und das Bord-Mg zieht eine leuchtende Schnur dahin in die Stille die alles verdrängt. Dies aber ist ein strenges Gesicht und er zieht nachts einen Schlafanzug an aber man ist nackt und die Lampe schaukelt noch immer und sie hat recht was kann sie denn dafür es ist schön nackt zu sein und das Licht schaukelt weit weg muß man sich eine Herde Schafe vorstellen und sie zählen und ich muß weiter und ich werde und es wird und ich muß und ich muß und das Licht schaukelt

Damals in kurzen Hosen*

Wer bin ich, und wo komme ich her? Man wird in die Welt gesetzt und nicht gefragt. Man kann sich die Zeiten nicht aussuchen. Auch die Dinge sind immer schon da. Ab wann ist einer verantwortlich und wofür? Für das Wirkliche gewiß. Für das Mögliche auch?

Dieser weit zurückliegende Mensch in kurzen Hosen und Kniestrümpfen, der ich einmal war, was habe ich noch mit ihm zu tun? Und der ich geworden bin, wollte ich der wirklich werden? Nein, der nicht. Er hatte Jagdflieger, U-Boot-Kommandant und Mount-Everest-Bezwinger werden wollen. Bauingenieur jedenfalls nicht.

Seinen richtigen Vater hatte Bendix nie gekannt. Es gab ein paar Fotos von ihm, ein Hochzeitsbild und zwei, drei andere, sonst nichts. Er war Maurer gewesen und 1934, als die neuen Hallen der Germania-Maschinenfabrik gebaut worden waren, vom Gerüst gestürzt. Heiner war damals ein Jahr alt. Drei Jahre später heiratete die Mutter einen Werkmeister aus der Germania, einen schon etwas fülligen Mann in mittleren Jahren. 1940, als Heiner in die erste Klasse ging, errichtete die Germania in Polen ein kriegswichtiges Zweigwerk, und der Stiefvater sollte dort eine Abteilung leiten. Es gab in jener Gegend keine deutsche Schule. Der Stiefvater legte der Mutter nahe, mit nach Polen zu kommen und den Jungen bei ihren Eltern in der Stadt zu lassen.

So wuchs Bendix bei den Großeltern auf.

Der Stiefvater hatte ein Führer-Bild über dem Wohnzimmersofa hängen. Über dem Küchensofa des Großvaters hing ein Bild des Turnvaters Jahn. Der Stiefvater hatte gesagt: »Wenn der deutsche Soldat mit dem Kochgeschirr klappert, zittert Europa.« Großvater sagte: »Und wenn er einen streichen läßt, ist in Moskau Erdbeben.« Sonst sagte der Großvater in den nächsten drei Jahren wenig.

Die Stadt war alt und grau und eng. Die Straßen waren verschmutzt vom Rauch der Fabrikschornsteine. Die Häuser drängten sich um winzige Hinterhöfe, eingezwängt zwischen lärmende Fabrikanlagen, geduckt unter Eisenbahnbrücken. In der verwinkelten Innenstadt kreischten die Straßenbahnen. Pferdefuhrwerke und schwere Lastwagen holperten über das Pflaster der Vorstädte.

In dieser Stadt fuhr der Großvater vierspännig das Bier der Schloßbrauerei aus, denn er war vierzig Jahre lang Brauer gewesen und hatte dann die obligate Taschenuhr vom Direktor bekommen und repräsentierte nun die Aktienbrauerei auf dem Kutschbock. Später, gegen Kriegsende, fuhr er zweispännig. Und von dem Kasten Deputatbier, der immer unter der Kellertreppe stand, war Bendix das erstemal in seinem Leben heimlich blau.

Vom Großvater lernte er: Erdbeerbeete mit Roßäpfeln düngen, Ziege melken, Holz hacken, Karnickel schlachten, Ähren lesen, Kartoffel stoppeln und andere nützliche Dinge. Sie wohnten am Stadtrand unterhalb des Bahndamms, der Bahndamm war ihr Garten. Aus den Holunderbeeren kochte Großmutter Holundersuppe, aus jungen Brennesseln machte sie Spinat. Und mit den Zügen, die über die Eisenbahnbrücke donnerten, träumte sich Bendix, Sauerampfer kauend, nach Tobruk und Narvik und quer durchs wilde Kurdistan, manchmal aber auch bloß bis an den Wenzlinsee. Der war neuerdings Wehrmachtsgelände, also abgesperrt.

Einmal im Jahr kam die Mutter. Sie brachte immer etwas mit: ein Kilo Butter, eine Seite Speck, körniges Graubrot, handgeschnitztes fremdländisches Spielzeug. Von den Lebensmitteln aß Großvater nie etwas, er hatte es seit einiger Zeit mit dem Magen, sagte er. Das Spielzeug aber betrachtete er eingehend und brummte irgend etwas vor sich hin. Mit den anderen Stadtrandkindern spielte Bendix in der Steingasse

Autorennen mit Kinderwagenrädern, die an Holzstöcken liefen, und später mehr Luftkampf. Da war man also Carraciola oder Hans Stuck, und später mehr Me 109 oder Spitfire.

Der Großvater, der drei Jahre lang wenig gesagt hatte, wurde im Frühjahr dreiundvierzig wieder gesprächiger. Manchmal nahm er Bendix mit auf den Kutschbock. Hin und wieder sagte er merkwürdige Dinge. Über die Apfelschimmel zum Beispiel sagte er: »Die mit den dicksten Ärschen ziehen am schlechtesten, mußt du dir merken für später, weil, bei die Frauen ist es genauso.« Und das Margarinepäckchen auf dem Abendbrottisch nannte er Endsiegfett, und das immer dünner werdende Bier nannte er Durchhaltepisse. Großmutter sagte: »Du bringst uns noch sonstwohin mit deinem Gerede.« Da stellte sich Heiner Sonstwo als eine schlimme Gegend vor.

Dann wurde die Flakstellung gebaut drüben im Wäldchen hinter dem Bahndamm. Wenn man neun Jahre alt ist und an einer Eisenbahnbrücke wohnt und keine zwei Kilometer entfernt liegt eine Flakbatterie mit Feuerleitstand und Scheinwerfern und Vierlingsgeschützen, findet man das erst mal großartig. Später freilich nicht mehr so sehr. Aber zunächst war der Kriegswinter vierundvierzig angebrochen, Heiner sammelte mit seinen Klassenkameraden von Haus zu Haus Lumpen, Knochen, Eisen und Papier für die Winterhilfe, Großvater Otto fuhr nun einspännig, seinen Holzvergaser hinter der Fahrerkabine, einen Büssing-Veteranen, und kurz vor Weihnachten sagte er: »Heute schlachten wir Hermann. Haben den Bock lange genug gemästet!« Hermann war das fetteste der drei Karnickel, die Heiner mit Löwenzahn und Kleie und gekochten Quetschkartoffen großgefüttert hatte, und er besaß eine zweifelsfreie Ähnlichkeit mit dem gleichnamigen Reichsfeld- und Luftmarschall, saß aber in jeder Hinsicht ahnungslos hinter seinem Maschendraht.

Nun ja, Erinnerungen. Auch solche an den erstaunlichen Wortschatz des Großvaters. Für manche Dinge fand er überhaupt keine Worte. Dafür hatte er für andere einen unerschöpflichen Vorrat. Das waren durchweg Angelegenheiten, die man sehen, greifen, schmecken, fühlen, brauchen oder nicht brauchen konnte. Den größten Vorrat an Austauschwörtern hatte Großvater für den Begriff Arbeit. Da ging die Rede von hantieren, schaffen, schuften, schinden, schwitzen, ochsen, buckeln und kaputtrackern bis zu Ausdrücken, die Großvater wohl von seinen Handwerksburschenlehr- und Wanderjahren behalten hatte und die schuriegeln, kläjen, batalljen, rabanzen und rabastern hießen, und zu solchen aus dem engeren Berufsleben, die lauteten anstechen, ein Faß aufmachen, deichseln, in die Speichen greifen oder aber abspannen, ausschirren, einen zischen, Sense.

Und dann hatte Großvater noch ein Lieblingswort allgemeinerer Art, das hieß bauen. Bauer, bauen, Bau. Später, wenn Bendix eines dieser Wörter unterkam, das war nicht selten, dachte er manchmal an den Großvater und seine viel zu großen Hände, an die Arme, die sonderbar lang herabhingen in seiner Erinnerung, an den kurzen, schwieligen Hals und den gekrümmten Rücken, an den runden Bauernschädel mit der Fuhrmannsmütze und der ewigen Tabakspfeife im Gesicht und den blinzelnden, ein wenig verkniffenen Augen, die noch bäurisch waren von vielen Generationen her und doch schon denen der anderen Fabrikarbeiter ähnlich, besonders dann, wenn einer, der seinerzeit etwas zu sagen hatte, etwas sagte, und keiner, der etwas hätte antworten müssen, etwas antwortete.

Ja, wenn es nach Großvater gegangen wäre, wäre sicher manches anders gekommen. Es ging aber nicht nach ihm. Zumindest nicht nur.

Zum Beispiel: Oberlehrer Fuchs. Der hatte nur ein Bein, dafür aber das EK II und die silberne Nahkampfspange. Oberlehrer Fuchs lehrte Heimatkunde, Geschichte, Lesen und Schreiben, Lehrer waren rar, und zwischen Wotan, Siegfried, Königgrätz und dem Versailler Schandfrieden war noch hinreichend Raum für die Eiche Harras' des kühnen Springers draußen am Wenzlinsee, und für die Germania-Lokomotiven- und Geschützfabrik und den alten Wilhelm August Hartmann, der die Firma vor nicht ganz hundert Jahren gegründet hatte und ein rechter deutscher Handwerksmann gewesen war; als ein schlichter Schmiedemeister hatte er angefangen und wenig später die erste Dampfmaschine weit und breit in Betrieb genommen, bis die Germania zu diesem riesigen roten Backsteinareal emporgewachsen war, dem die halbe Stadt Arbeit und Brot verdankte.

Heiners Jungzugführer ließ Liegestütze über dem offenen mit dem Griff in die Erde gerammten Fahrtenmesser ausführen, falls einer nicht stramm genug exerzierte oder beim Gepäckmarsch schlappmachte. Mit seiner Tesching schoß er Spatzen, Finken und Meisen zielsicher von Gartenzäunen und Obstbäumen. Er kannte die Wirkungsweise der Panzerfaust und die Namen aller Burgen des Deutschen Ritterordens. Außerdem borgte er Kriegs- und Abenteuerbücher aus gegen aufgespießte Schmetterlinge und Sammelbilder.

Heiner, in seiner Bodenkammer oder am Bahndamm, der die Züge in geheimnisvolle Fernen trug, träumte davon, Heldentaten zu vollbringen und Abenteuer zu bestehen, ein kühner Forscher wollte er werden, in die Stratosphäre vordringen und auf den Grund der Meere wie Piccard, Afrika wollte er erobern und den Südpol und die letzten weißen Flecken tilgen von den Landkarten, er lauschte dem verzauberten Klang fremder Namen nach, er saß vor Kinoleinwänden und wollte ein Held werden wie Trenk der Pandur, Rommel, Mölders, Ohm Krüger und hatte sich gedacht, daß die Welt eigens eingerichtet sei für die Nachfahren der Goten und Welfen: Und setzt ihr nicht das Leben ein, nichts wird euch gewonnen sein, heil König Widukinds Stamm! Es war die Zeit der Sondermeldungen aus dem Führerhauptquartier. Es war die Zeit, als Ritterkreuze an achtzehnjährige Gefreite verteilt wurden. Es war die Zeit, als die Siegesfanfaren schon nicht mehr die deutschen Gaue überstrahlten von der Maas bis an die Memel und von Danzig bis Burgund. Da kann schon allerhand durcheinandergehen in so einem Jungenskopf, Pimpfengehirn, und es ging allerhand durcheinander, und war vielleicht tatsächlich nur eine Frage der Zeit, der Gelegenheit, des öden Zufalls, was da werden könnte aus irgendeinem Bendix?

Es wurde der Pimpf Heiner Bendix befördert zum Luftschutzmelder, und das Herz schlug höher. Seine Armbinde trug er wie einen Orden, Helm und Gasmaskenbüchse erhoben ihn über die verschüchterten Zivilisten, die ihre Nächte in Luftschutzkellern verbrachten. Das Abenteuer konnte beginnen.

Aber die Stadt wurde nicht bombardiert. Nur vereinzelt verloren versprengte Bomberpulks auf dem Rückflug ein paar Luftminen. Die Flak am Waldrand ballerte lustlos und ohne Erfolg. In das Kieferngehölz hinterm Bahndamm schlug eine verirrte Sprengbombe.

Obendrein zog sich Heiner eine Mittelohrentzündung zu und mußte an die vierzehn Tage das Bett hüten. Anschließend verordnete ihm der Arzt Ohrenklappen, zwei dicke Filzdeckel, die an einem Drahtbügel über dem Kopf getragen wurden. Als er damit zum erstenmal im HJ-Heim auftauchte, brach ein wieherndes Gelächter los. Da traute sich Heiner nicht mehr auf die Straße. Was ist einer schon für ein Held mit Ohrenklappen?

Die amerikanischen Panzerspitzen, hieß es, standen zwanzig Kilometer vor der Stadt. Artillerie begann das Elektrizitätswerk, den Rangierbahnhof und die Grenadierkaserne zu beschießen. Lastkraftwagen der Wehrmacht, denen der Treibstoff ausgegangen war, blockierten die Ausfallstraße nach Norden. In der Stadt fuhren weder Straßenbahnen noch Omnibusse. Die Stromversorgung fiel aus, und das Trinkwasser wurde rationiert. Die meisten Geschäfte waren geschlossen.

Aber aus irgendeinem Grunde nahm der Feind sich Zeit. Die Panzerspitzen kamen nicht näher, die Bomberverbände flogen anderen Zielen zu.

Heiner und der Großvater zogen mit Handwagen, Axt und Säge zum Kieferngehölz und sammelten Brennholz. Die Axt schlug sich schartig an Bombensplittern. HJ und Volkssturm suchten die Gegend ab nach feindlichen Flugblättern. Suchtrupps gruben Blindgänger aus. Irgendwie machte alles noch den Eindruck geordneter Verhältnisse.

Sie saßen auf einem Wurzelstubben, aßen die mitgebrachten Stullen mit Majoranmehlfett und tranken kalten Gerstenkaffee aus der Blechflasche. Es war ein kalter Vorfrühlingstag. In den Ästen der wenigen unverletzten Krüppelkiefern hingen schmutzige Schneereste. Der Boden war feucht und glitschig. Auf dem Grund des Bombentrichters schwamm das zerknüllte Ölpapier, in dem ihre Stullen eingewickelt gewesen waren. Trotz der Joppe, die Großmutter geschickt aus einer Pferdedecke genäht hatte, daß man die eingewebten Initialien der Aktienbrauerei nirgends mehr sah, fröstelte Heiner. Zerzauste Krähen strichen plump am Bahndamm entlang, als ob sie sich mit ihren schwarzen, gefransten Flügelspitzen in dem dumpfigen Luftsog festkrallten.

Da sahen sie sie kommen. Heiner bemerkte sie zuerst. Sie kamen den Hohlweg neben dem Bahndamm herauf, mit ihren hölzernen Schuhsohlen klappernd, eine graue Kolonne, die sich in die Länge zog und kein Ende nahm und immer weiter aus dem Hohlweg quoll, zusammengehalten von heiserm Hundegekläff und vorwärtsgetrieben von Kolbenschlägen und Kommandorufen der Feldgendarmerie. Es waren mindestens dreihundert Männer und höchstens zwanzig Feldgendarmen, bewaffnet mit Maschinenpistolen, dazu ein paar blutjunge Soldaten mit achtundneunziger Karabinern.

Die Kolonne mußte unmittelbar am Bombentrichter vorbei, und ein baumlanger Feldgendarm mit dem Blechschild über der Brust und der MPi im Anschlag pflanzte sich am

Damm auf, stumm. Auch die gespenstischen Gestalten in ihrem gesteiften Drillich, ihren Holzpantinen, manche nur mit schmutzigen Fußlappen an den nackten Füßen, trotteten stumm dahin, teilnahmslos, als ob sie nichts mehr spürten von der Kälte und den Schlägen und dem Gehechel der Hunde. Erst als sie nahe heran waren, unterschied Heiner ein paar Worte aus dem beinahe lautlosen Gemurmel, fremde, unverständliche, auch welche, die deutsch klangen, aber keinen Sinn ergaben und keinen Zusammenhang, so dumpf, so fern. Die Gesichter der Männer waren spitz und grün, als seien sie durch ein giftiges Gas gegangen, ihre Schädel geschoren und schorfig; fleischlose Gestalten, an denen alles schlotterte. Sie nahmen die ganze Wegbreite ein, dünn, wie sie waren, in mehreren Reihen nebeneinander, und sie blickten nicht auf, als sie an Heiner und dem Großvater vorbeikamen. Nur einmal glaubte Heiner einen auf ihn gerichteten qualvollen, unauslöschlichen Haß zu spüren. Sie schlurften dahin, endlos, ausdruckslos, körperlos, und dann waren sie vorbei wie ein Spuk. Aber noch lange bewegte sich der Zug der Grüngesichtigen hinter seinen geschlossenen Lidern, unter diesem alltäglichen Himmel.

Als sie schon weit weg waren, verschwunden hinter der Wegbiegung zur Brücke, sagte der Großvater: »Jetzt, mein Junge, wird uns die Rechnung präsentiert.«

Heiner, noch immer ohne zu begreifen, sagte: »Aber es waren doch auch Deutsche darunter.«

»Ja«, sagte der Großvater. »Wenigstens das.«

Am Abend kroch der Großvater unter die Wolldecke und hörte die monotonen Pausenschläge von BBC, und hörte Radio Moskau auf diesem von Störsendern überlagerten Akku-Empfänger, den der Stiefvater seinerzeit dagelassen hatte. Als er wieder unter der Decke hervorkam, sagte er: »Möchte bloß wissen, wer uns da mehr die Hucke vollügt. Der Tommy sagt, sie hätten uns gestern erobert.« Er hustete röchelnd, er war seit Tagen erkältet. Dann stocherte er mit dem Feuerhaken in der Herdflamme und legte Holzkloben nach, die vor Feuchtigkeit zischten. Die Großmutter saß im Lehnsessel und strickte einen Schal aus aufgetrennter Wolle. Plötzlich ballerte die Flak los, ohne daß Luftwarnung gegeben worden wäre. Draußen im Stall begannen die letzten beiden Hühner aufgeregt zu gackern. Die Fensterscheiben klirrten; sehr weit oben war das Dröhnen der schweren Bomber zu hören. Aber auch diesmal verschonten sie die Stadt.

Geschichte, soll mal einer gesagt haben, sei weiter nichts als eine Zusammenfassung umlaufender Gerüchte, die hinterher keiner überprüfen kann. Aber was ist mit der Erinnerung? Wenn Bendix sich später erinnerte, hatte er von dieser Spanne zwischen Ende und Anfang, zwischen Frost und Feuer, immer die Vorstellung einer seltsamen Zeitlosigkeit: Es gab ein Vorher, ein Nachher, aber vor allem gab es ein Dazwischen, in dem sich alle Konturen auflösten.

An einem dieser Abende quietschten vor dem Haus die Bremsen eines Autos. Bendix hob das Verdunkelungsrollo einen Spalt an: Draußen hielt ein Opel mit abgedeckten Scheinwerfern. Großvater sagte: »Das ist doch …«

Aus dem Opel stiegen die Mutter und der Stiefvater, steifbeinig, eingemummt in dicke Mäntel. Über das Dach des Autos ragte ein Geländer, daran Koffer und Kisten und Kästen geschnallt waren. Da mußten Rücksitz und Kofferraum aber vollgepackt sein.

Dennoch: Auch das sah nicht nach Flucht aus, nach Treck auf zerstörten Straßen, nach Tieffliegern und Toten am Wegrand, Pferdekadavern, zerschossenen Gehöften, fauligen Wasserlöchern, eher nach irgendeiner Heimkehr von irgendeiner Reise. Und sie hatten sich doch, die Großmutter vor allem, solche Sorgen gemacht, wo sie so lange blieben in diesem Polen.

Sie waren da mit Begrüßungen, Koffern, Bündeln, und brachten die Kälte der Landstraßen herein, über die sie gekommen waren.

»Groß bist du geworden«, sagte die Mutter.

Der Stiefvater sagte: »Das war vielleicht eine Fuhre!« Und stellte eine Flasche Schnaps auf den Tisch, schlug den Korken heraus mit geübtem Schlag aus dem Handgelenk gegen den Flaschenboden, goß dem Großvater den klaren Schnaps in die Kaffeetasse, die noch mit einem Rest Pfefferminztee auf dem Tisch stand, holte für die Mutter ein Glas aus dem Küchenschrank, er selbst trank aus der Flasche.

»Ihr könnt euch nicht vorstellen, was man so mitmacht«, sagte der Stiefvater. Er nahm einen Schluck, wischte mit dem Handrücken über den Mund, er seufzte. Die Mutter strich Heiner über den Kopf und seufzte ebenfalls. Die Großmutter setzte den großen Wassertopf auf den Herd und nahm den Korb, um Holz zu holen. Die Mutter sagte: »Warte, ich gehe mit.« Sie ging aber nicht. Sie war noch mit dem Abwikkeln ihres Schals beschäftigt. Großvater hatte so einen Blick, da lief Heiner hinter der Großmutter her. Sie waren also wieder da.

Nein: Wahrscheinlich taugt auch Erinnerung nicht zur Wiedererweckung. Wahrscheinlich sind es immer nur die Augenblicke, an die wir uns erinnern, nicht aber die Tage, Wochen, Vorgänge, Zeitläufte. Und wahrscheinlich lassen die zurückliegenden Erlebnisse mehr im unklaren, als für manch einen gut ist.

In diesen Tagen jedenfalls geschah, was man später den Zusammenbruch nannte oder die Befreiung.

In diesen Tagen schien die Stadt vergessen worden zu sein zwischen den Fronten. Gelegentlich meldete sich die amerikanische Artillerie mit vier, fünf Schüssen in Richtung der längst geräumten Wehrmachtsstellungen am Wenzlinsee. An der alten Salzstraße schanzten sich ein paar SS-Männer mit Panzerfäusten und ein Haufen Volkssturm ein.

Die Eltern besaßen noch die Stadtwohnung, in die sie aber nicht einziehen konnten, weil vorübergehend andere Volksgenossen darin Notquartier bezogen hatten. Da nützten auch des Stiefvaters Beziehungen nichts, es gab höhere Mächte. So richteten sie sich im Häuschen am Bahndamm ein.

In diesen Tagen auch, beinahe beiläufig, legte sich der Großvater nieder und stand nicht wieder auf, oder wollte womöglich nicht. Der Arzt, der tatsächlich kam, sagte: Lungenentzündung. Großvater war weder mit Gründen noch guten Worten zu bewegen, nachts, wenn oben die Bomber vorüberzogen, in den Luftschutzkeller zu gehen. Er schlürfte seinen Kräutertee, knurrte jeden an und drehte sich mit dem Gesicht zur Wand.

Aber an einem der letzten Kriegstage flogen die Bomber nicht mehr vorbei. Sie kamen an in drei Wellen, wirksam gestaffelt, am hellen Tag. Sie warfen zuerst Brandbomben, dann regnete es Phosphor, zum Schluß fetzten Sprengbomben auseinander, was übrig war. Die Eisenbahnbrücke flog durch einen Volltreffer in die Luft; Großvaters Häuschen wurde zusammengedrückt wie ein morscher Bretterzaun. Heiner und der Stiefvater gruben den ganzen Tag und die halbe Nacht, dann hatten sie einen notdürftigen Ausgang aus dem Keller freigelegt. Am Morgen fanden sie den Großvater tot unter den Trümmern der eingestürzten Giebelwand.

Der Großvater war noch nicht beerdigt, da zogen die Amerikaner ein. Jeeps, Studebakers, Sherman-Panzer, saloppe Uniformen, hygienische Gesichter. Sie blieben eine Woche. Dann kamen die Russen. Das war lange vorher in Jalta oder sonstwo von den Alliierten ausgemacht worden. Demarkationslinie, so hieß das jetzt.

T-34-Panzer rollten durch die Stadt, nordwärts. Auch jene Raketenwerfer, Stalinorgeln genannt, bei deren Anblick im Krieg ergraute Landser noch immer zitterten. Aber dann kamen schon die Panjewagen, gezogen von mageren Pferdchen, kamen die erdfarbenen Kolonnen in ihren ausgefransten Mänteln, kamen die verrußten Feldküchen und vorsintflutlichen LKW, die ersten Maueranschläge und SMAD-Befehle, zweisprachig, als ob hier einer russisch lesen könne. Und diese gummikauenden amerikanischen Filmsoldaten und die nach Schweiß und Machorka riechenden Mushiks sollten die glorreiche deutsche Wehrmacht geschlagen haben?

Die Restverteidiger der Stadt hatten sich vor oder mit den Amerikanern still verkrümelt, sanglos-klanglos traten die Helden ab: Seltsam begann die neue Zeit. Hakenkreuze stahlen sich aus Fahnen; wo Tage zuvor weiße Bettlaken Kapitulation verkündet hatten, wehte es jetzt rot. Erstes Brot wurde verteilt, Wasser aus Kesselwagen. Wer zwei Hände hatte, wurde zur Arbeit in die zerstörten Straßen und Werke kommandiert. Der Stiefvater und weitere Germania-Leute, die in Polen und der Ukraine gewesen waren, wurden auf die Kommandantur kommandiert. Sie waren noch nicht zurück, als Großmutter, Mutter und Heiner die zugewiesene Notwohnung bezogen. Sie waren noch nicht da, als die Schule wieder begann. Was hatten sie in diesem Polen anderes getan als ihre Pflicht? Sagte die Mutter. Sie jedenfalls hatte ihr polnisches Dienstmädchen immer anständig behandelt. Ja, es dauerte, bis mancher zurückkam und mancher nicht.

Der Stiefvater allerdings kam nach einem Jahr. Er schwieg sich aus. Nur einmal, als er eine Flasche Schnaps aufgetrieben hatte, sagte er zu Heiner: »Du bist alt genug, hol dir ein Glas.« Eine Pfütze versickerte zwischen den Dielen, der geübte Schlag, der den Korkenzieher ersetzte, funktionierte diesmal nicht. Aber es war eine Literflasche, Selbstgebrannter, wer weiß woher. »Va banque«, sagte der Stiefvater. »Alles eingesetzt, alles verloren.« Er ging zum Ausguß, drehte wütend an dem röchelnden, ausgetrockneten Messinghahn, der kein Wasser hergab, dann nahm er die Schöpfkelle und schöpfte aus dem Zinkeimer. Aber er trank nur bis zum dritten Glas Wasser nach, dann trank er den Seltbstgebrannten pur. »Wüstengesetz«, sagte er. »Durchkommen oder auf der Strecke verrecken. Das ist der Lauf der Welt.«

Eine Stunde später knallte er die leere Flasche in den einzigen Spiegel, schlug einen Stuhl kurz und klein, fiel mit dem

Kopf auf die Tischplatte. Sie bekamen ihn dort nicht weg. Sie fanden ihn am Morgen in einer Lache Erbrochenem.

Das war Heiners letztes Schuljahr. Das Arbeitsamt schickte Berufsberater in die Klasse: Na, Jungs, was wollt ihr werden?

Einige wollten Autoschlosser oder Elektriker werden, die meisten Bäcker, Fleischer, Koch. Heiner wußte keine Antwort. Der Großvater, den er vielleicht hätte fragen können, war nicht mehr. Den Stiefvater fragte er nicht, auch nicht die Mutter. Er fragte auch die Großmutter nicht: Sie war immer dagewesen, hatte immer ihre Arbeit getan, still, selbstverständlich, aber daß einer sie um Rat gefragt hätte, das war nie vorgekommen. So saß er da. Als aber die Reihe an ihn kam, stand er auf, hob den Kopf mit einem Ruck und sagte etwas, das er zu Beginn der Stunde noch nicht gewußt hatte. Er sagte: »Maurer.«

Wer bin ich, und wo komme ich her? Dieser weit zurückliegende Mensch in kurzen Hosen und Kniestrümpfen, was habe ich mit ihm zu tun? Das ist, als ob einer Schale für Schale eine Zwiebel untersucht auf ihren Inhalt hin, mit dem Blick quer durch die Dinge der Welt, die plötzlich gläsern geworden ist und durchsichtig, kernlos. Als ob einer den Mittelpunkt einer körpereigenen Galaxis sucht, und die Lügen noch immer so saftig, und die Wahrheit so trocken, wo soll er da anfangen?

Vieles wird zu erkunden sein. Vieles erfahren wir nie. Irgendwo liegt der Grund allen Sagens.

Der Besuch*

Sie hatte manches nicht gewußt, vorher, aber daß es kein Leben im Spaziergang werden würde, das schon. Von unterwegs gesehen ist jeder Anfang anders. Alles fließt zusammen. Und wenn man später darüber nachdenkt, ist das gelebte Leben nicht nacheinander verlaufen und schön geordnet, sondern ineinander, und was sich sauber herblättern ließe wie ein Abreißkalender, bedeutet gar nichts.

Als sie Bendix kennenlernte, war sie zweiundzwanzig und Studentin im letzten Studienjahr. Die Welt lag offen vor ihr wie eine Auster. Nur ihre behütete Häuslichkeit schien ihr manchmal im Gegensatz zu stehen zu den großen Dingen und Taten, die in der Welt vorkamen und in den Büchern, und zu den Aufgaben, denen ein junger Sozialist sich stellen muß, wie die Dozenten das nannten, und zu den Bewährungen, die doch irgendwann auch auf sie zukommen würden. Sie war entschlossen, etwas zu vollbringen und nichts zu vergeuden. Und in diese Bereitschaft war Bendix hineingefegt wie ein Wind von einer fremden Küste.

Er war anders als alle, die sie kannte. Er war sieben Jahre älter und hatte etwas an sich von jener erregenden Wirklichkeit, zu der sie hinwollte. Er hatte untertage im Bergbau gearbeitet in dieser rauhen Gegend, die Wismut hieß und um die sich Legenden wölbten, und wie er so ankam, war er eine seltsame Mischung von Proletarier und Vagabund. Ein sogenannter Spätstudent, der sich die Studienberechtigung neben der Arbeit her an der Abendoberschule erworben hatte, und nun war er gerade ein frischgebackener Bauingenieur.

Sie lernte ihn kennen im Studentenlager, er leitete dort den Arbeitseinsatz. Pflanzte sich also in die Gegend und sagte: »Damen und Männer, wir bauen hier ein Spannbetonwerk, halbautomatisch, und fürs erste gehen wir mal mit diesen Handbaggern los, auch Schaufeln genannt, und kratzen diesen Hügel weg. Acht Mann an die Loren, die anderen mir nach!«

Sie waren an die zweihundert Leute, und er bemerkte sie gar nicht. Es war ein höllisch heißer Sommer, sie schaufelten sich die Seele aus dem Leib, der Sand nahm kein Ende. Sie schaufelten sich die Hände blutig und den Rücken schorfig vom Sonnenbrand, aber jeden Morgen steckten sie die FDJ-Fahne ein Stück höher in den Hügel. Sie fielen mittags über die Suppenschüsseln her wie die Wölfe und krochen abends bleischwer in die Zelte. Dann wurde Schimmelpfennig krank, und Bendix sagte: »Ihr müßt einen neuen Brigadier wählen. Ich würde sagen, nehmt doch mal ein Mädchen, zum Beispiel diese Ruth Göpfert da.«

So wurde sie Brigadeleiter und hatte für vierzig Mann die Arbeit zu organisieren, die Verpflegung, den gesamten Tagesablauf. Jeden Morgen, wenn die anderen sich noch unter der Wasserleitung den Schlaf aus den Augen rieben, gingen die Brigadiere zur Einsatzbesprechung in den kahlen Tempel der FDJ-Leitung. Bendix war schon vorher da und hatte die Aufgaben mit der Produktionsleitung des Tiefbaus abgesprochen. Er war morgens der erste und abends der letzte, er tauchte immer dort auf, wo Rat gebraucht wurde, es gab eine ganze Menge Mädchen, die die Köpfe nach ihm verdrehten.

Und dann kam jener Abschlußball im Volkshaus, den sie gemeinsam mit den Bauarbeitern veranstalteten. Bendix steuerte gleich beim ersten Tanz auf Ruths Tisch zu. Während sie tanzten, sprach er kein Wort. Aber dann brachte er sie zum Tisch zurück, verbeugte sich andeutungsweise und sagte: »Jungfrau, es war mir ein totales Vergnügen, vergleichbar einem anderthalbtägigen Beischlaf.«

Sprach's und machte kehrt, und ließ sie zurück mit rotem Kopf und in heilloser Verwirrung, und obendrein hatten die anderen alles mitgehört. Sie kam sich vor, als würde ihr der

Boden unter den Füßen weggezogen. Sie ging hinaus, ging durch die Straßen dieses kleinstädtischen Großdorfs Münsterberg, wo die Häuser einander bedrängten und sich an den Boden duckten wie vor einer großen Gefahr, und sie begann etwas zu ahnen von dem, was das Leben bereithielt an Widrigkeiten.

Der Studienalltag begann wieder, und sie redete sich ein, sie habe das Kapitel Münsterberg längst vergessen. Die gewohnte Umgebung kam ihr entgegen, die Turbulenz des Semesterbeginns. Da rief Bendix eines Tages bei ihr an. Er lud sie ein zu einem Theaterbesuch. Sie sagte nein, legte auf, ging hin, er war da. Und anschließend liefen sie stundenlang durch die Straßen der Stadt bis hinaus in den Osten, wo sie wohnte. Sie standen vor dem von Scheinwerfern angestrahlten Völkerschlachtdenkmal, und Bendix sagte: »Welch ein Aufwand für einen Augenblick.« Die Tür zum Friedhof stand offen, und sie gingen hinein, und nachdem sie eine Weile zwischen Buchsbaumhecken und alten Bäumen gegangen waren, fanden sie ein Grab, da lag ein gewisser Langheinrich Bendix begraben, und Heiner sagte: »Langheinrich kann man nicht heißen, aber der ist tot, und wir leben.«

Dann standen sie vor der Gartentür des Zweifamilienhauses, in dem Ruths Eltern lebten, und sagten lange nichts. Ihr Herz klopfte laut. Sie ärgerte sich über ihr Haar, das sie des Theaterbesuchs wegen hochgesteckt hatte und das nun an den Schläfen traurig herabhing. Der Morgen dämmerte bereits, da sagte Bendix: »Tja, morgen fahre ich auf Montage, Talsperre Weidenbach.«

Solche und ähnliche Sätze hörte sie in den folgenden Jahren oft, aber damals wußte sie noch nicht, was sie bedeuten. Schließlich zog er nicht in den Krieg. Schließlich lag Weidenbach in keiner anderen Welt.

Vor der Gartentür aber sagte Bendix, nun gar nicht mehr großspurig: »Was ich sagen wollte: Es tut mir leid wegen dieser dämlichen Bemerkung damals. Aber ich wollte wenigstens etwas sagen, und was Dümmeres ist mir nicht eingefallen.«

Sie schwieg, und sie dachte: Wahrscheinlich stammt das aus dieser wilden Gegend, in der er war. Wahrscheinlich ist das ein typischer Fall von dem, was die Zoologen Imponiergehabe nennen. Sie hätte noch immer nicht mit Sicherheit sagen können, was ihr gefiel an ihm und was sie anzog. Aber daß da etwas anderes angefangen hatte als eine beliebige Bekanntschaft, das wußte sie.

Er schrieb ihr aus Weidenbach, sie schrieb ihm. Er kam jede dritte oder vierte Woche in die Stadt. Sein möbliertes Studentenzimmer hatte er abgeben müssen, aber er übernachtete bei einem ehemaligen Kommilitonen, der als Assistent in Leipzig geblieben war. An solchen Wochenenden kam Ruth spät nach Hause. Sie schleppte ihn zur Motette in die Thomaskirche, und er sagte: »Was denn, ich kann doch als Genosse nicht in die Kirche gehen.« Sie lächelte nur und sagte: »Es handelt sich nicht so sehr um die Kirche, es handelt sich um Bach.«

Sie wußte, das alles war ihm ungewohnt, gerade deshalb zog sie ihn behutsam mit, und manchmal spürte sie, wie hilflos er wurde vor Dingen und Begebenheiten, die ihr selbstverständlich waren, und manchmal, wie er diese neue Welt in sich aufsog, als hätte er schon lange darauf gewartet.

Ihr Vater fragte: »Was ist das für ein Mensch?« Ruth sah vor sich hin, dann sagte sie leise: »Ja, was für einer ist das.«

Bendix brachte es fertig, ein-, zweimal wöchentlich aus seinem Talsperrendorf anzurufen, das war eine teure und umständliche Verbindung, denn es gab damals noch keinen Selbstwählfernverkehr. Ruths ältere Schwester sagte einmal: »Dein Gebirgswasserdompteur ist entweder ein Bruder Leichtsinn und hat zuviel Geld, oder aber ...« Da sagte Ruth ziemlich fest: »Ja, eben. Oder.« Und manchmal saß sie vollkommen abwesend in der Vorlesung und schreckte plötzlich auf und mußte ihre Nachbarin fragen, wovon denn gerade die Rede sei.

Im November besuchte sie ihn in Weidenbach. Es war ein trüber, naßkalter Tag, und sie mußte aus dem Schnellzug in einen Personenzug umsteigen und dann noch in einen Omnibus, der aussah, als würde er niemals wieder irgendein Ziel erreichen. Der Bus war vollgestopft mit Leuten, die sich offenbar mühelos in einer merkwürdigen Mundart verständigten, und mit Männern, denen man den Bauberuf schon von weitem ansah. Der Bus keuchte im Schrittempo die Berge hinauf, dafür brauste er talwärts schwindelerregend in die Kurven. Und als sie endlich in Weidenbach ankamen, als Ruth endlich aufatmete, merkte sie, daß keiner außer ihr an dieser Fahrerei etwas Außergewöhnliches fand.

Bendix erwartete sie an der Haltestelle. Er sagte: »Bei unserer Post geht's nicht so schnell. Ich habe dein Telegramm erst vor einer Stunde bekommen.« Und: »Frau, du bist ja völlig durchgefroren.« Und: »Jetzt trinken wir erst mal einen Grog.«

Er nahm ihr Köfferchen, sie gingen in die »Besenschänke«, die hieß so, weil früher die Besenbinder hier eingekehrt waren. Sie tranken jeder zwei Grog und dann noch einen Punsch. Alles in ihr taute auf. Die Gaststube war klein und warm, es waren wenig Leute da. Ruth fragte: »Ist das immer so, daß im Bus niemand kassiert?«

»Nein«, sagte er. »Das war der Schichtbus von der Baustelle. Linienbus fährt keiner um die Zeit, das lohnt nicht. Ich hatte schon Angst, daß du die Karre nicht findest.«

»Was ich finden will, finde ich immer«, sagte sie.

Dann stiegen sie den steilen Waldweg hinauf zum Ortsteil Habichtsfang. Sie gingen durch Fichtenwald und durch Mischwald über einen dicken, feuchten Laubteppich; es roch dumpfig nach Herbst, der Winter kündigte sich an. Unter einer überraschenden Rotbuche blieben sie stehen. Bendix schwenkt den gestreckten Arm durch die Gegend und sagte: »So, da hast du unsere autonome Gebirgsrepublik, und die Wasserversorgung eines ganzen Landstrichs liegt dir zu Füßen.«

Der Nebel hatte sich gelichtet. Unter ihnen lag das Weidenbachtal mit der stillgelegten alten Papiermühle und der Gerberei und noch einigen bereits verfallenen Gebäuden am diesseitigen Hang. Drüben, am Gegenhang, arbeiteten sich Raupenfahrzeuge durchs Gelände und zerrten Stämme hinter sich her, denen die Holzfäller das Astwerk abgeschlagen hatten. Dazwischen aber spannte sich in sanftem Bogen das massige Fundament der künftigen Staumauer. Das Gewirr von Menschen und Maschinen erschien winzig von hier aus, und der Weidenbach war kaum auffindbar. Bendix sagte: »Im Sommer ist das mal gerade so ein Bächlein. Aber im Frühjahr, wenn die Schneeschmelze kommt, da ist hier der Teufel los. Die Papiermühle da unten und das Sägewerk, die sollen schon paarmal unter Wasser gestanden haben.«

Er sprach weiter von Staukapazitäten und von Kubikmetern Beton, aber sie verstand nicht viel davon, sie sah nur das faszinierende Panorama dieser Landschaft. Dann kam einer den Weg herunter, der hatte Meßlatten geschultert und trug eine Windjacke überm offenen Blauhemd, er grüßte Bendix mit »Freundschaft«, verneigte sich vor Ruth und schritt würdevoll weiter. Als er ein Stück weg war, sagte Bendix: »Das ist Waldemar, der Schnittlauchförster. Der war mal Gärtner, und jetzt ist er bei uns FDJ-Sekretär. Der tut immer so, als wäre hier mindestens Bratsk oder Irkutsk, und sogar seine Bonbons lutscht er noch mit Pathos. Aber sonst ein patenter Bursche.«

Sie gingen weiter, querten eine Schneise, auf der seltsam gezackte blaugrüne Gräser standen, krochen noch durch Holunderbüsche und Brombeerhecken, und dann war der Wald zu Ende wie abgeschnitten. Vor ihnen lagen die dreißig Häuschen von Weidenbach-Habichtsfang.

Die meisten Bauleute kampierten im Wohnlager, aber Bendix hatte ein möbliertes Zimmer gefunden. Das Häuschen hatte ein weit herabgezogenes Schieferdach und kleine Fenster, in denen Geranientöpfe standen. Im Hof befand sich eine gußeiserne Wasserpumpe, ein Kaninchenstall und ein sauber geschichteter Stapel Brennholz. Dahinter lag ein kleiner Garten mit Johannisbeersträuchern und Obstbäumen.

Eine schmale, alte Frau kam ihnen entgegen, und Bendix sagte: »So, Mutter Jungnickel, das ist also meine Verlobte.«

Die Frau gab Ruth die Hand, nachdem sie sie sorgfältig an ihrer Kittelschürze abgewischt hatte, und sagte: »Es wird Ihnen schon gefallen bei uns, junge Frau.«

Da war Ruth also angekommen, und als sie im Haus waren, in Bendix' Zimmer mit dem breiten Bauernbett und der verschnörkelten Nußbaumkommode, da sagte sie: »Ich muß dann mal ein Telegramm aufgeben.«

»Ja«, sagte er überrascht. »Wieso?«

»Na«, sagte sie, »ich muß doch meine Eltern verständigen, daß sie von nun an mit einem Schwiegersohn zu rechnen haben.«

So war das gewesen. Bendix hatte gelacht und etwas gesagt in der Preislage »tolles Mädchen« und »mit dir muß man immer auf Überraschungen gefaßt sein« – er hatte nicht bemerkt und auch lange später nicht, daß sie sich mit ihrer Burschikosität nur über ihre Verwirrung hinwegrettete. Es war eine Souveränität, über die sie in Wahrheit nicht verfügte. Natürlich wußte sie, daß die Art, in der er sie seiner Wirtin vorgestellt hatte, nur eine Floskel war, eine Geste des sogenannten Anstands. Aber für sie war das mehr als eine hingeworfene Bemerkung. Was sie verwirrte, war der rigorose Zugriff, mit dem er Probleme einfach aus der Welt schaffte, die doch auch ihre Probleme waren. Wie er einfach entschied, ohne zu fragen. Ja, sie war sich plötzlich als Komplizin vorgekommen, und das Blut war ihr in den Kopf gestiegen, und dann hatte sie sogar daran gezweifelt, daß ihr Telegramm tatsächlich erst eine Stunde vor ihr in Weidenbach angekommen sei. Das breite Bauernbett erschien ihr auf einmal anstößig und die Atmosphäre des Zimmers frivol. Sie nannte sich eine dumme Gans, ein Blümchen-rühr-mich-nicht-an;

was hatte sie denn erwartet? Diese Reise war eine Konsequenz. Sie war aus eigenem Entschluß zu dem Mann gekommen, den sie liebte. Und dennoch war nun in diesem Zimmer ein fader Nachklang von jenem anderen Satz, den er damals auf dem Tanzvergnügen im Sommerlager gesagt hatte.

Am Nachmittag zeigte er ihr die Baustelle. Aber da ihn hier anscheinend jeder kannte und jeder zweite sie anstarrte wie ein Weltwunder, sagte er bald: »Komm, wir verziehen uns lieber.« Sie gingen wieder durch die Wälder, sie sprachen leise, als ob sie hier einer hören könne, und dann schwiegen sie lange, als ob sie sich nichts zu sagen hätten. Bendix schob behutsam die Zweige beiseite, die hin und wieder den schmalen Pfad versperrten. Er war still und aufmerksam, und sie dachte auch jetzt, daß dieses rüde Gebaren, mit dem er sich manchmal umgab, wohl doch nur eine Art Schutzmantel war, den er ablegte, wenn er nicht nötig war. Sie überquerten den Weidenbach auf einer schmalen Holzbrücke, und er zeigte ihr eine Stelle, an der beinahe reglos gegen die Strömung Forellen standen. Er zeigte ihr einen der Winterfutterplätze, die der Förster angelegt hatte, und sie dachte: Werden sich die Rehe wirklich so nahe an die Baustelle herantrauen? Und dann dachte sie: Aber er kennt sich aus hier. Und da sie die ganze Zeit keinen Menschen trafen, sagte sie sich: Es gibt sicher nicht viele von seinen Leuten, die sich hier auskennen.

Die Beklommenheit war verflogen. Und als sie am Abend wieder in Habichtsfang waren, machte ihr auch das Zimmer nichts mehr aus. Sie aßen dicke Butterbrote mit rotwangigen Äpfeln aus Witwe Jungnickels Garten, und dazu tranken sie Tee mit Rum. Das Kofferradio übertrug diese Schubert-Sinfonie, Bendix hatte das bereits vorher aus der Programmzeitung gewußt, und darauf war Ruth nun schon fast stolz: Vor einem halben Jahr hätten ihn weder Schubert noch die Programmzeitung interessiert. Und dann saßen sie lange, und keiner wußte etwas zu sagen und keiner etwas zu tun.

Dann schlug die Perpendikel-Uhr der Witwe Jungnickel Mitternacht. Sie wandten einander den Rücken zu, als sie sich auf den gegenüberliegenden Seiten des Bettes auszogen. Sie lagen nebeneinander und rührten sich nicht. Es geschah nichts, und sie dachte, es muß doch etwas geschehen, und sie hoffte, daß nichts geschehen würde. Durch die Verbindungstür war der trockene Husten der Wirtin zu hören, irgendwo im Haus raschelte es, irgendwo im Zimmer schien sich etwas zu bewegen. Sie fröstelte, und sie spürte die Starre zurückkehren. Als Heiner schließlich ihre Hand suchte, als er ihre Schulter berührte und sie an sich zog, war alles in ihr wieder verkrampft. Sie war nicht imstande, sich zu wehren, und sie wollte es nicht; sie war aber auch nicht imstande, seine Zärtlichkeit zu erwidern. Sie war wie taub.

Wenn sie sich später an dieser Nacht erinnerte, war da immer der Husten nebenan, und das Knarren des Bettes und der schwache Schein der Laterne von der Straße her. Irgend etwas, dachte sie, war falsch. Aber an wem lag es? Woran lag es? Oder ist das einfach bei allen Menschen so?

Aber Gefühle sind wandelbare Erscheinungen: Durchsetzen einander, Metamorphosen, wie sie in Gesteinen vorkommen und in Lebewesen auch, Funktionswandel, Stoffverschiebungen, und stets diese Gleichzeitigkeit des Geschehens, beansprucht von soviel Allgemeingültigkeit – wo ist da die Dimension des Einzelnen? Des einmaligen einzelnen Lebens, das ausgefüllt und ausgefühlt werden könnte bis an den Rand?

Sie gingen die Fahrspur zurück, die sie gekommen waren, Bendix und Büsching, durchs Distelgestrüpp und über den Tunneltrog, den Gabriel gerettet hatte, quer über Brachland und Bauzeichnungen und die Konturen künftiger Probleme. Gefühle: Die Materie ist fühllos. Der Mensch: Materie, die fühlt. Wo kommt man hin mit solchen Verkehrungen? Und Gabriel, wieso gerade jetzt? Gesagt worden war damals: Der Alltag ist einfach, arbeiten, essen, trinken, schlafen, eine Aufgabe ist immer da, also hat das Leben einen Sinn. Und konnte ebenso lauten: Morgens aufstehen, zur Arbeit gehen, von der Arbeit kommen, tagtäglich, lebenslänglich: zum Kotzen oder zum Angewöhnen. Wenn nicht hin und wieder doch etwas dazwischenkäme. Wenn nicht hin und wieder ein Felsen in die Luft flöge, und man hätte das Gefühl – na ja.

Gewiß: Einiges war ausgespart. Außerdem flogen noch ganz andere Dinge. Es flogen Napalmbomben, UNO-Beobachter, Weltraumraketen. Nach wie vor flogen irgendwo welche auf die Straße. Bischof, kann der Mensch fliegen?

Bendix sagte: »Ich weiß nicht, manchmal habe ich das Gefühl, in der falschen Kneipe zu sitzen.«

»Schon möglich«, sagte Büsching.

»Ich müßte doch froh sein: Eine große Reise, eine große Aufgabe, unser bißchen Welt mal von draußen sehen. Vor fünfzehn Jahren wäre ich wunschlos glücklich gewesen. Ich hätte ein Faß aufgemacht, daß die Heide wackelt. Und jetzt? Mir fehlt nichts. Ich höre überall das Räderwerk knirschen und bin zufrieden. Als ob alles, woran mir liegt, plötzlich eingegrenzt wäre in diese paar Quadratkilometer Gegend. Ich fühle mich nicht einmal unwohl dabei. Was, zum Teufel, ist das?«

»Hm«, sagte Büsching. »Bei einem anderen würde ich sagen, es ist das Dreieinhalbzimmer-Bewußtsein. Aber was ist es bei dir? Womöglich fehlt dir bloß etwas. Womöglich fehlt dir der Feind. Zwar, es gibt ihn, aber du kriegst ihn höchstens mal im Fernsehen zu sehen, mit Kommentar und Gebrauchsanweisung, ich will dir was sagen: Manchmal fürchte ich, uns kommt da ein Nerv abhanden. Klassenkampf als Konsumartikel.«

»Quatsch«, sagte Bendix. »Ist dir denn das noch nie passiert, daß du denkst: Früher waren wir andere Kerle?«

»Aber gewiß doch«, sagte Büsching. »Und was für Kerle wir waren. Und was für herrliche Zeiten, Mann!«

Das ist nun so ein Wort. Wo ist das Unerhörte hin, oder war es bloß in unserer Einbildung da? Wechseln wir die Gangart, die Schuhgröße, oder werden wir einfach älter, Genossen?

Da hat man wahrhaftig schon anders geredet.

Das weiß Bendix genau, obschon es lange her ist. Aber es ist ein Tag im Oktober gewesen: Die Reden waren verstummt, die Kundgebungen geschlossen, die Plakate welkten im Wind. Eben noch hätte beinahe ein Weltuntergang stattgefunden, nun gründete man eine Republik: auch ein Ereignis. Außerdem war es ein kühler Tag, dem eine kalte Nacht folgte. Ein müder Wind schlich durch die Wälder, schlurfte durch die Dörfer, kroch über Grenzflüsse und Demarkationslinien, zupfte an den Transparenten, die schlaff in den Ruinen der Städte hingen, ging behutsam durch die Buchen des Ettersberges hinab zum Standbild der beiden großen

Denker und den Häusern der großen Vergesser, kräuselte den Staub der Braunkohlengruben, legte sich in das riesige Fahnentuch vor der Berliner Universität Unter den Linden, rieselte über mecklenburgische Kartoffeläcker und märkische Sandebenen und verlor sich schließlich in den Niederungen östlich der Oder.

Es war eine kühle Nacht, und die Menschen in den schlecht geheizten Wohnungen fröstelten. Die Herbstkälte schlich sich in ihre Umarmungen und ihr Alleinsein, ihre Hoffnungen und ihre Gleichgültigkeit, ihre Träume und ihre Zweifel.

In der Morgendämmerung zog ein Trupp Männer einen steilen, morastigen Waldweg hinauf. Die überanstrengten SIS-Omnibusse waren am Fuße des Berges steckengeblieben. Die Männer kamen von weither, von überall in diesem Land; sie hatten einen Tag und eine halbe Nacht in der Bergbau-Vermittlung hinter sich, einem finsteren ehemaligen Arbeitsamt, und dann noch die Busfahrt herauf ins Gebirge. Vielen von ihnen steckte obendrein eine lange Bahnfahrt in überfüllten und ungeheizten Zügen in den Knochen. Sie zogen den Rabenberg hinan, trotteten müde dahin, mit übernächtigten Gesichtern, gebeugt und manchmal strauchelnd unter der Last ihrer Koffer und Rucksäcke. Fast eine Stunde stiegen sie nun bergauf, aber von dem Wohnlager war noch immer nichts zu sehen. Manchmal blieben sie mit ihren fadenscheinigen Schuhen im Morast stecken. Manchmal blieb einer zurück. Die Kolonne zog sich immer weiter in die Länge.

Als die Nachzügler außer Sicht gerieten, blieb die Spitze des Trupps stehen. Plötzlich hatte sich der Wald gelichtet, der Morgennebel gab den Blick frei auf einen Förderturm, über dem ein fünfzackiger Stern leuchtete. Der Schacht war eingegrenzt von grüngestrichenen Bretterzäunen mit Stacheldrahtbewehrung, von hölzernen Postentürmen und Warnschildern. Kein Mensch war zu sehen, nur hin und wieder drangen von der Halde seltsame Signale herüber. Jemand sagte: »Der Arsch der Welt!« Die Fichten standen schwarz zwischen angetauten Schneetümpeln. Der Wald roch dumpfig und modrig.

Sie starrten lange zum Schacht hin. Dann sagte Bendix: »Was ist, wollen wir hier Wurzeln schlagen?«

Sie nahmen ihre Bündel wieder auf. Bendix schleppte schwer an seinem Pappkoffer, aber er hielt sich an der Spitze. Neben ihm ging einer in einer grauen Steppjoppe, der sagte: »Den Schacht hätten wir, aber wo ist das verdammte Lager?« Vorn drehte sich der Schlepper um, der sie hergeführt hatte: »Wir sind gleich da.«

Das Lager tauchte genauso unvermittelt auf wie vorher der Schacht. Fünfzehn oder zwanzig Baracken, über eine Schneise verstreut. Das Scheppern von Blechkannen klang herüber. Von den Schornsteinen sickerte Rauch.

Der Schlepper brachte sie in die Küchenbaracke. Es roch nach Erbsen mit Speck; trotz der frühen Morgenstunde war das Essen schon fertig. Die Männer stapelten ihre Bündel in eine Ecke und drängten sich an den Ausgabeschalter. Sie stürzten sich gierig auf die dampfenden Schüsseln: Ältere und Jüngere, Achtzehnjährige mit wachsamen Augen und Dreißigjährige mit den Gesichtern ewiger Flüchtlinge; viele von ihnen waren erwachsen, ohne eine Chance gehabt zu haben, jemals jung zu sein. Während sie noch aßen, erschien auf einem Podest ein kleiner grauer Mann, verlas Namen von einer Liste und gab Baracken- und Zimmernummern bekannt. Neben Bendix löffelte der Bursche mit der Steppjoppe. Bendix wurde aufgerufen und brüllte: »Hier!« Der Mann auf dem Podest las ab: »Büsching.« Der mit der Steppjoppe meldete sich und sagte anschließend zu Bendix: »Na dann Glück auf, Nachbar.«

Sie bezogen ihre Barackenzimmer: Drei Spinde, drei Betten, ein Tisch. Über dem Tisch baumelte eine schirmlose Glühbirne. Das Fenster neben den Betten war mit einem

Filmplakat abgedichtet: »Die Mörder sind unter uns«. Hinter der Bretterwand spielte jemand Mundharmonika.

Büsching drehte aus Machorka und »Täglicher Rundschau« eine Zigarette. Er hielt Bendix den krümligen Tabak hin und sagte: »Na, mach schon.« Sie rauchten die Zigaretten an, und plötzlich erkannte Bendix ihn wieder: Dieser Büsching war einer von denen gewesen, die gestern in Chemnitz nicht an der Kundgebung teilgenommen hatten. Sie hatten auf die Bestätigung ihres Gesundheitsattestes gewartet, auf den Stempel Bergbautauglich, und dazu hatten die Lautsprecher in den Korridoren des ehemaligen Arbeitsamtes von Viertelstunde zu Viertelstunde ihre Aufforderung geschnarrt, an der Kundgebung für die neue Regierung teilzunehmen. Bendix war nicht mitgegangen, mit ihm drei oder vier Dutzend von den hundert neuangeworbenen Kumpeln, unter ihnen Büsching. Bendix hatte ihn in der Ecke auf einem ausrangierten Ledersofa sitzen sehen, machorkapaffend wie jetzt, vier, fünf Mann umstanden ihn.

Bendix sagte: »Und wie haben sie dich hierher gelockt«?

»Hm«, sagte Büsching. »Genaugenommen mit lauter Bewußtsein. Und du?«

»Das ist eine lange Geschichte«, sagte Bendix.

Sollte er erzählen, was er noch keinem erzählt hatte, erklären, was er sich selbst nicht erklären konnte? Warum er nicht fertig wurde mit dem, was zu Ende ging, und mit dem nicht, was anfing? Warum er nicht wußte, wohin mit sich?

Der Stiefvater war entnazifiziert worden, hatte ein halbes Jährchen verbogene Eisenträger und Maschinenteile aus den Trümmern der ehemaligen Germania geschweißt, dann war er in eine private Autoreparaturwerkstatt übergewechselt. Der Stiefvater hatte Beziehungen, von damals noch und neue dazu: Zu reparieren gab es genug, auch wenn es kaum Autos gab. Wracks wurden ausgeschlachtet, aus alt mach neu, der Stiefvater war oft unterwegs und ausgiebig, es fiel allerhand an. Maurerlehrling Bendix, vorwiegend mit Abbrucharbeiten beschäftigt und mit SMAD-Suppe genährt, rote Rüben oder Graupen oder Kohlstrünken, hatte eine von des Stiefvaters Bücklingskisten mitgehen lassen, räucherfrisch aus Cuxhaven via Westberlin. Der Stiefvater bekam einen Wutanfall, griff zum Stuhlbein, Bendix griff zur Wasserwaage. Die Anschaffung einer neuen Wasserwaage kostete ein Päckchen »Lucky Strike«. Außerdem schoben sowohl die Mutter als die Großmutter Kohldampf. Der Stiefvater rückte von seinen Tauschwaren nichts heraus, aber Bendix kam immer wieder dahinter, wo er sie versteckt hielt. Der Streit riß nicht ab. Die Mutter wußte nicht, was sie tun sollte; mal gab sie dem einen recht, mal dem andern. Dabei wußte sie längst, wo der Stiefvater blieb, wenn er nächtelang nicht nach Hause kam. Wenn er von seinen Sauftouren kam, nannte er sie alte Krähe und Miststück und: Denk bloß nicht, ich bin auf dich angewiesen. Allerdings traute er sich das nicht mehr, wenn Bendix dabei war – der erfuhr es immer erst von der Großmutter.

Kurz nachdem Bendix ausgelernt hatte, war der Stiefvater verschwunden. Schrieb noch Briefe aus Dortmund und Bochum: Irgendwo im Ruhrgebiet trommelte die Germania ihre bewährten Leute zusammen. Der Stiefvater schrieb: »Eine Frau gehört zu ihrem Mann!« Die Mutter sagte: »Sollen wir das bißchen, was wir gerettet haben, auch noch aufgeben?« Die Großmutter sagte: »Hier habe ich gelebt, hier liegt mein Mann begraben, hier sterbe ich auch!« So blieben sie, schlugen sich durch, bis Bendix beschloß, zur Wismut zu gehen.

Wäre höchstens noch jene Abschiedsszene, und auch sie war nicht erklärbar, wie wichtig sie für Bendix immer sein mochte. Die Mutter hatte ihn zum Bahnhof gebracht. Der Zug war schon eingefahren, die Abteile waren hoffnungslos überfüllt. Sie gingen am Zug entlang, die Mutter hielt seinen Ärmel fest. »Schreib mir bald«, sagte sie hastig, »und paß auf dich auf.«

Und als sie sah, wie die Menschen sich an den Waggontüren drängten, stießen und doch nicht vorankamen, sagte sie: »Du wirst nicht mitkommen.« Sie hielt ihn noch immer am Ärmel. Er begriff plötzlich: Es war ihre Hoffnung.

Sie war selten mit einem Zug gefahren in ihrem Leben, bis zu jener Zeit, da sie sich mitschleppen ließ von den Ereignissen und von diesem Mann, der nicht sein Vater war, und die Bahnhöfe waren ihr immer wie Eingänge zu einer anderen Welt erschienen. Früher hatte sie manchmal den Zügen nachgewinkt, in jenem Haus am Bahndamm. Früher waren die Signale vor der Eisenbahnbrücke Knotenpunkte der Zeit gewesen und die eiligen Expreßzüge Schnittpunkte der Hoffnung. Sie hatte geglaubt, daß alle Leute so denken müßten, lauter fröhliche Leute bestiegen die Züge, fuhren irgendwohin, wo es besser war, kehrten heim aus lauter fröhlichen Ländern. Das wußte Bendix plötzlich, und wußte auch, daß sie jetzt nicht mehr daran dachte und vielleicht nie wieder daran denken würde. »Komm«, sagte er, »wir versuchen es weiter hinten.«

Selbst in dieser Wirrnis, auf diesem zugigen Bahnsteig, der alle Ordnungen aufzulösen schien, gab es noch welche, die vor den Waggons 1. Klasse zurückwichen. Bendix riß eine Tür auf, schob seinen Koffer hinauf, schob sich nach mit Händen und Füßen, die Tür schlug von selbst hinter ihm ins Schloß. Im Fenster gab es kein Glas. Die Mutter stand auf dem Bahnsteig und redete zu ihm herauf. »Rauche nicht so viel«, sagte sie, »kauf dir lieber etwas zu essen.« Sie stand vor ihm in ihrem abgetragenen Wintermantel, es war immer noch der, den sie aus Polen mitgebracht hatte. Ihr Gesicht war sehr klein. Sie verstand nicht viel von dem, was er da oben im Gebirge zu tun hatte. Sie wußte bloß, daß einem nirgendwo etwas geschenkt wurde.

Dann kam die blecherne Stimme aus dem Bahnsteiglautsprecher. Die Mutter kramte ein Päckchen aus ihrer Tasche, mehrfach eingewickelt und sorgsam verschnürt. »Es sind Äpfel drin und ein paar Zigaretten«, sagte sie.

Der Zug ruckte an. Die Mutter lief mit dem Wagen mit, solange sie Schritt halten konnte, lief bis zum Ende der Halle, und sie lief auch noch, als ihr der Wagen lange davongefahren war. Dann stand sie an der Bahnsteigkante, hob die Hände, als ob sie winken wolle, ließ sie wieder sinken. Sie stand reglos, die Lippen aufeinandergepreßt, die Hände gekrampft um die Bügel der Einkaufstasche. Schmal stand sie da und aufgebraucht von soviel unnützen, vergeblichen Dingen. Er dachte: Mein Gott, sie ist doch erst fünfundvierzig. So sah er sie noch, als der Zug längst in die Kurve gegangen war. Hinter der gefältelten Stirn fuhr immer weiter der Jungenkopf, eingerahmt von einem glaslosen Fenster.

Nein, dachte Bendix, da ist nichts zu erzählen. Er stand auf, sah zu Büsching hinüber und sagte: »Eigentlich ist es eine ganz einfache Geschichte. Ich muß Geld verdienen.«

»Du mußt?« fragte Büsching.

»Ja«, sagte Bendix.

Büsching drückte sein Machorkatütchen aus und stand auf. »Tja«, sagte er. »Das muß jeder.«

Es war aber nun Zeit, sich zur Schichteinteilung zu melden. Sie gingen wieder über den Lagerplatz, an der Küchenbaracke vorbei und am Magazin, sie erkundigten sich nach der Verwaltung. Vor der Küchenbaracke stand ein Trupp Kumpel, die von Nachtschicht gekommen waren. Sie sahen einem Plakatmaler zu, der begonnen hatte, eine Holztafel zu bepinseln: Wie wir heute arbeiten werden wir morgen leben. Bendix sagte: »Hinter arbeiten gehört ein Komma.« Die Kumpel, die eben noch aufeinander eingeredet hatten, waren plötzlich verstummt. Starrten in die Gegend, pafften Tabakwolken in die Luft, sie standen, als würden sie eigens bezahlt, um hier zu stehen und Löcher in die trostlose Luft dieses trostlosen Lagerplatzes zu starren. Büsching fragte nach der Bude des Verwalters. Die Kumpel starrten weiter ihre Löcher in die Luft und bliesen Rauchringe hindurch, sie schienen ganz und gar taub zu sein oder mit sehr schwierigen Dingen tief in sich beschäftigt. Obendrein begann es zu regnen.

Büsching sagte: »Es muß da drüben sein.«

Aus dem Winkel hinter der Küchenbaracke kamen welche, deren Gesichter ihnen vom Transport her bekannt vorkamen. Sie gingen einen Weg entlang, auf dem hellgrauer Sand ausgestreut war, und Bendix dachte noch: Wie kommt sowas von Sand hierher. Dann hatten sie die Verwaltungsbaracke; in einem weißgetünchten Raum saß der kleine graue Mann, der sie in der Küchenbaracke begrüßt hatte, und neben ihm war ein Riesenkerl, der sagte: »Name?«

Sie nannten ihre Namen; der graue Mann sagte: »Thomek, Steiger, ihr arbeitet in meinem Revier.« Thomek blätterte in der Liste, die vor ihm lag, sah dann kurz auf und sagte: »Du bist Büsching? Maurer? Du fängst als Fördermann an. Und, wie ich sehe, im Jugendverband bist du auch?«

»Ja«, sagte Büsching.

»Und du?« fragte Thomek.

»Ich?« sagte Bendix. »Ich nicht.«

»Noch nicht«, sagte Thomek. »Fördermann. Zweite Schicht.«

Das war alles. Sie nahmen ihre Laufzettel, stolperten aus der Baracke, Büsching begann plötzlich zu lachen. Aber Bendix lachte nicht mit. Er ging neben Büsching her, den Sandweg zurück und an der Küche vorbei: Der Plakatmaler pinselte noch, aber die Nachtschichter waren verschwunden. Der Wind fegte kalt über die Hügelkämme. Das Lager stand unterm Regen wie ausgestorben.

Als sie ihren Eingang erreicht hatten, fragte Bendix: »Sag mal, warum bist du eigentlich gestern nicht mit zur Demonstration gegangen?«

Büsching schüttelte sich das Regenwasser von der Joppe und erklärte: »Arbeitsteilung. Einer muß dableiben und mal nachsehen, wer dagegen ist.«

»Ach nee«, sagte Bendix. »So einer bist du also.«

»Ja«, sagte Büsching. »So einer.«

Da machte sich Bendix seinen Vers. Er packte seinen Koffer aus, verstaute sein Zeug im Spind, den Spind schloß er ab mit einem Vorhängeschloß. Bendix kehrte Büsching den

Rücken zu. Da saßen sie, zwei Maurer, zwei Förderleute, zwei von vielen tausend. Und bis Bendix herausbekam, was für einer Büsching wirklich war, hatte es noch allerhand Zeit.

Zunächst fuhren sie mal ihre erste Schicht. Thomek hatte an der Seilfahrt auf sie gewartet. Bendix sah sich um. Durch ein ausgespartes Viereck im Förderturm zog kalte Luft herein. Wasser tropfte aus dem Gebälk. Dann hörten sie den ausfahrenden Förderkorb gegen die Schalung schlagen. Das Seil kam langsamer. Die Trägertraverse tauchte auf, ein Stangengitter rasselte in die Höhe. Acht Männer betraten die Hängebank, nacheinander und feierlich wie eine Prozession. Die ausfahrende Schicht grüßte die Einfahrenden.

Bendix nahm seine Grubenlampe und stieg in den Korb. Das Signal des Anschlägers hallte wider wie in einer Kirche. Der Boden hob sich, pendelte, sackte weg. Die Hölzer der Verschalung huschten vorbei, zählbare Sprossen einer aufsteigenden Leiter zuerst, dann ein Gleichmaß, in dem sich das Fallgefühl aufhob. Dennoch kam Bendix die Sache abenteuerlich genug vor.

Er stand inmitten der anderen: Sie hielten die Lampen niedrig, Mannschaftslampen, zehn Pfund an einem S-Haken aus Eisendraht, nur Thomek hatte eine leichte Handlampe am Riemen über der Brust. Das Licht schnitt Schatten in die Gesichter. Draußen schwammen schwitzende Rohrleitungen aufwärts, Holzverstrebungen, rostiges Eisenblech. Der Luftstrom war eisig. Nach einer Weile, die Bendix endlos erschien, schlingerten sie ins Füllort. Für einen Augenblick dröhnte das Blut in den Ohren, der Boden hob sich. Dann rasselte das Gitter hoch. Sie betraten die Hauptfördersohle.

Bendix ging hinter den anderen her, an langen Reihen randvoller Grubenhunte und an E-Loks vorbei, das Licht der Hauptförderstrecke blieb zurück. Nur das Knacken der Rohrleitungen war manchmal zu hören, das Knistern der Türstöcke, sonst war der Berg still während des Schichtwechsels. Die Grubenloks hielten in den Strecken. Die Bohrhämmer schwiegen.

Sie hatten ihre Arbeitsschutzbelehrung übertage erhalten, aber Thomek ließ dennoch ab und zu einen Satz fallen: »Ansonsten hat man den Kopf schön oben zu tragen – im Schacht nicht so sehr.« Und: »Was ihr nicht sehen könnt, müßt ihr hören; was da zum Beispiel pfeift, ist 'ne undichte Lutte.« Bendix ging schwerfällig in der ungewohnten Gummimontur, nach der Kälte der Seilfahrt schwitzte er unter dem Grubenhelm, er sah nicht viel und hörte nichts. Außerdem hatte er keine Ahnung, was eine Lutte war.

Sie erreichten das Werkzeugmagazin. Bierjesus, der Magaziner, kam aus seinem Verschlag und sagte: »Sieh mal an, neue Schäflein. Auch eins für mich dabei?« Thomek teilte ihm einen der Neuen als Gehilfen zu, mit den anderen ging er weiter. »Nämlich«, sagte Thomek, »der ist bei den Zeugen Jehovas. Schon mal was von gehört?«

Vor einem Querschlag saßen mehrere Hauer und unterhielten sich aufgeregt über irgend etwas. »Prack«, sagte einer, und Bendix wußte wieder nicht, wer oder was das war. Thomek fragte: »Wo?«

»Bei mir«, sagte ein Hauer, der Bendix viel zu lang und viel zu dünn vorkam für die Arbeit untertage.

»Hm«, sagte Thomek. »Dann nimm dir mal die beiden mit.« Er zeigte auf Bendix und Büsching. Und zu Büsching sagte er: »Euer Hauer. Schein, Johann.«

Im Hintergrund kicherte jemand: »Faden-Schein.«

Der lange Hauer hörte das, schien es aber nicht übelzunehmen. »Na«, sagte er. »Wollen wir mal.«

Sie gingen hinter ihm die Strecke entlang, an einem Kompressor vorbei, der plötzlich loswummerte, vorbei an zwei Querschlägen, in den dritten bogen sie ab. Der Schlag war schmal und niedrig, der Stein schwitzte. Bendix stolperte über einen Luftschlauch. Dann konnten sie nicht weiter. Ein Hunt war übergelaufen und aus den Schienen gesprungen, ein Türstock in die Knie gebrochen, glitschiges Holz, das dem Druck nicht mehr standhielt. Außerdem war die Rolle aus den Fugen, die das Gestein aus dem Überhauen nach unten beförderte. Fadenschein sagte: »Das sieht ja wie bei Hempels aus.«

Sie begannen, das Bruch zu räumen. Geröll rutschte nach, senkrecht und seitlich. Sie sackten vier Hunte voll, bis sie das Gleis frei hatten. Bendix schob die vollen Hunte aus dem Querschlag, die Strecke hinunter auf das Ausweichgleis und schleppte leere heran. Fadenschein und Büsching sackten Masse. Nach einer halben Stunde war Bendix klatschnaß. Er schlug sich die Handknöchel wund an einem großen Brokken, der vom Wagen rutschte; die Schulter schmerzte, und die Knie knickten ein: Im ersten Abschnitt der Strecke ließen sich die Hunte kaum von der Stelle bewegen, im zweiten, vor der Drehschiene, waren sie kaum zu bremsen. Als er den fünften Hunt anschleppte, wechselte Fadenschein den Türstock aus. Trieb einen Keil unter die Firste gegen den gekehlten Stempel, Kappe gegen den Stoß gekehlt: Soweit sich der Berg nicht trug, würde der Türstock ihn tragen.

»So«, sagte er dann. »Einer von euch macht hier weiter, der andere kommt mit hoch.«

»Ich«, sagt Bendix sofort und ohne sich nach Büsching umzusehen. Er wußte zwar nicht, was ihn da oben erwartete, er dachte aber, schlimmer als Hunte schleppen könne es nicht sein. Hunte schleppen, dachte er, das ist eher was für einen mit Bewußtsein.

Er kletterte hinter Fadenschein klitschige Leitern hinauf, die Fahrten hießen, kletterte von Umsteigbühne zu Umsteigbühne. Neben ihm schlängelte sich der Luftschlauch. Die Wände waren braungrün und feucht. Das Tropfwasser hatte einen bitteren Geschmack.

Und in den nächsten Stunden bis zum Schichtwechsel erfuhr er, daß ein Fördermann einer ist, der etwas zu befördern hat, oben oder unten, Überhauen oder Vortrieb, ein Zuckerlecken ist das nirgends. Statt Hunte schleppte er Erzkisten. Das Überhauen war ein Spalt, schräg aufwärts in den Fels getrieben, dem Erz nach, das sich durch den Berg zog in Gängen und Kammern und Adern, plötzlich verschwand, irgendwo wieder auftauchte, unberechenbar. Fadenschein klemmte sich hinter den Preßlufthammer und pickerte Erz, Bendix sackte es in Kisten, schleppte es zum Abseilen, auf dem Bauch kriechend, zwängte sich durch beängstigende Löcher, kam sich wie ein Dachs in seinem Bau vor, aber ein schwitzender und fluchender Dachs mit zerschundenen Knochen und ausgedörrtem Gaumen, und immer wenn er zu Fadenscheins Erzplatz zurückkam, hörte er die gleiche Litanei: »Klotz ran, mein Junge, dawei, dawei.«

Das, ungefähr, behielt er von seiner ersten Schicht.

Ein paar Tage später saßen sie im Schulungsraum der Kulturbaracke, wieder Büsching neben Bendix, und zerschunden und gerädert waren sie beide. Erst gab es einen Vortrag über einen neuen Selbstretter, dann erschien Thomek und machte Polit. Erzählte etwas von einer Ewigkeitssekunde, in der im Augenblick das Schicksal der Welt von der Produktion der deutschen Urangruben abhänge, erzählte von Hiroshima und dem amerikanischen Atombombenmonopol; Büsching schrieb fleißig in ein blaues Büchlein. Bendix dachte: Wir haben den Krieg verloren, die Russen kassieren das Erz, irgendwie ist da nichts gegen zu sagen. Trotzdem, mich kriegt ihr nicht.

Nein, sie bekamen ihn nicht, dafür bekamen ihn andere.

Das Dorf, das dem Rabenberg am nächsten lag, hieß Bermsthal. Leierkastenmusik, plärrende Blechlautsprecher. Der Platz hinter der Bermsthaler Kirche flackert und lärmt. Die Leichen sind ausquartiert, die Gräber evakuiert, vor zwei Jahren schon, als hier ein Schacht getäuft werden sollte. Es wurde aber nichts aus dem Schacht, niemand weiß warum. Schlacke wurde aufgeschüttet, ein Omnibusparkplatz namens Gummibahnhof, manchmal ein Platz für Kundgebungen und Volksbelustigungen. Diesmal hieß der Rummel Weihnachtsmarkt.

Hinter dem Platz lauert die Dunkelheit. Zwei Farben nur hat die Landschaft, weiß und grau. Der Platz aber ist hell, er täuscht Wärme vor und Lebendigkeit. Ein Triumphbogen eröffnet ihn, aufgestockt auf den Resten der Friedhofsmauer, aus groben Latten genagelt, schreiend bemalt. Links ein Bergknappe in der Paradeuniform des versunkenen Silberbergbaus, mit schwarzglänzendem Arschleder und hölzernem Gesicht. Rechts ein Wismutkumpel, markig, erzig: Ich bin Bergmann, wer ist mehr.

Der Platz aber ist hell, und die Menschen hier hungern nach Helligkeit stärker als anderswo. Im Gebirge sind sie fremd. Die Dunkelheit ist um sie und in ihnen, und ist auch kein bestirnter Himmel über ihnen, da ist nur der Berg, mit seiner Last und seiner Stille. Viele sind als Glücksritter aufgebrochen, als Gestrandete, Verzweifelte. Sie sind über das Gebirge hergefallen wie die Heuschrecken. Jetzt zermürbt sie das Gebirge mit seinen langen Wintern, seiner Nacktheit, seiner Härte. Wenn nichts sie mehr erschüttern kann, das Licht erschüttert sie. Wenn sie nichts mehr ernst nehmen, das »Glück auf« nehmen sie ernst.

Uralte Verlockung der Jahrmärkte. Zehntausende kamen gezogen, und in ihrem Gefolge kamen die Rollwagen und Spielbuden, kam das Schaubudenvolk. Und auch jene, die schon Fuß gefaßt haben oben an den Prozenttafeln, jene, die schon Hoffnung in die Täler tragen und einen Zipfel Gewißheit, auch sie können sich der Lockung nicht ganz entziehen. Allabendlich wälzen sich Menschenströme in die Schaubudengassen, stauen sich an den Karussells, am Bierzelt, an der Preisboxerbude. Allabendlich stehen sie vor den Lautsprechern des Riesenrades und der Berg- und Talbahn, wippen in den Kniekehlen, grölen in die Nacht. Hin und wieder bricht eine Schlägerei aus, dann strömen sie herbei von allen Seiten. Bockwürste werden verkauft, Heißgetränke, Grog und Bier und Wodka.

In der Frühschichtwoche trafen sie sich fast jeden Abend

auf dem Rummelplatz: Bendix, der Fördermann Spieß und ein paar andere aus ihrer Baracke. Niemals wurde ein Treffpunkt verabredet, man wußte, wo man einander finden konnte, man fand sich. An diesem Abend saßen sie im Bierzelt. Saßen vor klebrigen Groggläsern, auf Gartenstühlen, an klobigen Bohlentischen, die sie quergestellt hatten im Hinterzelt, saßen im Lärmschatten der Lautsprecher. Spieß hatte sein Mädchen mit, seit drei Wochen ging er mit ihr. Sie hieß Radieschen, war mager und klein und zäh wie ein Katze. Dezemberluft flutete herein, Karussellichter flackerten. Sie tranken Grog, und wenn die Gläser leer waren, tranken sie akzisefreien Bergarbeiterfusel aus mitgebrachten Flaschen.

Der mit der Hasenscharte hieß Heidewitzka, ehemals Leichtmatrose bei der glorreichen KM, in Schleswig aus einem englischen Gefangenenlager ausgebrochen. Spieß visierte den Pegel an, daumenbreit unterm Glasrand, hoch die Tassen drei, vier, von der AG Wismut kommen wir, und Radieschen hielt munter mit, Radieschen mit dem Silberblick, sie soff manchen Familienvater unter den Tisch. Der Wirt linste herüber, er könnte Stöpselgeld verlangen, steht ihm gesetzlich zu, aber meilenweit ist keiner, der ihm dabei helfen würde. Inzwischen war Kaschau gekommen und Titte Klammergass, der Kartenkönig, sie kamen von der Mittelschicht. Schwarz hockten die Gummijacken an den Bohlentischen, graue Bärte über schwarzen Kollern, Spieß Artus hebt den Humpen. Heidewitzka verteilt Papyrossi. Titte Klammergass mußte unterwegs schon einen zur Brust genommen haben, er warf Bierdeckel nach entfernten Köpfen. Jedenfalls mußte irgend etwas geschehen. Ein Faß mußte aufgemacht werden, ein Königreich für ein Faß! Es war just die Stimmung, die noch vor kurzem die Heldentaten gezeugt hatte, von der Maas bis an die Memel und von Danzig bis Burgund. Und auch Bendix war in dieser Stimmung.

So brachen sie auf zur Überschlagschaukel, den Rekord zu brechen, den Heidewitzka hielt mit zweiundzwanzig Überschlägen. Das war zwar nur ein mittleres Faß, aber das Kettenkarussell hatte vor zwei Tagen leider schon die Konkurrenz umgekippt, auch die Preisboxer von der Schaubude hatten ihre Dresche weg, die benachbarte Tobrukbande hatte es ihnen besorgt. Bißchen Spaß muß eben sein.

Der Luftschaukelbesitzer sah sie anrücken. Er schob den Jungen beiseite, der die Kähne bremste, denn der Mann kannte seine Leute: Jetzt mußte er selber ran. Der Mann kannte sich aus in seiner Branche, hatte sich durchgeschlagen über allerhand großdeutsche Rummelplätze, hatte zuerst eine Schießbude besessen, dann eine Schießbude und ein Riesenrad, dann eine Schießbude und ein Riesenrad und eine Luftschaukel, und die Luftschaukel besaß er noch und wollte sie auch behalten.

Aber zuvor geschah noch etwas. Heidewitzka schlug Bendix auf die Schulter und sagte: »Peil mal, wer da kommt!«

Bendix sah sich um: Sie kam geradewegs auf ihn zu. Ingard mit dem Talmikettchen, mit Händen, die rot waren und durchsichtig von der Kälte des Spülwassers, und mit dem fahlblonden Haar, das sie sehr glatt trug und sehr lang. Vor ein paar Tagen hatte er sie in der Bahnhofskneipe kennengelernt, hinter ihrem verchromten Schanktisch mit den grüngelben Flecken. Sie gab ihm die Hand, sie lächelte. »Na«, sagte er, »machst du 'ne Fehlschicht?« Und das Mädchen Ingard lächelte wieder und sagte: »Ach wo, wegen Renovierung geschlossen.«

Die anderen aber fingen nun wirklich an. Antraten Spieß und Heidewitzka.

Traten mächtig Schwung in die Kähne mit gespanntem Rücken und durchgedrücktem Knie, mit dem Dreieck Schulter-Armbeuge-Haltegestänge, mit dem Körpergewicht und der Schwungkraft verlagerter Belastung. Aufschwung vorwärts, und unter tauchte der Platz, sackte unterm Kahnboden weg, schoß wieder herauf beim Abschwung, ließ Heidewitzka in der Waagerechten hängen, Spieß mit den Füßen schon höher, gab den Blick zum Kirchturm frei, achtmal, neunmal, und bei zehn war Spieß oben, hatte den toten

Punkt, hatte zwei Umdrehungen, als Heidewitzka die erste begann, hatte elf, als der andere die neunte begann, siebzehn, achtzehn, neunzehn, da nahm der Kahn den toten Punkt nicht mehr, blieb stehen, mit den Füßen zielte Spieß zum Sternbild Jungfrau, mit dem Stirnbein zum Erdmittelpunkt, kam dann rücklings herunter mit dem Kahn, und auch Heidewitzka fiel ab, kam herunter bei achtzehn, und hatten beide den Rekord verfehlt; der Schaukelbesitzer bremste.

Der Platz schaukelte nach. Der Platz schaukelte noch, als Spieß ankam mit persönlicher Bestleistung. Heidewitzka aber hielt eine Rede.

»Nämlich: Das war erstensmal bloß Training. Zweitens: Der Scheißkahn schlingert, von wegen dem Wind. Drittens: Wir machen eine Wette! Pulle Wodka auf ex, zwei Mann in einen Kahn, dreißig Umdrehungen, Bendix und ich.«

Bendix stand am Geländer, stand neben Ingard, hatte Heidewitzka natürlich gehört und sah, wie die Horde gespannt herüberäugte. Ganz schön großkotzig, dachte die Horde. Steht da bei seiner Bahnhofsschönheit und glotzt. Er dachte aber: Ingard, das klingt nach Meer und Birkenwäldern, und das paßt nicht hierher. Er sagte: »Hast du gewußt, daß ich hier bin?«

»Wo sollst du denn sonst sein«, sagte sie.

»Ja«, sagte er. »Das stimmt auch wieder.«

Und ging hinüber zu den anderen.

Titte Klammergass hatte schon die Pulle gezückt. Bendix trank zuerst, gab die Flasche an Heidwitzka weiter, der stemmte seine zwei Quart und knallte die Pulle über den Zaun weg waldwärts. »So«, sagte er dann. »Heidewitzka, Herr Kapitän. Komm in die Schaukel, Luise!«

Allerdings hatte der Schaukelbesitzer Lunte gerochen. Kam herüber, schnupperte und sagte, mit so ’ner Latte könne er keinen rauflassen, Heidewitzka schon gar nicht, der sei ja voll wie ein Stint. Und zwei Mann in einem Kahn, das sei sowieso verboten. Na, da machte sich der Mann aber beliebt.

Die Horde machte Front. Er solle sich das noch mal überlegen, erklärte Titte Klammergass dem Luftschaukelbesitzer. Andernfalls würde er eine helle Freude erleben. Da überlegte der Mann. Überlegte eine ganze Weile. Und während er noch damit beschäftigt war, kletterten Bendix und Heidewitzka die Stufen hinauf.

Heidewitzka, wie der den Kahn bestieg, hatte gut drei Viertelliterchen Sprit im Bauch. Dennoch traten sie erstaunlich munter an. Der Schaukelbesitzer hatte sich seitlich abgesetzt, an der Bremse stand nun Spieß. Ganz schön Fahrt machten die beiden, hatten schon den toten Punkt, wegblieb der Platz unter ihnen und raste heran, abebbte der Lärm und schwoll, nun gab's den bekannten Knacks am Trommelfell, wie wenn der Förderkorb in den Schacht fährt, Taubheit blieb über schrillem Pfeifton, Fahrtwind plus Druck, und die Halterung knirschte, die Leute rissen die Augen auf. Heidewitzka hing schon ein wenig klamm in den Sielen, Looping the loop, sie zählten dunkel oben hell unten eins, dunkel oben hell unten zwei, zählten zweiundzwanzig, dreiundzwanzig, Bendix versuchte die Gesichter zu unterscheiden, es war aber nichts zu machen, es war alles eins. Und hatte vor sich Heidewitzkas Gesicht, das war verdammt käsig, er dachte: Hoffentlich fällt ihm nicht das Frühstück aus dem Gesicht. Dann dachte er: Wieviel Runden haben wir denn jetzt? Aber das wußte er nicht mehr.

Dreißig, brüllte jemand. Sie kamen noch einmal hoch und ein zweites Mal. Dann war Schluß. Der Kahn fiel zurück. Mit dem Kahn fiel Heidewitzka zurück, der Kopf sackte vornüber, wurde wieder hochgerissen. Jetzt hatte auch Spieß etwas gemerkt, er zog an der Bremse, was das Zeug hielt. Da stand der Kahn, Bendix stieg aus, Heidewitzka hob ein Bein über die Bordkante, stützte sich auf, und bevor Bendix zufassen konnte, sackte Heidewitzka zusammen, fiel vornüber und schlug auf die Trittleiste, er rutschte die Stufen herunter auf den Schlackeboden.

Spieß und der Schaukelbesitzer waren als erste heran. »Wasser«, befahl der Schaukelbesitzer. »Da am Hydranten!«

Spieß brachte einen Eimer und ein schmieriges Handtuch. Heidewitzka lag mit dem Kopf in einer Lache, die Augen geschlossen. Hinter dem Ohr sickerte Blut. Es roch nach Schnaps und Erbrochenem. Spieß wischte ihm vorsichtig das Gesicht ab.

Bendix stand am Geländer, benommen und taumelig. Plötzlich war auch Büsching da, stand neben Bendix und Ingard und sagt: »Kolossal, ihr Helden!« Bendix ahnte, daß daran etwas war. Aber dann hörte er sich sagen: »Jedem für sein Geld, was er braucht.«

»Ja«, sagte Büsching. »Und was du brauchst, ist vor allem ein ordentlicher Tritt in den Hintern.« Er ließ Bendix stehen, ging zu Spieß, sie luden sich Heidewitzka über die Schultern und transportierten ihn ab. Titte Klammergass und Radieschen zogen hinterher.

»Hm«, sagt Bendix zu Ingard. »Das gescheiteste ist, wir verkrümeln uns auch.« Die Menschenmenge begann sich aufzulösen. Bendix und Ingard gingen über den Platz.

Anfang März schickte Thomek sie auf einen anderen Erzblock. Es war Grippezeit, Krankenzeit, und obendrein hatte Thomek in diesem Revier auf fünfzig Mann ganze zwölf Bergleute, dazu Bäcker, Apotheker, Landarbeiter, ehemalige Berufssoldaten, Beamte, entnazifizierte Nazis, Studienräte, Stubenmaler, Möbeltischler, Hilfsarbeiter. Zwölf Hauer, ein paar Lehrhauer, wie Bendix und Büsching noch ohne Hauerschein, ein halbes Dutzend sowjetische Spezialisten, Markscheider und Schießer und Radiometristen; Thomek sagte: »Staufenbiel hat in der Frühschicht gebohrt, die Scheibe ist abgeschossen. Aber wir hängen mit dem Erzplan.«

Sie hingen schon den zweiten Monat mit dem Erz.

Büsching sagte: »Kriech mal rauf. Wenn du den Hammer angeschlossen hast, mach ich die Luft auf.«

Bendix zwängte sich in die Einstiegluke. Die erste Umsteigbühne war verschüttet, es war gerade noch Platz, den Körper hindurchzuzwängen. Bendix schob den Pickhammer vor sich her. Die Lampe hatte er unter den Verschluß der Jacke gehakt, sie blendete, er konnte überkopf nichts sehen.

Der Luftschlauch wand sich um die Fahrten, sperrte den Einstieg, die Hände tasteten blind. Aber es mußte ja weitergehen, der Luftschlauch mußte irgendwo münden. Als er oben war, dachte Bendix zuerst, er habe sich verstiegen. Es waren aber lose herumliegende Hölzer, in die er griff. Das Überhauen war hier nur ein halbes Meter hoch, der Schlauch bog nach links ab. Auf dem Bauch kroch Bendix weiter. Erst die Lampe voran, dann den Hammer, die Lampe, den Hammer. Immer dem Schlauch nach, der lag mal unter Geröll, mal darüber, führte plötzlich abwärts. Bendix dachte: Offenbar ein ordentlicher Mensch, dieser Staufenbiel.

Er fand die Schlauchmündung und schraubte das Mundstück an den Preßlufthammer. Das Überhauen zog sich weiter nach links. Irgendwo bohrte jemand. Bendix hatte keine Ahnung, wer das sein konnte. Die Ader lag vor ihm. Das Erz war nicht sehr kompakt, aber es lag ziemlich breit. Er kroch zum Einstieg und gab das Zeichen. Mit der Keilhaue riß er sperrige Quader aus dem Hangenden. Er kroch zum Erzplatz zurück. Er ließ den Hammer auflaufen, der spuckte Öl. Bendix zog den Stellring nach. Er begann zu arbeiten.

Nach einer Viertelstunde kam Thomek. Er leuchtete den Stoß ab und sagte: »Immer die Plane dicht ran, das ist alles noch aktiv. Wenn uns das Erz in die Masse kommt, gibt's Ärger.« Bendix dachte: Die Sprüche kannst du dir sparen. Ich werde dir das Erz schon hinlegen. Er nahm den Pickhammer, und er sah noch, wie Thomek Masse in die Rolle scharrte und wie er dann weiterkroch; die Steigerlampe verschwand hinter einer Biegung. Er setzte den Hammer an. Die Preßluft knatterte gegen den Stoß, der Meißel stieß in den Berg, das Erz splitterte. Es brach auf die Erzplane nieder, sprang flach ab, es kam ganz ordentlich. Gott, es kam viel besser, als Bendix gedacht hatte. Eine von diesen krümeligen Stellen. Auf Anhieb schrubbte er gut zwei Kisten, dann legte er eine Pause ein. Ein dünner Luftstrahl pfiff, es war sehr still. Nur weiter hinten knatterte immer der andere Hammer. Pausen schien der Kerl dort nicht nötig zu haben; Bendix hörte ihn, wann immer er seinen Hammer absetzte. Und dann hörte er noch, wie irgendwo unten jemand die Rolle abzog. Wo blieb Büsching mit den Erzkisten?

Der Berg wurde härter. Größer wurde der Widerstand. Wahrhaftig, dachte Bendix, daß es einem bloß nicht zu gut geht. Und das gebrochene Erz war im Wege, es rutschte von der Plane, es mußte weg.

Fluchend zwängte er sich in den Einstieg, schrie nach unten, niemand antwortete. Es half nichts, er mußte hinunter. Als er die Hälfte der Strecke zurückgelegt hatte, hörte er Geräusche. Und tatsächlich, da kamen sie an: Büsching mit dem Radiometristen und mit Erzkisten. Der Radiometrist fluchte: »Wo haben sie denn dich losgelassen? Räum gefälligst mal deine Bühnen, da bricht man sich sämtliche Knochen!«

Der Radiometrist schob seinen Geigerzählerkasten herauf. Er stülpte sich die Kopfhörer über und tastete mit dem Zählrohr die Wand ab. Bendix hörte das Knattern der verstärkten Impulse. »Jup die Balalaika«, sagte der Radiometrist, »da ist ganz schön Saft drauf.« Er malte Markierungen an die Wand. Er horchte auch den Boden ab, aber das Erz knatterte wie verrückt, sie mußten es erst beiseite räumen. Bendix und Büsching packten die Kisten, die brachten sie kaum vom Fleck. Uran hat Atomgewicht 238, eine hohe Dichte, die Pechblende lagert schwer. Sie zerrten die Kisten vom Erzplatz weg, höher hinauf. In der Ferne klopfte wieder der zweite Pickhammer. »Serjosha«, sagte der Radiometrist. »Der wird auch gleich rasiert.«

Als er weg war, sagte Büsching: »Das muß heute ein großer Erztag sein. Keine Kisten aufzutreiben. Die hab ich dem Lok-Fahrer unterm Hintern weggezaubert.«

Büsching ging an den Hammer. Bendix räumte die Bühnen, dann zerrte er die Kisten zum Abseilen. Nach zwei Stunden lösten sie sich wieder ab.

Bendix arbeitete ruhig und gleichmäßig. Er hockte am Stoß, vor seinen Knien brach das Erz nieder und häufte sich, die Luft donnerte von den Wänden wider. Das Wasser schmatzte, die angesaugte Luft im Kompressor war zu feucht. Aber unablässig fraß sich der Vierkantmeißel in den Berg. Nach und nach vergaß Bendix alles um sich her. Er setzte den Hammer von unten an und nahm den Schenkel als Hebel. Er drückte den Hammer von oben in den Fels und nutzte sein Körpergewicht. Er jagte den Meißel seitlich ins Gestein und begriff plötzlich, welche Spannkraft in einer Armbeuge wohnt, wenn man den Oberarm an den Körper preßt und den Druck abwinkelt. Er kniete am Stoß, den Spann des linken Fußes an den Boden gepreßt, er ließ den Hammer über den rechten Oberschenkel laufen. Dann wechselte er den Stützfuß, ruhte das Standbein aus, klemmte sich mit der Schulter hinter den Hammer. Er begriff die Mechanik seines Körpers, den Wechsel von Ruhe und Anstrengung, den Zyklus von Spannung und Reserve. Er verlagerte die Belastung systematisch und ordnete sich einem Rhythmus ein, von dem er nichts gewußt und den er nicht erfunden hatte, der aber in ihm war. Ihm war zumute, als gäbe es keine Müdigkeit mehr und keine Erschöpfung.

Vor ihm entstand ein freier Raum, den es nie zuvor gegeben hatte. Als Kinder hatten sie Höhlen gebaut für ihre Spiele, die den Spielen der Erwachsenen abgeguckt waren. Jetzt trieb er die Erwachsenenspiele selbst. Seit Jahrmillionen lagerte das Erz, unzugänglich, nicht nutzbar, und nun waren da welche, die etwas damit anfangen konnten, unglaubliche Energien freisetzen konnten so oder so, zum Nutzen oder Schaden der Menschen und sogar zu ihrem Untergang. Zum erstenmal war der Untergang der Menschheit von Menschenhand technisch möglich. Zum erstenmal aber auch war dem Menschen eine Sonne in die Hand gegeben von solcher Leuchtkraft. Es ist schon etwas Wahres daran, dachte Bendix: Eine Waffe, die nur einer hat, reizt genauso zum Mißbrauch wie ein Reichtum, den nur einer hat.

Büsching kam angerutscht und sagte: »Na, du Rekordhalter. Nun aber aus, wir sind die letzten.«

Bendix starrte ihn ungläubig an.

Es war die Wahrheit: Sie hatten fünfzehn Kisten gepickert, und die Schicht war um.

Sie seilten die letzten beiden Kisten ab und luden sie zu den übrigen auf die Hunte. Sie schoben am Bunker vorbei in die Wetterstrecke. Von einem Zug, der sie mitnehmen könnte, war nichts zu sehen. Bendix sagte: »Hast du was zu rauchen?«

Büsching hatte eine zerdrückte Schachtel Belomurkanal. Sie setzten sich auf einen Bohlenstapel und rauchten.

Bendix sagte: »Da ist mir gerade eingefallen, hab ich doch heute Geburtstag.«

»Gratuliere«, sagte Büsching.

»Hm«, sagte Bendix. »Und außerdem: Ich bekomme ein Kind.«

»Mann!« sagte Büsching. Und nach einer Weile wollte er wissen: »Mit Ingard?«

Bendix sagte: »Hast du gedacht, ich krieg's selber?«

Und dann kam doch ein Zug angeklirrt, hängte sie an, schepperte weiter. Sie kamen in den kalten Sog der einziehenden Wetter, mußten noch einmal warten. Überall begegneten ihnen einfahrende Kumpel. Sie kuppelten ihre Hunte ab und schoben sie ins Füllort.

Thomek, der fast immer als letzter ausfuhr, stand neben dem Anschläger und notierte Schichtleistungen. Er sah herüber. Er lächelte.

Im Juni heirateten Bendix und Ingard. Bendix zog um; Ingards Eltern hatten ihnen eine Kammer freigemacht, die vorher an einen Lokschlosser und einen Schachtzimmermann vermietet gewesen war. Ende September wurde Beate geboren. Den Namen hatte Ingard ausgesucht. Beate Bendix: Ein Mensch war auf der Welt.

Büsching schleppte eine hölzerne Wiege an, ein altes Familienerbstück; sie war groß und stabil und für Generationen gemacht. Aber noch war die Zeit der Nostalgien nicht angebrochen, und in der engen Kammer war wenig Platz. Die Wiege verschwand auf dem Dachboden. Das Kind schlief in einem Stubenwagen. Büsching sah es, als er sie besuchte. Er sagte nichts, aber Bendix ahnte, was er dachte. Es war Ingards Entscheidung gewesen, aber er sagte achselzuckend: »Du siehst ja, es ist zu eng.« Er hatte sich manches anders vorgestellt, und über vieles hatte er bis dahin noch gar nicht nachgedacht. Aber er hatte sich entschieden. Und er stellte sich hinter alle Entscheidungen, die Ingard traf.

Seine Mutter war zur Hochzeit gekommen. Einmal nahm sie ihn beiseite und fragte: »Junge, hast du dir das auch wirklich gründlich überlegt?« Er hatte mit dem Kopf genickt. Ja, am Anfang hatte er mit dem Gedanken, Vater zu werden, nichts anfangen können. Er hatte sich unfähig gefühlt und irgendwie nicht zuständig. Aber dann hatte Ingard, ohne viel zu sagen, die praktischen Dinge, die nun einmal zu einer Familiengründung gehören, selbst in die Hand genommen. Er hatte das kaum bemerkt. Alles schien sich wie von selbst zu regeln. Nur bis er sich an die Schwiegereltern gewöhnt hatte, an die Wohnung, die fremden Möbel, das dauerte seine Zeit.

Die Schwiegermutter war seit Jahren gelähmt. Sie hatte sich das Bett ans Fenster rücken lassen, dort saß sie den ganzen Tag und beobachtete die Straße. Es gab nicht viel zu sehen: Bergleute, die von Schicht kamen oder zur Schicht gingen, ein paar Nachbarn, die Rentner auf der Bank unter der überhängenden Linde und die Invaliden, selten Kinder. Das Gebirge hatte sich bevölkert mit Männern, die ihre Familien überall in diesem Land wohnen hatten; Frauen, von den Einheimischen abgesehen, gab es nur wenige. Natürlich waren die Kumpel, zumal die jüngeren, hinter den Mädchen aus den Gebirgsdörfern her. Es gab aber in jeder Gegend dieses Landes nach dem Krieg mehr Frauen als Männer – nur hier nicht.

Bendix hobelte im Hof Bretter zurecht für ein Regal, der Schwiegervater beizte sie. Da keine Hobelbank vorhanden war, hatten sie zwei Holzböcke aufgestellt und die Bretter mit Schraubzwingen befestigt. Der Schwiegervater war Maschinenführer in der Bermsthaler Papierfabrik, aber wie die meisten Männer hier verstand er sich auf jede Arbeit, die im Hause anfiel und auf den drei Morgen Wind dahinter. Er bearbeitete die Bretter mit Schmirgelpapier, bevor er die Beize aufbrachte, und achtete darauf, daß die Maserung schön hervortrat.

Bendix konnte von seinem Hobelplatz aus das Fenster sehen, hinter dem die Schwiegermutter saß. Er wußte, daß sie ihn beobachtete. Sie beobachtete ihn oft, stumm, aus den Augenwinkeln, und wie immer fühlte er sich unbehaglich unter ihrem seltsam klagenden Blick. Sie war gegen diese Ehe gewesen, überhaupt war sie gegen alle diese dahergelaufenen Hungerleider, die das Gebirge verschandelten, wie sie es nannte. Bendix hatte Mitleid mit der Frau, die nicht älter war als seine Mutter; manchmal aber überkam ihn auch Auflehnung gegen ihre ewig stumme Klage, die für die anderen Anklage war. Wenn er sich dabei ertappte, kam er sich elend vor. War es denn ihre Schuld, daß sie sich seit Jahren nicht vom Fleck rühren konnte?

Der Schwiegervater sagte: »Laß mal sein, die Beize muß erst einziehen.« Sagte es in der Bermsthaler Mundart, die Bendix mittlerweile verstand, nur, in fast jedem Dorf sprach man das Erzgebirgische anders.

Sie setzten sich auf die Bank vor dem Haus. Bendix holte Zigaretten aus der Tasche; der Schwiegervater winkte ab, er stopfte seine Pfeife.

Den Weg herauf kam Bierjesus, der Magaziner. Er setzte sich zu ihnen, kaute an seinem Priem, der Stoppelbart war braun vom Tabaksaft. Er trug die immer gleiche Lodenjacke mit den Hirschhornknöpfen und den ausgeblichenen Revers, das dünne Kräuselhaar fiel ihm auf den Kragen. »Tja«, sagte er zu Bendix. »Fadenschein hat nun also auch den Löffel abgegeben.«

»Was hat er?« fragte Bendix.

»Ist ja kein Wunder«, sagte der Magaziner. »Wie der gerackert hat und gequalmt wie ein Schlot: Herzschlag. Die Erde sei ihm leicht.«

Johann Schein. Fadenschein. Hannes.

Sie hatten doch gerade noch miteinander Erz gehackt.

Er sah ihn noch vor sich, wie er das Bruch räumte, die Kappen kehlte, über die Bühnen ins Überhauen stieg und den Hammer an den Stoß setzte. Er sah ihn, wie der in der Frühstückspause seine »Ziegenbeinchen« rauchte, während sie ihre Brote hinunterschlangen. Fadenschein hatte ihnen den Anfang leicht gemacht. Hatte keine Fragen gestellt nach Herkunft und Gesinnung, hatte nicht gegeizt mit seinem Wissen, hatte seine Erfahrungen freimütig mitgeteilt. Und was wußten sie sonst von ihm? Daß er Witwer war, ja. Daß er irgendwo im Dorf zur Untermiete wohnte und in seiner Freizeit Holzfiguren schnitzte. Daß er gern einen zur Brust nahm, das auch. Und das war dann schon alles …

Anderntags lagen sie im Garten, Bendix und Ingard; sie hatten eine Decke ins Gras gelegt, es war einer jener seltenen warmen Oktobertage, die den herben Geruch des Herbstes mit der Heiterkeit des Sommers vereinen. Bendix beobachtete eine Wolke, die ihre wechselnde Form gegen den Himmel zeichnete. Er sagt: »Sieht sie nicht wie ein Hirsch aus, der zum Sprung ansetzt?«

Ingard sagte: »Wir müßten die Bodenkammer ausräumen. Und dann mußt du mal mit Hahner reden, wegen der Raten für das Schlafzimmer.«

»Ja«, sagte Bendix. Und dann: »Jetzt sieht sie aus wie eine Katze, die sich einrollt.«

»Außerdem«, sagt Ingard, »du könntest ruhig mal bei Thomek nachfragen wegen einer höheren Lohngruppe, jetzt, wo du Familie hast. Andere machen das schließlich auch.«

»Ja doch«, sagte er. »Alles zu seiner Zeit.«

Von dieser Art waren ihre Gespräche oft. Nachts aber, wenn das Kind schlief und sie allein waren in ihrer Kammer, klammerte er sich an sie, klammerten sie sich ineinander, als ob sie sich verlieren könnten. Diese Gemeinsamkeit war über sie gekommen wie ein Rausch, und da sie nicht aussprechbar war und nicht austauschbar in Worten, teilte sie sich mit in ihren Umarmungen, im Schlaf, in der Erschöpfung. So war mehr Begierde in ihren Nächten als Zärtlichkeit, und es blieb viel Fremdheit zwischen ihnen und manches, das sie spürten, aber nicht beim Namen nennen konnten.

Es fehlte etwas in Bendix' Leben. Ohne daß er sich dessen recht bewußt wurde, schloß er sich mehr und mehr Büsching an. Büsching ahnte die Zusammenhänge, sagte aber nichts. Bendix trat in den Jugendverband ein. Thomek gründete die erste Jugendbrigade des Objektes; Bendix wurde Brigadier. Aus ihrer Truppe ging die erste Komplexbrigade hervor, und wieder war Bendix Brigadier, nun für vierzig Mann verantwortlich statt für zehn; Büsching wurde Parteigruppenorganisator. Sie schufen sich Freunde und Feinde, wurden nach den ersten erfolgreichen Stoßschichten als Lohndrücker und Russenknechte beschimpft und nachts, auf dem Heimweg von der Schicht, nachhaltig verprügelt. Zwanzig Meter hinter der Scheibe brach ihnen die Strecke zusammen, und Drushwili, der sowjetische Revierleiter, schwor auf Sabotage – sie konnten aber nichts finden. Gorbatow, Geophysiker auf ihrem Block, Sergeant der Sowjetarmee und Kumpel vom Donbass, brachte ihnen ein neues Bohrschema bei, ihre Leistung stieg um zwanzig Prozent. Und oben, an der Leistungstafel im Schachthof, überschmierte jemand ihre Prozentziffern mit Ölfarbe. Bei Schichtwechsel fanden sie zerschnittene Luftschläuche vor, Gezähe wurde gestohlen, beladene Hunte verschwanden auf unerklärliche Weise.

Bendix war Brigadier geworden, weil ihn die Aussicht auf höheren Verdienst lockte. Er war in den Jugendverband eingetreten vor allem, um einen Ort zu finden, der ihn die Enge ihrer Schlafkammer, die Enge seines Lebens vergessen half. Zu Büsching hatte er gesagt: Denke bloß nicht, daß ich mich damit auf eure Politik einlasse. Was aber Büsching, Thomek und die anderen mit ihren Argumenten nicht vermocht hatten, das erreichte jetzt die Heimtücke dieses lautlosen Kleinkrieges. Bendix sah plötzlich: Die da offen und ohne große Worte zu verlieren an seiner Seite standen, das waren Thomek, Büsching, Gorbatow und ihresgleichen – die gegen ihn waren, hinterhältig, gerade noch zu ahnen, nur selten und nie zu weit hervortraten aus ihrer Anonymität, Heidewitzka zum Beispiel und Titte Klammergass, Leute wie der Stiefvater, sie waren gegen alles, nur wofür sie waren, das wußten sie nicht.

Wieder zerfiel die Welt in Fronten. Sichtbare und unsichtbare. Gerade davon hatte er nichts wissen wollen. Er hatte angefangen, eine Kleinigkeit mehr zu tun, als sein Brot zu verdienen – gerade deshalb konnte er nun nicht mehr ausweichen. Er dachte: Es muß doch aber ein Dazwischen geben. Je länger er darüber nachdachte, um so deutlicher sah er: Dazwischen war nichts Nennenswertes, bestenfalls etwas, das nach hier schwankte oder nach dort.

Eines Tages drückte ihm Thomek ein Formular in die Hand: »Lies das durch und überleg dir's!« Es war der Aufnahmeantrag für die Arbeiter- und Bauernfakultät. Bendix ging zu Büsching. Der schwenkte fröhlich ein bereits ausgefülltes Papierchen vor seiner Nase; Thomek hatte auch ihn heimgesucht.

»Und was wird, wenn wir uns darauf einlassen?« fragte Bendix.

»Freiberg, Bergakademie oder etwas anderes«, sagte Büsching.

»Ich will aber nicht bis an mein Lebensende in der Erde herumkratzen.«

Thomek sagte: »Es wäre schade. Du hast das Zeug zum Bergmann. Aber wenn du nicht willst – es werden auch Bauingenieure gebraucht, Architekten, was weiß ich. Sieh dir doch diesen Trümmerhaufen von Land an, dann weißt du, was gebraucht wird.«

Bendix beriet sich mit Ingard. Sie sagte: »Und wer soll meine Kinder ernähren?« Sie sagte nicht »unsere Kinder«, und sie sprach merkwürdigerweise in der Mehrzahl. Er erklärte ihr, daß die Wismut eine Studienbeihilfe zahlen würde. »Wir müßten uns eben ein bißchen einschränken für die paar Jahre. Vielleicht bekommen wir einen Krippenplatz. Du könntest wieder arbeiten.«

Sie sagte: »Hab ich vielleicht deshalb geheiratet? Mein Kind kommt nicht zu fremden Leuten!«

Bendix schwankte lange. Thomek drängte; der Termin für die Aufnahme rückte näher. Der Schwiegervater sagte unerwartet: »Du mußt selber wissen, was du willst. Aber ein Schaden wäre das nicht. Ein Mann muß sich auch mal durchsetzen.«

Da füllte Bendix das Formular aus und brachte es zu Thomek. Der hatte mit Büsching gesprochen und fragte: »Kommst du mit deiner Frau klar?« Bendix hob die Schultern. »Sie wird es schon noch einsehen.« Thomek schüttelte den Kopf. »Bring das in Ordnung, rechtzeitig. Nach ein paar Monaten wieder aussteigen kommt nicht in Frage. Da müßt ihr schon am gleichen Strang ziehen.«

Aber Bendix glaubte nicht an zwei Kapitäne auf dem gleichen Dampfer; er hatte in vielen Fällen zu Ingards Entscheidungen ja gesagt, diesmal hatte er selbst entschieden, und diese Entscheidung galt. Schließlich würden sie nicht verhungern. Er war schließlich der Ernährer, so oder so. Was da anstand, war etwas Vorübergehendes. Was von Dauer sein konnte, kam erst später. Ob sie es jetzt einsah oder nicht: Es war auch für Ingard besser und für das Kind. Für sie alle.

Zu Hause gab es in diesen Wochen Ärger über Ärger, und immer ging es um Nichtigkeiten. Heißes Wasser zum Beispiel wurde in einem riesigen Pfeifkessel bereitet. Bendix sagte zu Ingard: »Jedesmal, wenn du Wasser ansetzt für zwei Tassen Kaffee, frage ich mich, wo ich die zwanzig Mann hernehmen soll, die das restliche heiße Wasser saufen.« Daraufhin suchte Ingard ein winziges Töpfchen aus dem Schrank, und wenn Bendix sich nach der Schicht waschen wollte, bekam er einen halben Zahnputzbecher lauwarmen Wassers in seine Waschschüssel mit eiskaltem Wasser von der Hofpumpe gegossen. Er kaufte für fünfzig Mark ein Aquarell, darstellend Strand und Schilf und im Hintergrund ein winziges Boot, und nahm den röhrenden Hirsch, der über ihrem Bett hing, von der Wand. Ingard meinte, das sei zum Fenster hinausgeworfenes Geld. Als ob es in dieser Gegend See und Schilf vor den Fenstern gegeben hätte. Zwei Tage später röhrte der Hirsch wieder über ihren Nächten; Ingard hatte das Seebild preisgünstig, wie sie sagte, verkauft. Stellte ihm auch gleich zwei Flaschen Wernesgrüner Bier auf den Tisch. Da trank er lieber ein paar Bier in der Kneipe. Dafür fand er zur nächsten Schicht weder den üblichen Ziegenkäse noch die gelegentlich übliche Sülzwurst auf seinen Frühstücksbroten. Solche Bagatellen täglich.

Die wenigen Freunde, die manchmal gekommen waren, blieben nach und nach aus.

Aber er fuhr mit Büsching zur Aufnahmeprüfung.

Die Universitätsstadt war alt, die Universität bombastisch. Da standen sie in einem zugigen Korridor, neben der Klosettür war die Welt mit Brettern vernagelt, dahinter gähnte ein Luftminentrichter. Wartende in allen Gängen. Stuck, Ornamente, bröckelnder Putz. Kleiderhaken, an denen nichts hing. Auf ehemals schwarzen Brettern ein Chaos von Aushängezetteln. Zwischendurch Trupps von ziemlich wichtig aussehenden jungen Leuten, die offenbar schon Studenten waren. Einer sagte: »Brauchbare Tips abzugeben gegen rauchbare Zigaretten. Wer will als erster?« Bendix sagte zu Büsching: »Hier werde ich nicht alt.« Büsching meinte: »Erst mal 'rankommen lassen.«

Die Prüfungskommission bestand aus einem Herrn, einem älteren Mann und einem reiferen Knaben. Nein, etwas abseits war noch eine Frau, die jetzt mit mehreren Heftern zum Tisch der Kommission trat. Der Herr sagte: »Sie sind also Heiner Bendix, gelernter Maurer, Brigadier in der Sowjetisch-Deutschen Aktiengesellschaft Wismut und Aktivist.«

»Aktivist nicht«, sagte Bendix.

»Es fehlt auch in Ihrem Fragebogen ein diesbezüglicher Hinweis«, sagte der Herr. »Wohl aber findet sich ein solcher in der Beurteilung Ihres Betriebes.«

»Ach ja«, sagte Bendix. »Ich hab da so eine Auszeichnung bekommen, vor ein paar Wochen. Und dies nennt sich wohl Jungaktivist.«

»Ferner«, sagte der Herr und sah auf, »ferner sind einige Ihrer Auskünfte etwas vage. Einige Antworten beginnen Sie beispielsweise mit der, hm, recht ungewöhnlichen Formulierung ›Möglicherweise ...‹«

»Ja«, sagte Bendix, »das ist so. Mein Steiger möchte gerne, daß ich auf Bergbau studiere. Ich möchte aber möglicherweise lieber ...«

Da sah er, wie der Bursche mit dem offenen Hemd grinste, und der ältere Mann sagte: »Geben wir ruhig zu, daß unsere Fragebogen ein bißchen umständlich sind. Außerdem hat das ja noch Zeit.« Und dann entwickelte sich ein Gespräch, bei dem Bendix dauernd den Zeitpunkt herbeisehnte, wo es enden und die eigentliche Prüfung beginnen würde, aber erst endete es eine ziemliche Weile nicht, und dann beglückwünschte der Herr ihn zu irgend etwas, und der ältere Mann gab ihm die Hand, und der Bursche brachte ihn zur

Tür und sagte: »Alles Weitere ventilieren wir im September. Oder gibt's noch Fragen?«

Die gab es zwar, aber sie fielen Bendix erst ein, als er wieder draußen stand und Büsching wissen wollte: »Na, wie geht's da zu?«

»Hm«, sagte Bendix. »Ich glaube, ich fange möglicherweise doch hier an.«

So war das, so war das zumindest in der Erinnerung, und in der Erinnerung war es auch so, daß Ingard sich mit den heraufziehenden Ereignissen abzufinden schien. Alles schien sich einzurenken. Alles schien in Ordnung zu kommen. Die kleine Beate übte im Laufgitter erste Schritte, zog sich am Geländer hoch, aber die Beine trugen noch nicht, plumpste zurück und krähte vor Freude und versuchte es immer wieder. Bendix schleppte an jedem Lohntag Spielzeug an, nützliches und unnützes, er fuhr das Kind im Wagen aus, was damals noch eine aufsehenerregende Angelegenheit war für einen Mann; er stand Ängste aus, wenn die Kleine einmal nicht essen wollte, und fuhr nachts aus dem Schlaf hoch bei jeder Kleinigkeit. Und als Ingard einmal bei einer Freundin war und Beate Durchfall bekam, wickelte er sie in Decken und rannte drei Kilometer weit und klingelte den Arzt aus dem Bett, der sagte: »Mann, da ist gar nichts, zumindest hätten Sie bis morgen früh warten können, und geht denn Ihre Frau nicht zur Mütterberatung?«

Unmerklich für ihn selbst wurde er nun wirklich Vater. Eine Wandlung war in sein Leben gekommen – in dieser Hinsicht und in anderer Hinsicht auch. Er fühlte sich wie neugeboren. Die Welt war voller Ziele. Er hatte seine Familie, er hatte Freunde, ja, vielleicht sah er damals zum erstenmal, wie eng alles verknüpft war und wie weit das reichte. Vielleicht begriff er zum erstenmal, wo er sich da einreihte. Nur ob er damals auch schon den Zuwachs an Pflichten begriff, ist ungewiß.

Bei einer Brigadefeier drückte Thomek ihm und Büsching einen Packen Bücher in die Hand, einige graue Pappbände des Dietz-Verlages, einige andere. Und dann sagte er: »Eines wollte ich euch noch sagen. Als ich so alt war, wie ihr jetzt seid, bin ich das erstemal in den Schacht gefahren. An der Ruhr. Da habe ich auch zum erstenmal gestreikt. Einfach weil alle streikten. Obschon ich dachte: Wenn keiner arbeitet, was soll das einbringen? Ich bin auf dem Land groß geworden, müßt ihr wissen, habe beim Gutsbesitzer gearbeitet schon als Kind – auf dem Land denkt man anders. Ja, und damals im Pütt, da hatten sie mich gleichzeitig in zwei Parteien gelockt, jede, ohne daß die andere davon wußte, und in zwei Gewerkschaften war ich auch. So ist das, wenn man keine Ahnung hat. Jedenfalls haben wir mächtig Haare gelassen. Und das, denke ich, wird euch ja nun erspart bleiben.«

Ingard sagte: »Der muß so reden, dafür wird er schließlich bezahlt.« Und wir, dachte Bendix, worüber reden wir? Über Abzahlungsmöbel und Anschaffungen. Über Nachbarstratsch und Christstollenrezepte und große Wäsche. Über Ingards Tante Lene in Landsberg am Lech, die manchmal ein Paket schickt mit ein paar Zigaretten und einem Tütchen Kaffee, wogegen nichts zu sagen wäre, und mit Haferflocken und Trockenmilch und abgelegten Kindersachen, als ob's uns ans Verrecken ginge. Dann gehen wir mal zum Schwof, dann gehen wir mal ins Kino, dann gehen wir mal ins Bett. Das wäre alles – wenn wir unser Kind nicht hätten. Ja, dachte er, vielleicht hätte ich doch besser zu dieser Steigerschule gehen sollen oder wenigstens zum Radiometristenlehrgang, das hätten wir schneller hinter uns gehabt, und etwas in der Hand hatte man auch da. Der Schacht ist groß, und das Geld ist gut, Erz gibt's noch die Menge. Vielleicht hat das einen Sinn. Unser Kind großziehen. Sich endgültig eingewöhnen. Zufrieden sein mit dem, was ist. So groß war der Unterschied zwischen ihnen gar nicht: Ihm war die Welt zu eng, ihr war die Welt zu arm.

Und doch wußte er schon, daß der Unterschied anderswo begann, in der Frage bereits, was denn zu arm war und was zu eng. Dieses ihr beinahe Zuhause in diesen vier Wänden? Dieses Leben, das Gott oder sonstwer geschaffen hatte, auf daß es so bleibe für jetzt und alle Ewigkeit?

Thomek hatte einmal gesagt: »Wir haben etwas abgeworfen, was uns immer niedergehalten hat. Nun müssen wir uns selbst in die Hand nehmen.« Ja, etwas und jemand hatten Bendix angesteckt. Thomek vielleicht oder Büsching, Fadenschein, Gorbatow, die Brigade, die Bücher, Gespräche, Ereignisse, oder etwas, das noch weiter zurücklag? Oder all dies zusammen?

Er hatte mit Ingard darüber gesprochen. Sie sagte nichts dafür und nichts dagegen, höchstens, daß davon kein Fleisch in den Topf käme und daß man von Redensarten nicht leben könne. Das war immerhin ein Argument. Ein Familienvater hat auch daran zu denken. Bendix hatte zwar dagegengehalten: Wenn alle immer so gedacht hätten, würden gewisse Leute heute noch von Pellkartoffeln und sonntags Salzhering leben wie vor hundert Jahren. Das war zuviel, er merkte es schon, als er es aussprach. Da war dann auch wenig auszurichten gegen ihr bündiges: Und außerdem bin ich nicht *gewisse Leute*!

So vergingen die letzten Sommertage, die letzten Tage vor dem Studium, wie nahezu dieses ganze Jahr vergangen war, sein erstes Ehejahr, sein zweites Jahr im Schacht. Eine Zeit der Suche für ihn und andere, der Auseinandersetzungen, Spannungen, Entschlüsse in seiner Welt und aller Welt, eine Zeit der Umbrüche, die einige herbeiführten und begriffen, andere nur ahnten, manche nicht einmal das. Die aber alle betraf.

In der Erinnerung blieb die Arbeit im Schacht, Freundschaften, die sich als beständig erwiesen oder wieder zerbrachen, blieben die Tage mit Ingard und die Nächte auch und das Kind, das er sich später immer nur vorstellen konnte als jenes kleine Menschlein, welches es damals gewesen war. Ein bißchen Romantik blieb, alles in allem gesehen, und ein bißchen Bitterkeit, was die Erinnerung an seine erste Ehe betraf, ihren Anfang und ihr Ende. Was dann kam, das Studium, die Trennung von Ingard und die Scheidung wenig später, war schon ein anderes Kapitel.

Das wußte er, viele Jahre später; wenn wir zurückkehren aus der Vergangenheit in die Gegenwart, zu jenem Tag zurückkehren, an dem sie Karl den Großen in die Luft sprengten, mächtig überhängenden Felsen am Ufer des Boltziener Sees. Und wenn wir zu jenem Gespräch zurückkehren und der Frage, ob sie früher nicht einmal andere Kerle gewesen wären, Büsching und er und manch anderer mehr. Wenn wir zurückkehren nach Groß-Boltzien, in die Stadt und auf die Baustelle mit ihren Problemen, und natürlich auch zu jenem Problem zwischen Heiner und Ruth.

Daß da nicht bloße Zufälle walten, daß dies alles zusammenhängt, damals und heute, Vergangenheit und Gegenwart und womöglich Zukunft – soviel immerhin scheint inzwischen gewiß.

Anhang

Angela Drescher

»Ach, wie geht man von sich selber fort?« Werner Bräunigs letzte Jahre

Als im Sommer 1968 Werner Bräunigs Erzählungsband »Gewöhnliche Leute« beim Ministerium für Kultur zur Druckgenehmigung eingereicht wurde, diskutierte man dort seit Monaten ausgerechnet jenes Manuskript, das seine Autorin unmittelbar unter dem Eindruck des 11. Plenums 1965 zu schreiben begonnen hatte: »Nachdenken über Christa T.«.

Christa Wolf war auf dem Plenum so vehement wie vergeblich für Bräunig und seinen »Rummelplatz« eingetreten, und ohne diese traumatische Erfahrung hätte die Geschichte der Behauptung eines Subjekts wohl kaum die Schärfe bekommen, die das Buch zu einem Ereignis machte. »Ich brauchte anscheinend ziemlich scharfe, schwere Geschütze, damit Verdrängtes in einer heftigen Eruption hervorkommen konnte. Danach aber war ich offener und hab mit einer neuen Unbefangenheit schreiben können«[1], erklärte sie mehr als zwanzig Jahre später.

Man kann sich schwer von der Vorstellung lösen, dass beide Manuskripte gleichzeitig auf demselben Schreibtisch lagen und auf die Druckgenehmigung warteten. Noch einmal kreuzen sich zwei Lebenswege an entscheidender Stelle, und es ist, als ob sie sich in gegenläufiger Bewegung zueinander befinden würden. Während Christa Wolf nach einem monatelangen körperlichen und seelischen Zusammenbruch nach dem 11. Plenum in jenem Manuskript auch ihre Poetik der subjektiven Authentizität entwickelte, mit der sie sich von Schreib- und Denkmustern löste, hatte Werner Bräunig mit einem kraftvollen, eigensinnigen Roman begonnen und war nun, von den »schweren Geschützen« der Partei-Kritik verunsichert, auf dem Weg, sich durch den Alkohol unaufhaltsam in Krankheit und Schreibunfähigkeit treiben zu lassen. Da lag ein Zeugnis zunehmenden Selbstbewusstseins neben einem, das bereits von Verdrängung und Resignation zeugte. Ein Talent bestätigte sich, eines verkam, obwohl jetzt »Nachdenken über Christa T.« zum Gegenstand öffentlicher Kritik wurde und »Gewöhnliche Leute« einen Preis erhielt. Als im Dezember 1976 Christa Wolfs »Kindheitsmuster« erschien, ihr nächstes Kritik erregendes Buch, war Werner Bräunig bereits gestorben.

Dreißig Jahre später schrieb sie im Geleitwort zu seinem endlich publizierten Roman: »Ein Buch wie dieses [...] hätte, wenn es nur erschienen wäre, Aufsehen erregt, es wäre in mancher Hinsicht als beispiellos empfunden worden. Noch einmal fühle ich nachträglich den Verlust, die Leerstelle, die dieses Nicht-Erscheinen gelassen hat.«[2]

Es ist müßig, zu spekulieren, was aus dem Autor geworden wäre, wenn sein Roman damals hätte erscheinen können. Wir wissen nur, was gekommen ist.

Der Rückzug

Anfang 1966 war noch manches offen. Möglicherweise glaubte Werner Bräunig aller fundamentalen Kritik am »Rummelplatz« zum Trotz weiter daran, das Manuskript bearbeiten, fertigstellen und veröffentlichen zu können. Allerdings hatte man ihn in einer empfindlichen Phase getroffen: Es gab zwar eine Rohfassung, die aber hatte durch den langen Schreibprozess so viele Änderungen erfahren, wies so gravierende Brüche in Handlungsführung und Figurenzeichnung auf, dass ein Autor ohnehin schon hätte in Zweifel geraten können, wie und ob dieses Projekt letztendlich zu bewältigen wäre. In so einer Phase braucht man meist Ruhe und Konzentration – also das Gegenteil seiner Situation.

Bräunig konnte sich nach all den Auseinandersetzungen nicht einfach zurückziehen, er lehrte am Institut für Literatur »Johannes R. Becher«, und er tat es gern und mit Erfolg. Wer eine Vorstellung davon bekommen will, wie anregend und fordernd er als Lehrer im Prosaseminar gewesen sein muss, lese den »Briefwechsel, die Gruppe 61 betreffend« und die »Drei Briefe«[3], die er Nachwuchsschriftstellern schrieb. Es ist beeindruckend, wie klug und sachlich er Texte analysiert, wie er sowohl konzeptionelle Mängel als auch stilistische Schludrigkeiten und handwerkliche Unkenntnis benennt, ohne verletzend oder besserwisserisch aufzutreten. Seine Ratschläge basieren auf einer außerordentlichen Hochachtung gegenüber der Literatur und dem mühevollen schöpferischen Akt des Schreibens, und nur dann tritt Unduldsamkeit hervor, wenn er merkt, dass jemand mit der Rolle als Schriftsteller kokettiert und sich allzu rasch mit dem aus Mitteilungsdrang, Kalkül oder Geltungssucht Aufgeschriebenen zufriedengibt.

Fraglos hatte er also die Begabung und das Rüstzeug zum Dozenten. Nur gründet sich Autorität in künstlerischen Lehranstalten nicht nur auf Besserwissen, sondern auch auf Bessermachen. Bis Ende 1965 hatte Werner Bräunig als mit allerlei Vorschusslorbeeren bedachter Nachwuchsautor gegolten, der an einem großen Deutschlandroman schrieb. Nach dem 11. Plenum musste er vielen – obwohl kaum einer das vollständige Manuskript kannte – als jemand gelten, der an einem Romanprojekt gescheitert war, auf das er fünf Jahre lang seine Kräfte konzentriert hatte. Als Autor musste er fast wieder bei null beginnen, und es war nur ein unzureichender Trost, dass es etliche gab, die ihn und seinen Text schätzten und verteidigten, und dass eine politisch motivierte Kritik für viele alles andere als ein Makel war.

Für seine Stellung am Literaturinstitut war es das natürlich, und obgleich von höchster Ebene bereits angewiesen war, die Diskussionen um den »Rummelplatz«-Vorabdruck zu beenden, war man in Leipzig noch längst nicht dazu bereit. Der Erste Sekretär der SED-Bezirksleitung Leipzig, Paul Fröhlich, war als besonderer Hardliner kritischen Künstlern gegenüber berüchtigt. Von ihm fühlten sich all jene im Schriftstellerverband oder am Literaturinstitut bestärkt, die, sei es aus Engstirnigkeit oder aus Missgunst oder beidem, jüngeren Kollegen Beachtung und Erfolg neideten. Seit Anfang der sechziger Jahre drängte die Generation der zwischen 1925 und 1935 Geborenen hervor, die meist nicht ohne Umwege, aber mit großem Bildungswillen hatten studieren können, und verdrängte die Älteren. »Zurzeit herrscht unter den alten Genossen eine große Verbitterung darüber, daß ihre Bücher keine Neuauflagen erhalten und neue Werke […] von den Lektoren der Verlage nicht mit der notwendigen Geduld und dem notwendigen Verständnis behandelt werden«[4], hieß es zum Beispiel schon Ende 1964 in einem Bericht, und an anderer Stelle: »Durch Veränderungen des Lesebedürfnisses, durch Nachlassen der Schaffenskraft mancher Autoren, aber auch durch Mängel in der Arbeit der literaturverbreitenden Institutionen sind die Werke einer Reihe von Schriftstellern gänzlich aus den Buchhandlungen verschwunden. Zum Teil sind aber auch Nachauflagen nicht mehr möglich, weil die Bücher den künstlerischen und ideologischen Bedürfnissen nicht mehr entsprechen«[5].

Das Literaturinstitut stand ohnehin seit den Auseinandersetzungen der letzten Monate im Zentrum der Kritik durch den Partei- und Staatsapparat, und es gab Mitglieder des Lehrkörpers, die, ebenfalls besorgt über den »politisch-ideologischen Zustand am Literatur-Institut«[6], nicht müde wurden, u. a. Werner Bräunig dafür verantwortlich zu machen.

Erste Konsequenz war, dass ihn die Institutsleitung im Frühjahr 1966 suspendierte und unter Beibehaltung seines Dienstverhältnisses an die »Freiheit«, das Organ der SED-Bezirksleitung Halle, vermittelte. Wenn man bedenkt, dass man ihm mehr als nur ideologische Unklarheiten vorgeworfen hatte, mutet es seltsam an, dass er sich nun ausgerechnet als Journalist »bewähren« sollte. Möglicherweise wollte man ihn durch diese Maßnahme zwar aus dem Blickfeld gewisser Funktionäre bringen, gleichzeitig aber in ein Milieu, in dem er straffferer ideologischer Kontrolle ausgesetzt war. Außerdem konnte die Institutsleitung damit nach außen deutlich machen, dass man bereit war, erzieherische Maßnahmen zu ergreifen.

Werner Bräunig hatte die Warnung verstanden, und er war nicht der Typ, absichtlich öffentlich zu provozieren, da paarte sich Vernunft mit Parteidisziplin. Vielmehr blieb ihm nichts übrig, als das Beste aus der Situation zu machen.

Er kannte auch die Zwänge, denen die Presse in der DDR unterlag, schließlich hatte er als Journalist angefangen. In den Reportagen, die ab Sommer 1966 für die Zeitung entstanden, zeigt sich Bräunig erkennbar um einen originellen Ansatz oder Stil bemüht. Um so mehr fällt auf, wie jede Spur von Kritik im besten Fall in einen augenzwinkernd-launigen, im schlimmsten in einen pathetischen Ton des Einverständnisses verpackt ist. Dabei steht außer Zweifel, dass Bräunig sich wirklich für die Gegenstände seiner Reportagen – meist von der Baustelle Halle-Neustadt – interessierte und Schluderei, Verschwendung, Bürokratismus, mangelnde Arbeitsorganisation aufdecken wollte, nur blieb ihm, im engen Korsett von »parteilichem« Journalismus eingeschnürt, argwöhnisch beobachtet und verunsichert, wenig Spielraum – oder er scheute sich, ihn in seiner angreifbaren Situation auszutesten. Ein kritischer Aspekt lässt sich oft nur erahnen.

Gewiss sollte man vorsichtig sein mit dem Urteil. Weil heute der Vergleich mit zeitgenössischer Berichterstattung und offizieller Sprachregelung fehlt, wirkt vieles möglicherweise einverständiger und anbiedernder, als man das seinerzeit empfunden hat, wo die Leser dankbar jede auch nur angedeutete Kritik und ungeschönte Information herauspickten. Trotzdem hat man, wenn man die Zeitungstexte von 1966 und aus den folgenden Jahren liest, das ungute Gefühl, dass Bräunig anbiedernder und geduckter und mit mehr parteitreuen Floskeln garniert schreibt, als es nötig gewesen wäre. Schlimmer noch, er schrieb sich von nun an mehr und mehr in diesen Ton hinein, und die kritischen Einsprengsel, denen anfangs vielleicht noch sein Ehrgeiz gegolten hatte, wurden im Laufe der Jahre immer seltener.

Jedenfalls schätzten »Parteileitung und Chefredakteur der ›Freiheit‹ die Arbeit des Genossen Bräunig äußerst positiv ein«[7], und deshalb wurde seine zeitweilige Suspendierung im Herbst 1966 aufgehoben.

Nicht aufgehoben war das Misstrauen, und Bräunig wusste, dass er das Stigma nicht mehr loswerden würde, besonders nicht am Literaturinstitut, an dem in den folgenden Monaten u. a. Studenten relegiert und der stellvertretende Direktor abgelöst wurde.

Es reichte nicht, dass Bräunig »gegenwärtig nach außen hin einen sehr Straffen ›herauskehren‹ und alle Mißdeutungen bewußt vermeiden«[8] würde. »[…] bei der weiterhin bestehenden Verbindung zu solchen sehr schwankenden Genossen wie Rainer Kirsch und Karl Mickel, die Bräunig offen zur Schau stellt, sei […] nicht klar, welch politisch-erzieherischer Einfluß auf die Studenten durch interne Zusammenkünfte nicht offizieller Art ausgehe«[9], heißt es in einem internen Bericht eines ZK-Mitarbeiters über ein Gespräch, um das Trude Richter[10], ebenfalls Dozentin am Literaturinstitut, im Februar 1967 gebeten hatte und das in ihrer Frage mündete, ob Bräunig unter den genannten Umständen weiterhin als Erzieher künftiger Schriftsteller dort richtig am Platz sei.

Man unterrichtete Kulturminister Klaus Gysi. Er neige ebenfalls zu der Lösung, Bräunig von der Funktion als Dozent zu entbinden, hieß es, nur Max Walter Schulz, der Institutsdirektor, zögere noch, dem zuzustimmen, da er fürchte – oder vorgab, es zu fürchten –, Bräunig »in den Augen bestimmter Kreise in der DDR und im Westen zum Märtyrer zu machen«[11].

Wenn man weiß, es wird darauf gewartet, dass man Fehler macht, begeht man sie unweigerlich – vor allem wenn einem gerade das Scheitern ziemlich hochfliegender Pläne bewusstgemacht wurde, und zwar ein Scheitern aus angeblich prinzipieller Unfähigkeit. Bräunig gelang es nur unvollkommen, zur Tagesordnung überzugehen. Vor allem wenn er trank – und er trank zunehmend mehr –, hielt er die Fassade des »straffen« Genossen, um die er sich sonst so auffallend bemühte, nicht aufrecht. Die Staatssicherheit hatte im Frühjahr 1966 einen Operativ-Vorlauf gegen ihn begonnen, und in den Akten finden sich detaillierte Berichte über seine politischen Äußerungen und die Witze, die er in Cafés und im kleinen Zirkel mit Studenten erzählte. Er lehne nicht nur das 11. Plenum ab, da die Kulturpolitik der DDR dadurch um Jahre zurückgeworfen werde, sondern er stelle auch die Frage nach »aktiven Handlungen, um ›die Rückentwicklung in die Zeit des Terrors zu bremsen‹«[12]. Man unterstellte ihm daher die Absicht zu staatsfeindlichen Handlungen, hielt es aber für nötig, darauf hinzuweisen, dass er »diese Einstellung nicht offen erklärt, sondern [...] nur im Kreise von ihm zuverlässig erscheinenden und seiner Meinung nach gleichgesinnten Personen zum Ausdruck bringt und diese Personen negativ zu beeinflussen sucht«[13].

Natürlich gab es Maßnahmepläne, wie welche Personen sich sein Vertrauen erschleichen sollten – sehr durchsichtige Manöver, und Werner Bräunigs damalige Ehefrau erinnert sich, wie ihr Haus in jener Zeit ständig beobachtet wurde und zum Beispiel flüchtig Bekannte überraschend unter dem Vorwand vor der Tür standen, mit ihnen Skat spielen zu wollen. Bräunig sei gelassen geblieben, habe solche Besucher bald höflich verabschiedet und sich hinterher darüber lustig gemacht.

Am Literaturinstitut brauchte man für solche Erkenntnisse keine zusätzlichen Zuträger. Die Widersprüche seines Verhaltens waren allzu offensichtlich. Im Frühjahr 1967 hatte er ein weiteres Parteiverfahren, für das die Beziehung zu einer Studentin nur ein Vorwand war, um ihm vorzuwerfen, dass es »über ein Jahr in seinem Verhalten eine Kette von Erscheinungen [gab], die man hinsichtlich ihres objektiven Gehaltes als eine Demonstration gegen die Politik der Partei im allgemeinen und gegen die Kulturpolitik im besonderen werten kann und muß«[14].

Bräunig redete sich auf seinen »labilen Charakter« heraus und bat im März 1967 – offensichtlich der Auseinandersetzungen endgültig leid – mit der Begründung einer gewissen »Lehrmüdigkeit« um Aufhebung seines Arbeitsverhältnisses. Als er ein letztes Mal seinen Roman ins Spiel brachte – er wolle ihn beenden, was »immerhin konzentrierte Arbeit über einen längeren Zeitraum«[15] erfordere –, griff man das Argument mit einem leicht drohenden Unterton auf: »Wir meinen, es kann keine bessere Offenbarung der Haltung Werner Bräunigs geben, als die, die er in die Aussage seines Buches legt. Es ist kulturpolitisch doch ratsam, ihm [...] Zeit zur Fertigstellung der Umarbeitung [...] zu geben, damit die Legende zerstört wird, die sich im Westen und zum Teil auch bei uns um dieses unveröffentlichte Buch gebildet hat.«[16]

Ein halbes Jahr später wurde der Verlagsvertrag zu »Rummelplatz« aufgekündigt.

»Wir brauchen eine kühne Literatur«

Das hieß nicht, dass man nicht andere Projekte von Bräunig unterstützt hätte. Autoren, die von jener Zeit erzählen, erwähnen wie selbstverständlich, für welches Gedicht sie sich vor der Parteigruppe rechtfertigen oder sich ein halbes Jahr »in der Produktion« bewähren mussten, welches Buch nicht mehr verkauft werden durfte und deswegen um so eifriger weitergereicht, welches Stück abgesetzt wurde. Heute kennt man oft nur noch die spektakulären Beispiele – zu denen

»Rummelplatz« gehört –, aber Eingriffe der Zensur oder Abstrafungen gab es gerade in den sechziger Jahren allenthalben, und ebenso vielfältig und manchmal unberechenbar wie die Gründe dafür waren die Reaktionen. Der Gemaßregelte durfte auf Solidarität Gleichgesinnter zählen, und zwar auch in Redaktionen, Verlagen, Studios, auf Sympathie und ein besonderes Interesse der Leser.

Es war sogar noch komplizierter, denn es gab unter den Funktionären solche wie Fröhlich oder solche wie Horst Sindermann, damals Erster Sekretär der SED-Bezirksleitung Halle, der sich gern als Freund der Künste und Künstler gerierte, auch wenn z. B. Christa Wolf ganz andere Erfahrungen mit ihm gemacht hatte. Gerade aber nach dem 11. Plenum trat Sindermann dafür ein, die dort angegriffenen Filmemacher und Schriftsteller auf keinen Fall auszugrenzen, sondern ihnen im Gegenteil Aufträge zu geben und sie zu ermuntern weiterzuarbeiten. Um Bräunig scheint er sich besonders gekümmert zu haben. Er schlug ihm vor, nach Halle umzuziehen, damit er aus dem Einflussbereich Paul Fröhlichs in Leipzig käme, und empfahl ihn, wenn es um Aufträge ging wie den anlässlich des VI. Parteitags konzipierten Episodenfilm »Geschichten jener Nacht«, zu dem Bräunig die Porträtskizze »Materna« beisteuerte. Bei jemandem wie Bräunig, der zwar kritisch und oft respektlos war, aber andererseits von sozialistischen Ideen überzeugt, musste diese Strategie wirken und ihn in all seiner Verunsicherung wieder näher an die Partei binden.

Damit verstärkte sich seine offensichtliche Zerrissenheit zwischen Parteiloyalität und -disziplin und seinen natürlich viel differenzierteren Überzeugungen, die fern von Dogmatismus und Engstirnigkeit waren.

Seit Mai 1967 lebte Bräunig als freiberuflicher Autor. Die Entscheidung kann ihm nicht leicht gefallen sein, schließlich hatte er wenig veröffentlicht und konnte nicht auf Einkünfte aus Nachauflagen rechnen. Zwar war seine Frau festangestellte

Journalistin, aber die Gehälter waren in der DDR nicht so hoch, dass eine vierköpfige Familie von einem Einkommen leben konnte, und Bräunig musste zudem noch Alimente für seine Töchter aus erster Ehe zahlen. Also schrieb er weiter Reportagen, nahm Aufträge für Nachworte an, ließ sich auf Filmprojekte ein, war Mitautor des Reportagebandes »Städte machen Leute« über Halle-Neustadt und begann Erzählungen. Vor allem aber wollte er sich endlich mit einem Buch als Autor beweisen, sich und seine Literaturauffassung.

Die ambitionierten Stellungnahmen und Autorenporträts, die in jener Zeit neben dem Tagesjournalismus auch entstanden, lesen sich wie ein fortwährendes Vergewissern und eine Verteidigung seiner Poetik. Ohne dass je die Auseinandersetzungen um »Rummelplatz« erwähnt werden müssen, polemisiert er gegen das platte Realismusverständnis, das ihm entgegengehalten wurde, und gegen Tabuisierungen. »Es kommt mir vor, als sei die Größe der Leistung, die in diesem Teil Deutschlands vollbracht wird, häufig durch schematisierte Modellkonflikte gar so putzig in die Literatur gebracht worden und obendrein aus einer provinziellen Optik betrachtet«, heißt es in einem Beitrag anlässlich der Jahreskonferenz des Schriftstellerverbandes. »Wir müssen [...] näher heran an die Realität und höher hinaus. Wir brauchen eine kühne Literatur. Denn wir leben in einer kühnen Zeit, unter kühnen Leuten, hier ist jeder interessant. [...] Was uns nicht zu Gesicht steht, sind läppische Abhandlungen über winzige Gegenstände [...], sind Zimperlichkeit, Reglementierung, kleinbürgerliche Verzagtheit vor dem Ernst und der Strenge, der Größe und dem Pathos, dem Getümmel und dem historischen Optimismus der Revolution. Die Auseinandersetzung ist unerhört: Das ist kein Feld für minimale Konflikte.«[17]

Das sind starke Worte, nach dem 11. Plenum, und jeder las natürlich diesen Kontext mit, vor allem wenn der Verfasser Werner Bräunig hieß. Allerdings sind es auch sehr allgemeine, in floskelhaft wirkende Bekenntnisse eingebettete Aussagen, zu denen Kulturfunktionäre ebenfalls beifällig nicken konnten, weil sie, wenigstens theoretisch, auch für »Kühnheit in der Literatur« waren.

In den programmatischen Beiträgen seines Essay-Bandes »Prosa schreiben«, die sensible Schriftstellerporträts über Thomas Wolfe und Johannes Bobrowski und den erwähnten »Briefwechsel« einrahmen – er selbst spricht in der Vorbemerkung von »Gelegenheitsarbeiten« –, versuchte sich Bräunig jedenfalls weiter an diesem vagen Spagat zwischen Konfession und Rückversicherung, der seine Texte in jener Zeit charakterisiert und keine Angriffsfläche bietet. So nimmt es denn nicht wunder, dass die Druckgenehmigung für das Buch im Juni 1967 innerhalb von zehn Tagen erteilt wurde. Man beanstandete lediglich dreierlei, darunter zwei Formulierungen: »Eben deshalb kommt auch größere Genauigkeit in der Literatur nicht zustande bloß durch fleißiges Studium etwa der Gesellschaftswissenschaften […], sie wird auch nicht verhindert durch die, wie man außer Haus hört, querulante Suche oder Sucht nach eigenem u. gemäßen Ausdruck.« und »Durch die Diktatur des Proletariats muß der Weg freigemacht werden für die endliche Vereinigung dessen, was immer unvereinbar war: Geist u. Macht, Volk u. Staat, […] Demokratie u. Sozialismus […].«[18] Auf dem Blatt findet sich der Vermerk desjenigen, der wohl auch die Unterstreichungen vorgenommen hat: »24. 7. 67 Gespräch m. Gen. Sachs [Verlagsleiter des Mitteldeutschen Verlags, A. D.] über die Punkte 1–3. Verlag wird 3.) korrigieren, 2.) prüfen.«

Das Buch erschien übrigens ohne Änderungen – solcherart waren die kleinen Siege, die Bräunigs Selbstbewusstsein etwas gestärkt haben mögen und den Verlag verwundert, weil man mehr Schwierigkeiten befürchtet hatte, wie folgende verklausulierte Bemerkung im Verlagsgutachten zeigt: »Die vorliegenden Essays […] sind ein schönes Zeugnis der Bemühungen des Autors, zu sich selbst zu finden […]. Das ist ihm zwar nicht immer in letzter Ausprägung gelungen, weil sich auch in diesen Essays etwas von der Zwiespältigkeit seines Wesens enthüllt [Randnotiz eines Mitarbeiters des Ministeriums: »z. B. ?«], aber seine Versuche haben gültige Ausprägung erfahren.«[19]

»Prosa schreiben« war ein achtbarer, schmaler Poetik-Band geworden, einer von der Art, wie ihn ein Autor von einem gewissen Rang und Ruf nach einem Hauptwerk gern vorlegt. Leider gab es nur noch das Gerücht von diesem Hauptwerk, oft nicht einmal mehr das. Als der Schriftstellerverband im August 1968 vorschlug, Werner Bräunig für den Band »Prosa schreiben«, für seine publizistischen Arbeiten und die Mitherausgeberschaft der Dokumentation »Vietnam in dieser Stunde« mit dem Heinrich-Heine-Preis auszuzeichnen, tat er es mit folgender doppeldeutiger Begründung: »Sowohl in seiner gesamten literarischen Tätigkeit als auch in seiner Pressearbeit setzt sich Bräunig mit den Problemen und Konflikten unserer Zeit auseinander, nimmt er als Schriftsteller zu brennenden kulturellen und politischen Fragen Stellung. Besonders durch seine letzten Veröffentlichungen unterstreicht er seine Auffassungen über die unmittelbare Zusammengehörigkeit von Kunst und Politik, die er in den Dienst unseres sozialistischen Staates gestellt wissen will.«[20]

Den Preis erhielten Inge von Wangenheim und Uwe Berger.

»Schreibe das Naheliegende«

Diese Jahre sind eine Zeit der Geschäftigkeit für Werner Bräunig. Vielleicht erweckte er auch nur den Eindruck, geschäftig zu sein, denn die einzelnen Projekte wuchsen langsam, besonders die Erzählungen. Es muss schwer gewesen sein, sich endlich von dem Roman zu lösen und mit dem Eingeständnis des Scheiterns neu zu beginnen. Er musste auch ein neues Thema finden, um nicht wieder die gleiche Kritik zu provozieren wie bei »Rummelplatz«. »Schreibe das Naheliegende«[21], hatte er knapp zehn Jahre zuvor auf der Bitterfelder Konferenz geraten. Jetzt schrieb er also Gegenwartsgeschichten, deren Helden oder Sujet er oft bei der Recherche zu Reportagen kennengelernt hatte, vom Bau vor allem, den er von seiner neuen Wohnung im Neubaugebiet aus beobachten konnte.

»Die Welt in einem Wassertropfen spiegeln – das hat schon seine Schwierigkeiten. [...] Der Roman verlangt Logik der Entwicklung der Charaktere, dahinter sich die Logik der Entwicklung des Themas vollzieht, kurz also: Komposition. Die Kurzgeschichte verlangt mehr Atmosphäre, prägnanten Punkt. [...] Man muß sie sehr ernst nehmen und etliche Papierkörbe füllen, ehe – vielleicht – einmal etwas gelingt [...]. Raten kann einem kaum jemand, man muß sich halt an Vorbildern schulen, immer und immer wieder«[22], schrieb Werner Bräunig im November 1964.

Nun waren die drei Erzählungen, die er zu dem 1969 erscheinenden Band mit dem programmatischen Titel »Gewöhnliche Leute« zusammenfasste, nicht gerade Kurzgeschichten. Im Gegenteil, durch die übergreifende Grundidee, das Besondere im Alltäglichen, Unheroischen darstellen zu wollen, und zwar als Gegenwartsgeschichten und Lebensporträts dreier Generationen, bekam das ganze Vorhaben wieder einen gewissen Zug ins Epische. Atmosphärisch aber waren sie, sogar in einem Maße, dass der »prägnante Punkt« in den Hintergrund geriet.

Überdies hatte Bräunig eine Erzählweise entwickelt, die er an vielen Vorbildern geschult hatte, vor allem jedoch an Johannes Bobrowski. »Die Prosa ist so, wie sie einmal war, als noch mündlich erzählt wurde. Er ist sehr weit wieder hingegangen zum Duktus mündlichen Erzählens und sehr weit hin zu der Sprache, die seine Leute sprechen«[23], sagt er über ihn mit deutlicher Bewunderung. Den Gestus des mündlichen Erzählens verwandelt sich Bräunig an, um eine einverständige Nähe zu einem Leser zu suggerieren, den er ganz direkt als einen mit demselben Erfahrungshorizont anspricht. Dieser Kunstgriff half ihm nebenbei auch, einen der Vorwürfe von 1965 zu entkräften, nämlich dass die Position des Autors in »Rummelplatz« zu undeutlich bliebe. Diesmal urteilte der Gutachter, es werde »bis in den Sprachduktus hinein deutlich, wie weit sich Werner Bräunig selbst zu diesen ›gewöhnlichen Leuten‹ zählt, inwieweit er sie als ›seine Leute‹ versteht und empfindet. Das, was im ›Eisernen Vorhang‹ [so der frühere Titel von »Rummelplatz«, A. D.] nicht bewältigt worden ist, wird hier doch sehr überzeugend […] vorgeführt.«[24]

Diese Art zu erzählen, von der von nun an viele seiner Geschichten und, etwas abgeschwächt, selbst die Reportagen geprägt wurden, schien es ihm zu erlauben, die »gewöhnlichen« Schicksale seiner Figuren der Banalität zu entziehen und das Gleichmaß nicht gleichförmig wirken zu lassen. Es scheint, als hätte er sich durch Ästhetisierung aus einem Dilemma befreien wollen: außergewöhnliche Geschichten schreiben zu wollen, ohne dabei kräftige Konflikte gestalten zu müssen. Das eine erwartete er von sich, das andere erwarteten die Genossen aus dem Parteiapparat, wie er nur zu genau wusste. Er hatte damals nicht verstanden, was falsch daran gewesen war, im »Rummelplatz« ein realistisches, konfliktreiches, »kühnes« Bild der Nachkriegszeit zu zeichnen, nun wollte er diesen »Fehler« nicht ebenso unbeabsichtigt bei Gegenwartserzählungen wiederholen. Und weil er zweifellos die Halbherzigkeit dieses Prinzips spürte, erhob er es zur Methode. »Wer also auf die ganz einmaligen Abenteuer ganz einmaliger Malefizkerle aus ist, dem sei von diesem Büchlein abgeraten. Auch wer hinter jenen kolossalen Konflikten her ist, von denen oft behauptet wird, der Schriftsteller müsse andauernd welche entdecken, wird nicht auf seine Kosten kommen – hier wackelt nicht dauernd die Wand. Wir haben nur alltägliche Geschichten zu bieten. Geschichten von alltäglichen, unauffälligen, gewöhnlichen Leuten, an denen höchstens eins ungewöhnlich ist, nämlich, daß sie hierzulande landauf, landab überall vorkommen und alles machen, was vorkommt. […] es sind eben Leute, die in die Gegend passen […]«[25], formuliert er im Klappentext.

Bräunig hätte der Richtige sein können, diese Idee umzusetzen. Seine kleinbürgerlich-proletarische Herkunft, seine Jugend unter Halbstarken, die unsteten Jahre als Gelegenheitsarbeiter in Fabriken und Schächten, der Gefängnisaufenthalt, die Kneipenbesuche und -bekanntschaften – das alles hatte sein proletarisches Standesbewusstsein begründet, den Stolz darauf, wie sich seinesgleichen durchzuschlagen verstand unter allen Umständen. Wo manch einer, der in einem anderen Milieu Fuß gefasst hatte, sich seiner Herkunft zu schämen begann, hatte Bräunig eine Verbundenheit mit »seinen Leuten« behauptet, die keine Phrase gewesen zu sein scheint. »Ich glaube, daß er zu denen gehört, die fortgehen und wiederkommen und doch bleiben, wo sie hingehören: bei ihren Leuten«[26], schließt er den Essay über Thomas Wolfe, mit dem er sich verwandt fühlte.

Fortgehen und wiederkommen und doch bleiben, das war eine Wunschvorstellung, deren Verwirklichung Bräunig in einen weiteren Zwiespalt führte. So wie er öfter reichlich proletkulthaft seine Herkunft betonte, kokettierte er mit einer kraftmeierischen Intellektuellenverachtung, wobei er andererseits nichts so bewunderte wie Bildung und Kultur, über die er erst spät und unter Umwegen Zugang gefunden hatte, und nichts so verachtete wie Dumpfheit und das Verharren in geistiger Beschränktheit. Natürlich gehörte er längst selbst zu den Intellektuellen, und wie eng wirklich noch der Kontakt zu den Arbeitern war, sei dahingestellt. Daher scheint es nur folgerichtig, dass die meisten seiner »gewöhnlichen Leute« keine Maurer sind, sondern Bauleiter, keine Köchinnen, sondern Lehrerinnen, Leute, deren Arbeitsethos er durch äußere Katastrophen wie Wetterunbilden unter Beweis stellt, während innere Konflikte und die zwischen Kollegen oder zur Betriebsleitung kaum vorhanden sind – von grundsätzlicheren, die ja den »Rummelplatz« durchzogen, ganz zu schweigen.

So schrieb er geradezu über die Konflikte hinweg – wo er selbst vor kurzem noch gefordert hatte, dass Schluss zu machen sei mit den »minimalen Konflikten« –, so idealisierte er »seine Leute« und die Verhältnisse, in denen sie lebten, und machte sie dadurch austauschbar und kleiner, als er das beabsichtigt hatte. Eine kühne Literatur war das nicht, und auch seine Erzählweise stieß an ihre Grenzen. »Nie wird einem kalt in dieser Prosa, aber oft kalt und heiß. Die Liebe. Die Menschlichkeit. Die Trauer«[27], hatte es über Bobrowski geheißen. Bräunig kopierte in seiner Ratlosigkeit die Oberfläche, aber diese bewunderte Intensität blitzte bei ihm nur selten derart unsentimental und zugleich berührend auf wie in der Erzählung »Stillegung«. Doch die war überhaupt etwas Besonderes, denn mit ihr hatte er nicht nur durch die Frage »Was bleibt, wenn ein Arbeiter stirbt« an den »Rummelplatz« angeschlossen, der mit eben dieser Frage endete. »Stillegung« lässt ahnen, was noch in ihm steckte und womit man hätte rechnen können, hätte er sich vom Alkohol befreit.

Von den meisten Erzählungen aber waren selbst die Gutachter und spätere Rezensenten – sosehr sie sie auch lobten – etwas enttäuscht wegen ihrer Konfliktscheu, und sie bemängelten die »gewisse Idealisierung in seiner Menschengestaltung«[28]. Bräunig jedoch hatte sich so sehr mit dem Vorwurf fehlender Konflikte in seinen Geschichten abgefunden, dass er sie später als eine generelle Unfähigkeit seines Talents zu akzeptieren behauptete.[29]

»Nichts ist schlimmer als hilfloser Zorn«

Mit seinen Erzählungen muss Bräunig Erleichterung ausgelöst haben. Auch wenn er sich nach außen in den Reportagen wieder als ein nahezu linientreuer Genosse aufgebaut hatte, konnte man seiner nicht sicher sein. Zwar lobte man im Verlagsgutachten: »Drei Geschichten, […] die zeigen, daß Werner Bräunig zu einer optimistischeren und realeren Haltung zur DDR gefunden hat, als es die Rohfassung seines Romans noch auswies«[30], im Grunde wusste man aber auch, wieso er sich scheute, Konflikte zu thematisieren. »Würde Bräunig […] seine Gestalten in großangelegte epische Aktion führen, so ginge viel von der Sicherheit ihrer Position (vielleicht auch der ihres Autors?) verloren«[31], heißt es erstaunlicherweise in einem anderen Gutachten.

Die Zeit war auch nicht danach, dass die Parteiführung den Intellektuellen ein unkritisches Verhältnis zum real existierenden Sozialismus zugetraut hätte: Das eine östliche Nachbarland war vom Prager Frühling geprägt, das westliche von der Studentenbewegung – Protest, Demokratisierungsbestrebungen und Umbruch lagen viel stärker als 1965 in der Luft, und besonders nach dem Einmarsch der Truppen des Warschauer Paktes in die ČSSR tat man wieder alles, um kritische Stimmen zu disziplinieren oder zu unterdrücken. Die anfangs erwähnten Auseinandersetzungen um »Nachdenken über Christa T.« waren nur ein Beispiel unter vielen. Auf dem VI. Deutschen Schriftstellerkongress im Mai 1969 sollten neben Christa Wolf Autoren wie Reiner Kunze und Günter Kunert öffentlich angegriffen werden – diesmal sogar von einem der Ihren, nämlich im Hauptreferat von Max Walter Schulz. Kaum jemand konnte wissen, dass die Abteilung Kultur des ZK Schulz genötigt hatte, diese Passagen in seine Rede aufzunehmen.[32] Es wäre auch gleichgültig gewesen, denn entscheidend blieb die Tatsache, dass nicht führende Genossen aus dem Partei- und Staatsapparat die erkennbaren Wortführer waren wie 1965, sondern dass sich der Schriftstellerverband zum Instrument machen ließ. Bis auf Hermann Kant, der Christa Wolf wenigstens indirekt in Schutz nahm, »kam es zu keiner provokativen oder prinzipiell falschen Diskussion«[33], wie die Abteilung Kultur des ZK an die Mitglieder des Politbüros meldete. Ganz offensichtlich steckte ihnen die Furcht vor einer Reaktion wie der auf dem 11. Plenum in den Knochen, denn es heißt noch einmal ausdrücklich: »Es muß auch vermerkt werden, daß kein Diskussionsredner auftrat, um Christa Wolfs Positionen oder ihr Buch zu verteidigen. Offenbar sahen die Verteidiger der Wolfschen Positionen keine Chance für einen echten Widerhall auf dem Kongreß.«[34]

Letzteres war einfach zynisch. Brigitte Reimann beschrieb eben diesen Kongress sarkastisch: »Alles war vorzüglich organisiert. Die Presse – außer ND – war nicht zugelassen [...]. Aber wir haben unsere Oberen nicht enttäuscht, wir waren alle artig und wohlerzogen (oder dressiert); trotzdem muß man die ganze Zeit noch einen Skandal erwartet haben. Als ich einen der Sekretäre am ersten Abend fragte, ob für den zweiten Kongreßtag ein Zwischenruf eingeplant sei, war der arme Mensch so verschreckt, als habe er den potentiellen Attentäter vor sich. [...] Diesmal hatten wir zwei Haupt-Schlachttiere: die Christa und den Reiner [...]. Die Redner? Gott, ich [...] habe kaum zugehört; auch die andern pennten oder lasen Zeitung oder unterhielten sich. [...] aber als er [Max Walter Schulz, A. D.] von der Christa T. anfing und von Resignation, wurde ich verrückt, schrie irgendwas wie ›jetzt reicht es mir aber‹ und verließ türenschlagend das Lokal. Eine völlig überflüssige Demonstration, aber [...] nichts ist schlimmer als hilfloser Zorn, die Unfähigkeit zur Aktion. Totgeschwiegen werden – aber darüber habe ich im Roman geschrieben (auch so eine Stelle, die mit Sicherheit gestrichen wird).«[35]

Werner Bräunig, damals stellvertretender Parteisekretär des DSV Halle und ebenso wie Christa Wolf noch Vorstandsmitglied des DSV, muss die Situation wie ein böses Déjà-vu erschienen sein. Natürlich meldete er sich weder zu Wort, noch verließ er türenschlagend den Saal. Wahrscheinlich war ihm nicht einmal danach, wie üblich Witze zu reißen. Vielleicht hatte er auch von dem monatelangen Tauziehen um die Druckgenehmigung zu »Nachdenken über Christa T.« gehört, er hatte bestimmt im »Neuen Deutschland« die Distanzierung von Heinz Sachs, der auch sein Verlagsleiter war, von dem Buch lesen müssen.[36] Und wenn Brigitte Reimann an eine Stelle in ihrem Romanmanuskript »Franziska Linkerhand« dachte, die gestrichen werden würde, muss ihm wieder einmal klar geworden sein, dass »Rummelplatz« nie und nimmer eine Chance haben würde zu erscheinen.

Immerhin hatten es die Erzählungen problemlos geschafft, obwohl man auch in ihnen hier eine Anspielung auf den Personenkult um Stalin, dort eine Schilderung der öden Gleichförmigkeit eines Neubauviertels oder von Umweltverschmutzung entdecken konnte und sogar bekenntnishafte Sätze über die Möglichkeiten des Einzelnen im Sozialismus wie: »Also geht es [...] darum, für alle mehr Möglichkeiten zu schaffen. Mehr Möglichkeiten, vernünftig zu leben; [...] vernünftig zu entscheiden. Und mehr Möglichkeiten, unvernünftige Entscheidungen zu korrigieren.«[37] Solche Stellen belegen, dass Bräunig keineswegs seine kritische Haltung verloren hatte, sie waren aber zu dosiert, um ihm nur die mindeste Schwierigkeit zu machen. Schwierigkeiten hätte er nicht mehr ausgehalten.

»Die einfachste Sache der Welt«

»Gewöhnliche Leute« wurde ein respektabler Erfolg bei den Kritikern, die besonders die kultivierte Erzählweise hervorhoben, und bei den Lesern, die sich offensichtlich mit den Figuren und ihren Erfahrungen identifizieren konnten. In der »Freiheit«, der SED-Bezirkszeitung Halle, gab es eine Leserdiskussion nach dem Abdruck von »Der schöne Monat August« – diesmal wohl nicht mit fingierten Leserbriefen, die Meinungen darüber, ob Trumpeter ein Held ist, waren differenziert und ausgewogen, reichten von Zustimmung bis Kritik.

Schließlich wurde das Bändchen mit dem Kulturpreis des Gewerkschaftsbundes ausgezeichnet, einem Preis, der relativ demokratisch verliehen wurde, denn es wurden Brigaden angeregt, sich Bücher aus einer umfangreichen Empfehlungsliste auszuwählen und dann dazu ihre Meinung zu schreiben. Es ist schade, dass gerade die Briefe von 1969 nicht im Archiv aufzufinden waren; den Zuschriften zu anderen Jahrgängen ist zu entnehmen, wie drastisch mitunter geurteilt wurde, und man hätte gern gewusst, gegen welche Konkurrenten sich »Gewöhnliche Leute« durchsetzen musste.

Nachdem er diesmal einen Preis bekommen hatte, wurde Werner Bräunig plötzlich als »erfahrener Schriftsteller« eingestuft, für den Mitteldeutschen Verlag galt er als einer seiner wichtigsten Autoren, binnen kurzem erschien eine Nachauflage.

Diese Art von Erzählungen schien also einen Weg zu weisen, es allen recht zu machen. Für 1970 schon hatte Bräunig einen zweiten Erzählungsband geplant, der Verlag drängte, es sollte sogar ein »Schwerpunkttitel« werden, d. h. einer, dem man einen besonderen kulturpolitischen Stellenwert einräumte. Auch der Titel stand fest: »Die einfachst Sache der Welt«.

So einfach wurde es dann nicht – man erinnere sich an Bräunigs Stoßseufzer über die Schwierigkeiten beim Schreiben von Kurzgeschichten. Anfang April 1970 musste der Cheflektor des Mitteldeutschen Verlages dem Ministerium eingestehen, dass das Manuskript »quantitativ und qualitativ *nicht* den bisherigen Erwartungen und Einschätzungen entspricht«[38]. Es lagen angeblich nur 100 Seiten vor. Deshalb dachte man über zwei Varianten nach. Entweder wolle man »Gewöhnliche Leute« um die neuen Erzählungen erweitern oder das vorliegende sehr schmale Manuskript als Auftakt einer neuen Reihe kleiner Prosa – vergleichbar mit dem »Poesiealbum« – erscheinen lassen. Obwohl der Außengutachter die vorliegende Sammlung mit dem Untertitel »Sieben Kurzgeschichten und eine Stadt« nicht überragend, aber in sich schlüssig fand, entschloss sich der Verlag für die erweiterte Nachauflage.

In Kenntnis des ganzen Manuskripts kann man diese Entscheidung verstehen. Bräunig hatte offenbar rasch die Lust verloren, solche Erzählungen zu schreiben, möglicherweise fehlten ihm auch die Ideen. Um einen gewissen Umfang zu erreichen (im Druckgenehmigungsantrag ist überhaupt nur noch von insgesamt 75 Seiten die Rede), hatte er auch reportage- und skizzenhafte Texte in sein Manuskript aufgenommen. Nach einer Aussprache mit dem Lektorat zog er davon drei Geschichten zurück, weil sie zu belanglos und weit unter seinem Niveau seien, außerdem ein Porträt von Karl-Marx-Stadt, das einen gänzlich anderen Charakter hatte. Übrig blieben »Die einfachste Sache der Welt«, »Der Hafen der Hände«, »Unterwegs« und »Die Straße«, die in der in dieser Ausgabe übernommenen Reihenfolge eingefügt wurden.

Die erweiterte, auch mit neuen Illustrationen versehene Nachauflage erschien 1971.

»Er kann vom Roman noch nicht lassen«

Es hat noch zwei andere Gründe gegeben, warum Werner Bräunig keine Geschichten mehr schrieb. Den einen nennt die Information der Ministeriumsmitarbeiterin: »Bräunig kommt immer noch nicht vom Roman-Vorhaben weg«[39], eine etwas missverständliche Mitteilung, die sich durch das Verlagsgutachten präzisieren lässt. Dort heißt es, er habe mit der Arbeit an seinem neuen Roman begonnen.

Es lässt ihm also keine Ruhe. Der Roman gilt – ob zu Recht oder zu Unrecht – als Königsdisziplin der Literatur, und nun, mit dem Erfolg der Erzählungen, hat Bräunig auch wieder Mut zu einem großen Projekt, sogar zu einem sehr großen.

In einer frühen Konzeption (der Roman hat noch keinen Titel) heißt es: »Es geht um Probleme eines ›Alltags von Weltbedeutung‹ – ich möchte versuchen, das bereits in den ›Gewöhnlichen Leuten‹ angewandte Prinzip auszubauen und zu erweitern für den Roman.«

Man kann nicht wissen, in welcher Verfassung er die Konzeption geschrieben hat – »Alltag von Weltbedeutung« hört sich schon sehr ironisch an. Vielleicht brauchte er sie für eine Stipendienbewerbung oder für den Verlagsvertrag, und dabei konnte es nicht schaden, dicker aufzutragen. Andererseits hat dieses Exposé, das sich im Nachlass fand, so parodistische Züge, dass es selbst damals niemanden ernstlich überzeugt haben dürfte; deshalb sei es ausführlich zitiert:

»Thema: Sozialistischer Internationalismus und sozialistische Gemeinschaftsarbeit heute – sozialistische Persönlichkeitsentwicklung in der DDR. Die Handlung spielt im wesentlichen auf zwei Ebenen: 1. Auf der Baustelle Groß-Boltzien, wo in Kooperation von Spezialbetrieben aus sozialistischen Ländern ein Chemiekombinat, ein Kraftwerk und eine Wohnstadt entstehen. 2. In Rückblenden der beiden Hauptfiguren. Angestrebt wird eine Verschmelzung von Elementen des Gesellschaftsromans und des Entwicklungsromans.

Handlungszeit der Gegenwarts-Ebene: Spätsommer 1968 bis Spätsommer 1970.

Exposition:

Im August 1968 fahren der deutsche Oberbauleiter Heiner Bendix und der tschechische Chefmonteur Oplustil von Groß-Boltzien nach Prag, um beim tschechoslowakischen Herstellerbetrieb die vertraglich zugesicherten, aber bislang trotz mehrfacher Mahnung nicht gelieferten Teile für Klimaanlagen anzufordern bzw. Wege zu finden, die Projekte doch noch termingemäß unter Dach zu bringen. Bendix und Oplustil erleben die Atmosphäre Prags zwei Tage vor der Hilfsaktion der Armeen der verbündeten Länder. […] Aber das eigentliche Ziel ihrer Reise, die Sicherung der Lieferungen, erreichen sie – zumindest allem Anschein nach – nicht. […] (1. Kapitel).

Die Baustelle Groß-Boltzien und ebenso das Chemiekombinat Trettin II, in welchem Ruth Bendix als Chemikerin arbeitet, bieten einen Schauplatz, auf dem sich die neuen Aufgaben wie auch die Probleme sozialistischer Kooperation und Integration unmittelbarer zeigen und zeigen lassen als anderswo. Auf der Baustelle ergeben sich die Probleme der Zusammenarbeit von Spezialisten aus der CSSR, Polens, der UdSSR und anderen Ländern unmittelbar. Andererseits ergeben sich im Chemiekombinat darüber hinaus Aspekte der internationalen wissenschaftlich-technischen Zusammenarbeit in Forschung und Entwicklung. Unter anderem wird dabei der These einiger Protagonisten, die DDR müsse kooperieren, weil sie allein zu klein sei für die Dimensionen der wissenschaftlich-technischen Revolution, eine andere These entgegengesetzt: Es handelt sich nicht darum, daß wir zu klein sind, sondern darum, daß wir uns als sozialistisches Lager insgesamt stärker machen müssen, uns stärker vom kapitalistischen System und seinen Einflüssen abgrenzen müssen, um im Klassenkampf unserer Zeit zu siegen. Natürlich müssen diese und andere mit ihnen zusammenhängende Theoreme umgesetzt werden in Handlung.

Die Ereignisse von und um den 21. August 1968 lassen keinen der Akteure unbetroffen. Bei Heiner Bendix […] lösen sie einen Klärungsprozess aus: Es geht um die Frage ›Wer bin ich und wo komme ich her‹, die er sich noch einmal beantworten muß, um sich der Gegenwart und Zukunft in größerer Bewußtheit zu stellen. Mit dieser Frage also wird die Rückblende-Ebene ausgelöst. Die individuell gestellte Frage erweist sich dabei in der Durchführung als eine gesellschaftliche. Die Erinnerungen des Heiner Bendix werden gleichzeitig in Kontrast gesetzt zur Gegenwartsebene. Für Bendix, dem bislang ›der Bau das Maß aller Dinge war‹, rückt der

Mensch wieder in den Mittelpunkt – das ist keine Entwicklung von negativ zu positiv, sondern von gut zu besser. Aus einem Leiter, der vorwiegend Grundmittel, Prozesse, Termine sah wird auf neuer Stufe wieder ein Leiter von Kollektiven, von Menschen.

Ruth Bendix hat, bevor die Familie nach Groß-Boltzien zog, vorwiegend in Betrieben der Leichtchemie, also in Klein- und Mittelbetrieben gearbeitet. Für sie ist die Konfrontierung mit der Großchemie zunächst erdrückend, aber diese Problematik meistert sie relativ schnell. Später, als sie aus der produktionspraktischen Arbeit (Karbidprognose) in die Großfoschung umgesetzt wird, erlebt sie ernsthafte Niederlagen, sie fühlt sich ihren Aufgaben nicht mehr gewachsen. Dieser Konflikt wird erst gegen Ende der Handlung und wahrscheinlich nur in der Andeutung gelöst. Natürlich ergeben sich aus den unterschiedlichen Problemkreisen des Heiner und der Ruth Probleme für beider Ehe. Es soll aber eine intakte Ehe gestaltet werden, ein zentraler Konflikt ist nicht vorhanden.«

Es ist schwer vorstellbar, dass jemand so einen Roman lesen möchte. Es ist noch schwerer vorstellbar, dass ein Autor wie Werner Bräunig ihn wirklich schreiben will, dass er Theoreme umsetzen will in Handlung. Dieses Projekt, an dem er dennoch bis zu seinem Tode festhalten wird, mutet verzweifelt an. Hier hat sich jemand endgültig und relativ plötzlich so weit von seinem ursprünglichen Schreibantrieb entfernt, dass ihm alles recht ist.

Und spätestens jetzt begann Bräunig, berechnend zu sein. Die ursprünglich geplante Anfangsszene, in der Bendix am 19. August 1968 nach Prag fuhr und dort verständnislos die Erregung in der Stadt wahrnahm, war so linientreu geschrieben, dass ihn ein anderer Autor fassungslos darauf angesprochen hatte. Man wusste ja, dass Bräunig mit tschechischen Autoren, die dem Prager Frühling anhingen, befreundet war und dass es nicht seine Überzeugung sein konnte, den Einmarsch gutzuheißen. Er habe das so geschrieben, weil er unbedingt das Stipendium brauche, erwiderte Bräunig. Später werde er alles umschreiben, und zwar so, wie er es für richtig halte.

Bräunig hat diese Szene später wirklich etwas modifiziert, aber man muss schon sehr genau lesen, um eine Kritik wahrzunehmen. Die Wahrheit ist wohl, dass er gar nicht mehr anders konnte, als sich abzusichern. Und was er damals für richtig hielt, weiss man nicht. »Ach, wie geht man von sich selber fort?« hatte Bräunig in Anlehnung an die Erzählung »Ich will fortgehen« von Johannes Bobrowski geschrieben.[40] Nun ist er sich längst abhandengekommen.

Im Nachlass gibt es insgesamt fünf Mappen, in denen von Notizzetteln und einzelnen Seiten bis zu zusammenhängenden Kapiteln mehr oder weniger ungeordnet verschiedene Schreibstadien dieses Romans aufgehoben waren.

Es macht Mühe, die Übersicht über die 500 bis 600 Seiten zu gewinnen und zu behalten. Eine erste Orientierung bieten die verschiedenen Titel: Der erste lautet »Ferne und Nähe« und trägt den Zusatz »Arbeitstitel«, dann heißt es einmal »Welche Farbe hat die Welt« und schließlich »Einen Kranich am Himmel«. Wie sich die Titel verändern, verändert sich auch die Konzeption und führt immer weiter weg vom ersten Exposé, Kapitel werden umgesetzt, Figuren eingeführt oder weggelassen, und am Ende verschiebt sich die Konfliktlage doch immer mehr auf einen Eheroman zu.

Man kann zwar einigermaßen schlüssig die ersten 150 Seiten, die ersten Kapitel zusammenstellen, dennoch ergibt sich kaum ein Handlungsbogen. Wenn das Manuskript abbricht, hat man den Eindruck, erst einen Auftakt gelesen und von den meisten Figuren nur Umrisse vor sich zu haben. Die fragmentarische Handlung sei nur kurz umrissen, damit man die drei Episoden, die in dieser Ausgabe abgedruckt sind, besser einordnen kann.

Die Scheidungsverhandlung von Heiner und Ruth Bendix bildete den Prolog. Beide haben sich vor allem deshalb auseinandergelebt, weil Bendix allen Diskussionen über ihre Probleme auswich. Ruth leidet darunter, dass sie sich entfremdet haben, und hat die Scheidung eingereicht. Alles, was in den folgenden Kapiteln an weitverzweigter Handlung erzählt wird, ist Rückblende, wobei es in der Gegenwartsebene um die Entscheidung von Bendix geht, ob er Bauleiter bei einem Entwicklungshilfeprojekt in Urundi werden will, was bedeutete, dass er Ruth und die beiden Kinder für Jahre alleinlassen müsste, oder ob er seiner Frau zuliebe absagt. In immer weiter gestaffelten Rückblenden erfährt man, wie Ruth und Bendix sich kennengelernt haben (»Ein Besuch«*), wie es dazu kam, dass Bendix Maurer werden wollte (»Damals in kurzen Hosen«*), wie er als junger Mann bei der Wismut arbeitete und dort seine erste Frau kennenlernte und wie die Ehe in die Brüche ging, als er zum Studium delegiert wurde (»Früher waren wir andere Kerle«*). Seit dieser Zeit ist er mit Goslar befreundet, der inzwischen Stellvertretender Minister ist und Bendix für den Posten in Urundi braucht.

Notizen kann man entnehmen, dass Bendix wahrscheinlich nicht nach Urundi geht. Es bleibt offen, ob die Ehe geschieden wird.

Nach dem, was man lesen kann – eine längere Passage wurde bereits 1981 in dem Sammelband »Ein Kranich am Himmel« vorgestellt, eine weitere in »Literatur 71«[39] –, lässt sich nicht behaupten, dass der Roman völlig missglückt wäre. Gesetzt den Fall, Bräunig hätte ihn zu Ende geschrieben, wäre er wahrscheinlich einer unter vielen gutgemeinten mittelmäßigen Romanen geworden. Vielleicht hätte man ihn wegen seines Sujets sogar gelobt, bestimmt aber schnell vergessen. Es fehlte fast alles, was die Faszination von »Rummelplatz« ausmacht: das realistische Zeitpanorama, die charaktervollen Figuren, die expressive Erzählweise, die modulationsfähige Sprache – und eine unverwechselbare Autorenpersönlichkeit, die aus eigenem Erfahren schöpft.

»Wenn wir schon nicht mehr da sind«

Spätestens jetzt muss man das Ende einer Krankengeschichte andeuten, obwohl sie weitgehend ausgeblendet wurde, weil so ein Prozess schleichend ist und trotz allem das mehr zählt, was Bräunig der Krankheit abgerungen hat. Es geht um eine lange Geschichte von Selbstzerstörung durch Alkohol, vom Verlust des Konzentrationsvermögens, der Arbeitsfähigkeit, der Selbsteinschätzung, von zunehmender Vereinsamung, von Abstürzen, Schwäche, Selbstbetrug, Realitätsverlust, von der Zerstörung von Freundschaften, Beziehungen, der Familie, vom Leben in einer Scheinwelt, von körperlichen Zusammenbrüchen und von der kompletten Veränderung einer Persönlichkeit, so dass selbst jene, die ihn geliebt haben, sagen, es hätte den Menschen, der er einmal gewesen war, schon bei Lebzeiten nicht mehr gegeben.

Wenige wollen ihn beschreiben. Wenige können es. Wie soll man die zerrissene Person zusammensetzen.

So oft wie den Titel änderte Werner Bräunig das Motto seines letzten Romans. Am Ende blieb es bei einem Gedicht von Pablo Neruda, das beginnt »Bisweilen, wenn wir schon nicht mehr da sind«[42]. Er hatte die Methode, eine Seite, eine Passage, an der er arbeitete, wieder und wieder abzuschreiben. Oft fügte er nur einen Satz hinzu, um dann abzubrechen und am nächsten Tag noch einmal von vorn zu beginnen und ein paar Zeilen, schließlich nur noch Wörter, weiter zu schreiben.

So sitzt er vor der Schreibmaschine, spannt das Blatt ein, tippt ab und hat die Illusion zu arbeiten, obwohl er nicht mehr vorankommt. Und so gibt es mehrfach das Titelblatt und das Motto, das beginnt: »Bisweilen, wenn wir schon nicht mehr da sind ...«

Es gibt ein PS, das erzählt werden muss, ein PS, das von gewöhnlichen Leuten handelt.

In Markkleeberg war Werner Bräunig mit einem Nachbarn befreundet, einem Lehrer, mit dem er nicht nur manches Bier getrunken hat, sondern den er auch für Literatur begeisterte. Als Bräunig seinen Umzug nach Halle vorbereitete, traf ihn der Nachbar eines Tages im Hausflur, unter dem Arm etliche Manuskriptmappen. Bräunig sei sehr erregt gewesen und habe gesagt, er werfe jetzt den »Rummelplatz« weg. Es habe alles keinen Sinn mehr. Der Nachbar versuchte, ihn davon abzuhalten, aber als das nichts fruchtete, meinte er, dann werde er das Manuskript wieder herausholen und für Bräunig aufheben. Und er ging hinterher und holte die Mappen aus der Mülltonne.

Mag sein, dass es sich Bräunig doch überlegte, mag sein, dass er geflunkert hatte. Er hatte nicht *den* »Rummelplatz« weggeworfen, sondern nur frühe Fassungen. Der Nachbar konnte das nicht wissen. Er beschriftete die Mappen, er bewahrte sie auf, er nahm sie bei allen Umzügen mit. Als er vor Jahren starb und die Frau in eine kleinere Wohnung ziehen musste, erwog sie kurz, sie nun doch wegzuwerfen. Dann dachte sie daran, wie ihr Mann dieses Manuskript und seinen Autor geschätzt hatte, und hob es weiter auf.

Als sie hörte, dass der Roman »Rummelplatz« endlich publiziert werde, kam sie zur ersten Buchvorstellung auf die Leipziger Buchmesse und erzählte Werner Bräunigs Söhnen diese Geschichte.

Aus dieser »Mülltonnenfassung« stammt die Szene »Stalins Blick«.

ASV	Akademie der Künste, Berlin, Literaturarchiv, Archiv des Schriftstellerverbands
BArch	Bundesarchiv, Berlin
SächsStAL	Sächsisches Staatsarchiv Leipzig
SAPMO-BArch	Stiftung Archiv der Parteien und Massenorganisationen der DDR im Bundesarchiv, Berlin

1 Vorwort zu: Dokumentation zu Christa Wolf »Nachdenken über Christa T.«. Hrsg. von Angela Drescher, Hamburg, Zürich 1991, S. 9.
2 Christa Wolf, Vorwort. In: W. B., Rummelplatz. Hrsg. von Angela Drescher, Berlin 2007, S. 6.
3 In: W. B., Ein Kranich am Himmel. Unbekanntes und Bekanntes. Hrsg. von Heinz Sachs, Halle-Leipzig 1981.
4 Einige Probleme der Grundorganisation im DSV Berlin, 30. 10. 1964. BArch, DR 1/1474.
5 Editionsprobleme von Werken der DDR-Literatur, 18. 1. 1965. Ebd.
6 Aktennotiz vom 28. 2. 1967. SAPMO-BArch, DY 30/IV A2/9.06/ 73, S. 1.
7 Gemeinsame Stellungnahme der Parteileitung und der Institutsleitung zu einigen Punkten, die die Arbeit des Instituts betreffen, vom 15. 5. 1967. SächsStAL, Institut für Literatur, 41, Bl. 29.
8 Aktennotiz vom 28. 2. 1967. A. a. O.
9 Ebd., S. 2.
10 Trude Richter (1899–1989), eigtl. Erna Barnick, Literaturwissenschaftlerin; Studienrätin, Mitglied der KPD, 1934 Emigration in die UdSSR, 1934–1936 Dozentin am Pädagogischen Institut für neuere Sprachen in Moskau, im November 1936 mit ihrem Mann Hans Günther wegen »konterrevolutionärer trotzkistischer Tätigkeit« verhaftet, ohne Prozess zu 20 Jahren Straflager und Verbannung verurteilt. 1956 rehabilitiert, 1957 nach Einsatz von Anna Seghers Rückkehr in die DDR, 1957–1968 Lehrtätigkeit am Literaturinstitut »Johannes R. Becher«.
11 Aktennotiz vom 28. 2. 1967. A. a. O., S. 3.
12 BStU, Ast. Leipzig AOP 840/71, Bl. 18.
13 Ebd., Bl. 19.
14 Gemeinsame Stellungnahme ... vom 15. 5. 1967. A. a. O., Bl. 30.
15 Antrag auf Auflösung des Arbeitsverhältnisses vom 20. 3. 1967. Ebd., Bl. 113.
16 Ebd., Bl. 108.
17 In: Neues Deutschland (Berlin) vom 22. 10. 1966, S. 8.
18 Druckgenehmigungen Mitteldeutscher Verlag, Werner Bräunig »Prosa schreiben«. BArch, DR 1/2169, Bl. 24.
19 Ebd., Bl. 20.
20 Der Vorstand des Deutschen Schriftstellerverbandes schlägt vor, den Schriftsteller Werner Bräunig mit dem Heinrich-Heine-Preis auszuzeichnen. ASV, Nr. 1200.
21 Greif zur Feder, Kumpel! In: W. B., Ein Kranich am Himmel, a. a. O., S. 357.
22 Drei Briefe. In: Ebd., S. 452.

23 Einer liest. In memoriam Johannes Bobrowski. In: W. B., Prosa schreiben. Anmerkungen zum Realismus, Halle (Saale) 1968, S. 76.
24 Druckgenehmigungen Mitteldeutscher Verlag, Anthologie »Die die Träume vollenden«. BArch, DR 1/2171a, Bl. 464.
25 W. B., Klappentext zu: Gewöhnliche Leute, Halle (Saale) 1969.
26 Auf der Straße leben: Thomas Wolfe. In: W. B., Prosa schreiben, a.a.O., S. 75.
27 Einer liest. In: Ebd., S. 79.
28 Druckgenehmigungen Mitteldeutscher Verlag, Außengutachten zu »Gewöhnliche Leute«. BArch, DR 1/2170, Bl. 251.
29 »Ich werde keine knallharten Konfliktsituationen gestalten können. [...] Meine Wegstrecke ist [...] die des Nachdenkens über etwas, die des reflexionsbetonten Schreibens.« Aus: Ein Interview. In: Ein Kranich am Himmel, a.a.O., S. 465.
30 Druckgenehmigungen Mitteldeutscher Verlag, Außengutachten zu »Gewöhnliche Leute«. BArch, DR 1/2170, Bl. 248.
31 Druckgenehmigungen Mitteldeutscher Verlag, Anthologie »Die die Träume vollenden«, Innengutachten. BArch, DR 1/2171a, Bl. 463.
32 Protokoll der Sektorenleiterberatung am 21. April 1969. In: Dokumentation zu Christa Wolf »Nachdenken über Christa T.«. A.a.O., S. 88.
33 Einschätzung des VI. Deutschen Schriftstellerkongresses. Ebd., S. 128.
34 Ebd.
35 Brigitte Reimann, Alles schmeckt nach Abschied. Tagebücher 1964 bis 1970. Hrsg. von Angela Drescher, Berlin 1998, S. 251 f.
36 Heinz Sachs, Verleger sein heißt ideologisch kämpfen. In: Dokumentation zu Christa Wolf »Nachdenken über Christa T.«. A.a.O., S. 99 ff.
37 Der schöne Monat August. In: W. B., Gewöhnliche Leute, a.a.O., S. 134.
38 Information betr.: »Hauptplanpositionen«. In: Druckgenehmigungen Mitteldeutscher Verlag, Werner Bräunig »Gewöhnliche Leute« – erweiterte Nachauflage. BArch, DR 1/2174, Bl. 31.
39 Ebd.
40 »Aber wie geht man von sich selber fort?« heißt es bei Johannes Bobrowski. In: J. B., Boehlendorff und Mäusefest. Erzählungen, Berlin 1966, S. 150. – Werner Bräunig wird zitiert nach: Einer liest. In: W. B., Prosa schreiben, a.a.O., S. 79.
41 Ferne und Nähe. In: Literatur 71. Almanach, Halle (Saale) 1971, S. 195–208.
42 Pablo Neruda, Herbsttestament, 9. Abschnitt.

7 *Zweiundzwanzig ... die großen Demonstrationen* – Nach der Ermordung des Außenministers Walter Rathenau (24.6.1922) rief der Gewerkschaftsbund zu Protesten gegen den rechten Terror auf.

8 *Konsum* – Verbrauchergenossenschaft, die ihre Mitglieder am Gewinn beteiligt (Rückvergütung). – Größte Handelskette in der DDR (1945 neu gegr.) neben der HO (Handelsorganisation).

9 *Gaststätten-Beirat* – Gesellschaftliches Gremium mit beratender Funktion aus örtlichen Vertretern und Gästen, um das Niveau einer Gaststätte zu gewährleisten.

bis zu jener Bombennacht – Zur Unterstützung der Offensive der Roten Armee wurden britischen Bomberverbände am 26.1.1945 angewiesen, nächtliche Flächenangriffe gegen die Ballungszentren Mitteldeutschlands zu fliegen, um die Moral der Bevölkerung zu brechen. Mit 700 Bombern startete man einen Doppelschlag gegen die beiden letzten intakten Großstädte Deutschlands: am 13./14.2. gegen Dresden und in der folgenden Nacht gegen Chemnitz. Da der Angriff gegen Chemnitz nicht erfolgreich war, gab es einen weiteren in der Nacht vom 5./6.3. Die Innenstadt wurde zu 80 Prozent zerstört, es gab über 2100 Tote. – Werner Bräunig hat diesen Angriff als Kind erlebt, er schildert ihn auch in »Rummelplatz«.

Newskiprospekt – Newski-Prospekt: Prächtige Magistrale in St. Petersburg (ab 1924 Leningrad) mit zahlreichen Palais, Kirchen, Museen, Kaufhäusern.

Karl-Marx-Allee – Magistrale im Zentrum Ostberlins. Ursprünglich Große Frankfurter Straße, am 21.12.1949 (70. Geburtstag Stalins) in Stalinallee umbenannt. Sie wurde zwischen 1952 und 1965 als imposante Allee nach sowjetischem Vorbild wiederaufgebaut und sollte als erste sozialistische Straße Deutschlands mit ihrer großzügigen Anlage und modernen Wohnungen (»Palästen für das Volk«) die Überlegenheit des Sozialismus zur Schau stellen. 1961 wurde die Umbenennung rückgängig gemacht.

Via Cassia – Antike Handelsstraße, die von Rom nach Etrurien führte.

Gewandhausgeiger – Ensemblemitglied des Gewandhausorchesters in Leipzig.

Wismut – Die 1947 gegr. Wismut AG war bis 1953 in sowjetischer Hand, danach eine Sowjetisch-Deutsche Aktiengesellschaft (SDAG);

sie war das größte Reparationsunternehmen des 20. Jahrhunderts; da sie einen hohen Anteil des sowjetischen Uranerzbedarfs deckte, gehörte sie zum Komplex der sowjetischen Atomindustrie.

10 *Gautzsch* – Ort slawischen Ursprungs im Leipziger Raum, bereits 961 erwähnt.

Oetzsch – Kleinerer Nachbarort von Gautzsch. Vgl. vorige Anm.

Markkleeberg – 1934 als Zusammenschluss von Oetzsch-Markkleeberg und Gautzsch gegründet. Da den Nationalsozialisten die Namen Gautzsch und Oetzsch wegen der slawischen Herkunft nicht genehm waren und sich die Neuschöpfung Auenwalde nicht durchsetzen konnte, wählte man den Namen der kleinsten Ursprungsgemeinde.

für Vietnam sammelten – In der DDR gab es während des Vietnam-Kriegs eine breite Solidaritätsbewegung mit dem kleinen, von den USA als einem ungleich stärkeren Land angegriffenen Nord-Vietnam.

Blechmarke … der Grubenwehr – Damit die Mitglieder der Grubenwehr bei Unglücksfällen schnell ausgemacht und benachrichtigt werden konnten, waren ihre Häuser mit Blechmarken gekennzeichnet.

13 *Ikarus* – Typenbezeichnung für Kraftomnibusse und Nutzfahrzeuge, die in den ungarischen Ikarus-Werken gefertigt wurden.

22 *Brambacher* – Limonade aus der Herstellung der Bad Brambacher Mineralquellen.

Lanchid – Ungarische Brandysorte.

25 *MZ* – Typenbezeichnung für die im VEB Motorradwerk Zschopau hergestellten Tourenkrafträder.

27 *hier bin ich Stütz …* – Anspielung auf »Hier bin ich Mensch, hier darf ich's sein« aus Johann Wolfgang Goethe, »Faust I« (1808), »Osterspaziergang«.

29 *Ferdinand und Luise* – Liebespaar in Friedrich Schillers Trauerspiel »Kabale und Liebe« (1784).

Gagarin – Juri A. Gagarin (1934–1968, verunglückt), sowjetischer Kosmonaut, flog 1961 als erster Mensch ins Weltall.

30 *des Patentes A6* – Kapitänspatent, das berechtigt, Schiffe aller Größen in allen Fahrtgebieten zu steuern.

Kulani – Zweireihige blaue Jacke der Marineangehörigen.

32 *Chinger* – umgspr. Bezeichnung für Asiaten.

es ist Krieg – Am 5. Juni 1967 begann der Sechs-Tage-Krieg zwischen Israel und Ägypten, Jordanien und Syrien.

33 *Angriff auf Damaskus* – Am 9. 6. 1967 starteten israelische Truppen die Offensive gegen Syrien, eroberten die Golanhöhen und rückten bis Kuneitra, etwa 60 km vor Damaskus, vor.

33 *Port Said soll bombardiert worden sein* – Port Said war am 9.6.1967 in israelischer Hand.
wird der Kanal gesperrt – Im Sechs-Tage-Krieg wurde das Ostufer des Suezkanals von israelischen Truppen besetzt und für den Schiffsverkehr gesperrt. Die Wiedereröffnung fand 1975 nach einem Waffenstillstandsabkommen zwischen Israel und Ägypten statt.
mit Napalm bombardiert – Napalmbomben: Häufigste Einsatzform des Brandstoffes sind mit Napalm und weißem Phosphor als Zündmittel befüllte Kanister. Zünder an beiden Enden lösen beim Aufschlag kleine Explosivladungen aus, wodurch der Kanisterinhalt über eine große Fläche verteilt wird.
in Haiphong gewesen – Haiphong, nach der Teilung Vietnams der einzige bedeutende Hafen Nordvietnams, wurde im Vietnamkrieg von den USA schwer bombardiert.
Gedächtniskirche – Kaiser-Wilhelm-Gedächtniskirche (1891–1895 errichtet) am Breitscheidplatz in Berlin; im Zweiten Weltkrieg stark zerstört, 1959–1961 nach einem Entwurf Egon Eiermanns mit einem Ensemble kirchlicher Neubauten unter Einbeziehung der Turmruine als Mahnmal für den Zweiten Weltkrieg neugestaltet.
36 *beinahe vom Kahn genommen deshalb* – DDR-Bürger mit Verwandten im westlichen Ausland durften in der Regel keine Dienstreisen u.ä. dorthin machen, um einer möglichen Flucht vorzubeugen.
38 *Bezirkssekretär* – Erster Sekretär der SED-Bezirksleitung.
39 *›Vom Ich zum Wir‹* – Slogan der Kampagne zum Eintritt in Landwirtschaftliche Produktionsgenossenschaften (LPG), um 1952.
43 *Rat des Bezirkes* – Die DDR war seit 1952 in 14 Bezirke als territoriale Verwaltungseinheiten eingeteilt, Ost-Berlin kam als 15. Bezirk 1961 dazu; die Räte der Bezirke bildeten die mittlere staatliche Verwaltungsebene (Exekutive).
44 *Jawa* – 1929 erwarb der tschechische Fabrikant František **Ja**naček von der deutschen **Wa**nderer-Werke AG die Lizenz zum Bau eines Motorrads, der Name wurde aus den Anfangssilben gebildet. Die Motorräder mit Zweitaktmotor waren in der DDR sehr beliebt.
45 *HP-Schalen* – Vorgefertigte, dünnwandige gewölbte Betontragwerke.
51 *Gustav Adolf* – Gustav II. Adolf (1594–1632, gefallen bei Lützen), schwedischer König, griff 1630 in den Dreißigjährigen Krieg ein, um die protestantische Seite zu unterstützen und die schwedische Großmachtstellung an der Ostsee zu bewahren.
55 *Schlesisches Himmelreich* – Traditionelles schlesisches Gericht u.a. aus Schweinefleisch, Backobst und Klößen.
ABF – Arbeiter-und-Bauern-Fakultät: 1949 aus den Vorstudienanstalten hervorgegangene Fakultät an Universitäten und Hoch-

schulen der DDR. Ziel war es, junge Arbeiter und Bauern, die durch Kriegseinwirkungen, Flucht, Vertreibung, Verfolgung oder soziale Benachteiligung nicht die reguläre Oberschule besuchen konnten, auf das Hochschulstudium vorzubereiten. Sie sollten die neue sozialistische Intelligenz bilden. Vorbild waren die sowjetischen Arbeiterfakultäten.

58 *Tagebuch der Armut* – »Tagebuch der Armut. Aufzeichnungen einer brasilianischen Negerin« (1960).

Carolina Maria de Jesus – (1914–1977), Tochter brasilianischer Bauern, die den größten Teil ihres Lebens in den favelas (Slums) verbrachte, wurde durch ihre Tagebuchaufzeichnungen bekannt.

59 *Bezirksstadt* – Eigtl. Bezirkshauptstadt: gab dem jeweiligen Bezirk den Namen, war kulturelles und Verwaltungszentrum.

60 *Goldbroiler* – In der DDR übliche Bezeichnung für Grillhähnchen.

62 *Bezirkstagsabgeordnete* – Bezirkstage waren die Volksvertretungen der 14 DDR-Bezirke, hier wurde von den Abgeordneten über Vorlagen, die der Rat des Bezirkes einbrachte, beraten und abgestimmt. Vgl. Anm. zu S. 43.

64 *Boonekamp* – Kräuterlikör.

Bezirksausstellung – Eigtl. Bezirkskunstausstellung: Der seit 1946 periodisch alle vier Jahre in Dresden stattfindenden zunächst Deutschen, ab 1975 Kunstausstellung der DDR gingen jeweils Kunstausstellungen in den Bezirken voraus, in denen die Mitglieder des Verbandes Bildender Künstler ihre Werke zur Diskussion stellten.

65 *LPG* – Landwirtschaftliche Produktionsgenossenschaft (ab 1952).

66 *weil der Mensch ein Mensch ist* – Vers aus Bertolt Brechts »Einheitsfrontlied« (1934, Musik Hanns Eisler).

69 *Ja wenn Reserve Ruhe hat, dann hat Reserve Ruh* – Refrain des Liedes »Reserve hat Ruh« (Entstehungsjahr und Verfasser unbekannt).

71 *Fehlinvestition … oder aber Kunst* – Es war gesetzlich vorgeschrieben, dass bei gesellschaftlichen Bauten 2 Prozent der Baukosten für bildende Kunst ausgegeben werden mussten.

72 *Lenin* – Wladimir Iljitsch Lenin, eigtl. Uljanow (1870–1924), russischer revolutionärer Politiker, führender marxistischer Theoretiker des 20. Jh., Begründer der KPdSU, der III. Internationale und der Sowjetunion.

Wenn die deutschen Revolutionäre einen Bahnhof stürmen, lösen sie vorher eine Bahnsteigkarte – »Revolution in Deutschland? Das wird nie etwas, wenn diese Deutschen einen Bahnhof stürmen wollen, kaufen sie sich noch eine Bahnsteigkarte«, soll Wladimir Iljitsch Lenin 1918 gesagt haben.

72 *Blumen für Theodorakis* – Mikis Theodorakis (geb. 1925), griechischer Komponist und Politiker, kämpfte als Gründer der patriotischen Front gegen die Militärjunta, wurde 1967 verhaftet, gefoltert, nach Zatouna verbannt und später ins KZ Oropos gebracht. Eine internationale Solidaritätsbewegung setzte sich für seine Freilassung ein, in der DDR wurden im Dezember 1967 Kinder dazu angehalten, Blumen auf Postkarten zu malen und als Zeichen der Solidarität zu Theodorakis ins Gefängnis Averoff zu schicken. 1970 kam Theodorakis frei und ging ins Exil nach Paris.

Pattakos – Stylianos Pattakos (geb. 1912), Mitglied der griechischen Militärjunta (1967–1974).

73 *Manda-Ghau* – »Gewitter über Manda-Ghau« (1963) Roman von Paul Silva-Coronel. – Der französische Ingenieur Tardinois errichtet in der afrikanischen Wildnis ein Kupferbergwerk. Seine junge Frau, die ihn begleitet, betrügt ihn aus Unzufriedenheit und Langeweile. Zur Verzweiflung über den Betrug kommen Niederlagen bei der Arbeit, Tardinois begeht Selbstmord, aber der schwarze Arbeiter Kalimbo wird angeklagt, ihn ermordet zu haben.

ASK – ArmeeSportKlub der Armeesportvereinigung Vorwärts in der DDR.

74 *Brigadier* – Leiter einer Brigade, d.h. einer kleinen Arbeitsgruppe in sozialistischen Betrieben.

75 *Kulturbund* – Deutscher Kulturbund: kulturpolitische Massenorganisation in der DDR, 1945 als Kulturbund zur demokratischen Erneuerung Deutschlands gegr., erster Präsident Johannes R. Becher.

Fidelio – Oper von Ludwig van Beethoven (1805).

78 *Rapids und Mostestals* – Rapid: Kranhersteller aus der DDR, bei dessen Kränen Wippausleger und Turm aus Rohren gefertigt wurden. – Mostostal: polnischer Stahlbaubetrieb, Hersteller eines Universalkrans, der als Laufkatzen- oder Wippausleger eingesetzt werden konnte

UB-80 – Standardseilbagger der 60er und 70er Jahre von NOBAS Nordhausen.

79 *SIS* – Name eines sowjetischen Autoherstellers (sawod imeni Stalina – Stalinwerk).

80 *»Jedenfalls, Doktor, … in Erstaunen setzen?«* – Leicht gekürztes Zitat aus: Paul Silva-Coronel, »Gewitter über Manda-Ghau«, Berlin 1967, S. 158–160. Vgl. erste Anm. zu S. 73.

82 *Lavoisier* – Antoine Laurent Lavoisier (1743–1794, hingerichtet), französischer Chemiker, klärte den Verbrennungsvorgang auf.

Museum Dupuytren – Museum für pathologische Anatomie in Paris, benannt nach dem Mediziner Guillaume Dupuytren (1777–1835).

83 *die Freiheit der Gefangenen* – Titel des II. Teils des Romans »Rummelplatz« von W. B.

85 *unter trikliner Kuppel* – Im triklinen Kristallsystem sind alle Winkel ungleich 90°, alle Achsen verschieden lang. Damit weist dieses Kristallsystem die geringste Symmetrie auf.

86 *am falschen Kanal* – Es war besonders Genossen verboten, Westfernsehen zu sehen.

Sihanouk – Eigtl. Norodom Sihanouk (geb. 1922), kambodschanischer Politiker; verzichtete auf den Thron, 1960–1970 Staatsoberhaupt.

de Gaulle – Charles de Gaulle (1890–1970), französischer General und Staatsmann.

NAW-Einsatz – NAW: Nationales Aufbauwerk, 1953 aus dem Nationalen Aufbauprogramm Berlin hervorgegangen, ein Wiederaufbauprogramm zur Beseitigung der Zerstörungen des Zweiten Weltkriegs durch freiwillige, gemeinnützige, unentgeltliche Arbeit der Bürger.

89 *Bauakademie* – Deutsche Bauakademie (1950 gegr.), zentrale wissenschaftliche Institution des Ministeriums für Bauwesen der DDR, Sitz in Berlin.

91 *Metapyrin* – Handelsname, Wirkstoff Metamizol; ein Schmerzmittel.

weil Chinin aus China kommt und demzufolge neuerdings nicht kommt – Chinin: wasserlösliches weißes Pulver, gehört zu einer Gruppe von Alkaloiden, die in der Rinde des Chinarindenbaumes vorkommen. – Da es, besonders seit 1966 die »Große Proletarische Kulturrevolution« ausgerufen wurde, gravierende politische Spannungen zwischen China und den meisten anderen sozialistischen Ländern gab, waren auch die Handelsbeziehungen gestört.

92 *Progress* – PROGRESS Film-Vertrieb: zentraler Filmvertrieb der DDR (gegr. 1950), verlieh alle für die DDR zugelassenen in- und ausländischen Filme, sorgte für Synchronisation, Werbung und Einsatz.

94 *Albert Schweitzer* – (1875–1965), evangelischer Theologe, Philosoph, Musikforscher und Arzt. 1952 Friedensnobelpreis.

Fidel Castro – (geb. 1926), Staatspräsident und Regierungschef Kubas.

Valentina Tereschkowa – Walentina W. Tereschkowa (geb. 1937), sowjetische Kosmonautin, flog 1963 als erste Frau in den Weltraum.

95 *an den gewissen Johnson* – Lyndon B. Johnson (1908–1973), 36. Präsident der USA (1963–1969).

seine Soldaten aus Südostasien … zurückholte – Gemeint ist vor allem der Vietnam-Krieg. Bis Ende 1968 hatten die USA 543 000 Soldaten in Süd-Vietnam stationiert.

95 *Sodom und Gomorrha* – Zwei Städte, die unter einem Regen aus Feuer und Schwefel begraben wurden, weil sie der Sünde anheimgefallen waren. Altes Testament, 1. Buch Mose,18–19.
den apokalyptischen Reitern – Die vier Boten des nahen Weltuntergangs. Neues Testament, Offenbarung des Johannes, 6,2–8.
bereits weich auf dem Mond gelandet – Die erste weiche Mondlandung erfolgte am 3.2.1966.
97 *und sagte kein einziges Wort* – Titel eines Romans von Heinrich Böll (1953).
98 *GST* – Gesellschaft für Sport und Technik (1952 gegr.); Massenorganistaion der DDR, die der Wehrerziehung diente.
MiG – Abkürzung für die von Artjom I. Mikojan und Michail I. Gurewitsch (MiG) konstruierten sowjetischen Jagdflugzeugtypen.
102 *den schickten seine Leute zum Studium* – Betriebe konnten fähige Mitarbeiter zum Studium delegieren.
Philipp Reis – (1834–1874), Erfinder des Telefons.
103 *Odysseus* – Griechischer Held des Trojanischen Krieges, dessen abenteuerliche zehnjährige Heimfahrt nach Ithaka in Homers »Odyssee« geschildert wird.
Penelope – Frau des Odysseus.
die Gegend sei ihr nicht geheuer – Im Oranienburger Ortsteil Sachsenhausen befand sich 1936–1945 das gleichnamige KZ.
104 *in Weimar ... das KZ* – Auf dem Ettersberg nördlich von Weimar befand sich das Konzentrationslager Buchenwald.
jene Vergünstigungen ..., die ihr zukamen in diesem Land – Personen, die in organisierter Form gegen das Naziregime gekämpft hatten oder aus rassischen oder religösen Gründen verfolgt wurden, galten in der DDR als »Verfolgte des Naziregimes« (VdN) und erhielten besondere materielle, juristische und soziale Unterstützung. Das galt in abgeschwächtem Maße auch für deren Ehepartner und Kinder.
Staatsbürgerkunde – Unterrichtsfach an Oberschulen der DDR, das systematische gesellschaftswissenschaftliche Erkenntnisse vermitteln und zur weltanschaulichen Erziehung beitragen sollte.
Ernesto Che Guevara – Ernesto Guevara Serna, genannt Che Guevara (1928–1967, ermordet), argentinischer Revolutionär, Kampfgefährte Fidel Castros, Politiker in Kuba, Guerillaführer in Bolivien.
sektiererischen und revisionistischen – marxistische Begriffe. – sektiererisch: »in der Arbeiterbewegung dogmat., starre, durch scheinrevolut. Phrasen getarnte Politik, die losgelöst von den Interessen u. vom Reifegrad des Bewußtseins der Massen betrieben wird.« – revisionistisch: »antimarxist. Strömung in der Arbeiterbewegung zur theoret. Begründung des Opportunismus; [...] bedeutet unter

dem Vorwand der Ergänzung u. Weiterentwicklung des Marxismus Preisgabe [...] der Prinzipien des wiss. Kommunismus«. Meyers Handlexikon, Leipzig 1977.

106 *das Salz der Erde* – »Ihr seid das Salz der Erde«, sagt Jesus von seinen Jüngern. Neues Testament, Matthäus 5,13.

107 *die Liebe höret nicht mehr auf* – Eigtl.: »die Liebe höret nimmer auf«. Neues Testament, 1. Korinther 13,4–8.

der Nationalpreisträger – Nationalpreise der DDR wurden verliehen für hervorragende wissenschaftliche Arbeiten, bedeutende technische Erfindungen, Einführung neuer Arbeitsmethoden von großer volkswirtschaftlicher Bedeutung, für die besten Werke von Kunst und Literatur. Einzel- und Kollektivauszeichnungen.

108 *Wartburg* – Automarke.

F 96 – Längste Fernverkehrsstraße der DDR.

110 *gegen Kapp ganz schön mitgemischt* – Wolfgang Kapp (1858–1922), Gründer der Deutschen Vaterlandspartei. Im März 1920 unternahm er mit General Freiherr von Lüttwitz den Kapp-Putsch, einen Umsturzversuch rechtsradikaler Politiker und unzufriedener Teile der Reichswehr. Am 13.3.1920 besetzten die Marine-Brigade Erhardt und andere Formationen, deren Auflösung die Reichsregierung verfügt hatte, das Berliner Regierungsviertel und riefen Kapp zum Reichskanzler aus. Durch den Generalstreik der Gewerkschaften scheiterte der Putsch.

Kreisleitung – Gemeint ist die Kreisleitung der SED (Sozialistische Einheitspartei Deutschlands).

111 *Karl den Großen* – Karl der Große (724–814); König der Franken, seit 800 römischer Kaiser.

113 *Der Kaiser ... wohnt in Berlin* – Eigtl.: »Der Kaiser ist ein lieber Mann; er wohnet in Berlin«, erste Zeile des Liedes »Der Kaiser ist ein lieber Mann« (1775) von Ludwig Hölty, gesungen zur Melodie von »Üb immer Treu und Redlichkeit«.

Siegfriedstellung – Anspielung auf die Defensivstellung der deutschen Truppen im Ersten Weltkrieg (Ende Februar 1917–Oktober 1918). Der Name hatte symbolischen Charakter und verwies auf die Verehrung Siegfrieds als Nationalheld.

114 *Entente* – Vor dem Ersten Weltkrieg entstandenes Staatenbündnis: 1904 Entente cordiale zwischen England und Frankreich zur Verständigung über nordafrikanische Kolonialfragen, 1907 mit dem Beitritt Russlands Tripelentente.

Sant Quentin – Die oberste Heeresleitung versuchte, in fünf Offensiven die Kriegsentscheidung zu erzwingen, u.a. bei Saint Quentin (21.3.–6.4.1914).

114 *keine Kugel geflogen* – Anspielung auf eine Zeile aus Ludwig Uhlands Gedicht »Ich hatt' einen Kameraden« (1809).

In Berlin … Munitionsarbeiter gestreikt – Im Streik vom 28. 1. bis 4. 2. 1918 forderten die Munitionsarbeiter u. a. bessere Lebensmittelversorgung, Freilassung der politischen Gefangenen und Demokratisierung.

In Cattaro standen die Matrosen auf – Am 1. 2. 1918 Aufstand österreichisch-ungarischer Matrosen, die Friedensverhandlungen, bessere Verpflegung, die Wahl von Vertrauensleuten u. a. forderten.

Aufstand der Hochseeflotte in Kiel – Der Kieler Matrosenaufstand vom 3. und 4. 11. 1918 entwickelte sich aus einer Meuterei auf Schiffen der vor Wilhelmshaven ankernden kaiserlichen Marine und weitete sich zur Novemberrevolution aus.

Arbeiter- und Soldatenrat – Hier: Gewählte politische Vertretungen von Arbeitern und Soldaten, die bei Ausbruch der Novemberrevolution als Organe der Selbstverwaltung in Städten und Garnisonen entstanden.

Schlamassel vom März einundzwanzig – Märzkämpfe: Bei den Wahlen zum Preußischen Landtag im Januar 1921 erhielten die Parteien der Linken einen hohen Stimmenanteil. Da man eine kommunistische Machtübernahme befürchtete, entsandte der Preußische Innenminister Carl Severing Polizeieinheiten in mitteldeutsche Betriebe. Daraufhin kam es zu spontanen Streiks und Betriebsbesetzungen, u. a. in Leuna, Halle, Merseburg, Mansfeld. Der anarchistische Arbeiterführer Max Hoelz bewaffnete Arbeiter und Arbeitslose. Am 21. 3. rief die KPD zum Generalstreik auf. Nach blutigen Zusammenstößen und Attentaten verhängte Friedrich Ebert am 24. 3. den Ausnahmezustand, danach wurde der Mitteldeutsche Aufstand niedergeschlagen.

118 *Die Sterne der Heimat* – Anspielung auf den Refrain des Liedes »Heimat, deine Sterne« (Text: Erich Knauf; Melodie: Hermann Broch) aus dem Film »Quax, der Bruchpilot« (1942).

119 *Hindenburg* – Paul von Hindenburg (1847–1934), preußischer Generalfeldmarschall, zweiter Reichspräsident der Weimarer Republik, ernannte am 30. 1. 1933 Hitler zum Reichskanzler.

121 *Fünftagewoche* – Die Fünf-Tage-Woche wurde auf Ministerratsbeschluss ab 28. 8. 1967 eingeführt.

122 *Laban* – Rudolph von Laban (1879–1934), Tänzer, Choreograph und Tanztheoretiker.

127 *HO-Laden* – HO: Handelsorganisation: Staatliches Handelsunternehmen für den volkseigenen Einzelhandel und das volkseigene Gaststätten- und Hotelwesen der DDR; 1948 gegr.

128 *SVK* – Sozialversicherungskasse.

133 *Kontrollratslokomotive* – Verballhornung von Kontrollratsdirektive: Direktive des Alliierten Kontrollrats, dem Organ, durch das die USA, UdSSR, Großbritannien und Frankreich gemeinsam die oberste Gewalt im besetzten Deutschland ausübten (Mai 1945–März 1948).

Briketthetze – Verballhornung von Boykotthetze: Artikel 6 der DDR-Verfassung von 1949: »Boykotthetze gegen demokratische Einrichtungen und Organisationen [...] sind Verbrechen im Sinne des Strafgesetzbuches. Ausübung der demokratischen Rechte im Sinne der Verfassung ist keine Boykotthetze.« Obwohl rechtlich nicht als Straftatbestand ausgestaltet, erklärte das Oberste Gericht der DDR den Artikel 6 zum unmittelbar anzuwendenden Strafgesetz. Das Fehlen einer genauen Definition und das Offenlassen des Strafrahmens erlaubten, jedes abweichende politische Verhalten mit schwersten Strafen zu ahnden.

Katerleiter – Verballhornung von Kaderleiter. – Kader: ursprünglich eine besondere Gruppe militärischer Vorgesetzter; im sowjetischen Einflußbereich ein durch politische und fachliche Kenntnisse und Fähigkeiten führender Personenkreis im Partei- und Ideologiebereich (»Parteikader«, »Führungskader«, »Leitungskader«, »Nachwuchskader«). – Ein Kaderleiter entsprach einem Personalchef.

diabetische Materialisten – Verballhornung von dialektische Materialisten. – Dialektischer Materialismus: In Verbindung mit dem historischen Materialismus philosophische Grundlage des Marxismus-Leninismus. Er formuliert die Grundgesetze der Dialektik (Einheit und Kampf der Gegensätze; Übergang quantitaiver in qualitative Veränderungen, Negation der Negation) und untersucht dialektische Kategorien.

Basis – Basis und Überbau: grundlegende Begriffe des historischen Materialismus, die die Beziehungen zwischen der ökonomischen Struktur der Gesellschaft und den jeweiligen ideologischen und politischen Verhältnissen, Anschauungen und Institutionen beschreiben. – Basis: Gesamtheit der materiellen ökonomischen Verhältnisse, d.h. die ökonomische Struktur der Gesellschaft. Hier: die materielle Produktion.

Arbeitsinstrumente (Marx, Kapital II, S. 311) – Arbeitsinstrumente: mechanische Arbeitsmittel (Werkzeuge u.ä.), mit deren Hilfe materielle Güter erzeugt werden. – Der Nachweis ist erfunden; Bd. II des »Kapitals« beschäftigt sich mit dem Zirkulationsprozeß des Kapitals.

134 *Bernhard Eckstein* – (geb. 1935), Radrennfahrer; 1960 Weltmeister der Straßenradamateure.

134 *Schur* – Gustav-Adolf (Täve) Schur (geb. 1931), Radrennfahrer; mehrfach Einzelsieger der Internationalen Friedensfahrt, DDR-Straßenmeister, 1958, 1959 Weltmeister.
einen weiteren Belgier – Anspielung auf den belgischen Radrennfahrer Willy Vandenberghen.
ND – Abkürzung für »Neues Deutschland«, Zentralorgan des ZK der SED seit 1946.
Die Sorge um den Menschen hat im Mittelpunkt zu stehen – Verballhornung der verbreiteten Losung »Im Mittelpunkt steht der Mensch«.
W. Lindemann – Werner Lindemann (1926–1993), Schriftsteller.

135 *Freundschaft* – FDJ-Gruß.

140 *FDJ* – Freie Deutsche Jugend, sozialistische Massenorganisation Jugendlicher von 14 bis 25 Jahren, 1946 gegr.

142 *in der blauen Bluse des Jugendverbandes* – Die Mitglieder der FDJ trugen ein blaues Hemd mit einem Emblem (aufgehende Sonne) auf dem linken Ärmel.

143 *Josef Wissarionowitsch Stalin* – Josif Wissarionowitsch Stalin, eigtl. Dshugaschwili (1879–1953), sowjetischer Staatsmann und Parteiführer.
des wissenschaftlichen Sozialismus – Die gesamte Theorie des Marxismus-Leninismus, das System seiner politischen, ökonomischen und sozialpolitischen Anschauungen.

144 *Komsomol* – Jugendorganisation der KPdSU, 1918 gegr.; Vorbild für die FDJ.

145 *Ritterkreuzträger* – Das Ritterkreuz des Eisernen Kreuzes galt ab 1.9. 1939 als höchste deutsche militärische Tapferkeitsauszeichnung.
»Eh«, wird Stalin sagen ... begleichen – Das Gedicht »›Eh‹, wird Stalin sagen« (um 1952) stammt von Kuba.

147 *Es folgten ihm ... als Stalin sprach* – »Als Stalin sprach« (um 1945), von Johannes R. Becher. Die ersten beiden Zeilen der zweiten Strophe lauten: »Er spricht ganz nah. Die Worte tönen wider./Welch eine Kraft er uns, uns allen gab.«
des Max-Reimann-Aufgebotes – Max Reimann (1891–1958), Arbeiterführer und Politiker, KPD, später DKP, 1949–1953 Führer der KPD-Fraktion, Vorsitzender des Bundestags.

148 *VEB* – Volkseigener Betrieb.
Der Film begann – W. B. zieht in dieser Beschreibung offenbar verschiedene Filme zusammen: »Das unvergeßliche Jahr 1919« (1951, Regie: Michail Tschiaureli), in dem Stalin als »Lederjacken-Kommissar« in einem Panzerzug an der Bürgerkriegsfront agiert und Feinde entlarvt, allerdings an der Front bei Petersburg, und »Die

Verteidigung von Zarizyn« (1942, Regie: die Brüder Vasiljev), die Verfilmung von Stalins Geschichtslüge, mit der er sein militärisches Versagen in Zarizyn (dem späteren Stalingrad) und Trotzkis Vorwurf vertuschen wollte.

149 *der Baltischen Flotte* – Eine von vier Flotten der Russischen Marine, 1696 gegr.

Bolschewiki – Anhänger der Bolschewiki, einer Fraktion der Sozialdemokratischen Arbeiterpartei Rußlands (SDAPR). Der Begriff entstand 1903 auf dem 2. Parteitag der SDAPR, auf dem sich die Partei spaltete. Die Anhänger Lenins, die einen baldigen Umsturz in Rußland forderten, stellten die Mehrheit (russ. bolschinstwo), daher Bolschewiki. Die Minderheit (russ. menschinstwo) setzte auf Reformen. Nach der Machtergreifung der Bolschewiki 1917 wurden Menschewiki verfolgt und 1923 verboten.

der Kerenski-Minister – Ein Minister der Regierung Kerenski. – Alexander F. Kerenski (1881–1970), russischer Politiker, Sozialrevolutionär; 1917 Ministerpräsident der Provisorischen Regierung; bekämpfte die Bolschewiki; durch die Oktoberrevolution von den Bolschewiki gestürzt; später emigriert.

Maximkas – Maximka (russ.): Revolver.

Kulaken – Russische Großbauern. Nach der Oktoberrevolution als ländliche »Ausbeuter« bekämpft.

Nagaikas – Nagaika (russ.): Peitsche, Knute.

der Roten Armee – Eigtl. Rote Arbeiter- und Bauern-Armee: Bis 1946 Bezeichnung der Sowjetarmee (1918 gegr.). Der Name entstand während des russischen Bürgerkrieges (1918–1920), als die konterrevolutionären Gegner, die Weißgardisten, die Sowjetmacht stürzen wollten.

weißgardistische Kavallerie – Kavallerie der Weißgardisten. Vgl. vorherige Anm.

150 *des weißgardistischen Atamans Petljura* – Ataman: Führer einer Kosakenabteilung. – Simon W. Petljura (1879–1926, erschossen), ukrainischer Politiker, wurde 1918 eines von fünf Mitgliedern der neuen Regierung und militärischer Oberbefehlshaber (Ataman).

152 *Eierlikör, den man … bekommen konnte* – In der HO konnte man ab 1948 lang entbehrte Gebrauchsgüter und Lebensmittel ohne Lebensmittelmarken erwerben. Vgl. Anm. zu S. 127.

153 *Holländer-Müller* – Der Holländer ist eine der wichtigsten Maschinen der Papierherstellung zum Mahlen und Mischen von Fasern.

158 *Fähnleinführer* – Führer einer Hitler-Jugend-Formation.

Me 109 – Messerschmidt BF 109: ein einsitziges Jagdflugzeug aus den dreißiger und vierziger Jahren.

158 *Spitfire* – Supermarine Spitfire: ein einsitziger Abfangjäger, wurde im Zweiten Weltkrieg von der Royal Air Force und den Alliierten eingesetzt.

159 *Germania-Maschinenfabrik* – Die Maschinenfabrik Germania AG in Chemnitz, vorm. »Schwalbe & Sohn«, stellte Ausrüstungen für Holzschleifereien und Papierfabriken her.

des Turnvaters Jahn – Friedrich Ludwig Jahn (1778–1852), Begründer der Turnbewegung.

160 *Schloßbrauerei* – Gegr. 1857, seit 1946 »Schloßbrauerei Chemnitz«.

Tobruk – Libysche Hafenstadt am Mittelmeer; zwischen 1941 und 1942 Schauplatz mehrerer Schlachten.

Narvik – Nordnorwegische Hafenstadt; während des Zweiten Weltkriegs für die deutsche Kriegsindustrie besonders wichtig, da von dort aus das schwedische Eisenerz nach Deutschland verschifft wurde; 1940 Schauplatz einer berühmten Schlacht; bis Kriegsende in deutscher Hand.

durchs wilde Kurdistan – Anspielung auf den gleichnamigen Roman von Karl May (1892).

161 *Carraciola* – Rudolf Caracciola (1901–1959), Rennfahrer.

Hans Stuck – Eigtl. Hans Villiez von Stuck (1900–1978), deutsch-österreichischer Rennfahrer.

Winterhilfe – Das Winterhilfswerk, das zur NS-Volkswohlfahrt gehörte, sammelte jährlich von Oktober bis März Kleider- und Geldspenden und verkaufte Plaketten und Abzeichen für »notleidende Volksgenossen« und die Front.

Holzvergaser – Besonders in Kriegs- und Krisenzeiten mit Treibstoffmangel wurden Fahrzeuge in Eigeninitiative mit improvisierten Holzvergasern ausgestattet; das durch Verbrennung entstehende Gasgemisch wurde dem Verbrennungsmotor zugeleitet.

Büssing-Veteranen – Die Büssing AG, 1903 von Heinrich Büssing gegr., stellte Omnibusse und LKW her.

Reichsfeld- und Luftmarschall – Anspielung auf Hermann Göring (1893–1946, Selbstmord), Politiker (NSDAP), Oberbefehlshaber der Luftwaffe und Leiter der Rüstungswirtschaft; 1938 Generalfeldmarschall, 1940 Reichsmarschall.

162 *EK II* – Eisernes Kreuz (EK): preußischer Kriegsorden, gestiftet 1813, erneuert 1870 und 1914, zwei Klassen.

silberne Nahkampfspange – Hohe deutsche Kriegsauszeichnung des Zweiten Weltkriegs für die Infanterie.

Wotan – altnordisch Odin, höchster Gott der germanischen Mythologie; Gott des Kampfes, der Weissagung, des Runenzaubers und Führer des Totenheers.

162 *Siegfried* – Zentrale Gestalt altnordischer und germanischer Sagenkreise (insbesondere des »Nibelungenlieds«); besitzt übermenschliche Kräfte, siegte im Kampf über den Drachen.

Königgrätz – In der Schlacht von Königgrätz besiegten 1866 preußische Truppen die Armeen Österreichs und Sachsens. Preußen wurde Führungsmacht in Deutschland.

Versailler Schandfrieden – Verächtliche Bezeichnung des Versailler Vertrags, der 1919 formell den Ersten Weltkrieg zwischen dem Deutschen Reich und den Entente-Mächten beendete, Deutschland und seinen Verbündeten die Verantwortung am Kriegsausbruch zuschrieb und es zu Reparationszahlungen, zum Abtreten der Kolonien und von 13 Prozent des Territoriums verpflichtete.

163 *die Eiche Harras' des kühnen Springers* – Die Ballade »Ritter Harras, der kühne Springer« (1810) von Theodor Körner bezieht sich auf eine Volkssage, in der Ritter Harras durch einen kühnen Sprung einem Widersacher entkommt. – Ihm zu Ehren steht am Ufer von Lichtenwalde (Erzgebirge) ein Denkmal zwischen zwei Eichen.

Jungzugführer – Zugführer im Deutschen Jungvolk (10- bis 14-jährige Jungen) innerhalb der Hitler-Jugend.

Fahrtenmesser – 1933 als Bestandteil der Hitler-Jugend-Uniform eingeführt. Die Grundform war an militärische Bajonette mit Metallscheide angelehnt.

Tesching – Gewehr mit glattem Lauf für 6- oder 9-mm-Flobertpatronen.

des Deutschen Ritterordens – Neben dem Johanniter- bzw. Malteserorden und den Templern der dritte geistliche Ritterorden, der während der Kreuzzüge gegründet wurde, maßgeblich an der deutschen Ostkolonisation beteiligt.

Piccard – Auguste Piccard (1884–1962), Schweizer Wissenschaftler, Physiker und Erfinder, entwickelte den Bathyscaph, ein Unterseeboot zur Erforschung der Tiefsee, und stieg mit Gasballons in die Stratosphäre auf.

Trenk der Pandur – Franz Freiherr von der Trenck (1711–1749), österreichischer Offizier und Freischärler. – Pandur: bewaffnete Leibwächter kroatischer Edelleute im 17. und 18. Jh. in Slawonien, aus denen von der Trenck in den schlesischen Kriegen eine berüchtigte österreichische Freischar zusammenstellte.

Rommel, Mölders, Ohm Krüger – Erwin Rommel (1891–1944), seit 1942 Generalfeldmarschall in Nordafrika (Afrikakorps); Werner Mölders (1913–1941), berühmter Jagdflieger, der beim Absturz einer Kuriermaschine ums Leben kam; Paul (Ohm) Krüger (1825–1904), südafrikanischer Politiker mit deutschen Vorfahren, kämpfte im Burenkrieg für eine von Großbritannien unabhängige Republik; Titelheld eines antibritischen NS-Propagandafilms.

163 *Goten und Welfen* – Goten: germanisches Volk. – Welfen: fränkisches Adelsgeschlecht (seit dem 9. Jh.).

Und setzt ihr nicht das Leben ein – »Und setzet ihr nicht das Leben ein,/Nie wird euch das Leben gewonnen sein«, Schlußverse des »Reiterlieds« von Friedrich Schiller aus »Wallensteins Lager«.

heil König Widukinds Stamm! – Im »Niedersachsenlied« (Text und Musik: Hermann Grote) heißt es »Heil Herzog Widukinds Stamm!«.

164 *Gaue* – Gau: größte Organisationseinheit im Aufbau der NSDAP (32 reichsdeutsche Gaue).

von der Maas ... bis Burgund – Eigtl.: »Von der Maas bis an die Memel, von der Etsch bis an den Belt«, erste Strophe des »Liedes der Deutschen« (1841) von Heinrich Hoffmann von Fallersleben.

Pimpf – Mitglied des Deutschen Jungvolks (10- bis 14jährige Jungen) innerhalb der Hitler-Jugend.

166 *Tommy* – Bezeichnung für Angehörige der britischen Armee.

169 *in Jalta ... ausgemacht* – Auf der Konferenz von Jalta (4.–11.2.1945) einigten sich die Vertreter der USA, UdSSR und Großbritanniens u.a. über die Behandlung Deutschlands nach dem bevorstehenden Ende des Zweiten Weltkriegs. Deutschland wurde in vier Besatzungszonen aufgeteilt.

SMAD – Sowjetische Militäradministration in Deutschland: Am 9.6.1945 konstituiert, Kontroll- und Verwaltungsorgan der sowjetischen Besatzungsmacht in der Sowjetischen Besatzungszone (SBZ), aufgelöst am 10.10.1949, Übertragung der Verwaltungsfunktionen an die Provisorische Regierung der DDR.

170 *Machorka* – (russ.) Knaster, russische Tabaksorte.

Mushiks – Muschik: (russ.) im zaristischen Rußland Bauer; auch in der Bedeutung: plumper, ungeschliffener Mensch; scherzhaft: russischer Soldat.

174 *FDJ-Fahne* – Die Fahne war blau mit einem Emblem (aufgehende Sonne).

175 *Völkerschlachtdenkmal* – Ein Wahrzeichen Leipzigs; 1913 zur Erinnerung an die Völkerschlacht von 1813 errichtet.

176 *Thomaskirche* – Spätgotische Kirche im Zentrum Leipzigs, 1723 bis 1750 Wirkungsstätte Johann Sebastian Bachs.

Bach – Johann Sebastian Bach (1685–1750), Komponist, Kantor an der Thomasschule.

177 *autonome Gebirgsrepublik* – Scherzhafte Bezeichnung für Regionen im Erzgebirge, auch im Thüringer Wald.

178 *mindestens Bratsk oder Irkutsk* – Bratsk: Stadt im Bezirk Irkutsk am Bratsker Stausee, der die Angara aufstaut. – Irkutsk: Bezirkshauptstadt am Irkutsker Stausee (Angara). Zentren des sibirischen Energieverbundsystems.

180 *Schubert* – Franz Schubert (1797–1828), österr. Komponist.

183 *Wenn nicht … ein Felsen in die Luft flöge* – In einem früheren Kapitel des Romanfragments »Einen Kranich am Himmel« wurde die komplizierte Sprengung eines Findlings beschrieben. Vgl. die Editorische Notiz.

Napalmbomben – Napalm-Brandgele in Bomben entwickeln infolge der Konzentrierung der Flammenfläche besonders starke Hitze; sie wurden von den USA im Vietnamkrieg gegen die Zivilbevölkerung eingesetzt.

Bischof, kann der Mensch fliegen? – Anspielung auf »Es wird nie ein Mensch fliegen/sagte der Bischof […]« aus dem Refrain des Gedichts »Der Schneider von Ulm« (1934) aus Bertolt Brechts »Kinderliedern« (»Svendborger Gedichte«).

Eine große Reise, eine große Aufgabe – Heiner Bendix hat das Angebot erhalten, die Bauleitung eines Objektes in Urundi zu übernehmen.

184 *ein Tag im Oktober* – Gemeint sind Tage nach dem 7. Oktober 1949, an dem die DDR gegründet wurde.

die Buchen des Ettersberges – Auf dem Ettersberg befand sich das KZ Buchenwald.

Standbild der beiden großen Denker – Das Goethe- und Schiller-Denkmal (1857) vor dem Deutschen Nationaltheater in Weimar.

185 *ein fünfzackiger Stern* – Der rote Sowjetstern. Die fünf Zacken verweisen auf den Schlußsatz des »Manifests der Kommunistischen Partei« (1848) von Karl Marx/Friedrich Engels: »Proletarier aller Länder vereinigt Euch!«

187 *»Die Mörder sind unter uns«* – Erster deutscher Nachkriegsfilm (1946), Regie: Wolfgang Staudte, mit Hildegard Knef in der Hauptrolle.

»Täglicher Rundschau« – Die »Tägliche Rundschau« (1945–1955) war die Tageszeitung der Sowjetischen Miltäradministration.

190 *Wie wir heute arbeiten werden wir morgen leben* – Losung zur Zeit des ersten Fünfjahrplans; der Weberin Frida Hockauf zugeschrieben, die im September 1953 mit ihrer Verpflichtung, 45 m Stoff über Plan zu weben, zum Wettbewerb aufrief.

192 *Seilfahrt* – Personenbeförderung im Förderkorb.

Hängebank – Stelle im Fördergerüst, seltener in einem Förderschacht, an der der Förderkorb be- oder entladen wird.

192 *des Anschlägers* – Anschläger: Bergmann am Schacht, der die Fördersignale gibt und die Förderkörbe be- und entlädt.

Füllort – Verladestelle unter Tage für Mineralien oder Abraum zur Förderung nach über Tage.

Grubenhunte – Offene kastenförmige Förderwagen im Bergbau.

Hauptförderstrecke – Förderstrecke: Strecke zur Grubenförderung. Vgl. vierte Anm. zu S. 193.

193 *Lutte* – Weites, dünnwandiges Rohr zum Leiten eines Wetterteilstromes.

Querschlag – Strecke, die quer zum Einfallen der Gebirgsschichten aufgefahren wird.

Prack – Eigtl.: Brak (russ.), hier: Ausschuss, Murks.

Strecke – Tunnelartiger, horizontaler Grubenbau zur Verbindung untertägiger Grubenbaue untereinander oder mit dem Schacht.

194 *Rolle* – Saigerer oder tonnlägiger Schacht von einer oberen Strecke in eine darunterliegende. Durch diese Verbindung kann Material von einer oberen in eine Fördereinrichtung der unteren Strecke geschüttet werden.

Überhauen – Von einer tieferen Sohle her nach oben angelegter Schacht (auch Aufbruch).

das Bruch – Planmäßig oder unplanmäßig zerstörte Grubenräume. Einsturz eines Bergwerksteiles.

sackten Masse – Luden Erz ein.

die Firste – Obere Begrenzungsfläche eines Grubenbaus.

Kappe – Holz- oder Metallbalken, Bestandteil des Türstocks.

Stoß – Seitliche Begrenzungsfläche eines Grubenbaus.

Umsteigbühne – Bühne: Holzgerüst oder Schachtabsatz.

Vortrieb – Das Auffahren (Herstellen) von Grubenbauen.

195 *dawei* – Eigtl.: dawai (russ.), schnell.

196 *Ich bin Bergmann, wer ist mehr* – Adolf Hennecke zugeschriebener Ausspruch (vgl. erste Anm. zu S. 213), Slogan auf einem populären Plakat für die Aktivistenbewegung.

197 *akzisefreien Bergarbeiterfusel* – Akzise: Steuer. – Die Bergarbeiter in der Wismut erhielten Deputatschnaps.

Stöpselgeld – Auch Korkengeld: Entgelt, das man in manchen Gaststätten, in denen man mitgebrachte Weinflaschen konsumieren darf, pro gezogenem Stöpsel zahlen muss.

Papyrossi – (russ.) Zigaretten.

ein Königreich für ein Faß – Verballhornung von »mein Königreich für'n Pferd«, aus William Shakespeare, »König Richard III.« (um 1593), V, 4.

199 *Komm in die Schaukel, Luise* – Eigtl. »Komm auf die Schaukel, Luise«, Refrain des gleichnamigen Liedes, gesungen von Hans Albers (1931) in dem Bühnenstück »Liliom« von Franz Molnar.

201 *Markscheider* – Vermessungsingenieur im Bergbau.
Schießer – Bergmann, der unter Tage Sprengungen ausführt.
Radiometristen – Radiometrist: Erzprüfer.
die Scheibe ist abgeschossen – Scheiben abschießen: Vor Ort bohren und sprengen.

202 *Keilhaue* – Pickelähnliche, nur einseitig spitze Hacke zum Lösen lockeren Gesteins.
Hangenden – das Hangende: Gesteinsschicht über einer Lagerstätte.

203 *Pechblende* – Uraninit: wichtigstes Radium- und Uranerz.

205 *Belomurkanal* – Eigtl.: »Belomorkanal«, russische Zigarettensorte zu Ehren des Baus des Belomor-Kanals (1931–1933) zwischen Weißmeer und Ostsee. Die Großbaustelle, in der Zwangsarbeiter eingesetzt wurden, gilt als erster Gulag der Sowjetunion.

209 *Komplexbrigade* – Kollektiv von Arbeitern unterschiedlicher Berufe zur Lösung größerer Arbeitsaufgaben (z.B. Bau eines Hauses).
Bohrschema – Bohrlöcher im richtigen Abstand bohren.

210 *Gezähe* – Werkzeug des Bergmanns.

213 *Aktivist* – Werktätige, die bei der Erfüllung des Planes außerordentliche Leistungen im sozialistischen Wettbewerb vollbrachten und dafür mit dem Staatstitel »Aktivist der sozialistischen Arbeit« ausgezeichnet wurden. Erster Aktivist war Adolf Hennecke (1948).
Jungaktivist – Träger des Ehrentitels »Hervorragender Jungaktivist« (seit 1949). Vgl vorige Anm.

214 *Mütterberatung* – Staatliche Einrichtung der DDR, in der alle Mütter über Gesunderhaltung, Ernährung, Pflege und Erziehung von Kleinkindern ärztlich beraten wurden. Von dort wurden auch die Geldzuwendungen der Sozialversicherung für die Geburten, für werdende und stillende Mütter veranlasst.

215 *des Dietz-Verlages* – Dietz Verlag Berlin, 1946 gegr. Parteiverlag der SED, vornehmlich für gesellschaftswissenschaftliche Literatur.
gleichzeitig in zwei Parteien gelockt – Thomeks Biographie ist an die des Helden aus Hans Marchwitzas Roman »Die Kumiaks« (1934) angelehnt: Der Landarbeiter Peter Kumiak zieht mit seiner Familie von Westpreußen ins Ruhrgebiet, um dort als Bergarbeiter ein besseres Auskommen zu finden. Da er die Regeln des sozialen und politischen Verhaltens der Kumpel nicht kennt und es allen recht machen will, ist er z.B. gleichzeitig Mitglied in der Gewerkschaft und einer profaschistischen Organisation.

Lebensdaten Werner Bräunigs

1934	Am 12. Mai in Chemnitz geboren. Vater Kraftfahrer, Mutter Näherin.
1939–1947	Besuch der Volksschule.
1948–1950	Schlosserlehre in Chemnitz, Erziehungsheim wegen Schwarzmarktgeschäften.
um 1950	Gelegenheitsarbeiter in Westdeutschland (Hannover, Celle, Hamburg).
um 1951	Schweißer in Chemnitz, dann Bergarbeiter.
1953	Fördermann unter Tage in der Wismut-AG Johanngeorgenstadt. Gefängnis wegen Schmuggelfahrten nach Westberlin.
1955	Papiermacher in Niederschlema. Volkskorrespondent für die »Volksstimme« Schneeberg.
1957	Heirat, Geburt der ersten Tochter. Heizer bei der Stadtwäscherei Schneeberg.
1958	Ab Februar Mitglied der Arbeitsgemeinschaft Junger Autoren der Wismut. Geburt der zweiten Tochter. Freier Journalist.
1958–1961	Student am Literaturinstitut »Johannes R. Becher« in Leipzig.
1959	Aufruf zur 1. Bitterfelder Konferenz »Greif zur Feder, Kumpel!«. »Waffenbrüder« (Erzählung).
1960	Geburt der dritten Tochter. Scheidung. Im November Aufnahme in den Schriftstellerverband. »In diesem Sommer« (Erzählungen).
1961	Wettbewerbspreis des FDGB. Heirat. Geburt des ersten Sohnes. Beginn der Arbeit an dem Roman »Der eiserne Vorhang« (Arbeitstitel).
1961–1966	Zunächst Assistent, später Oberassistent für das Prosaseminar am Literaturinstitut »Johannes R. Becher« in Leipzig.
1962	Geburt des zweiten Sohnes.
1965	Der Vorabdruck des Kapitels »Rummelplatz« aus seinem Roman (ndl 10/1965) wird zuerst in einem Offenen Brief von Wismut-Kumpeln im ND und danach auf dem 11. Plenum des ZK der SED kritisiert.

seit 1967	Freiberuflicher Schriftsteller. Umzug nach Halle-Neustadt.
1968	»Prosa schreiben« (Essays). »Vietnam in dieser Stunde. Dokumentation« (Mitherausgeber).
1969	»Gewöhnliche Leute« (Erzählungen, erweiterte Ausgabe 1971). Kunstpreis des FDGB. »Städte machen Leute. Streifzüge durch eine neue Stadt« (gemeinsam mit Peter Gosse, Gerald Große, Jan Koplowitz, Sigrid Schmidt, Hans-Jürgen Steinmann); Kunstpreis Halle-Neustadt (im Kollektiv für »Städte machen Leute«).
1971	Scheidung.
1976	Werner Bräunig stirbt am 14. August in Halle-Neustadt.
1981	»Ein Kranich am Himmel. Unbekanntes und Bekanntes«.
2007	»Rummelplatz« (Roman).

Editorische Notiz

Die Fassung der unter dem Titel »Gewöhnliche Leute« zusammengefassten Erzählungen folgt der 3., erweiterten Auflage »Gewöhnliche Leute«, die 1971 im Mitteldeutschen Verlag erschien.

Alle übrigen Texte stammen aus dem Nachlass. Das sind im Einzelnen:

– »Rundschreiben an die Vereinigten Spannbetonwerke«: Ein parodistischer Text, den Werner Bräunig an seine spätere zweite Frau schickte, als sie ein Praktikum in einem Spannbetonwerk machte. Er war nicht zur Veröffentlichung gedacht, bereitete dem Verfasser und der Adressatin aber viele Unannehmlichkeiten, denn jemand entwendete den Text und heftete ihn an die Wandzeitung. Untersuchungen schlossen sich an, und nachdem sich Werner Bräunig als Verfasser bekannt hatte, musste er sich dafür rechtfertigen. – Erstdruck.

– »Stalins Blick«*: Das V. Kapitel (S. 166–189) aus einer frühen Fassung von »Rummelplatz«, die vor 1965 entstanden sein muss und die Bräunig verworfen hatte, weil sich die Konzeption des Romans änderte. Diese Fassung wurde von einem früheren Nachbarn Werner Bräunigs aufbewahrt. Vgl. das Nachwort. – Erstdruck.

– »Damals in kurzen Hosen«*, »Der Besuch«* und »Früher waren wir andere Kerle«* sind Kapitel aus dem nachgelassenen Romanfragment »Einen Kranich am Himmel«, an dem Werner Bräunig von 1969 bis zu seinem Tod schrieb.

»Damals in kurzen Hosen«*: Drittes Kapitel, 4. (Mappe 3, S. 77–92). – In: W. B., Ein Kranich am Himmel. Unbekanntes und Bekanntes. Hrsg. von Heinz Sachs, Halle-Leipzig 1981, S. 325–337.

»Der Besuch«*: Zweites Kapitel, 3. (Mappe 3, S. 49–59). – In: W. B., Ein Kranich am Himmel. Unbekanntes und Bekanntes. Hrsg. von Heinz Sachs, Halle-Leipzig 1981, S. 315 bis 323.

»Früher waren wir andere Kerle«*: Viertes Kapitel, 2. (Mappe 6, S. 113–151). Werner Bräunig bearbeitete für dieses Kapitel Auszüge aus dem Roman »Rummelplatz«. – Erstdruck.

Die mit * gekennzeichneten Titel stammen von der Herausgeberin.

Da Werner Bräunig die Abschrift seiner Texte oft nicht selbst vorgenommen und sie auch nicht durchgesehen hat, wurde das Manuskript behutsam nach den Regeln der alten Rechtschreibung korrigiert und vereinheitlicht. Dabei wurden einige Eigenheiten belassen, die besonders die Zeichensetzung betreffen; Bräunig deutete mit Kommas oder durch ihr Fehlen oft einen bestimmten Sprachrhythmus oder Pausen an.

Flüchtigkeitsfehler wurden stillschweigend korrigiert, ebenso geographische Namen. Fremdsprachige Textstellen werden original wiedergegeben und in den Anmerkungen berichtigt.

Stilistische Unkorrektheiten und mundartlich gefärbte Fügungen wurden belassen. Unterstrichene oder gesperrt geschriebene Textstellen sind kursiv wiedergegeben.

Danksagung

Ich danke allen, die das Zustandekommen dieser Ausgabe unterstützt haben, vor allem der Familie Werner Bräunigs und ganz besonders Claus und Michael Bräunig sowie Barbara Drobig. Ohne dass sie es wissen konnten, haben Rudolf und Rosemarie Müller einen wichtigen Anteil an der vorliegenden Auswahl.

Für Auskünfte und die Möglichkeit, die Archive zu nutzen und Materialien zitieren zu dürfen, danke ich den Literaturarchiven der Akademie der Künste, Berlin (besonders Frau Horn); der Bundesbeauftragten für die Unterlagen des Staatssicherheitsdienstes der ehemaligen Deutschen Demokratischen Republik, Berlin; dem Landeshauptarchiv Sachsen-Anhalt, Abt. Magdeburg (besonders Uta Thunemann); dem Archiv des Neuen Deutschland, Berlin; dem Sächsischen Staatsarchiv, Chemnitz; dem Sächsischen Staatsarchiv, Leipzig; der Stiftung Archiv der Parteien und Massenorganisationen der DDR im Bundesarchiv, Berlin.

Nicht genug danken kann ich Sebastian Horn, der mir sehr wichtige Hinweise und Anregungen gab. Zahlreiche Freunde, Bekannte und Zeitgenossen Werner Bräunigs, Wissenschaftler und Kollegen antworteten mir geduldig auf Fragen oder stellten Material zur Verfügung, es seien nur genannt Gotthard Bretschneider, Peter Gosse, Sonja Hilzinger, Wolfgang Jacobsen, Rainer Kirsch, Helga Korff-Edel, Hans W. Krause, Gitta Lindemann, Helmut Richter, Hans-Joachim Schlegel, Rainer Simon, Dieter Wolf, Christa und Gerhard Wolf. Schließlich möchte ich noch Sylvia Klötzer, Christian Löser und Michelle Stöger für ihre Unterstützung danken.

A. D.

Inhalt

* Titel von der Herausgeberin.

Barbara Frischmuth: »Eine außergewöhnliche Menschengestalterin.« N.Z.Z.

Hexenherz
Wenn in diesen 13 Erzählungen etwas wie verhext erscheint, dann ist es das Schicksal. Manche überrascht es in Momenten der Verzagtheit, manche genau in dem Augenblick, in dem sie sich geborgen fühlen. Doch Ängste, Enttäuschungen und Verletzungen können auch stark machen und ungeahnte Fähigkeiten wecken oder zu überraschenden Unternehmungen führen.
»Außergewöhnlichen, starken, sensiblen und sinnlichen Frauen ist Barbara Frischmuths Erzählband gewidmet.« KURIER
Erzählungen. 184 Seiten. AtV 2308

Die Schrift des Freundes
Unter merkwürdigen Umständen lernt Anna, eine eher nüchterne junge Computerspezialistin, Hikmet kennen. Als er plötzlich verschwindet, will niemand ihn gekannt haben. Es scheint, daß seine Zugehörigkeit zu den Aleviten, einer antidogmatischen islamischen Glaubensgemeinschaft, mit dem Verschwinden zusammenhängt und daß Anna irgendwie schuldig ist. – Ein »High-Tech-, Wien-, Liebes-, Gesellschafts- und Kriminalroman, voll von neuer Alltagsrealität«. DIE ZEIT
Roman. 371 Seiten. AtV 1387

Der Sommer, in dem Anna verschwunden war
Anna ist verschwunden, weder ihr Mann noch ihre Kinder oder Freunde können es sich erklären. Ist ihr ein Unglück geschehen, oder hat sie sich davongestohlen, um ein bißchen Leben nachzuholen?
Aus den mal irritierten, mal sorgenvollen, mal ironischen Stimmen von vier Beteiligten entsteht das lebendige Bild einer Frau, die auf ihrem Glücksanspruch beharrt.
»Ein großer, vielstimmiger Roman.« SALZBURGER NACHRICHTEN
Roman. 364 Seiten. AtV 2246

Die Entschlüsselung
Das mysteriöse Päckchen ist ein Flohmarktfund. Es soll den Briefwechsel einer Äbtissin, die vor 700 Jahren im Salzkammergut lebte, mit einem ketzerischen türkischen Dichter enthalten. Als die Schrift zum Vorschein gebracht ist, gilt es, die geheimnisvollen Spuren zu deuten, die sich zwischen Traumzeit und Zeitgeschichte, zwischen Mythos und Poesie bewegen.
»Barbara Frischmuth ist ein literarisches Kabinettstück gelungen.« HANNOVERSCHE ALLGEMEINE ZEITUNG
195 Seiten. AtV 1943

Mehr unter www.aufbau-verlagsgruppe.de oder bei Ihrem Buchhändler.

Hermann Kant:

»Seine Sprachmacht wird ihm keiner nehmen können.« F.A.Z.

Hermann Kant wurde 1926 in Hamburg geboren. Nach einer Elektrikerlehre war er Soldat, von 1945 bis 1949 in polnischer Kriegsgefangenschaft Mitbegründer des Antifa-Komitees im Arbeitslager Warschau und Lehrer an der Antifa-Zentralschule. Ab 1949 studierte er an der Arbeiter- und Bauernfakultät in Greifswald, 1952 bis 1956 Germanistik in Berlin. Danach war er wissenschaftlicher Assistent und Redakteur, von 1978 bis 1990 Präsident des DDR-Schriftstellerverbandes.

Ein bißchen Südsee
»Ein bißchen Südsee« war das vielversprechende Debüt, mit dem sich Hermann Kant als origineller Autor einprägte. Wer den wortgewandten, ausschweifenden Romancier Kant schätzt, wird ihn in diesen Geschichten als pointierten Erzähler entdecken.
»Kant ist ein exakter Beobachter und ein vorzüglicher Spaßmacher.«
MARCEL REICH-RANICKI
Erzählungen. 192 Seiten. AtV 1191

Der Aufenthalt
»Der Aufenthalt« ist eine Passionsgeschichte mit Humor und ein Schelmenroman mit tragische n Zügen ... Wir haben Hermann Kant ein aufschlußreiches, ein witziges Buch zu verdanken.« MARCEL REICH-RANICKI, F.A.Z
Roman. 567 Seiten. AtV 1037

Die Aula
Diesen Roman über einen jungen Mann, der eine Abschiedsrede halten soll und darüber ins Erinnern gerät, haben Leser und Kritiker sofort nach Erscheinen als großen Spaß gefeiert. Ein »Geschichts- und Geschichtenbuch« über die Anfänge der DDR, ohne die man ihr Ende nicht verstehen kann.
Roman. 464 Seiten. AtV 1190

Kormoran
Nach seinem streitbaren wie umstrittenen Erinnerungsbuch »Abspann« hat Hermann Kant mit diesem Buch den aktuellen Nachwende-Roman geschrieben, der von ihm erwartet wurde, amüsant, bissig, zeitkritisch und selbstironisch, einen Roman »von allerlei Leben und allerlei Sterben«.
Roman. 270 Seiten. AtV 1192

Mehr Informationen unter
www.aufbau-verlag.de
oder bei Ihrem Buchhändler

aufbau taschenbuch

Lenka Reinerová:

»Sie schreibt modern und besinnlich.«

Augsburger Allgemeine

Lenka Reinerová wurde 1916 in Prag geboren. 1938 floh sie nach Frankreich, wo sie wie viele Emigranten interniert wurde. Über Marokko entkam sie nach Mexiko. Nach Kriegsende kehrte sie mit ihrem Mann nach Europa zurück, lebte seit 1948 wieder in Prag. 1952 wurde sie ein Opfer der stalinistischen Säuberungen, verbrachte fünfzehn Monate in Untersuchungshaft, wurde erst 1964 rehabilitiert. Nach dem Ende des Prager Frühlings erhielt sie Publikationsverbot, wurde aus der Partei ausgeschlossen und verlor ihre Arbeit in einem Verlag. Sie lebt in Prag. 2003 bekam sie die Goethe-Medaille.

Das Traumcafé einer Pragerin
Lenka Reinerová, eine der letzten Zeitzeuginnen der Emigration, beschreibt Stationen ihres Lebens – das Prag der dreißiger Jahre, das Exil in Frankreich und Mexiko, den Stalinismus in den Fünfzigern und jüngste Erfahrungen. Es sind menschen- und lebensfreundliche Erinnerungen, weise und wehmütig, trotz aller bitteren, furchtbaren Geschehnisse.
Erzählungen. 269 Seiten. AtV 1168

Mandelduft
Ob Lenka Reinerová von Gefängnisaufenthalten oder einer Krebserkrankung erzählt, einem Tag in Theresienstadt, von wo ihre Familie deportiert wurde, oder merkwürdigen Urlaubsbekanntschaften – ihre Geschichten machen trotz allem Mut und strahlen Wärme aus. »Eines ihrer Geheimnisse scheint mir in ihrer unerschöpflichen Neugier und ungefälschten Teilnahme am Schicksal der anderen zu liegen.«
Aus der Laudatio zur Verleihung des Schillerrings 1999
Erzählungen. 144 Seiten. AtV 1781

Zu Hause in Prag – manchmal auch anderswo
Lenka Reinerová, die als Emigrantin umhergetrieben wurde, erzählt in drei Geschichten einmal mehr aus ihrem bemerkenswerten Leben und den Stationen ihres Exils. »Liebevoll-ironisch beschreibt die Ich-Erzählerin die hellen Seiten ihrer schwierigen Odyssee durch die Welt – und zeigt, daß die Fähigkeit, seinem Schicksal zu trotzen, im Individuum selbst begründet liegt.« Sächsische Zeitung
Erzählungen. 189 Seiten. AtV 1695

Mehr unter
www.aufbau-verlag.de
oder bei Ihrem Buchhändler

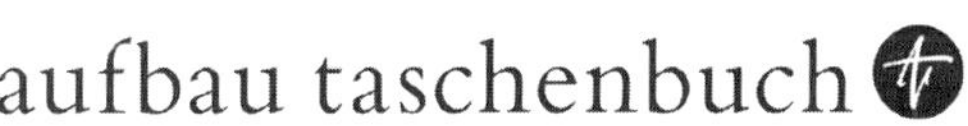